the Wolf

L.J. SHEN

the Wolf

ROMAN

Traduit de l'anglais (États-Unis) par
LAURIANE CRETTENAND

Titre original :
THE RAKE

Ce livre est publié avec l'aimable autorisation de Brower Literary Agency.

HARPERCOLLINS FRANCE
83-85, boulevard Vincent-Auriol, 75646 PARIS CEDEX 13.

www.harlequin.fr

ISBN 978-2-2804-7725-3 — ISSN 2271-0256

À mon frère, qui ne lira jamais ceci.
Je suis à court de gens à qui dédier mes livres, donc voilà.

Débauché, n. –
Un homme chic aux mœurs légères ou dissolues.

Note de l'autrice

Dans l'intérêt de l'histoire, j'ai pris des libertés sur la façon dont la propriété et les titres sont gérées au sein de la monarchie anglaise.

À noter que Whitehall et Butchart ne sont pas des titres de noblesse actuels.

« Certaines des plus belles choses de la vie viennent enveloppées dans une couronne d'épines. »

Shannon L. Alder

Playlist

Alibi – Empara Mi

Obedear – Purity Ring

Under My Thumb – The Rolling Stones

Toy – Young Fathers

I See Red – Everybody Loves An Outlaw

Prologue

Devon

J'avais été promis peu de temps après ma conception.

Mon futur avait été écrit, scellé, décidé, avant même que ma mère passe sa première échographie.

Avant que j'aie un cœur, un pouls, des poumons, une colonne vertébrale. Avant que je puisse former des pensées, des souhaits, des préférences. Quand je n'étais rien de plus qu'une idée abstraite.

Un projet.

Une case à cocher.

Elle s'appelait Louisa Butchart.

Lou, pour les intimes.

Je n'apprendrais l'existence du projet qu'à mes quatorze ans. On me l'annonça juste avant le traditionnel séjour de Noël de ma famille – les Whitehall – chez la famille Butchart.

Je n'avais rien contre Louisa Butchart.

Elle était charmante, bien élevée, d'excellent pedigree.

Je n'avais rien contre elle, si ce n'est une chose : je ne l'avais pas choisie.

Je pense que c'est ainsi que tout a commencé.

Que je suis devenu celui que je suis aujourd'hui.

Un hédoniste qui s'adonne au ski, à l'escrime, au whisky, qui aime s'amuser, ne rend de comptes à personne et couche avec n'importe qui.

Toutes les variables ont contribué à créer l'équation parfaite.

De grandes attentes.

Multipliées par des exigences accablantes.

Divisées moralement par plus d'argent que je ne pourrais jamais en dépenser.

J'avais la chance d'avoir le bon physique, le bon compte en banque, le bon sourire en coin, la bonne dose de charme. Il ne me manquait qu'une seule chose : une âme.

Mais je n'étais pas conscient de ne pas en avoir, puisque je n'avais pas d'âme.

Il fallut que je rencontre quelqu'un de spécial pour comprendre ce qui me manquait.

Quelqu'un comme Emmabelle Penrose.

Elle m'ouvrit en deux, et le goudron se déversa.

Collant, noir, et à n'en plus finir.

Voici le véritable secret du noble débauché.

Je n'ai jamais eu le sang bleu.

Il était comme mon cœur : d'un noir pur.

Quatorze ans

Nous partions à la chasse à courre au coucher du soleil.

Les chiens ouvraient la voie. Mon père et son bon ami, Byron Butchart senior, les suivaient de près. Leurs chevaux galopaient à une cadence parfaite. Byron junior, Benedict et moi restions en arrière.

Ils donnaient les juments aux jeunes garçons. Elles étaient

turbulentes et plus difficiles à dompter. Dresser de jeunes femelles fougueuses était un exercice obligatoire dès le plus jeune âge pour les hommes de mon rang. Après tout, nos vies de nobles requéraient une femme bien dressée, des bébés potelés, du croquet et de séduisantes maîtresses.

Menton et talons baissés, droit comme un piquet, j'étais l'image même du cavalier royal. Même si cela ne me faisait pas échapper à la boîte à suer, où je me recroquevillais comme un escargot.

Papa adorait me jeter là-dedans pour le simple plaisir de me voir gigoter, même si je m'échinais à lui faire plaisir, assidu et désespéré.

La boîte à suer, aussi connue sous le nom de cellule d'isolement, était un monte-plat datant du XVIIe siècle. Il était en forme de cercueil et m'offrait exactement la même expérience. Puisque j'étais notoirement claustrophobe, c'était la punition préférée de mon père quand je me comportais mal.

Ce qui était rare, voire n'arrivait jamais. C'est ça le plus triste. Je voulais à tout prix être accepté. J'étais un élève brillant et un escrimeur de talent. J'avais même participé au tournoi de sabre de l'England Youth Championship, mais je fus tout de même jeté dans le monte-plat après ma défaite face à George Stanfield.

Peut-être mon père avait-il toujours su ce que j'essayais de cacher.

En apparence, j'étais parfait.

Mais intérieurement, j'étais pourri jusqu'à l'os.

À quatorze ans, j'avais déjà couché avec deux filles de domestiques, réussi à faire crever le cheval préféré de mon père avant son heure et flirté avec la cocaïne et le Special K (et je ne parle pas des céréales).

Et voilà que nous allions à la chasse à courre.

Je n'aimais pas tellement la chasse à courre. Et par « je n'aimais pas tellement », je veux dire que je *détestais* ça. Aussi bien en tant que sport, concept ou passe-temps. Je ne retirais aucun plaisir à tuer des animaux sans défense.

Père disait que la chasse était une grande tradition anglaise, comme le *cheese rolling*[1] et la *Morris dance*. Personnellement, je trouvais que certaines traditions vieillissaient plus mal que d'autres. Brûler des hérétiques sur le bûcher, par exemple, et la chasse à courre.

Rappelons que la chasse à courre était – ou devrais-je dire *est* – illégale au Royaume-Uni. Mais j'appris bien vite que les hommes de pouvoir avaient une relation complexe et bien souvent houleuse avec la loi. Ils l'établissaient et la faisaient appliquer, tout en l'ignorant totalement. Mon père et Byron senior aimaient d'autant plus la chasse à courre qu'elle était interdite aux classes inférieures. Cela donnait un attrait supplémentaire à ce loisir. Un éternel rappel qu'ils étaient d'un autre rang. D'un rang *supérieur.*

Nous nous dirigions vers le bois, foulant le chemin pavé qui menait au portail en fer forgé de Whitehall Court Castle, notre domaine familial dans le Kent. J'avais le cœur lourd en pensant à ce que je m'apprêtais à faire. Tuer des animaux innocents pour contenter mon père.

Des bruits de pas retentirent derrière nous, des babies frappant le pavé.

— Devvie, attends !

La voix était essoufflée et réclamait mon attention.

Perché sur Duchesse, je me penchai en arrière en tirant sur les rênes, pieds en avant. La jument s'arrêta. Louisa apparut à mes côtés, serrant entre ses mains un objet emballé à la va-vite. Elle portait son pyjama rose. Ses dents étaient couvertes d'affreuses bagues multicolores.

— Je t'ai apporté quelque *choge.*

Elle écarta les mèches de cheveux qui lui collaient au front. Lou

1 Compétition durant laquelle les participants dévalent une colline dans le but d'attraper un fromage.

avait deux ans de moins que moi. J'étais à ce stade fâcheux de l'adolescence où tout, y compris des objets tranchants et certains fruits, m'attirait sexuellement. Mais Lou était encore une enfant. Tendre, et format poche. Elle avait de grands yeux inquisiteurs qui buvaient le monde à grandes goulées. Elle n'était pas vraiment jolie, avec ses traits ordinaires et sa carrure de garçon. Et son appareil dentaire lui donnait un défaut d'élocution qui la complexait.

— Lou, ta mère va piquer une crise si elle se rend compte que tu es sortie en douce.

— M'en fous.

Elle se hissa sur la pointe des pieds pour me tendre l'objet enroulé dans un de ses cardigans de gentille fille. Je lui jetai le vêtement, ravi de découvrir qu'il dissimulait la flasque gravée de mon père, remplie de bourbon.

— Je sais que tu n'aimes pas la chasse à courre, alors je t'ai apporté quelque *choge* pour… comment dit papa, déjà ? *Te détendre.*

Les autres continuaient d'avancer, pénétrant dans l'épais bois moussu qui encerclait Whitehall Court Castle, inconscients, ou peu soucieux, de mon absence.

— Espèce de foldingue.

Je pris une gorgée, sentant la brûlure vive du liquide me couler dans la gorge.

— Comment as-tu mis la main là-dessus ?

Lou fit un grand sourire fier, couvrant sa bouche pour cacher le métal de ses dents.

— Je suis allée dans le bureau de ton père. Personne ne fait jamais attention à moi, alors je peux faire plein de trucs sans qu'on me remarque !

L'abattement dans sa voix me rendit triste pour elle. Lou rêvait d'aller en Australie pour sauver les animaux sauvages, entourée de kangourous et de koalas. J'espérais pour elle qu'elle y parviendrait.

Les animaux sauvages, aussi agressifs soient-ils, restaient supérieurs aux humains.

— Moi, je fais attention à toi.

— Pour de vrai ? demanda-t-elle, pleine d'espoir.

— Promis juré.

Je grattai Duchesse derrière l'oreille. Il était si facile de contenter une femelle.

— Tu ne te débarrasseras pas de moi si facilement, ajoutai-je.

— Je ne veux pas me débarrasser de toi ! dit-elle vivement. Je ferais n'importe quoi pour toi.

— Oh ! n'importe quoi, vraiment ? fis-je en riant.

Lou et moi étions comme un grand frère et sa petite sœur. Elle faisait tout pour gagner mon affection et, moi, je lui répétais qu'elle était gentille et attentionnée.

Elle hocha vivement la tête.

— Je serai toujours là pour toi.

— Très bien.

J'étais prêt à repartir, mais elle demanda :

— Tu penses dire un jour à tes parents que tu es végétarien ?

Comment le savait-elle ?

— J'ai remarqué que tu évitais la viande et le poisson quand on est à table.

Elle planta le bout de sa chaussure dans le sol, les yeux baissés, embarrassée.

— Non, dis-je froidement. Il y a des choses que mes parents n'ont pas besoin de savoir.

Puis, comme nous n'avions rien de plus à dire, et peut-être parce que j'avais peur que mon père me jette dans le monte-plat s'il me surprenait à traîner, je dis :

— Bon, merci pour la flasque.

Je la levai pour saluer Lou, puis donnai un coup de botte dans le flanc de Duchesse afin de rejoindre les autres.

— Tiens, tiens, voilà Posh Spice, lança Benedict en passant un doigt dans la lanière de sa bombe pour la desserrer. Qu'est-ce que tu fichais ?

— Lou nous a apporté un porte-bonheur, Baby Spice.

Je lui tendis la flasque. Contrairement à Louisa, qui était un peu pot de colle mais plutôt agréable, ses frères – à défaut d'une meilleure description – étaient de vrais crétins. Des brutes grand format qui aimaient pincer les fesses des domestiques et mettre le bazar juste pour voir les autres nettoyer après eux.

— La vache, pouffa Byron. Elle est pathétique.

— Prévenante, tu veux dire. Passer du temps avec mon père requiert un certain état d'ébriété, dis-je avec sarcasme.

— Ce n'est pas de ça que je parlais. Elle est obsédée par toi, dit Benedict.

— Ne sois pas ridicule.

— Ne sois pas aveugle, rétorqua Byron.

— Pff. Ça lui passera. Comme les autres.

Je pris une autre gorgée, reconnaissant que mon père et Byron senior soient si captivés par leur conversation sur le Parlement qu'ils ne prenaient pas la peine de tourner la tête pour voir ce que nous faisions.

— J'espère pas, railla Benedict. Si elle doit épouser un débile comme toi, autant que ça lui fasse plaisir.

— Attends, tu as dit *épouser* ?

Il aurait tout aussi bien pu dire *enterrer*.

— Sans vouloir la vexer, si elle s'attend à ce que je la demande en mariage, elle peut toujours se brosser, parce que ça n'arrivera pas.

Byron et Benedict échangèrent des regards et des sourires conspirateurs. Ils avaient le même teint que Louisa. Clair comme de la neige fraîche. Sauf qu'on aurait dit que je les avais dessinés de la main gauche.

— Ne me dis pas que tu ne sais pas.

Byron pencha la tête sur le côté, un sourire cruel étirant ses lèvres. Je ne l'avais jamais vraiment apprécié. Mais à cet instant, je ne l'appréciais *vraiment pas.*

— Je ne sais pas quoi ? demandai-je, les dents serrées.

J'avais horreur de devoir me plier à leur petit jeu pour découvrir de quoi ils parlaient.

— Lou et toi allez vous marier. Tout est arrangé. Il y a même une bague.

Un rire métallique m'échappa, et je donnai un petit coup dans le flanc droit de Duchesse pour qu'elle aille percuter la jument de Benedict et le déséquilibrer. Quel ramassis de conneries. Mais alors que je continuais de rire, je vis que leurs mines réjouies avaient disparu. Ils ne plaisantaient plus.

— Vous déconnez.

Mon sourire s'évanouit, et j'eus l'impression d'avoir la gorge pleine de sable.

— Non, répondit Byron tout net.

— Demande à ton père, me lança Benedict. Ça fait des années que c'est décidé entre nos familles. Tu es l'aîné du marquis de Fitzgrovia. Louisa est la fille du duc de Salisbury. Une lady. Tu deviendras un jour marquis à ton tour, et nos parents veulent que le sang royal reste dans la famille. Que les propriétés restent entières. Épouser une personne non noble affaiblirait la chaîne.

Les Whitehall étaient une des dernières familles de la noblesse qui ait encore du poids aux yeux des autres. Mon arrière-arrière-arrière-grand-mère Wilhemina était fille de roi.

— Je ne veux épouser personne, sifflai-je entre mes dents.

Duchesse prit de la vitesse, pénétrant dans les bois.

— Bah, *évidemment*, fit Benedict en levant les yeux au ciel. T'as quatorze ans. Tout ce que tu veux, c'est jouer aux jeux vidéo et te tripoter devant des posters de Christie Brinkley. Toujours est-il que tu vas épouser notre sœur. Trop d'affaires entre nos paternels pour gâcher cette opportunité.

— Et n'oublie pas les propriétés qu'ils pourront garder tous les deux, ajouta Byron en donnant un coup brutal à sa jument pour qu'elle accélère. Franchement, bon courage pour lui faire des enfants. On dirait *Alien* de Ridley Scott.

— Des enfants… ?

Si je ne rendais pas mes tripes, c'était seulement pour ne pas gaspiller le délicieux bourbon qui clapotait dans mon estomac.

— Lou dit qu'elle en veut cinq quand elle sera grande, ricana Byron, qui s'amusait comme un fou. Je crois qu'elle te tiendra occupé au lit, mec.

— Elle va t'épuiser, renchérit Benedict d'un air vicieux.

— Plutôt mourir.

J'avais la gorge serrée, les mains moites. J'avais l'impression d'être le dindon d'une très mauvaise farce. Bien sûr, je ne pouvais pas en parler avec mon père. Je ne pouvais pas lui tenir tête. Pas quand je savais que j'étais toujours à un faux pas de finir dans le passe-plat.

Je pouvais seulement tirer sur des animaux sans défense et être celui qu'il voulait que je sois.

Sa petite machine bien huilée. Prête à tuer, baiser ou épouser selon sa volonté.

Plus tard ce soir-là, Byron, Benedict et moi étions assis dans la grange, devant l'un des renards abattus. L'odeur familière de la mort flottait dans l'air. Mon père et Byron senior avaient emporté chez le taxidermiste tous les précieux renards qu'ils avaient abattus et nous en avaient laissé un à disposition.

— Brûlez-le, jouez avec, laissez-le aux rats, je m'en fiche, avait craché mon père avant de tourner le dos au cadavre.

C'était une femelle. De petite taille, mal nourrie, et à la fourrure douce.

Elle avait des petits. Ses mamelles dépassaient de la fourrure de son ventre. Je pensai à eux. Seuls, affamés et perdus dans l'immense forêt sombre. Je songeai au fait que je lui avais tiré dessus quand papa me l'avait ordonné. Je lui avais mis une balle pile entre les deux yeux. Elle m'avait regardé avec un mélange d'étonnement et de terreur.

Puis j'avais détourné les yeux parce que c'était sur papa que je voulais tirer.

On se passait une bouteille de champagne, Benedict, Byron et moi, en discutant des événements de la soirée pendant que Frankenrenarde me regardait d'un air accusateur. Benedict avait réussi à soutirer des cigarettes roulées à l'un des domestiques. On tira dessus de bon cœur.

— Allez, mec, épouser notre sœur, c'est pas la fin du monde.

Byron lâcha un rire digne d'un méchant de *James Bond*, dressé au-dessus de la renarde, une de ses chaussures pressée contre le dos de l'animal.

— C'est une enfant, contrai-je.

Perché sur un tabouret en bois, j'avais l'impression d'avoir cent ans.

— Ce ne sera pas toujours une enfant, dit Benedict en plantant le bout de sa chaussure dans le ventre de l'animal.

— Pour moi, si.

— Elle te rendra encore plus riche, argua Byron.

— L'argent ne peut pas acheter ma liberté.

— Aucun de nous n'est né libre ! gronda Benedict en tapant du pied. Quel est l'intérêt de rester en vie, si ce n'est pas pour acquérir plus de pouvoir ?

— Je ne connais pas le sens de la vie mais, putain, c'est pas un gamin riche qui paie des bonnes pour le tripoter qui va me dire ce que je dois faire, grognai-je. Je choisirai moi-même la femme que j'épouserai, et ce ne sera pas votre sœur.

Franchement, je ne voulais pas me marier *du tout*. Déjà, j'étais persuadé que je ferais un très mauvais mari. Paresseux, infidèle et obtus. Mais je ne voulais me fermer aucune porte. Et si je tombais sur Christie Brinkley ? Je l'épouserais direct si ça voulait dire la mettre dans mon lit.

Byron et Benedict échangèrent des regards perplexes. Je savais qu'ils n'avaient aucune loyauté envers leur petite sœur. Elle était, après tout, une fille. Et dans la société mondaine, les filles n'étaient pas aussi distinguées, pas aussi *importantes* que les garçons. Elles ne pouvaient pas faire perdurer le nom de famille et, par conséquent, elles étaient traitées comme un simple élément de décoration qu'il ne fallait pas oublier de mettre sur les photos de cartes de vœux à Noël.

C'était pareil avec ma petite sœur, Cecilia. En gros, mon père ignorait son existence. J'allais toujours la chouchouter quand papa l'envoyait dans sa chambre ou qu'il la cachait parce qu'elle était trop ronde ou trop « terne » à son goût pour être exhibée en haute société. Je lui apportais des gâteaux en douce, je lui racontais des histoires et je l'emmenais s'amuser avec moi dans la forêt.

— Descends de tes grands chevaux, Whitehall. Tu n'es pas trop bien pour notre sœur, maugréa Byron.

— Peut-être, mais je ne vais pas coucher avec elle.

— Pourquoi ? demanda Byron. Qu'est-ce qui cloche chez elle ?

— Rien. Tout, marmonnai-je en poussant du foin du bout du pied.

Je commençais à être pas mal soûl.

— Tu préfères embrasser ce renard, ou Lou, sur la bouche ? demanda Benedict, laissant ses yeux errer dans la grange, puis derrière moi.

Je lui lançai un regard désabusé.

— Aucun des deux, sale thon.

— Tu es obligé de choisir.

— Obligé ? hoquetai-je en ramassant un fer à cheval pour le lui jeter – et je le ratai d'un bon kilomètre. Pourquoi ça ?

— *Parce que*, dit lentement Byron, si tu embrasses le renard, je dirai à mon père que tu es gay. Ça résoudra le problème. Tu serais tiré d'affaire.

— Gay, répétai-je, un peu hébété. Je pourrais être gay.

Pas techniquement, non. J'aimais trop les femmes. Sous toutes leurs formes, couleurs et coupes de cheveux.

Byron rit.

— T'es assez mignon pour.

— C'est un stéréotype, dis-je, et je le regrettai aussitôt.

Je n'étais pas en état d'expliquer le mot « stéréotype » à ces deux crétins.

— Libéral au grand cœur, se moqua Byron en donnant un coup de coude à son frère.

— Il est peut-être gay, s'interrogea ce dernier.

Byron secoua la tête.

— Nan. Il s'est déjà tapé quelques nanas que je connais.

— Alors ? Tu le fais ou quoi ? insista Benedict.

Je considérai leur proposition. Benedict et Byron étaient connus pour ce genre de tours scandaleux. Ils enveloppaient leurs victimes d'un tissu de mensonges, et elles marchaient. Qu'était un simple baiser sur la gueule d'un renard mort, en définitive ?

C'était mon seul espoir. Si je tenais tête à mon père, un de nous deux mourrait. Moi, très probablement.

— D'accord.

Je me levai et m'approchai de Frankenrenarde d'un pas mal assuré.

Je me penchai et pressai mes lèvres contre la gueule de l'animal. Elle était gluante et froide et sentait le fil dentaire usagé. J'eus envie de vomir.

— Mec, j'y crois pas. Il l'a vraiment fait, pouffa Benedict dans mon dos.

— Pourquoi j'ai pas d'appareil-photo ? gémit Byron.

Il se roulait au sol, riant à gorge déployée.

Je reculai. Mes oreilles bourdonnaient. Ma vision se brouilla. On cria derrière moi. Je me retournai brusquement, tombant à genoux. Lou était là. À la porte de la grange, encore vêtue de son pyjama rose. Elle avait une main pressée contre sa bouche et tremblait comme une feuille.

— Espèce de… de… de *pervers* !

— Lou, grognai-je. Je suis désolé.

Et je l'étais, mais pas de ne pas vouloir l'épouser. Seulement qu'elle l'ait appris comme ça.

Benedict et Byron se roulaient dans la paille, se donnant des coups et se tordant de rire, encore et encore et encore.

Ils m'avaient tendu un piège. Ils savaient qu'elle était là depuis le début, à la porte, en train de regarder. Jamais je ne pourrais échapper à ce mariage arrangé.

Lou tourna les talons et s'enfuit, ses larmes volant par-dessus ses épaules tels de petits diamants.

Elle avait poussé un cri sauvage. Comme celui de Frankenrenarde avant que je la tue.

Je vacillai et je vomis, puis tombai à la renverse dans les restes de mon dîner.

L'obscurité tourna autour de moi.

Je ne me débattis pas.

Le lendemain matin, mon père me tendit un verre. Nous étions dans son imposant cabinet bardé de chêne avec son chariot bar doré et ses lourds rideaux bordeaux, où j'avais été conduit par un domestique, quelques minutes plus tôt. Pas besoin d'explications. Il m'avait simplement traîné sur la moquette et lâché aux pieds de papa.

— Tiens. Pour ta gueule de bois.

Papa me désigna le fauteuil en cuir cognac devant son bureau. Je m'assis et acceptai le verre, que je reniflai en faisant une grimace de dégoût.

— Tu me proposes du *whisky* ?

— On soigne le mal par le mal, dit-il en s'affalant dans son fauteuil de ministre, lissant sa moustache. Ça aide à contrer la gueule de bois.

Je pris une gorgée du poison, grimaçant quand il me brûla la gorge. J'avais passé la nuit sur la paille de la grange. Je n'avais pas arrêté de me réveiller, secoué de frissons de sueur froide, et j'avais rêvé de mini bébés Louisa qui me couraient après. Le goût du renard mort sur ma bouche n'avait pas amoindri le choc non plus.

Le parfum du thé noir et de scones frais flottait dans les couloirs de Whitehall Court Castle. Le petit déjeuner n'était pas tout à fait terminé. Mon estomac se souleva, me rappelant que l'appétit était un luxe réservé aux hommes qui ne venaient pas de se fiancer à leur insu.

Je vidai mon verre.

— Tu voulais me voir ?

— Je ne veux *jamais* te voir. Malheureusement, c'est une nécessité imposée par mon statut de géniteur. (Mon père ne faisait pas dans la dentelle.) On m'a rapporté quelque chose de très perturbant ce matin. Lady Louisa a raconté à ses parents ce qu'il s'est passé hier, et son père m'a relaté les faits.

Mon père – grand, élancé et saisissant, avec ses cheveux blond cendré et son costume fraîchement repassé – avait parlé d'une voix accusatrice, m'invitant à m'expliquer.

Nous savions tous les deux qu'il n'avait aucun amour pour moi. Qu'il aurait engendré d'autres successeurs s'ils avaient pu me remplacer en tant qu'aîné, et donc héritier de son titre. J'étais trop gracile, trop rat de bibliothèque, trop comme ma mère. J'avais laissé d'autres garçons me dominer, me pousser à profaner une dépouille animale.

— Je ne veux pas l'épouser.

Je m'attendais à prendre une gifle ou une raclée. Ça n'aurait pas été surprenant. Mais il se contenta de rire en secouant la tête.

— Je comprends, dit-il.

Je me redressai sur mon fauteuil.

— Je ne suis pas obligé ?

— Oh ! tu *l'épouseras*. Ce que tu souhaites n'a aucune importance. Ni ce que tu penses, d'ailleurs. Les mariages d'amour sont réservés à la populace. À ceux qui sont nés pour suivre les règles ingrates de la société. Tu ne désireras point ta femme, Devon. Son rôle est de te servir, de te donner des enfants et d'être jolie. Un petit conseil : garde ton désir pour celles dont tu peux te débarrasser. C'est plus malin et plus propre. Les règles des roturiers ne s'appliquent pas à la classe supérieure.

Je ressentis un besoin si pressant de lui fracasser la tête contre le mur que mes doigts tressautèrent sur mes cuisses. Puisque je m'obstinais à garder le silence, il leva les yeux au ciel, comme si c'était moi le plus déraisonnable d'entre nous.

— Tu crois que je voulais épouser ta mère ?

— Qu'est-ce que tu as contre maman ?

Elle était jolie, et gentille.

— Qu'est-ce que j'ai *pour* ? répondit-il en s'allumant un cigare qu'il venait de tirer d'une boîte sur son bureau. Si elle courait autant qu'elle parle, elle serait en bonne condition physique. Mais c'était un bon deal. Elle avait l'argent. J'avais le titre. On a fait avec.

Je regardai le fond de mon verre vide. On aurait dit l'accroche de la comédie romantique la plus déprimante au monde.

— Nous n'avons pas besoin d'argent, et j'aurai déjà un titre, dis-je.

— Il n'est pas seulement question d'argent, imbécile, gronda-t-il en tapant sur le bureau du plat de la main. Tout ce qui nous sépare de la plèbe qui nous sert, c'est le pedigree et le pouvoir !

— Le pouvoir corrompt, ripostai-je.

— Le monde est corrompu.

Sa lèvre s'ourla de dégoût. Je savais très bien que je risquais d'être jeté dans le monte-plat à tout moment.

— J'essaie de t'expliquer avec des mots simples que la question de tes fiançailles avec Mlle Butchart n'est pas ouverte au débat. De toute façon, ce n'est pas pour tout de suite.

— Ni tout de suite, ni jamais, m'entendis-je dire. Je refuse de l'épouser. Maman ne le tolérera pas.

— Ta mère n'a pas son mot à dire.

Ses yeux azur s'assombrirent, devenant un miroir de marbre. Je me voyais dans leur reflet, petit et vaincu. Je n'étais pas moi-même. Je n'étais pas le garçon qui montait à cheval face au vent dansant sur son visage. Qui glissait sa main sous la robe des jeunes domestiques pour les faire glousser à en perdre haleine. Le garçon au jeu de jambes et à la vélocité explosive qui faisaient pleurer les meilleurs escrimeurs européens. Ce garçon-là pouvait percer le cœur noir de son père avec une épée et manger l'organe encore palpitant. Celui que j'étais présentement en était incapable.

Mon père finit son cigare et l'écrasa dans un cendrier.

— Tu l'épouseras et tu me donneras un héritier, de préférence supérieur à toi. L'affaire est close. Maintenant, va présenter tes excuses à Louisa. Tu l'épouseras dès que tu seras diplômé de l'université d'Oxford, et pas un jour plus tard, sous peine de perdre tout ton héritage, ton patronyme, et les proches qui, pour une raison que j'ignore, te tolèrent encore. Parce que ne t'y trompe pas, Devon : quand je dirai à ta mère qu'elle doit te déshériter, elle ne réfléchira pas à deux fois avant de tourner le dos à son fils. C'est compris ?

Ma fourberie prit le dessus, comme à son habitude, glissant sur ma peau comme de l'acide. Me retournant totalement, me faisant devenir une autre personne. Il était inutile de m'opposer à lui. Je n'avais pas de moyen de pression. Je pouvais me faire rouer de coups, enfermer, ridiculiser et torturer… ou je pouvais ruser.

Faire ce que mon père et M. Butchart faisaient si souvent. Déjouer le système.

— Oui, monsieur.

Mon père plissa les yeux, l'air suspicieux.

— Je te dis d'épouser Louisa.

— Oui, monsieur.

— Et d'aller t'excuser.

— Absolument, monsieur.

Je baissai la tête plus bas, l'ombre d'un sourire flottant sur mes lèvres.

— Et de *l'embrasser*. De lui montrer que tu tiens à elle. Sans mettre la langue ou quoi que ce soit. Juste ce qu'il faut pour prouver que tu tiendras parole.

Je sentis la bile me remonter dans la gorge.

— Je l'embrasserai.

Bizarrement, il eut l'air encore moins satisfait, ses lèvres se retroussant alors qu'il me lançait :

— Qu'est-ce qui t'a fait changer d'avis ?

Mon père était à la fois un homme méchant et un imbécile, un cocktail terrible. Il avait plus de tempérament que de cervelle, raison pour laquelle il faisait tant d'erreurs en affaires. À la maison, il régnait avec une main de fer qui, bien souvent, finissait dans ma figure. Côté affaires, il était facile de réparer les erreurs – ma mère avait repris les comptes sans qu'il le sache, et il était souvent trop ivre pour s'en apercevoir. Pour ce qui était de la maltraitance… maman savait très bien que, si elle tentait de me protéger, les coups de ceinture seraient pour elle.

— Tu as raison, répondis-je en m'avachissant dans mon fauteuil, croisant nonchalamment les jambes. Peu importe qui j'épouse, du moment que je peux coucher avec qui je veux et finir dans le livre des records.

Il éclata de rire, et la noirceur dans ses yeux disparut. Il préférait ça. Avoir un fils païen qui s'adonnait au péché, sans aucun scrupule et encore moins de traits de personnalité positifs.

— Tu t'es déjà tapé une fille ?

— Oui, monsieur. À treize ans.

Il se passa le pouce sous le menton.

— J'ai couché pour la première fois à douze ans.

— Génial, dis-je, même si penser à mon père en train de prendre une fille par-derrière à l'âge de douze ans me donnait envie de me rouler en boule sur le canapé d'un psy et d'y rester dix ans.

— Bien, fit-il en se claquant la cuisse. En avant, jeune homme. L'aristocratie anglaise, ça se mérite. Il faut maintenir l'ordre pour la préserver.

— Alors je ferai mon devoir, papa.

Je me levai et lui adressai un sourire en coin.

Ce fut le jour où je devins véritablement un débauché.

Le jour où je me transformai en l'homme roublard et sans âme que je voyais à présent quand je me regardais dans le miroir.

Le jour où je présentai mes excuses à Louisa et l'embrassai sur la joue, en lui disant de ne pas s'en faire. Que j'étais soûl, que j'avais fait une erreur. Que, *bien sûr*, on se marierait et que ce serait un événement merveilleux. Avec des jeunes demoiselles d'honneur et des archevêques et un gâteau plus haut qu'un gratte-ciel.

Je jouai le jeu pendant dix ans.

Je lui envoyais des cadeaux d'anniversaire, l'inondais de lettres et la retrouvais pendant les vacances d'été. Je lui mettais des fleurs dans les cheveux et lui disais que toutes les autres filles que je me tapais ne comptaient pas. Je la laissai attendre, se languir, et imaginer notre futur.

Je convainquis même mes parents de financer mon école de droit à Harvard, de l'autre côté de l'Atlantique, et de repousser le mariage de quelques années, expliquant que je serais de retour dès que j'aurais mon diplôme pour faire de Louisa ma femme.

Mais la vérité, c'est que le jour où je finis les études secondaires et partis pour Boston fut la dernière fois que je posai le pied sur le sol britannique.

La dernière fois que mon père me vit.

C'était la trahison parfaite, vraiment.

Je me servis de sa richesse et de ses relations jusqu'à n'en avoir plus besoin.

Mon diplôme de droit d'une prestigieuse université suffit à me faire décrocher un poste d'associé à 400 k annuels dans l'un des plus grands cabinets d'avocats de Boston. Au bout de trois ans, j'avais triplé ce montant, bonus inclus.

J'étais devenu un millionnaire et je ne le devais qu'à moi.

Ma vie m'appartenait. Moi seul pouvais la mener, la régir, et la gâcher.

Et le seul monte-plat dans lequel j'étais coincé était ma tête.

Les voix de mon passé y résonnaient encore, me rappelant que l'amour n'était rien d'autre qu'une affliction de classe moyenne.

1

Belle

Présent

— Malformation utérine, répétai-je, hébétée, face au Dr Bjorn.

Je me sentais ridicule. Jambes croisées, dans ma jupe crayon en cuir rouge et ma courte chemise blanche, mes sandales à talons Prada pendant de mes orteils. Tout chez moi criait « femme ». Tout, à part le fait que, manifestement, je ne pouvais pas avoir d'enfants.

Mon gynéco m'adressa un air compatissant qui tenait plus de la grimace.

— C'est ce qu'indique l'échographie. Nous avons demandé une IRM pour confirmer le diagnostic.

C'était étrange, à cet instant je ne pensais pas aux conséquences de ce diagnostic, mais au fait que le Dr Bjorn était sacrément poilu. Comme un spitz nain, en beaucoup moins mignon. Proche de la soixantaine, il avait visiblement le corps recouvert de poils poivre et sel. De ses sourcils épais à sa crinière sauvage en passant par les touffes sur ses doigts. Les poils frisés de son torse dépassaient de sa blouse verte, comme s'il cachait un Chia Pet[1].

— Redites-moi ce que ça veut dire. Malformation utérine.

Je posai les mains sur mon genou, mes lèvres couvertes de gloss lui adressant un sourire. Il s'agita sur son fauteuil et s'éclaircit la gorge.

— Eh bien, vous avez ce qu'on appelle un utérus septum, la forme la plus commune de malformation utérine. C'est une bonne nouvelle, en réalité. C'est une affection que nous connaissons et que nous pouvons traiter de plusieurs manières. Votre utérus est partiellement divisé par une paroi musculaire qui pourrait vous rendre stérile, causer des fausses couches à répétition ou des naissances prématurées. On le voit juste ici.

Il pointa son doigt sur la photo de l'échographie posée entre nous. Je n'étais pas d'humeur à croiser le regard de mon raté d'utérus, mais je regardai quand même.

— Stérile ?

Je n'avais pas pour habitude de répéter ce qu'on me disait, mais… *Sérieux, putain ? Stérile !* J'avais à peine trente ans. Il me restait encore au moins cinq ans pour faire d'inoubliables erreurs avec des inconnus avant de penser à avoir des enfants.

— Correct.

Le médecin hocha la tête, fasciné par mon absence d'émotion. Ne savait-il pas que je n'en éprouvais aucune ?

— Couplé à votre SOPK, ce pourrait être un problème. Nous pouvons discuter des prochaines étapes ensemble…

— Une seconde, l'interrompis-je en levant la main avant de la secouer. Revenons à l'abréviation. SOP-quoi ?

1 Figurine humoristique en terre cuite utilisée pour faire germer des pousses de chia.

— SOPK. Syndrome des ovaires polykystiques. Votre dossier indique que vous avez été diagnostiquée à l'âge de quinze ans.

Ah oui. Le souvenir de mon séjour à l'hôpital était un peu flou.

— J'imagine que ce n'est pas top non plus, dis-je, non sans sarcasme.

Il fit glisser son pouce sur son téléphone – j'étais au bout de ma vie, mais pour lui, c'était un mercredi comme un autre.

— Cela pourrait causer d'autres problèmes de fertilité, en effet.

Super. Mon utérus concurrençait celui de Monica dans *Friends*. J'avais envie de me défouler. Je déversai ma rage sur le Dr Bjorn.

— Qu'est-ce que ça veut dire ? m'emportai-je. La malformation utérine n'est pas un problème qui se développe pendant la grossesse ?

Avec un autre sourire contrit, le Dr Bjorn se tourna vers l'écran devant lui et fronça les sourcils. Il fit défiler mon historique médical. Souris de merde, clics de merde.

— Votre dossier indique que vous avez subi un interruption spontanée de grossesse à l'âge de quinze ans.

Une « interruption spontanée ».

Comme si j'avais décidé d'aller prendre un café avec une amie.

Le Dr Bjorn eut l'air si embarrassé que je fus surprise qu'il ne creuse pas un trou dans la moquette pour disparaître à l'étage inférieur. Ses yeux me demandaient si c'était vrai. Pas sa bouche. Il connaissait la réponse.

— Oups, dis-je avec un sourire sinistre. C'est vrai. J'ai dû oublier. C'était une année chargée.

Le Dr Bjorn frotta son bras poilu.

— Écoutez, je sais que ça fait beaucoup…

Un rire guttural m'échappa.

— Je vous en prie, doc. Épargnez-moi les discours de brochures genre on-est-là-pour-vous et passons aux choses sérieuses. Quelles sont mes options ?

— Vous avez des tas d'options ! annonça-t-il, ragaillardi.

Ça, il maîtrisait. Les solutions. Les faits. La science.

— Il y a plusieurs moyens de garantir votre future maternité. Si vous souhaitez devenir mère un jour, bien sûr.

J'étais tentée de répondre que non, je ne voulais pas d'une vie à changer des couches et à m'extasier devant des dessins de bonhommes bâtons. Que la maternité était une forme d'aliénation de la femme dans une société hautement patriarcale. Dans une certaine mesure, j'adhérais à cette idéologie post-féministe. Après tout, j'étais une cheffe d'entreprise indépendante dont l'ambition était de faire chier les gens. Je préférais exploser un bocal de cornichons au sol pour en manger, verre compris, que demander à un homme de me l'ouvrir.

Mais je fus incapable de le dire.

En vérité, je *voulais* devenir mère. De tout mon être.

Ce n'était ni sophistiqué ni ambitieux ni intéressant, mais c'était vrai. Raison pour laquelle, quelques semaines plus tôt, j'avais rendu visite au Dr Bjorn pour la première fois afin de m'assurer que mon appareil reproducteur était en parfait état de marche et prêt à l'emploi pour le moment où je déciderais de me lancer. Inutile de dire que ce n'était pas le cas.

— Ouais, dis-je en haussant les épaules. Je crois que oui.

Le médecin pencha la tête sur le côté et me dévisagea avec attention. Il tentait de déchiffrer pourquoi je me comportais de cette façon. Comme s'il essayait de me vendre des panneaux solaires et que je l'envoyais bouler. N'étais-je donc pas écolo ?

— Dans ce cas, la première étape est de congeler vos ovocytes.

Je lui adressai un petit sourire impatient.

— Prévoyez-vous de porter vos futurs enfants à terme ? demanda-t-il.

— Pourquoi, je peux les expulser pendant le deuxième trimestre ?

dis-je en contemplant mes ongles manucurés. On n'a pas besoin d'attendre la cuisson complète ?

— Ce que je veux dire, c'est que nous devons prendre votre âge en compte. Avec chaque année qui passe, le risque de fausse couche ou de naissance prématurée augmente.

— Qu'est-ce que vous essayez de me dire, au juste ?

— Vous devriez peut-être songer à la GPA si vous voulez avoir des enfants plus tard. Idéalement, et au vu des complications possibles, je vous conseillerais d'essayer de tomber enceinte tout de suite, si vous êtes prête. Mais je ne veux pas que vous vous sentiez pressée.

Un peu tard, mon chou. Moi qui pensais avoir cinq ans devant moi, je me retrouvais tout à coup lancée sur l'autoroute de la maternité. Parce que, encore une fois – *sérieux ?* Ce n'était pas ce que j'avais prévu. J'étais censée attendre tranquillement jusqu'à trente-cinq ans, choisir un donneur de sperme bien gaulé – je comptais même faire des folies et prendre l'abonnement premium à la banque de sperme pour accéder aux photos des géniteurs potentiels, puis je produirais deux-trois marmots et créerais ma propre petite famille.

— Le mois prochain me semble être un moment idéal pour tomber enceinte, m'entendis-je dire. Il faut que je voie si je peux décaler mon rendez-vous chez l'esthéticienne.

— Mademoiselle Penrose, gronda le Dr Bjorn. Je sais que ce n'est pas ce que vous vouliez entendre. Vous n'avez pas à vous montrer courageuse. C'est normal d'être en colère, dit-il en se levant pour me servir un verre d'eau.

C'était faux, bien sûr. Craquer était un privilège réservé aux autres. J'étais programmée pour ne reculer devant aucun obstacle. La vie me faisait des sales coups dans tous les sens. Je les esquivais avec un sourire aux lèvres, comme un personnage de dessin animé.

J'attrapai mon sac Chanel.

— S'il faut que je tombe enceinte cette année, je le ferai. Pas d'homme ? Pas de problème. Je ferai appel à un donneur de sperme. Il paraît qu'ils sont grands, intelligents et forts en maths. Que demander de plus à un papa ?

Je laissai échapper un ricanement et me levai. Le gynéco resta assis, comme éberlué par ma réaction.

Ouais, je sais. Je n'ai pas de cœur. Pas d'émotions. Et, depuis cinq minutes, pas d'utérus en état de marche non plus.

— Vous ne voulez pas y réfléchir ? demanda-t-il.

— Réfléchir à quoi ? Mon temps est compté. Je trouverai un donneur de sperme et ce sera réglé.

De toute façon, je n'avais pas l'argent nécessaire pour une mère porteuse. Et puis, être enceinte faisait partie du *deal*. Ces dernières années, j'avais vu mes amies et ma sœur produire des bébés comme des distributeurs PEZ. Avec de beaux ventres ronds, des envies excentriques et des sourires béats alors qu'elles soupesaient l'éternelle question : peinture pastel ou papier-peint pour la chambre du bébé ?

Je voulais toutes ces choses.

Chacune de leurs expériences banales, triviales.

Sauf une.

Le mari.

Me marier n'était pas dans mes plans.

Les hommes étaient instables, indignes de confiance, et surtout… dangereux pour moi.

— Dans ce cas, je vais vous prescrire cinquante milligrammes de Clomifène. À prendre le deuxième jour de votre cycle menstruel le mois où vous voulez tomber enceinte. Cinq pilules, une par jour pendant cinq jours. À prendre à la même heure. Hydratez-vous et surveillez votre cycle. Les tests d'ovulation vont devenir vos meilleurs amis. Quand vous trouverez le donneur parfait, prévenez-moi. Je veux passer son historique médical en revue pour voir s'il est bien compatible avec vous.

— Merveilleux !

Le Dr Bjorn me serra la main, puis je sortis de la pièce d'une démarche arrogante avant qu'il puisse m'annoncer un autre diagnostic catastrophique.

Je saluai la réceptionniste et quittai le bâtiment sans m'en rendre compte. Comme si j'étais déconnectée de mon corps.

Je me dirigeais vers ma BMW sportive quand mon téléphone sonna. C'était ma sœur, Persy.

— Salut, Pers.

Je la saluai chaleureusement, sans aucune trace de détresse dans la voix. Faire comme si tout allait bien était un art que je maîtrisais depuis longtemps.

— Salut, Belle. T'es où ?

— Je sors de chez le gynéco.

— Y a rien de mieux que se faire trifouiller l'intérieur par un inconnu armé d'une loupe.

Elle poussa un soupir dans lequel je décelai une réelle convoitise. Eh ben, ce que Cillian et elle étaient pervers.

— Tout va bien ?

J'entendis mon neveu Astor faire des bruits d'explosion dans le fond. Il adorait imaginer qu'il faisait exploser des trucs quand il jouait aux Lego. Ce gamin devenait un vrai petit tyran, et ce n'était pas pour me déplaire. Tata avait besoin de nouveaux sujets pour briser la glace avec les mecs, et avoir un neveu dictateur était un excellent sujet de conversation.

Je fis remonter mes lunettes de créateur sur mon nez.

— Mon vagin est en parfait état, pour une personne qui travaille trop et qui est sous-payée. Qu'est-ce tu veux ?

Ma sœur et moi nous parlions au moins quatre fois par jour, mais il était rare qu'elle me demande où j'étais. Elle voulait peut-être que je garde Astor. Maintenant qu'elle avait un nouveau-né – bébé Quinn, le petit mec le plus mignon de la terre – elle avait souvent besoin d'un coup de main.

— Rien. Maman doit venir s'occuper des petits. Cillian nous a prévus une soirée en tête à tête. La première depuis la naissance de Quinn. J'ai juste ressenti ce besoin étrange de t'appeler pour m'assurer que tout allait bien. Je ne sais pas ce qui m'a pris, se lamenta ma gentille petite sœur si intuitive.

Perséphone « Persy » Fitzpatrick était tout ce que je n'étais pas : romantique, maternelle, et elle respectait les règles.

Oh ! et elle avait épousé l'homme le plus riche d'Amérique. Rien de fou.

Je marquai une pause, m'appuyant d'une main contre un mur en brique rouge. Salem Street s'étendait devant moi dans sa magnificence automnale, parsemée de boulangeries, de cafés colorés et d'arbres aux couleurs pourpres.

— Non, Pers. Tu as raison. J'avais besoin d'entendre ta voix.

Puis il y eut un silence gêné. Quand Persy comprit que je n'allais pas expliquer *pourquoi* j'avais besoin d'entendre sa voix, elle demanda :

— Je peux faire quelque chose pour toi, Belle ? N'importe quoi ?

Tu peux porter un enfant pour moi ?

Tu peux réparer mon utérus ?

Tu peux effacer mon passé, qui m'a complètement déglinguée, au point que je ne suis plus capable de faire confiance à qui ou quoi que ce soit à part moi-même ?

— Entendre ta voix me suffit, dis-je en souriant.

— Je t'aime, Belle.

— Moi aussi, Pers.

Je remis le téléphone dans mon sac avec un sourire désinvolte, comme si tout allait bien.

Puis… je sentis couler sur mes joues des larmes furieuses et irrépressibles.

Étais-je en train de pleurer au beau milieu de la rue bondée ? Comme une putain de madeleine.

Enfin, je chialais, plutôt. Je haletais, aussi. Mes larmes étaient amères et brûlantes, pleines de pitié et de colère. L'injustice de ma situation m'empêchait de respirer. Pourquoi ça m'arrivait ? Pourquoi *moi ?* Je n'étais pas une mauvaise personne.

Au contraire, je déchirais.

Je faisais des dons à des associations caritatives, je gardais les enfants de mes amies et j'achetais toujours des biscuits aux scouts. Même ceux au citron, qui, il fallait bien l'admettre, étaient tellement dégueulasses qu'ils auraient dû être interdits dans les cinquante États.

Pourquoi avoir un enfant – si tant est que ce soit *possible* – serait plus difficile pour moi que pour toutes les femmes de mon entourage, qui tombaient enceinte dès que leur mari leur demandait de leur passer le sel ?

Découragée, angoissée et paumée, je me retrouvai au temple.

Non, pas l'endroit où l'on prie. Un endroit qui s'appelait le Temple Bar.

Se bourrer la gueule en pleine journée n'était peut-être pas très intelligent, mais c'était réconfortant. Et puis, j'avais besoin de me préparer avant de sortir ce soir. Car je comptais bien faire la fête.

Je poussai la porte, avançai vers le comptoir d'un pas décidé et commandai un grand verre de n'importe quel alcool qui me rendrait ivre en un temps record.

— Un After Shock et un verre de vin, tout de suite !

Le barman m'adressa un salut et claqua son torchon sur l'épaule avant de sortir du lave-vaisselle un verre couvert de buée.

Me laissant tomber sur un tabouret de bar, je me massai les tempes en essayant d'encaisser ma nouvelle réalité. Si je voulais un bébé, c'était maintenant, ou jamais.

Touristes et professionnels se détendaient sur les banquettes vertes en bois, savourant leurs pintes de Guinness, leurs *coddles* et leurs *irish stews*[1].

Des chansons folkloriques irlandaises passaient à plein volume dans les haut-parleurs, gaies et pleines d'entrain. Le monde ne savait-il pas que je souffrais ?

Cet endroit ressemblait à un authentique pub irlandais, avec ses hauts plafonds décorés et ses murs imbibés d'alcool.

Le barman revint avec mes deux verres avant que je puisse fondre en larmes une nouvelle fois. Je n'avais pas pleuré depuis l'âge de cinq ou six ans, et je ne comptais pas me transformer en fontaine maintenant que j'avais appris que je devais tomber enceinte à trente ans sans aucune stabilité financière.

Je descendis l'After Shock d'un trait, frappai le verre sur le comptoir et passai directement au vin.

Un homme séduisant, grand et ténébreux, apparut à la lisière de mon champ de vision. Il posa un coude sur le bar, le corps tourné vers moi.

— Vous êtes Emmabelle Penrose, non ?

— Vous êtes un homme d'âge mûr avec suffisamment d'expérience pour savoir qu'il ne faut pas interrompre les gens qui essaient de se bourrer la gueule, non ? répliquai-je, prête pour une autre tournée.

Il rit.

— Fougueuse, comme je m'y attendais. Je voulais vous dire que j'apprécie votre modèle d'entreprise. Et votre cul. Les deux sont magnifiques sur le panneau d'affichage qui est en face de mon bureau.

Il se pencha en avant, sur le point de me chuchoter quelque chose à l'oreille.

1 *Coddles* et *irish stews* : plats mijotés irlandais à base de viande et de légumes.

Je pivotai sur mon tabouret et lui attrapai le poignet dans une prise mortelle, le tordant et lui retournant tout le bras, à deux doigts de le briser. Il laissa échapper un gémissement et ferma les yeux.

— Putain, sérieux, qu'est-ce que…

Ce fut à mon tour de me pencher vers lui.

— Ce qui est sérieux, c'est que j'essaie de savourer mon verre sans me faire harceler sexuellement. C'est trop demander ? Que je tienne un club burlesque ne vous donne pas la permission d'essayer de me peloter. De la même manière que, si vous étiez dentiste, cela ne me donnerait pas le droit de m'allonger sur votre table au restaurant pour vous demander d'examiner ma dentition. Alors, dégagez.

Je poussai le type, l'envoyant bouler sur son tabouret alors qu'il crachait des obscénités. Il attrapa son manteau et sortit du bar en trombe.

— Waouh. Votre journée est aussi moche que la gueule de bois que vous allez vous taper demain ? demanda le barman en m'adressant un sourire espiègle.

Il devait avoir vingt-cinq ans et avait les cheveux roux, un tatouage de trèfle sur l'avant-bras.

— Ma journée est pire que tous les comas éthyliques enregistrés sur la planète Terre, dis-je en reposant violemment mon verre de vin sur le comptoir. Faites-moi confiance.

— Ne lui faites *pas* confiance. Elle est frivole, ricana une voix à l'accent anglais quelques tabourets plus loin.

La personne à qui elle appartenait était tapie dans les profondeurs du bar, l'ombre dissimulant son élégante silhouette. Je n'eus pas besoin de plisser les yeux pour savoir de qui il s'agissait.

À Boston, un seul homme irradiait le pouvoir, l'odeur de cigarette et l'orgasme imminent.

Mesdames et messieurs, Devon Whitehall.

Aussi connu sous le nom de Connard-qui-a-enfreint-ma-règle « jamais plus d'une fois ».

On avait couché ensemble trois fois avant que je reprenne mes esprits et arrête les frais. J'avais tout de suite su que Devon Whitehall était différent, dès qu'on s'était envoyés en l'air trois ans plus tôt dans le chalet de Cillian, mon beau-frère.

C'était une créature à la douceur dangereuse, l'intellectuel de sa bande de potes. Il était manipulateur, arrogant, et à part.

Les hommes de son entourage avaient tous des défauts flagrants. Cillian était un mec rasoir toujours en costard ; Hunter, le mari de ma meilleure amie, était timbré et grande gueule ; et Sam, l'époux de mon amie Aisling était… eh bien, un *tueur en série*. Mais Devon n'avait au-dessus de sa tête aucun néon géant déconseillant de l'approcher. Il n'était ni amoché, ni brisé, ni en colère. Pas en apparence, du moins. Pourtant, il avait cette qualité inégalable qui donnait envie de s'embraser comme une météorite, au risque inévitable de finir en tas de cendres.

Il était tout ce qu'une femme pouvait désirer, enveloppé dans un paquet divin.

Et ce paquet avait un corps parfait, jusqu'aux muscles des avant-bras veinés comme ceux du Moïse de Michel-Ange, qui faisaient chuter mon QI à la température de la pièce dès que je les touchais.

Je dus mettre un terme à nos rendez-vous après le troisième, parce que *je n'étais pas une idiote*. J'aime dire que, quand on veut une queue, on peut l'avoir. Mais Devon semblait être le genre de mec pour qui j'étais susceptible d'éprouver des sentiments.

Ce soir-là, après avoir baisé comme des bêtes, Devon s'était retourné, avait posé la tête sur l'oreiller et avait fait une chose scandaleuse et vulgaire. Il s'était endormi.

— Euh, qu'est-ce que tu fais ? avais-je demandé, effarée.

Et puis quoi encore ? Il veut un dîner aux chandelles ? Des sweats

Mickey et Minnie assortis ? Qu'on regarde la dernière saison de Schitt's Creek *ensemble ?*

— Je dors, avait-il répondu sur son ton patient semblant dire « je suis entouré d'idiots ».

Il ouvrit ses yeux bleu et argent, et un sourire diabolique étira ses lèvres. Je me redressai, le fusillant du regard.

— Va dormir dans ton propre lit, mec.

— Il est 3 heures du matin. Je commence tôt demain au tribunal. Et n'utilise pas le mot « mec ». L'usage excessif de sobriquets courants est révélateur d'une culture linguistique pauvre.

— Super intéressant, *mec*. T'as une version de cette phrase en anglais ?

Puis, parce que j'étais très fatiguée, j'ajoutai :

— Laisse tomber. Tire-toi par contre.

— Tu plaisantes ?

— *Dehors.*

J'étais allée jusqu'à la porte et j'avais jeté ses vêtements et ses mocassins dans le couloir. Il était sorti de la chambre en titubant, à moitié nu, et avait ramassé ses fringues de marque sur le sol. Pour être honnête, ce n'était pas mon plus grand moment. J'avais été saisie d'une peur suffocante de m'attacher à lui.

Et voilà que Devon était là, toujours aussi grand, beau et baisable. Il entra dans mon champ de vision, les mains dans les poches, sa mâchoire carrée aussi effilée qu'une lame de rasoir.

— M'accuser de ne pas être fiable, c'est de la délation, monsieur le Grand Avocat.

Je fis la moue, endossant mon rôle de sirène casse-couilles. Je n'étais pas d'humeur à être la Belle excentrique et cinglante – mais c'était la seule version de moi que les gens connaissaient.

— En réalité, c'est de la diffamation. La délation, c'est quand il y a dénonciation. Je peux te dénoncer aux forces de l'ordre, si tu y tiens.

Il se tourna vers le barman, jetant une American Express noire sur le comptoir.

— Un stinger pour moi, et un tom collins pour la dame.

— M-m-mais bien sûr, Son Altesse, balbutia le barman. Je veux dire, monsieur. Je veux dire… comment dois-je vous appeler ?

Devon haussa un sourcil.

— Je préférerais que vous ne m'appeliez pas. Vous êtes ici pour me servir à boire, pas pour écouter l'histoire de ma vie.

Sur ce, le barman disparut pour préparer nos verres.

— Je ne vois pas de dame dans le coin, marmonnai-je dans mon verre de chardonnay.

— Il y en a une derrière toi, et elle est canon, plaisanta-t-il, stoïque.

Le truc bien avec Devon Whitehall (et malheureusement, il y en avait beaucoup, de trucs bien chez lui), c'est qu'il ne se prenait jamais au sérieux. Après que je l'avais honteusement banni de mon lit, il avait cessé de m'appeler. Cependant, quand nous nous étions revus à une fête de Noël, il m'avait chaleureusement serrée dans ses bras, avait demandé comment j'allais et s'était même dit intéressé par l'idée d'investir dans mon club.

Il s'était comporté comme s'il ne s'était rien passé. Et pour lui, j'imagine que c'était le cas. J'ignorais pourquoi Devon ne s'était jamais marié, mais il devait souffrir comme moi d'une phobie de l'engagement. Je l'avais regardé faire défiler les femmes, au fil des années. Elles étaient toutes élancées, classes, et détenaient des diplômes sur des sujets dont je pouvais à peine prononcer le nom.

Et aussi : elles périmaient vite.

Devon ne tenta jamais de me remettre dans son lit, mais il resta ironiquement attaché à moi, comme on reste attaché à la couverture d'enfance dans laquelle on se blottissait mais avec laquelle on refuse d'être vu une fois adulte. Ces temps-ci, il me donnait l'impression chronique d'être indésirable à ses yeux.

— Pourquoi tu te mets dans tous tes états ? demanda-t-il en passant une main dans son épaisse chevelure, des mèches de blé froid et d'or.

Je détournai les yeux.

— Dégage, Whitehall.

— *My darling*, tes chances de faire sortir un Anglais d'un bar un vendredi après-midi sont presque nulles. Formule un souhait plus réaliste.

Son obligeance désinvolte me donnait la nausée. Personne n'était censé être *si* parfait.

Je posai mon front contre le froid du comptoir.

— Va crever en enfer ?

Je ne le pensais pas. Devon m'avait toujours offert de bonnes conversations, des compliments et des orgasmes. Mais là, je n'étais vraiment pas d'humeur.

Il s'installa sur le tabouret voisin, tournant le poignet pour consulter sa Rolex. Il ne me répondrait pas, je le savais. Parfois il me traitait comme une enfant de huit ans.

Nos verres arrivèrent. Il poussa le tom collins vers moi, rendant discrètement mon verre de chardonnay au barman.

— Voilà. Ça ira mieux après. Et puis beaucoup moins bien. Mais comme je ne serai pas là pour en subir les conséquences…

Il haussa les épaules. Je pris une gorgée et secouai la tête.

— Je ne suis pas de bonne compagnie, là. Tu ferais mieux d'engager la conversation avec le barman ou un des touristes.

— *Darling*, même à peine civilisée, tu restes de meilleure compagnie que quiconque dans ce quartier.

Il me serra la main, brièvement mais chaleureusement.

— Pourquoi t'es sympa avec moi ? demandai-je.

— Pourquoi pas ?

Une fois encore, il semblait tout à fait à l'aise.

— J'ai toujours été affreuse avec toi.

Je songeai au soir où je l'avais mis dehors, paniquée à l'idée qu'il trouve une fissure dans mon cœur, qu'il l'ouvre, et qu'il s'y infiltre. Sa présence ici, son pragmatisme et son insouciance prouvaient qu'il ne pouvait que me briser le cœur.

— Ce n'est pas le souvenir que je garde de notre histoire brève mais jouissive.

Il sirota son stinger.

— Je t'ai mis à la porte.

Il chassa ma remarque de la main. Il avait de belles mains. Tout était beau chez lui.

— J'ai connu pire. Je ne l'ai pas pris personnellement.

— Qu'est-ce que tu prends personnellement ?

— Peu de choses, pour être honnête, dit-il, puis il fronça les sourcils pour y réfléchir. Les impôts sur les sociétés, peut-être ? C'est foncièrement une double imposition, un concept scandaleux, tu admettras.

Je le dévisageai, songeuse – était-ce un soupçon d'imperfection que je décelais chez l'homme que tout le monde admirait ? Derrière ses manières et ses traits ciselés se cachait un homme profondément étrange.

— Les impôts te dérangent, mais pas le fait que je t'ai humilié ?

— Emmabelle, chérie, dit-il en m'adressant un sourire qui aurait fait fondre la glace, l'humiliation est un sentiment. Il faut s'y soumettre pour l'éprouver. Tu ne m'as jamais humilié. Ai-je été déçu que notre liaison prenne fin plus tôt que je ne l'aurais voulu ? Bien sûr. Mais c'était ton droit d'y mettre un terme quand tu voulais. Maintenant, dis-moi ce qui ne va pas, me souffla-t-il.

Son accent semblait être relié directement à cet endroit entre mes jambes. On aurait dit Benedict Cumberbatch lisant un livre audio érotique.

— Non.

Il m'observa calmement, patient. Cela m'agaçait. Son assurance. Sa manière de parler peu mais de dire tant avec les quelques mots qu'il prononçait.

— Qu'est-ce que tu veux ? On ne se connaît pas, dis-je d'un ton neutre.

— Je conteste cette affirmation.

Il glissa une feuille de menthe décorant son cocktail sur sa langue. Elle disparut dans sa bouche.

— Je connais chaque centimètre carré et chaque courbe de ton corps.

— Tu ne me connais que bibliquement.

— J'apprécie la Bible. C'est une lecture agréable, tu ne trouves pas ? Les passages sur Sodome et Gomorrhe sont bourrés d'action.

— Je préfère la fiction.

— Comme la plupart des gens. Dans la fiction, les personnages ont ce qu'ils méritent. (Il réprima un sourire.) Et puis, la plupart des gens diraient que la Bible *est* une fiction.

— Tu crois que les gens ont ce qu'ils méritent dans la vie ? demandai-je avec découragement, pensant au diagnostic du Dr Bjorn.

Devon se frotta le menton, sourcils froncés.

— Pas toujours.

Il semblait tellement aguerri, tellement plus vieux que moi, à quarante et un ans. D'ordinaire, j'étais attirée par les hommes qui étaient tout le contraire de Devon. Jeunes, irréfléchis, instables. Des mecs dont je savais qu'ils ne s'attarderaient pas et ne s'attendraient pas à ce que je reste non plus.

Jetables.

Devon avait l'autorité naturelle d'un homme qui avait toujours le dessus, cet éthos noble masculin.

— Pourquoi j'ai couché avec toi ? lâchai-je.

J'étais consciente de jouer la sale gosse et de passer mes nerfs sur lui – et je le faisais quand même.

Devon fit le tour de son verre avec la pulpe de son doigt.

— Parce que je suis beau, riche, un dieu du sexe, et que jamais je ne te passerai la bague au doigt. Pile ce que tu cherches.

Je n'étais pas surprise qu'il ait deviné ma phobie de l'engagement, vu la façon dont ça s'était terminé entre nous.

— Tu es aussi arrogant, bien plus âgé, et l'ami louche de la famille.

Je fis une croix avec mes doigts pour le repousser comme s'il était un vampire.

Devon Whitehall était le meilleur ami de mon beau-frère Cillian, et son avocat. Je le voyais à des réunions de famille au moins trois fois par an. Parfois plus.

— Je ne suis pas psy, mais on dirait que tu as un petit complexe par rapport à ton papa…

Il prit une gorgée et un glaçon se glissa entre ses lèvres pleines. Il l'écrasa entre ses dents blanches, un sourire flottant sur ses lèvres.

— Pas du tout, rétorquai-je.

— Mais bien sûr. Moi non plus. Maintenant, dis-moi pourquoi tu pleurais.

— Qu'est-ce que ça peut te faire ? marmonnai-je.

— Tu es la belle-sœur de Cillian. Il est comme un frère pour moi.

— Si tu es en train de faire comme si on était plus ou moins de la même famille, je crois que je vais vomir dans ma bouche.

— Tu vomiras ce soir quoi qu'il arrive, vu le rythme auquel tu bois. Alors ?

Décidément, il ne lâchait pas le morceau.

— Tu ne m'auras pas comme ça, Whitehall.

— Pourquoi pas ? Je t'ai déjà *eue* plusieurs fois.

C'est vrai, et nos folles parties de jambes en l'air hantaient encore mes nuits.

— Pour la dernière fois, je ne te dirai rien.

— Très bien.

Il se pencha par-dessus le bar pour attraper une bouteille de cognac et deux verres propres, qu'il posa brutalement sur le comptoir entre nous.

— Je vais le découvrir par moi-même.

2

Devon

Une heure plus tôt

J'étais dans la salle de réunion de Whitehall & Bake LLP à discuter de mon sujet favori, les clauses de contrats (d'autres sujets en C, comme la chatte et les cartes, suivaient de près), quand mon monde vola en éclats.

— Monsieur Whitehall ?

Joanne, mon assistante de direction, entra dans le bureau l'air affolée, les lunettes de travers et ses boucles grises en pagaille, elle qui était d'ordinaire si bien apprêtée. Je levai les yeux vers elle, détournant un instant mon attention de Cillian, Hunter, et du reste du comité de Royal Pipelines.

— Comme vous pouvez le voir, Jo, je suis en pleine réunion.

Les Américains n'avaient aucunes manières et en faisaient des caisses pour un oui ou pour un non ; c'était de notoriété publique, mais c'était inconvenant.

— Il s'agit d'une urgence, monsieur.

Ce qui était impossible, bien sûr. Les urgences incombaient aux autres, à ceux qui avaient des choses à perdre. J'avais peu de famille et une poignée d'amis. La plupart se trouvaient dans la pièce avec moi et, pour être honnête, je n'étais pas prêt à risquer ma vie – ni même une bonne nuit de sommeil – pour les sauver.

Je m'adossai à mon fauteuil, jetant mon stylo sur le bureau.

— Qu'y a-t-il ?

Essoufflée, Joanne porta une main à sa poitrine et secoua la tête.

— C'est un appel, dit-elle d'une voix sifflante. Personnel.

— De qui ?

— Votre famille.

— Je n'en ai pas. Essayez encore.

— Votre mère n'est pas de cet avis.

Maman ?

Je parlais à ma mère deux fois par semaine. Une fois le samedi matin, puis le mardi. Nos appels téléphoniques étaient organisés par nos assistantes respectives, et nous ne dérogions jamais à cet arrangement. Naturellement, cela piqua mon intérêt.

Cillian et Hunter, assis à mes côtés, me lancèrent des regards curieux. Je ne leur avais jamais rien dit à propos de ma vie de famille. En partie parce que ladite vie de famille était un vrai merdier. Non que les Fitzpatrick soient en passe de gagner un prix de la meilleure famille, mais je préférais que cette partie de mon existence reste privée.

— Dites-lui que je la rappellerai.

Je lançai un regard noir à Cillian, l'incitant à poursuivre.

Joanne resta plantée près de la porte.

— Désolée, monsieur Whitehall. Je crois que vous ne comprenez pas. Vous *devez* prendre cet appel.

Hunter fit craquer son cou, tournant la tête d'un côté puis de l'autre.

— Prends ton appel pour qu'on puisse avancer, bon sang. J'ai des trucs à faire.

— Des trucs à faire ? lâchai-je, surpris.

Ce type était aussi productif qu'un pilleur de tombes dans un crematorium.

— Tu peux te branler dans les toilettes. J'en ai des privées dans mon bureau.

Je lui lançai mes clés. Cet abruti était l'homme le plus séduisant que j'aie jamais vu en dehors d'un film Marvel. Et justement, il avait oublié de développer ses capacités intellectuelles. Même si, il fallait bien l'avouer, le mariage lui allait bien. Je ne l'aurais pas placé à la tête d'un centre de recherche nucléaire, mais au moins ce n'était plus un connard irréfléchi.

Hunter me renvoya mes clés.

— Va t'occuper de tes affaires avant que mon poing s'occupe de ton visage.

— Je n'arrive pas à croire que je dise ça, mais Hunter a raison, intervint Cillian de sa voix traînante, suintant l'ennui. Règle le problème. Certains d'entre nous ont des responsabilités autres que savoir avec qui on va coucher ce soir.

Inutile de leur dire que j'avais déjà choisi Allison Kosinki. Elle était attendue chez moi à 20 h 30.

— *Vas-y !* grondèrent-ils à l'unisson.

Non sans irritation, je suivis Joanne qui regagnait mon bureau à la hâte.

— Comment vont les enfants, Jo ?

— Très bien, merci, Votre Honneur. Je veux dire, Votre Altesse…

Les gens étaient toujours confus en présence d'un membre de la royauté. Même s'ils le côtoyaient au quotidien.

— Vous allez bien ? demanda-t-elle.

— Très bien, oui.

— Bien. Rappelez-vous que nous sommes là pour vous.

Mmm. On recevait rarement de bonnes nouvelles après ce genre de déclarations.

Joanne m'ouvrit la porte avant de regagner son poste, évitant mon regard.

Je considérai le téléphone un instant.

Il valait mieux que quelqu'un soit blessé, ou mieux encore – *mort.*

J'attrapai le combiné mais ne dis rien, attendant que ma mère engage la conversation.

— Devvie ? Tu es là ?

— Maman.

Ce terme affectueux n'était pas mon préféré – il me donnait l'impression d'avoir quatre ans – mais les riches, malheureusement, parlaient souvent comme s'ils portaient encore des couches.

— Oh ! Devvie. Je suis dévastée. Tu es assis ?

Encore debout, j'observai la pièce, au style ancien : plafond à caissons, placards intégrés, grand bureau de direction.

— Oui.

— Papa est mort cette nuit.

J'attendis de ressentir quelque chose – *n'importe quoi* – en apprenant que mon père avait passé l'arme à gauche. Mais malgré tous mes efforts, j'en fus incapable.

Edwin Whitehall avait passé la majeure partie de mon enfance à me rappeler que je n'étais pas à la hauteur. Il ne m'avait laissé d'autre choix que de fuir ma patrie, mon pays, et m'avait refusé le privilège le plus basique de tous : choisir ma femme.

Aucune partie de moi ne pleurait sa mort. Même si j'étais resté proche de ma mère et de ma sœur Cecilia, mon père avait refusé de me voir tant que je n'aurais pas épousé Louisa Butchart, ce à quoi je répondais : *avec plaisir.*

Depuis, je m'éclatais.

— C'est terrible, dis-je platement. Tu vas bien ?

— Je…, renifla-t-elle. Ça v-va.

Elle n'avait pas l'air d'aller bien.

— Ça a été soudain ?

Je m'appuyai contre mon bureau, plongeant une main dans la poche de mon pantalon de costume. Je connaissais la réponse. Ma mère tenait toujours à me parler des parties de golf et de chasse de mon père.

— Oui. Crise cardiaque. Je me suis réveillée ce matin et il était à côté de moi, inerte.

— D'accord, mais quand as-tu su qu'il était mort ? murmurai-je pour moi-même.

Heureusement, elle ne m'entendit pas.

— Je n'arrive pas à y croire, reprit-elle en fondant en larmes. Ton père – mort !

— C'est terrible, répétai-je froidement, envahi d'une joie tranquille et décomplexée.

Le monde n'était pas assez vaste pour Edwin et moi.

— Il voulait tellement te voir, geignit-elle. Surtout ces dernières années.

Je savais que c'était vrai. Pas parce que je lui manquais, Dieu l'en garde, mais parce que j'étais *de facto* l'héritier de ses propriétés, de son argent et de son titre de marquis. Tout ce que les Whitehall estimaient et représentaient se déployait à mes pieds, et il voulait s'assurer que je n'enverrais pas tout valser.

— Mes condoléances, maman, dis-je avec toute la sincérité d'un vendeur de voitures d'occasion.

— Assisteras-tu aux funérailles ?

— C'est quand ?

— La semaine prochaine.

— Bordel, soufflai-je, feignant d'être dévasté. Je ne suis pas sûr de pouvoir. J'ai des réunions qui s'enchaînent concernant la fusion. Mais je viendrai te soutenir dès que je pourrai.

Depuis que j'avais déménagé aux États-Unis, maman et Cece me rendaient visite deux fois par an. Je leur faisais toujours passer un bon moment, je les couvrais de cadeaux, et je m'assurais qu'elles étaient heureuses. Mais retourner en Angleterre pour témoigner mon respect à Edwin était une erreur morale à laquelle je ne survivrais pas.

— Il faudra bien que tu viennes à un moment donné, Devon, dit-elle, durcissant le ton. Non seulement pour la lecture du testament, mais comme tu le sais, Whitehall Court Castle t'appartient à présent. Sans oublier que, maintenant qu'Edwin est décédé, tu es officiellement marquis. Le célibataire le plus convoité d'Angleterre.

Le célibataire le plus convoité d'Angleterre, mon cul. Épouser un membre de la noblesse britannique était à peine pire qu'épouser un membre de la mafia. Au moins, Carmela Soprano n'avait pas à batailler avec les paparazzis du *Daily Mail* venus prendre le contenu de sa poubelle en photo.

— Je viendrai pour que le transfert de la propriété et des fonds se fasse en douceur, dis-je. Et, bien sûr, pour être là pour toi et Cece. Comment le prend-elle ?

— Pas bien.

Ma mère vivait à Whitehall Court Castle, tout comme ma sœur Cecilia et son mari, Drew. J'avais l'intention de leur léguer le château – je ne comptais pas vivre dans ce foutu machin de toute façon – et de leur verser une allocation mensuelle pour qu'elles vivent à leur aise.

— Je viendrai dès que possible.

Ce qui serait toujours trop tôt.

Cela faisait un an que je n'avais pas vu ma mère. Je me demandais si elle avait changé. Était-elle toujours d'une beauté tragique, drapée de la tête aux pieds dans des soieries noires ? Honorait-elle toujours sa coutume du thé de l'après-midi avec ses amies, durant laquelle elle s'autorisait un sablé qu'elle éliminerait plus tard sur le tapis de course ?

— Ça fait plus de vingt ans, dit-elle.

— Je sais compter, maman.

— Et même si on se voit souvent… ce n'est pas pareil sans toi ici.

— Je le sais aussi. Et je suis désolé d'avoir dû partir.

Je ne l'étais pas. Boston me convenait très bien. C'était une ville multiculturelle, intrinsèquement rude, et qui avait une histoire. Comme Londres, mais sans les paparazzis qui me couraient après et les bonnes femmes qui jetaient leurs filles à mes pieds en espérant que je les épouse.

— Tu as quelqu'un dans ta vie ?

Si maman était une veuve éplorée, j'étais Céline Dion. Elle devait être encore en état de choc.

— Quelques-unes. Au pluriel. Je suis, comme tu le sais grâce à tes amis de l'autre côté de l'Atlantique, un vrai débauché.

C'était vrai. J'aimais les femmes. Je les aimais encore plus sans leurs vêtements. Et je mettais un point d'honneur à les traiter comme le journal du matin – une fois suffisait, et il en fallait une nouvelle chaque jour.

— Comme ton père, jusqu'à un certain point.

Je pris une boîte à cigares en bois et la fis tourner entre mes doigts.

— Ça ne s'est pas arrêté le jour de votre mariage, alors ne le pleure pas trop fort.

Elle protesta mais changea de sujet, sachant qu'il était trop tard pour me convaincre que mon père n'était pas un monstre.

— Louisa est de nouveau célibataire. Tu as dû l'apprendre.

— Pas du tout, non, dis-je en reposant la boîte sur le bureau, le parfum des feuilles de tabac vieilli et de musc ambré emplissant mes narines.

Louisa était le sujet que j'aimais le moins aborder avec ma

mère, bien qu'elle revienne souvent dans la conversation. J'étais franchement tenté d'enrouler le fil du téléphone autour de mon cou et de me pendre.

— Je ne garde pas un œil sur tout le monde à la maison.

— Le fait que tu appelles encore ça « la maison » en dit long.

Je ricanai.

— L'espoir est comme une glace. Plus on s'en gave, plus on est malade.

— Eh bien, reprit-elle d'un ton enjoué, refusant de s'avouer vaincue, Louisa est célibataire. Son fiancé est décédé dans un accident de polo il y a un an. C'était affreux. Il y avait des enfants qui assistaient au match.

— Bonté divine. Le polo est déjà d'un ennui pour les adultes, alors pour des enfants… Quelle horreur.

— Oh ! Devvie ! gronda ma mère. Elle était anéantie quand c'est arrivé, mais aujourd'hui… eh bien, je me dis presque que c'est le destin, non ?

Maman renifla. Venait-elle de trouver un côté positif à la mort prématurée d'un homme lors d'un accident violent et public ? Mesdames et messieurs, ma mère, Ursula Whitehall.

— Je suis ravi que tu voies le bon côté de ces deux décès qui nous permettraient de partager le même code postal, Louisa et moi, dis-je avec un léger sourire.

— Elle t'a attendu, avec impatience.

— Permets-moi d'en douter.

— Tu le verras de tes propres yeux quand tu rentreras. Tu lui dois des excuses, au minimum.

C'était une vérité à laquelle je ne pouvais pas échapper. À dix-huit ans, avant de prendre l'avion pour Boston, j'avais promis à Louisa de revenir pour elle. Je n'étais jamais rentré, bien qu'elle m'ait patiemment attendu pendant les quatre premières années, m'envoyant des visuels de robes de mariée et de bagues personnalisées. À un moment donné, la pauvre avait fini par se rendre compte que nos fiançailles n'auraient pas lieu et elle était passée à autre chose. Au bout de dix ou vingt ans.

Je lui devais des excuses, et j'allais les lui présenter, mais penser que je lui devais un mariage était absurde.

— Tu sais, reprit ma mère en baissant la voix, conspiratrice, la dernière volonté de ton père était que tu épouses Louisa.

Tu sais, eus-je envie de répondre sur le même ton, *je m'en tape royalement*. Mais, restant poli, je dis :

— Si je compatis avec ta douleur, je trouve très difficile de faire des concessions concernant Edwin. D'autant plus maintenant, alors qu'il n'est plus là pour les apprécier.

— Il faut que tu te poses, mon chéri. Que tu fondes ta propre famille.

— Ce ne sera pas demain la veille.

Mais Ursula Whitehall ne laissait pas un détail aussi insignifiant que la réalité la priver d'un bon discours. Je l'imaginais presque en train de monter à la tribune.

— Mes connaissances de la côte Est me parlent tout le temps de toi. On dit que tu es pointu, avisé, et que tu ne laisses jamais passer une bonne occasion. On dit *aussi* que ta vie personnelle est décousue. Que tu passes tes soirées à jouer aux cartes dans le bouge de ce sauvage de Sam Brennan, à boire en compagnie d'écervelées deux fois plus jeunes que toi.

La première accusation était juste. La toute dernière, en revanche, était mensongère. J'avais un strict maximum de cinq ans d'écart. Je prenais des maîtresses de cinq ans de plus ou de moins que moi. Je n'avais enfreint cette règle qu'une seule fois, avec la délicieusement agaçante Emmabelle Penrose. J'avais beau avoir des défauts, je n'étais pas un mec vicieux. Il n'y avait rien de plus pathétique que de se balader avec une femme qu'on pouvait prendre pour votre fille – même si, heureusement, personne n'aurait pu penser que je laisserais ma fille s'habiller comme Emmabelle Penrose.

— Je comprends que tu sois en colère, maman, mais tu ne me convaincras pas de me marier.

À travers la grande porte vitrée, je vis Cillian, Hunter et le reste du comité de Royal Pipelines sortir de la salle de réunion. Hunter me fit un doigt d'honneur tandis que Cillian m'adressait un bref signe de tête signifiant « on se parle plus tard ».

Ce coup de téléphone m'avait fait prendre une heure de retard sur mon planning. C'était plus de temps que j'en avais accordé à mon père en l'espace de trente ans. J'allais lui envoyer une note bien salée en enfer. À l'autre bout du fil, maman continuait de radoter.

— … coupé de tes racines, de ton héritage. Je pense que beaucoup de choses referont surface quand tu reviendras à la maison. Je peux t'envoyer le jet privé si tu veux.

Ce jet appartenait aux Butchart, pas aux Whitehall, et je savais qu'il valait mieux ne pas accepter de faveurs de personnes envers lesquelles je ne voulais avoir aucune dette.

— Pas besoin. Je prendrai un vol commercial, avec les autres ploucs.

— C'est si commun, la première classe, sauf sur Singapore Airlines.

S'il y avait un sujet qui pouvait distraire ma mère de son tout récent veuvage, c'était le fait d'être riche.

— Je vole en classe affaires, dis-je avec sarcasme. Je me mêle aux gens normaux et authentiques.

Je savais que, pour ma mère, voyager en classe affaires revenait à traverser l'Atlantique sur un bateau en papier en se nourrissant uniquement de poissons crus pêchés dans l'océan.

— Oh ! Devvie, je n'aime pas ça.

Je la voyais presque en train d'agripper ses perles.

— Quand penses-tu arriver ?

— Je te tiens au courant dans les jours qui viennent.

— Dépêche-toi. Tu nous manques.

— Vous aussi.

Après cet appel, j'eus l'impression qu'on m'avait écorché vif.

Ma mère et ma sœur m'avaient manqué, oui.

Mais pas Whitehall Court Castle.

Je pris le reste de la journée. Contrairement à ce que l'on croyait, je n'étais pas marié à mon travail. Je n'y étais même pas fiancé. J'avais une relation *casual* avec mon entreprise et je profitais de la moindre occasion pour passer du temps hors du bureau.

Perdre son père, même si j'avais oublié à quoi il ressemblait, était une excuse parfaite pour quitter le travail.

Les nuages glissaient paresseusement dans le ciel, curieux de voir quel serait mon prochain coup. N'étant pas du genre à faire poireauter Dame Nature, j'entrai dans Temple Bar, un pub irlandais au coin de la rue. J'étais assis au comptoir quand Emmabelle Penrose poussa brusquement les portes en bois poisseuses, les joues baignées de larmes – une vraie épave.

Emmabelle était la femme la plus sublime sur terre. Ce n'était pas une exagération, c'était un fait. Ses cheveux, longs et luxuriants, semblaient avoir absorbé chaque rayon de soleil auquel ils avaient été exposés, tombant sur ses épaules en mèches blondes aux teintes variées. Elle avait des yeux félins, couleur granité myrtille, aux paupières tombantes, et des lèvres pleines comme si on venait de l'embrasser sauvagement.

Sans parler de son corps, qui selon moi pourrait causer une troisième guerre mondiale un jour.

Elle était jeune. Elle avait onze ans de moins que moi. La première fois que je l'avais vue, trois ans plus tôt, quand j'avais remis son contrat de mariage avec Cillian à sa sœur, Persy, je l'avais simplement aperçue en train de dormir et j'avais passé le mois suivant à rêver de conquérir le lit de cette nymphe aux cheveux blonds.

Ce qui rendait Belle encore plus séduisante était le fait que, comme moi, elle rejetait en bloc l'institution du mariage et appliquait à ses liaisons le même pragmatisme qu'à ses finances. Je trouvais sa fougue, son intellect et ses manières anticonformistes rafraîchissantes. Ce que je ne trouvais *pas* rafraîchissant, en revanche, c'était la façon dont elle m'avait jeté dehors au beau milieu de la nuit juste après notre partie de jambes en l'air.

Mlle Penrose avait beau être une Aphrodite sortant de l'écume sur le rivage chypriote, je restais pour ma part un homme fier et de sang royal.

Je pardonnais, mais je n'oubliais pas.

Même si, à bien l'observer, elle semblait un peu… *à vif* ?

Comme si elle se retenait de chialer dans son verre de chardonnay.

Un homme l'aborda à peine une seconde après son arrivée dans le bar, et je m'assis dans un coin pour l'observer lui casser presque le bras en deux, riant sous cape.

Mais au-delà de l'amusement, je ressentis une certaine responsabilité, exaspérante et tenace. L'idée de venir en aide à cette teigne avait beau me débecter, je savais que la femme de Cillian et sœur de Belle, Persy, me ferait passer par les neuf cercles de l'Enfer de Dante si elle apprenait que je l'avais purement et simplement ignorée.

Et puis, Emmabelle n'était pas du genre à s'apitoyer sur son sort ou à péter un plomb parce qu'elle s'était cassé un ongle. En tant qu'avocat, j'avais toujours eu une curiosité anthropologique. Qu'est-ce qui pouvait faire craquer une femme si coriace ?

Je m'approchai d'elle, la couvris de compliments et de paroles réconfortantes, et tentai de lui soutirer l'information. Belle refusa de coopérer, comme je m'y attendais. Cette fille était plus piquante qu'un jardin de roses – et tout aussi magnifique.

Je décidai de lui délier la langue à l'aide du sérum de vérité international : l'alcool.

Au bout du troisième cognac, elle se tourna vers moi, ses grands yeux turquoise brillant, et déclara :

— Je dois tomber enceinte là tout de suite si je veux avoir un enfant biologique.

— Tu as trente ans, dis-je en sirotant mon stinger, celui avec lequel j'avais commencé la soirée. Tu as tout le temps.

— Non, hoqueta Belle en secouant furieusement la tête.

Décidément, impossible d'échapper aux femmes hystériques aujourd'hui. Ce devait être leur journée.

— J'ai une sorte de… pathologie. Ça ne peut pas attendre. Mais je n'ai personne avec qui le faire. Ni la stabilité financière nécessaire.

Une idée pragmatique quoique dingue commença à se former dans mon esprit. De quoi faire d'une pierre deux coups.

— La question du père, ce n'est pas le problème, poursuivit-elle.

Elle renifla, s'apprêtant à prendre une autre gorgée de son verre. Je lui retirai des mains et le remplaçai par un grand verre d'eau. Si elle avait des problèmes de fertilité, devenir alcoolique n'arrangerait rien.

— Je pourrai toujours trouver un donneur de sperme. Mais Madame Mayhem commence à peine à générer des bénéfices. Je n'aurais pas dû racheter les parts des autres partenaires.

Belle était seule propriétaire d'un club burlesque du centre-ville. D'après ce que mon beau-frère m'avait expliqué, c'était une femme d'affaires avisée aux instincts de tueuse, en bonne voie de se dégager un profit à sept chiffres. Mais racheter leurs parts aux deux autres associés avait fait un trou dans ses finances.

— Les enfants, ça coûte cher, dis-je d'un ton désolé, préparant le terrain pour ma proposition.

— Pff, souffla-t-elle, abattue. Pas étonnant que les gens n'en fassent que deux.

— Sans parler du fait qu'il faudra que tu retournes travailler à un moment donné. Tu bosses de nuit, non ? Il faudra que quelqu'un s'occupe du petit. Soit une baby-sitter hors de prix, soit le père.

J'allais droit en enfer, mais au moins j'y allais avec panache.

— Le père ? fit-elle d'un air incrédule, comme si je venais de lui suggérer de laisser son enfant à un gang de rue. Je viens de te dire que je ferai appel à un donneur de sperme.

Vraiment ?

Faire un enfant à Emmabelle Penrose était la solution parfaite à tous mes problèmes.

Je ne la demanderais pas en mariage – non. Ni elle ni moi ne souhaitions nous marier, et Belle était sûrement plus difficile à apprivoiser qu'un blaireau sous crack.

Mais je passerais un genre d'accord avec elle. Je subviendrais à ses besoins. En échange, elle serait ma marque de Caïn. Mon ticket pour échapper à la royauté.

Ma mère me lâcherait la grappe, Louisa ne voudrait plus de moi, et les autres femmes arrêteraient de nourrir l'espoir de me forcer à me caser. Sans oublier que je *voulais* un héritier. Je n'avais pas envie que le titre de marquis meure avec moi. Récemment, le Parlement britannique, dans un effort progressiste, avait introduit une loi stipulant que les enfants nés hors mariage étaient à présent considérés comme des héritiers légitimes. C'était comme si l'univers m'envoyait un signe.

Emmabelle était la candidate idéale pour mon plan.

Détachée. Protégeant impitoyablement son indépendance. Propriétaire d'un utérus.

Et puis, il fallait le dire : la mettre enceinte ne serait pas la pire corvée de mon existence.

Alors que mon esprit commençait à rédiger les détails de cet accord, Belle avait toujours quatre coups de retard, à pleurer sur son compte en banque insuffisant.

— … probablement demander à ma sœur de me prêter de l'argent. Est-ce que j'en ai envie ? Non. Mais je ne peux pas faire ma fière. J'ai toujours remboursé mes emprunts, Devon. Ce n'est pas facile de dormir la nuit quand on sait qu'on doit de l'argent. Même quand c'est à ta propre sœur…

Je lui coupai la parole, pivotant sur mon tabouret pour lui faire face.

— Je veux bien avoir un bébé avec toi.

Elle était tellement bourrée que sa première réaction fut de me dévisager sans un mot, comme si elle venait de se rendre compte de ma présence.

— Tu, euh, quoi ?

— Je te donnerai ce que tu veux. Un enfant. La sécurité financière. Tout le package. Tu as besoin d'un bébé, d'argent, et d'un coparent. Je peux t'offrir toutes ces choses, si tu me donnes un héritier.

Elle eut un mouvement de recul.

— Je ne veux pas me marier, Devon. Je sais que ça a fonctionné pour Perséphone, mais c't' histoire de monogamie, c'est pas mon truc.

C't' histoire. Elle a dit c't' histoire. Prends tes affaires et tire-toi.

Ma bite m'ordonna de rester.

Je soulevai le verre d'eau devant elle et le portai à ses lèvres.

— Je ne te propose pas de m'épouser, *darling*. Contrairement à Cillian, révéler au monde qu'on m'a dompté et coupé les griffes ne présente aucun intérêt pour moi. Tout ce que je veux, c'est quelqu'un avec qui avoir un enfant. Maisons séparées. Vies séparées. Réfléchis-y.

— Tu planes complet.

Un comble, venant de la part d'une femme présentement incapable de dire combien elle avait de doigts à la main droite.

— Ton enfant pourrait être Son Altesse, si tu dis oui, insistai-je.

Personne à Boston n'ignorait mes titres royaux. Les gens me traitaient comme si j'étais l'héritier du trône, alors qu'en pratique il aurait fallu qu'une trentaine de personnes décèdent de manière prématurée – et peu probable – avant que je sois roi.

Je posai mon verre et hélai le barman pour commander à Emmabelle un truc gras dans un petit pain pour atténuer sa gueule de bois imminente. Dehors, la nuit tombait sur les rues de Boston. L'heure tournait. Je savais qu'Emmabelle passait ses nuits, soit à travailler chez Madame Mayhem, soit à faire la fête.

— Et cet enfant serait marquis ?

Elle mâchonna une mèche de cheveux, plus amusée que pensive.

— Ou marquise.

— Il ou elle serait invité aux cérémonies royales en Angleterre ? Serait baptisé ? Est-ce que je devrais porter des chapeaux ridicules et faire la révérence ?

— Peut-être, si tu veux te punir en acceptant ces invitations.

Elle plissa le nez.

— Je n'ai pas de chapeaux ridicules.

— Je t'en offrirai un si on se reproduit, dis-je abruptement, de plus en plus séduit par l'idée à chaque seconde qui passait.

Elle était parfaite. Et par « parfaite », je voulais dire en vrac. Plus personne ne m'approcherait si je la mettais enceinte. Surtout pas Louisa Butchart.

— Écoute, on a déjà couché ensemble, donc on sait que la partie conception serait de la bombe. Je suis riche, en bonne santé, avec un bon QI et j'habite dans le coin. Je paierais une pension alimentaire, t'installerais dans une belle maison et t'aiderais à élever le petit. On pourrait choisir la garde alternée, ou tu pourrais me laisser le prendre les week-ends et pendant les vacances. Quoi qu'il en soit, j'insisterais pour passer régulièrement du temps avec l'enfant, puisque je lui léguerais un héritage astronomique et un titre royal.

Elle pencha la tête sur le côté, m'étudiant comme si, de nous deux, c'était moi le plus déraisonnable.

— Penses-y. Comme ça tu auras tout ce dont tu as besoin – mieux qu'un donneur de sperme, un père pour le petit, et de l'argent pour ta peine – sans tout ce dont tu ne veux pas, à savoir un mari, quelqu'un qui t'enchaîne, une personne à qui rendre des comptes.

— T'es malade ou quoi ?

Elle se frotta le front. Je marquai une pause ; étions-nous passés à l'historique médical sans que je le remarque ?

— C'est possible, mais ce n'est sûrement pas héréditaire.

— Je ne peux pas faire ça avec toi ! s'exclama-t-elle en levant les bras en l'air.

— Pourquoi pas ?

— Déjà parce que je ne suis pas une femme vénale.

— En effet, confirmai-je tandis que le barman glissait une assiette de cheeseburger-frites devant Belle. C'est bien dommage. On sous-estime les femmes vénales. Ce sont des fonceuses qui savent ce qu'elles veulent.

— Nos familles péteraient un câble, dit-elle, la bouche remplie de bœuf, de condiments et de ketchup, avant de se lécher les doigts.

Il n'y avait rien de plus sexy que Belle Penrose en train de bouffer. À part, peut-être, Belle Penrose en train de *me* bouffer.

Ce serait un plaisir de faire un enfant à cette femme.

— Je ne sais pas pour la tienne, mais la mienne n'est déjà pas très saine d'esprit, dis-je, impassible, retirant des peluches invisibles de mon manteau. Blague à part, j'ai plus de quarante ans. Tu as la trentaine. Nous sommes tous les deux les individus les plus accomplis de notre groupe d'amis. Tous ceux qui nous entourent sont arrivés là où ils en sont par héritage ou par le mariage. Personne ne pourrait mépriser cet accord.

— *Moi*, je le mépriserais, répliqua Belle en mettant une frite dans sa bouche, qu'elle mâcha d'un air pensif. Ça me compliquerait la vie. Un donneur de sperme n'aurait pas de droits sur mon enfant. Je n'aurais pas à lui demander sa permission sur quoi que ce soit. Sur le choix de l'école, ou comment l'élever ou l'habiller. Moi seule aurais le contrôle. Je n'aime pas renoncer à mon pouvoir.

Je tirai une cigarette roulée de la boîte en métal dans ma poche et la plaçai entre mes lèvres avant de l'allumer.

— Ma belle, peu de choses dans la vie sont en ton pouvoir. Prétendre le contraire, c'est t'exposer à de grandes déceptions. Si tu ne veux vraiment pas jouer selon les règles des mortels, lie ton destin au mien.

— Tu n'es pas censé fumer ici, trouduc.

Elle posa son demi-hamburger dans son assiette, se tournant pour regarder le barman avec insistance et voir ce qu'il allait faire.

— La réalité dicte le contraire.

Je pouvais chier sur le comptoir, personne ne broncherait. Je me tournai ver le barman, lui soufflant une volute de fumée au visage.

— N'est-ce pas, Brian ? sifflai-je.

— Bien sûr, milord, et c'est Ryland, répondit-il en inclinant la tête.

Belle pencha la sienne sur le côté, l'air sceptique.

— C'est quoi, l'entourloupe ?

— Il n'y en a pas. On accorde le respect à ceux qui sont nés dans la haute.

— C'est ton argument de vente, Einstein ? Parce que je n'ai aucune envie d'avoir un enfant aussi condescendant et pourri gâté que toi.

Avec un rictus cordial – nous savions tous les deux que tout cela n'était qu'un jeu – je dis :

— Donne ton prix.

— Arrête d'appeler ma fille « le petit » pour commencer.

— Comment sais-tu que tu auras une fille ?

C'était amusant. Je ne considérais pas Emmabelle comme une femme émotive et rêveuse. On en apprenait tous les jours.

— Je le sais, c'est tout.

— Alors ? demandai-je sèchement. On va créer l'être humain le mieux doté génétiquement de la planète ou pas ?

Belle se leva, attrapa son sac à main haute couture d'occasion et me fit un doigt d'honneur.

— *Ou pas.* Trouve-toi un autre utérus à louer. Je vais boire jusqu'à ce que cette conversation s'efface de ma conscience. Elle ne mérite pas d'encombrer mes cellules grises.

Elle partit, me laissant avec l'addition, une idée qui commençait sérieusement à me plaire et un téléphone affichant une dizaine d'appels manqués en provenance de l'Angleterre ainsi que d'une Allison Kosinki frustrée, qui avait passé une bonne partie de la soirée à poireauter devant chez moi en talons hauts, manteau et rien d'autre… attendant que je la baise.

Bordel.

3

Belle

Quatorze ans

Tomber amoureuse.

C'est comme ça qu'on dit.

Je commence à comprendre pourquoi.

J'ai l'impression de tomber dans l'océan.

Et pas en bombe. Plutôt en faisant un gros plat, bien à l'horizontale. Vous savez, quand on a l'impression de heurter du béton en rencontrant la surface de l'eau.

Ça fait un mal de chien.

Ça fait mal de regarder ses yeux marron. Leur façon de se dérober quand nos regards se croisent dans le couloir ou en cours.

Ça fait mal quand il rigole, que je sens son rire secouer mes os, puis son bonheur se propager dans mon corps, chaud et collant comme du miel.

Ça fait mal quand je vois d'autres filles lui parler. J'ai envie de les attraper par les épaules et de CRIER qu'il est à moi. Parce que c'est le cas. C'est pour ça qu'il me réserve ces sourires et ces haussements de sourcils.

Je ne sais pas si c'est normal d'éprouver cette sensation. La sensation que cet homme détient la clé de mes humeurs.

Le plus bizarre... c'est que ça ne me ressemble pas. Je ne suis pas folle des garçons. Je suis plutôt... je sais pas, un garçon fou.

Un garçon manqué. Un voyou. Toujours à préparer un mauvais coup. À faire des farces, à grimper aux arbres, à supplier maman de m'autoriser à rester dehors pour jouer quelques minutes de plus avant de passer à table. C'est la première fois que j'éprouve des sentiments qui n'ont rien à voir avec ma famille.

Je n'ai jamais été amoureuse avant. Je ne sais donc pas si ce que je ressens est normal. Comme s'il portait mon cœur dans sa poche.

Une chose est sûre.

Cette année scolaire va être très longue.

Parce que l'homme qui me plaît ?

C'est M. Locken, mon coach.

4

Belle

Il y a un peu plus de dix ans, ma sœur, Persy, ma meilleure amie, Sailor, Aisling et moi étions allées à un bal de charité organisé par les Fitzpatrick.

En voyant une ancienne amie de lycée au bras d'un homme beaucoup plus âgé, nous avions conclu un pacte. Nous nous étions promis de nous marier uniquement par amour.

Par pour l'argent, pas à cause des circonstances, ni pour aucun autre motif.

Nous n'avions pas toutes réussi à honorer cette promesse.

Sailor, éternelle perfectionniste, avait tenu parole. Elle avait fait un mariage d'amour dans les règles de l'art, avec plein d'émojis cœur et de bébés aux joues rondes, et un mari ex-coureur de jupons qui baisait le sol qu'elle foulait.

Persy avait épousé Cillian Fitzpatrick, le frère de Hunter. Ces deux-là étaient ce qu'on appelle une catastrophe ambulante. Au départ, c'était strictement professionnel entre eux. Mais je savais que ma sœur avait toujours aimé l'aîné des Fitzpatrick. En retour, il était tombé amoureux d'elle comme on tombe dans un abysse. Profondément, sans rien pour se raccrocher au passage.

Aisling s'était retrouvée dans les griffes empoisonnées du monstre préféré de Boston, pour découvrir que c'était une situation mortelle pour quiconque sauf elle. Sam Brennan ne craignait pas Dieu, mais si vous touchiez à un cheveu de sa femme, il était capable de détruire la ville.

Et puis, il y avait *moi*.

Je savais que je ne me marierais jamais, et pourtant j'avais conclu ce pacte. Pas parce que je pensais changer d'avis, mais parce que je savais que ma sœur, Aisling et Sailor avaient besoin de cette garantie.

La garantie que j'allais bien. Que je n'étais pas cassée. Que j'étais capable de tomber amoureuse, même si ce n'était pas le cas.

Ou peut-être que si. Je ne pouvais pas le savoir, puisque je n'avais jamais pris le risque d'expérimenter ce simulacre.

— Son Altesse ? Madame la châtelaine ? Tu es avec nous ?

Sailor fit claquer ses doigts devant mon visage pour me tirer de ma rêverie. Nous étions toutes – Sailor, Persy, Aisling (la petite sœur de Cillian et Hunter) et moi – affalées dans mon canapé, à savourer notre repas hebdomadaire de plats à emporter. Aujourd'hui, c'était péruvien.

— Son cerveau a fait un court-circuit, dit Aisling en chassant ses cheveux noir corbeau de son visage avant de m'arracher mon téléphone des mains. Elle doit être submergée. Passe-moi le vin, s'il te plaît. Je prends le relais.

Aisling était lovée contre moi. Persy, installée de l'autre côté, ses cheveux dorés éparpillés sur mon épaule en rubans soyeux, tendit le cou pour regarder l'écran de mon téléphone sur lequel Aisling faisait défiler des images. Perchée sur la petite table, Sailor, avec sa chevelure rousse, ses taches de rousseur et son air jeune, nous resservait du vin et gobait son ceviche.

Mon appartement avait été conçu pour exprimer ma personnalité. Et à en croire le minuscule espace que j'occupais, j'étais schizophrène, drôle, et j'avais follement besoin d'un bon nettoyage.

Avec un papier-peint décoré de palmiers, un plafond vert foncé et un canapé orange, on ne pouvait pas m'accuser d'avoir des goûts conservateurs. D'autant que je possédais aussi des tableaux de pop art, une collection de vases du monde entier et des affiches de citations féministes que je trouvais particulièrement percutantes.

Oh ! et d'immenses affiches publicitaires, également placardées dans tout Boston, sur lesquelles je ne portais rien d'autre qu'un string et où je me prélassais en souriant dans un gigantesque verre de champagne.

Madame Mayhem : là où votre vertu vient mourir.

— Je n'arrive pas à croire que vous buviez toutes les deux, dit Sailor en regardant Persy et Aisling, toutes deux allaitantes.

Aisling, notamment, était du genre à ne pas pouvoir traverser en dehors des clous sans faire une crise d'urticaire. Ambrose, son fils, était encore tout petit.

— Je n'arrive pas à croire que tu n'as jamais tiré ton lait et picolé, fit Aisling en haussant les épaules, avant de prendre une autre gorgée de vin. Et les gens croient que c'est moi, la *nerd*.

— Parce que c'est toi ! s'exclama-t-on toutes à l'unisson.

Ash avait rejoint tardivement les Boston Belles. Persy et moi connaissions Sailor depuis l'école, mais Aisling était seulement entrée dans le gang quand Sailor avait rencontré Hunter. C'était la sainte-nitouche du groupe. La médecin. La fille d'un magnat du pétrole, bien élevée, au très bon pedigree, qui avait épousé le prince mafieux le plus brutal et le plus féroce de Boston.

— Je sais qu'on appelle le lait maternel « l'or liquide ». Mais ça ? dit Persy en levant son verre de vin. Ça n'a pas de prix. Je dois en profiter tant que je peux.

— Comment ça ? demanda Sailor, sourcils froncés.

Un sourire aux lèvres, Persy baissa le regard, ses cils noirs dissimulant ses yeux.

— Cillian et moi allons essayer de faire le troisième d'ici quelques mois.

— Vous êtes de vrais lapins, dis-je, écœurée.

— Tu sais comment c'est quand tu veux un bébé, rétorqua Persy.

Une pointe de douleur me transperça les entrailles. J'étais sortie me bourrer la gueule tous les soirs pour tenter de noyer ma peine depuis que le Dr Bjorn m'avait appris que mon utérus était encore plus inutile que le *H* de Hawaï. J'avais du mal à croire que, du jour au lendemain, j'étais passée d'une bombe en talons à un tas d'hormones. Mon ancien et mon nouveau moi me semblaient irréconciliables. Pourquoi voulais-je un enfant ? Ils étaient compliqués à gérer, coûtaient cher et vous empêchaient de dormir.

Mais ils étaient à vous. Votre famille. Votre constante. Votre boussole.

Je fus surprise de la réaction de mes amies et ma sœur quand je leur annonçai que j'étais engagée dans une course contre la montre pour tomber enceinte. Elles étaient si solidaires, si *excitées*, que je pleurais un peu moins sur mon sort.

Persy se porta volontaire pour faire autant de baby-sitting que je voulais (« J'en ai déjà deux à la maison, un de plus, c'est que dalle ! »), Ash se proposa pour les gardes de nuit (« Je suis médecin, faire des nuits blanches ne me fait pas peur »), et Sailor me dit qu'elle me donnerait *tous* ses meubles et affaires pour bébé (« Ma façon de faire comprendre à Hunter qu'il est hors de question qu'on en ait un troisième »).

Il ne restait plus qu'un tout petit détail : *tomber enceinte*.

Accepter l'offre de Devon Whitehall n'était clairement pas une option. Je n'avais aucune envie d'imposer à mon enfant une institution dépassée de consanguins blancs coincés.

Raison pour laquelle mes amies et moi étions en train de parcourir les profils de donneurs de sperme pour voir si l'un deux éveillait mon intérêt. Ce qui était déprimant, parce que les qualités importantes chez un être humain ne se cochaient pas comme sur une liste de courses. Il fallait *rencontrer* les gens pour les apprécier pleinement. C'était pour ça que j'avais toujours été nulle en applications de rencontre.

Blond et Pudique, alias donneur numéro 4322, né en 1998, dont l'animal préféré était le dauphin, avait peut-être un super profil génétique, mais pouvait tout à fait être un être humain détestable.

— Et celui-là ?

Ash me flanqua le téléphone sous le nez. Il n'y avait pas de photo du type – juste un énième avatar gris sans visage – mais une description détaillée et le pseudo qu'il s'était choisi.

— *Roi du barbeuc' ?* Sérieux ? dis-je d'une voix plaintive. Si la seule qualité qu'il décide de mettre en avant, c'est qu'il est doué pour faire cuire des merguez, je passe mon tour. Si je paie du sperme, je veux en avoir pour mon argent.

Et le sperme, ce n'était pas donné. Je m'étais promis de choisir du haut de gamme. Du foutre à quatre chiffres. Mon enfant méritait le meilleur.

— Il mesure un mètre quatre-vingt-dix et il a des fossettes. Dans les remarques, ils disent qu'il ressemble à Sean Connery jeune, s'exclama Persy.

— Et celui-là ? demanda Sailor en me montrant un autre profil. Multi-ethnique. Grand. Athlétique. QI méga élevé. Meilleur ami avec sa mère.

Je lui pris le téléphone, sourcils froncés.

— Ouais. Son type sanguin est AB négatif, ce qui veut dire que, si par malheur il arrive quelque chose, ce sera la galère pour trouver une transfusion sanguine pour mon enfant. Et puis il s'appelle *Viens*

Avec Moi. Franchement, on ne peut pas faire plus ironique. C'est littéralement le seul à avoir joui pour créer notre bébé hypothétique.

— Ok, Madame Grognon. Il y en a une qui est partie avec quelques a priori, lâcha Sailor.

— Oh ! tu trouveras le bon, Belly-Belle. Promis.

Dans un geste affectueux, Persy me passa la main dans les cheveux tandis qu'Ash secouait la tête, sans cesser de faire défiler les candidats sur mon téléphone.

On consulta les profils encore quarante minutes avant de trouver le match parfait. Originaire d'Asie de l'Est, il s'appelait *Gentil Champion*, mesurait un mètre quatre-vingt-cinq et avait un master en sciences politiques et politiques publiques. Son déjeuner de rêve était un tête-à-tête avec Nikola Tesla et son profil était intéressant, marrant et intelligent sans donner l'impression qu'il en faisait trop.

— Ce mec est parfait, dit Sailor en tapant du plat de la main la table basse sur laquelle elle était assise. Honnêtement, je lui demanderais de me faire un enfant si je pouvais.

— Je croyais que tu ne voulais plus d'enfant, la taquina Persy en me nattant les cheveux.

— J'essaie juste de convaincre notre copine de choisir un donneur avant que tous nos ovules meurent de vieillesse, fit Sailor en levant les deux mains en l'air.

— Il y a un nombre limité d'échantillons pour ce mec, donc faut te dépêcher, prévint Ash en consultant l'historique du donneur sur mon téléphone.

Je savais qu'elle avait raison. Je savais aussi que le *Gentil Champion* était certainement la meilleure option. Il avait l'air vraiment drôle, charmant, intelligent et semblait avoir les pieds sur terre. Et pourtant… je ne ressentais aucune excitation à l'idée de le choisir comme père de mon enfant.

Après tout, que savais-je vraiment de ce type, à part son identité et les choses qu'il me dirait sans doute à un premier *date* ?

Était-il aimable avec les inconnus ?

Faisait-il du bruit en mangeant ?

Pensait-il que la pizza à l'ananas était un plat acceptable dans une société civilisée ?

Il y avait tant d'éléments décisifs qui resteraient un mystère.

Et il y avait autre chose. Une chose à laquelle je n'arrêtais pas de penser, même si je savais que c'était le désastre assuré.

La suggestion de Devon Whitehall.

— *Oh-oh.* On est en train de la reperdre. J'ai l'impression d'être dans un mauvais épisode de *Grey's Anatomy*, dit Sailor avant de fourrer un beignet de crevette dans sa bouche.

— Ils étaient tous mauvais, et parfaitement inexacts d'un point de vue médical, dit Aisling.

— Belle, souffla Persy en posant le menton sur mon épaule, ses yeux bleus luisant d'inquiétude. Tout va bien ?

Je posai mon verre de vin.

— J'ai oublié de mentionner une autre possibilité.

Aisling pencha la tête sur le côté.

— Tu sais que Dieu ne va pas te faire la même fleur qu'à la Vierge Marie, n'est-ce pas ?

Je levai les yeux au ciel.

— Évidemment. J'ai été si mauvaise chrétienne que j'ai plus de chances de me taper une cigogne.

— Alors de quoi tu parles ? demanda Sailor.

Je jouai avec une mèche de mes cheveux. Je portais un ensemble de pyjama en satin rose qui disait « Je bois, ça te fera du bien ».

— Devon Whitehall m'a proposé ses services – et sa bite. En gros, il a dit qu'il aimerait avoir un héritier mais qu'il ne veut pas se marier. En échange, il m'aiderait financièrement et serait coparent. C'est gênant, non ?

— Putain de merde, lâcha Sailor en plaquant la main sur sa bouche. Il est, genre, duc, non ?

— Marquis, corrigeai-je, même si je n'avais aucune idée de ce que ça voulait dire. Je ne crois pas qu'il le soit. Pas encore, en tout cas.

— Ce qui est sûr, c'est qu'il est millionnaire, intelligent et un modèle de canonitude. Qu'est-ce que tu fous à passer au crible les profils d'étudiants alors que tu as cette offre sous la main ? demanda Aisling. Ça ne te ressemble pas, Belle. C'est toi la plus futée d'entre nous, normalement.

C'est vrai, avais-je envie de répondre. *Et comme je suis intelligente, je sais que donner les clés de ma vie à un homme comme Devon n'est pas une bonne idée.*

— Et puis, tu as une vraie chance d'offrir une figure paternelle à ton enfant, là, ajouta Persy.

— Ce n'est pas aussi simple, dis-je d'un air grave. Tout l'intérêt d'avoir un enfant seule, c'est que personne ne pourra se mêler de mes affaires ou me dire comment l'élever.

— Est-ce qu'avoir une seconde opinion de temps en temps serait vraiment si terrible ? demanda Aisling avec douceur. Les enfants, c'est du boulot. Un peu d'aide ne fait jamais de mal.

— Et de toute façon, intervint Persy, la parentalité est comme un emploi de bureau. Ceux qui sont là depuis plus longtemps que toi sont tes supérieurs. Tout le monde va te donner des conseils, que tu le veuilles ou non. Par exemple, maman ne m'a pas laissée emmener Astor se promener au parc de tout l'hiver parce qu'elle avait peur qu'il chope une pneumonie.

— C'est facile à dire pour vous, dis-je. Vous êtes toutes en couple avec des hommes qui sont fous de vous. C'était une évidence de faire des gosses. Je ne connais pas Devon, Devon ne me connaît pas, et l'idée qu'un inconnu plein aux as mais à la réputation douteuse prenne des décisions concernant mon futur enfant ne me plaît pas trop.

Mais au fond, j'imaginais déjà des montagnes de thune et des écoles privées huppées pour cet enfant. J'avais renoncé aux hommes pour une bonne raison. Mais je pouvais quand même profiter de la bite de Devon – et de sa carte de crédit – tout en le gardant à distance.

— Désolée, Belle, mais tu raconterais pas un peu de la merde ? demanda Sailor. Quelles décisions ? Ne fais pas comme si tu avais des principes du genre faire l'école à la maison ou élever un gamin vegan ou païen. Il aura la même éducation que n'importe quel autre enfant américain. Juste avec plus d'argent et un papa dont l'accent fait craquer les nanas.

— Et si on s'engueule ?

— Arrête un peu, fit Sailor. Ce type a fait fortune en gagnant l'amour des gens tout en les baisant. C'est un diplomate aguerri. Pourquoi vous vous engueuleriez ?

— Mais je briserais le pacte, finis-je par dire.

Sailor alla jeter les emballages à la poubelle pendant qu'Aisling rinçait les verres de vin dans l'évier. Persy, restée à mes côtés, me murmura à l'oreille :

— Les histoires d'amour ne sont pas des comédies musicales. Tu n'as pas besoin d'avoir un début, un milieu et une fin parfaitement orchestrés pour qu'elles fonctionnent. Parfois, l'amour débute au milieu. Ou même à la fin.

— Je ne suis pas comme toi, dis-je en me tournant vers elle, baissant la voix pour que personne ne nous entende. Écoute, Pers, je…

J'allais dire que jamais je ne me marierais, jamais je ne tomberais amoureuse, jamais je ne vivrais le rêve sans intérêt de la jolie petite maison à palissade blanche, quand ma sœur posa un doigt en travers de mes lèvres en secouant la tête d'un air solennel.

— Garde pour toi ce que tu t'apprêtes à dire. Tu peux, et ça t'arrivera. Rien n'est plus fort que l'amour. Pas même la haine. Pas même la *mort*.

Ma sœur avait tort, mais je me retins de répondre.

La mort était plus forte que tout.

Elle avait été mon chemin vers la délivrance et la renaissance.

Même si cela m'avait coûté mon âme.

Et tout espoir d'aimer un jour.

Plus tard ce soir-là, alors que je m'ennuyais dans mon lit, je décidai d'écrire à Devon. J'avais gardé son numéro depuis notre dernière fois, trois ans plus tôt, quand je m'étais assise sur son visage pour aller à Orgasmeville avant de le mettre à la porte.

Belle : Pourquoi tu veux un enfant, d'abord ?

Il répondit vingt minutes plus tard. Il devait être occupé à divertir une de ses amies docteures aux jambes interminables.

Devon : C'est le recensement national ?

Soit ce sale con avait supprimé mon numéro, soit il ne l'avait jamais enregistré. Cela fit redescendre mon ego de quelques étages.

Belle : C'est Belle. Réponds à la question.

Devon : Pourquoi faut-il qu'il y ait une raison perfide à mon envie d'avoir un héritier ?

Belle : Parce que tu es intelligent et que je ne fais pas confiance aux gens intelligents.

Devon : Faire confiance aux personnes stupides est pire. Au moins, les personnes intelligentes sont très prévisibles.

Belle : Tout ce que je sais sur toi, c'est que tu es membre de la famille royale. Et riche.

Devon : Ça suffit à la plupart des femmes pour qu'elles m'offrent leur soumission totale.

Belle : Je ne suis pas la plupart des femmes, Devon. Même tes amis les plus proches ne savent rien de toi. Si on fait ça, et je ne dis pas qu'on va le faire, je ne veux pas que tu me caches des choses.

Il me fit patienter quelques minutes. Je me demandai si c'était pour prouver quelque chose – comme me montrer qu'il n'interrompait pas son programme de la soirée pour discuter avec moi – ou parce qu'il était vraiment avec une autre femme. Il pouvait bien être en train de se taper toute l'équipe des Heat Dancers de Miami ou même de boire et fumer dans le bar miteux de Sam Brennan au point de réduire son espérance de vie ainsi que le nombre de ses spermatozoïdes. Je m'en foutais.

Devon : Je ne te cacherai rien. Je te prendrai en plein jour.

Je roulai dans le lit pour me mettre sur le ventre. Mes doigts voletèrent sur l'écran.

Devon : Qui pourrait refuser ça ? (image jointe)

J'étais sûre que monsieur le coincé m'avait envoyé une photo de son sexe. Mais quand j'ouvris l'image, c'était la photo d'un bébé en costume de marin avec une tignasse de cheveux blond clair et des yeux bleus perçants. Ce chérubin était si craquant que j'avais envie de mordre ses petites cuisses potelées.

Belle : ARRÊTE.

Pas de réponse. Bon sang, il prenait tout au pied de la lettre.

Belle : C'est toi ?

Devon : C'est moi.

C'était le bébé le plus mignon du monde, et de loin. Mais étrangement, comme une débile, j'étais incapable de lui faire ce simple compliment.

Belle : Le bleu et blanc ne te vont pas au teint, mec. Et cette robe te fait de grosses chevilles.

Je savais que ça le ferait rire, tout comme je savais qu'il ne me répondrait jamais « LOL ». Devon ne s'abaissait pas à employer des abréviations ou des acronymes. Un jour, en entendant Hunter dire « JPP » au lieu de « j'en peux plus », il lui avait jeté un savon pour qu'il se lave la bouche avec.

Devon : J'ai adapté mon entraînement sportif depuis. Je pratique l'escrime, principalement.

Belle : Pourquoi tu veux un enfant ?

Je voulais savoir.

Devon : J'ai besoin que quelqu'un hérite de tout ce que je laisserai.

Belle : Tu as déjà entendu parler de la charité ?

Devon : On dirait un prénom de stripteaseuse.

Belle : Ha ha. Pour de vrai.

Devon : La charité commence chez soi. Demande à Dickens.

Belle : Je suis à peu près sûre qu'il est un peu trop mort pour répondre. C'est de ça qu'il est question ? D'argent ?

Je ne savais pas à quel moment j'avais commencé à avoir des principes. Quel droit avais-je de le juger alors que j'étais (peut-être) en train d'accepter cet accord pour son fric et pour être invitée à des mariages princiers ?

Devon : Non. Et puis, j'aime bien les enfants. Je les trouve divertissants, perspicaces et plus cultivés que la plupart des adultes.

Belle : Si on fait ça (et encore une fois, JE NE DIS PAS QU'ON VA LE FAIRE), je ne coucherai plus avec toi une fois qu'on aura conçu. Jamais je ne sortirai avec toi, jamais je ne t'épouserai, jamais je ne te donnerai toutes les choses que les hommes attendent de la mère de leurs enfants.

L'idée de faire ça avec lui commençait à me plaire. L'argent était certes un facteur déterminant, mais j'aimais aussi le fait qu'il n'était pas un simple avatar dans un océan de donneurs de sperme. J'avais des indications qui serviraient de bases de comparaison pour mon futur bébé. Je savais que c'était un escrimeur de talent, qu'il trouvait vulgaire de parler d'argent et qu'il était intransigeant sur la grammaire. Je savais que le football américain l'atterrait et qu'il était passionné d'histoire. Qu'il skiait et qu'il possédait des vestes vintages Barbour et Aga. Je connaissais son odeur après le sexe (sueur, cuir haut de gamme et bois de santal).

Et je savais qu'il ne me devait rien et qu'il pouvait avoir un enfant avec n'importe quelle autre femme de la côte Est. La plupart se jetteraient à ses pieds pour avoir cette chance.

Devon : Compris et sous-estimé. Coucher avec la même personne pendant plus de cinq mois d'affilée est rébarbatif pour les deux parties.

Qui parlait de la sorte ? Vraiment… *Qui ?*

Belle : T'es vraiment vieux.

Devon : Tu essaies de gagner du temps.

Belle : Les gens penseraient que t'es un sale type si tu me mettais enceinte.

Devon : Peut-être, mais je ne serais pas le pire au sein de la famille royale. Ils s'en remettraient.

Belle : Alors comment tu vois les choses ?

Belle : (SI ON FAIT ÇA ET JE NE DIS PAS QU'ON LE FERA)

Devon : On pourrait commencer ce mois-ci. J'ai à faire en Angleterre, mais à part ça je suis plutôt libre. Appelle-moi quand c'est le moment.

Belle : Il faudra que je voie un test de dépistage d'IST pour vérifier que tu es clean.

Devon : Je te le faxerai.

Un fax. Il utilisait encore le fax. Il était tellement vieux que j'étais presque surprise qu'il ne m'envoie pas les résultats par pigeon voyageur.

Devon : Je rédigerai un contrat pour établir des règles concernant le système de garde, l'aspect financier, etc. J'exigerai de toi un certain degré d'engagement pour que le contrat soit satisfaisant pour les deux parties.

Belle : On va vraiment le faire, hein ?

Devon : Pourquoi pas ?

Belle : Hum, voyons…

Belle : PARCE QUE C'EST FOU ?

Devon : Pas aussi fou que de tomber enceinte d'un inconnu sans visage, et pourtant ça arrive tout le temps. L'évolution, *darling*. Finalement, nous ne sommes que de vulgaires singes essayant de laisser une marque de leur passage dans ce monde.

Belle : Tu viens de me traiter de singe, là ? Super romantique, Whitehall.

Il ne répondit pas. Peut-être Devon n'était-il pas si vieux, c'est moi qui me sentais juste jeune en comparaison.

Belle : Encore une question.

Devon : Oui ?

Belle : C'est quoi ton animal préféré ?

J'étais persuadée qu'il répondrait par le dauphin ou le lion. Un truc cucul et prévisible.

Devon : Le poisson de sable rose.

Oh ! super. Encore un truc bizarre.

Belle : Pourquoi ?

Devon : Parce qu'on dirait des hooligans bourrés essayant de provoquer une bagarre dans un bar. Et ils ont des espèces de mains flippantes. Leurs défauts exigent une certaine compassion.

Belle : Tu es bizarre.

Devon : C'est vrai, mais tu es intéressée, *darling*.

5

Belle

Le lendemain, je m'arrêtais au Walgreens sur le chemin du travail pour acheter un test d'ovulation et des vitamines prénatales à croquer. Passant devant un panneau de moi nue, j'en fourrai quatre dans ma bouche et entrepris de lire les instructions du test alors que j'arrivai au Madame Mayhem.

À deux pas de Chinatown, dans le centre de Boston, mon club était coincé entre deux maisons de grès rouge abritant respectivement une agence de voyage et une boutique. C'était autrefois un restaurant en faillite que j'avais racheté à un prix dérisoire avec deux autres associés pour le transformer en bar branché. Deux ans plus tôt, le type qui tenait la laverie d'à-côté avait fait faillite, et je l'avais convaincu de nous vendre le lot à bas prix. Je n'avais pas arrêté de courir à la mairie pour obtenir la permission d'abattre les murs de séparation entre les deux propriétés. Au terme de la procédure, un Madame Mayhem revu et amélioré avait vu le jour – un club opulent, audacieux et osé.

Comme moi.

Désormais, j'étais la fière propriétaire de l'un des établissements les plus réputés de la ville. Ce n'était pas une simple boîte de nuit branchée avec une carte de cocktails aux prix indécents ; nous proposions aussi des shows burlesques, avec reconstitution de cabarets de La Nouvelle-Orléans des années 1950, hommes et femmes en belle lingerie, ou encore une soirée amateurs tous les jeudis permettant aux exhibitionnistes de montrer leurs atours.

Sur le papier, je faisais de bons bénéfices. Mais depuis que j'avais racheté leurs parts aux deux autres associés et complètement rénové les lieux, mon revenu personnel était modeste. Correct, mais pas assez pour assumer seule un enfant.

Pourtant, j'étais une travailleuse acharnée qui ne se laissait pas décourager par les petits accrocs. La journée, je travaillais dans les bureaux et, le soir, j'assistais mes barmans.

— Belly-Belle, fit Ross en m'accueillant dès que je me faufilai dans la cage à lapin grise qui me servait de bureau.

Il fit glisser une tasse de café sur la table et s'assit au bord. Mon meilleur ami de jeunesse était devenu barman en chef et responsable du personnel au Madame Mayhem. Il était *aussi* devenu carrément canon.

— Boston n'a pas l'habitude de te voir tout habillée. Comment tu te sens ?

— Droguée à la vie et en manque de fric. Quoi de neuf ?

Je pris une gorgée de café, mon sac à main encore à l'épaule. Il fallait que je fasse pipi sur un test d'ovulation avant de me mettre au travail.

Ross haussa une épaule.

— Je voulais juste m'assurer que tu allais bien après ce merdier la semaine dernière.

— Il y a eu un merdier la semaine dernière ?

Ma mémoire était un peu floue ; j'avais été occupée à boire

mon poids en alcool pour oublier la nouvelle que m'avait donnée le Dr Bjorn.

— Frank, précisa Ross.

— C'est qui Frank ?

Ross me lança un regard signifiant « tu te fiches de moi ».

— *Mais ouiiiii*, ce sac à merde.

Frank était un ancien barman. La semaine précédente, je l'avais surpris dans les coulisses en train de harceler sexuellement une des danseuses. Je l'avais viré sur-le-champ. Il avait accepté de partir, mais pas sans m'avoir dit ce qu'il pensait de l'épave de connasse alcoolique que j'étais. Heureusement pour moi, j'étais déjà prête à en découdre, surtout avec un homme. Alors quand il m'avait crié dessus, j'avais crié plus fort. Et quand il avait essayé de me lancer une lampe à la figure… eh bien, je lui avais jeté une *chaise* à la gueule, avant de déduire le coût des dégâts de son dernier salaire.

« Tiens, espèce de sous-merde. Et maintenant je te conseille de quitter la ville, parce qu'elle va te snober quand j'aurai raconté ce que tu as fait à tous mes amis gérants de boîtes de nuit. »

Je ne m'étais pas arrêtée là. J'avais envoyé sa photo à un journal local en leur expliquant ce qu'il avait fait.

Trop dur ? Trop dommage. La prochaine fois, il ne laisserait pas traîner ses mains.

— Tout est oublié, dis-je en secouant la main pour balayer le sujet.

Je n'avais pas le temps de parler de Frank. Il fallait que je vérifie si mes ovaires faisaient leur boulot.

— Il va falloir le remplacer.

Ross était toujours perché sur mon bureau. Je repris mon chemin en direction des toilettes.

— Ouais, eh ben, vérifie bien les antécédents du prochain.

Je m'enfermai dans une cabine, m'accroupis et pissai sur le test d'ovulation. Plutôt que de le poser pour attendre les résultats comme une adulte, je surveillai le test d'un regard noir, priant pour voir s'afficher deux lignes roses bien marquées plutôt qu'une seule toute fade.

Quand deux lignes apparurent bel et bien, je pris une photo avec mon téléphone et l'envoyai à Devon avec la légende :

Feu vert

Je sortis, m'assis à mon bureau et tentai de me concentrer sur les tableurs Excel à l'écran. Mes yeux ne cessaient de dévier sur mon portable tandis que j'attendais une réponse de Devon. N'ayant toujours rien reçu au bout d'une heure, je retournai le téléphone pour ne plus voir l'écran.

Calme ta joie, me réprimandai-je intérieurement. Il avait un métier. Chaque heure de sa journée était facturable. Évidemment qu'il n'allait pas tout lâcher pour rappliquer au Madame Mayhem et me faire un bébé.

Environ deux heures plus tard, Ross se pointa de nouveau dans mon bureau. Il planta une bouteille de champagne haut de gamme devant moi. Une petite carte dorée pendait du goulot.

— Dom Pérignon ? dis-je en haussant un sourcil, dubitative.

Cette édition spéciale valait environ mille dollars la bulle.

— On n'a pas ça ici. Tu l'as eu où ?

— Ah, c'est la question du jour. Ouvre l'enveloppe et on le saura.

Effectivement, après examen, la carte ressemblait plutôt à une petite enveloppe. L'effroi me saisit. Ça ressemblait à s'y méprendre à de la drague, et je ne versais pas là-dedans. Je préférais quand Devon nous comparait à des singes.

— Comment sais-tu que c'est pour moi ? demandai-je en le regardant avec suspicion.

— Meuf. La seule boisson que mes rencards me paient, c'est du soda à volonté. C'est de la part de qui ?

J'ouvris rapidement l'enveloppe mystérieuse. Deux billets s'en échappèrent. J'en ramassai un, les doigts tremblants.

— Des billets pour l'opéra ? demanda Ross avec étonnement. Qu'est-ce que tu racontes comme mensonges à ces pauvres gars sur Tinder ? Il est évident que ce mec ne te connaît pas.

C'est de la provocation. Il sait très bien que les dates, *c'est pas mon genre.*

— J'ai dit que j'adorais Oprah, pas l'opéra. Il a dû mal comprendre.

Je lâchai un bâillement ostentatoire. Hors de question que je parle de Devon à Ross. C'était déjà assez difficile comme ça d'avouer ma stérilité à mes amies. J'avais ma fierté.

— Pourquoi les hommes ne m'emmènent jamais dans de beaux endroits ? lâcha Ross en faisant la moue.

— Tu cèdes trop vite, murmurai-je, les yeux toujours rivés sur les billets comme s'il s'agissait d'un cadavre dont je devais me débarrasser.

— Toi aussi. Sans même faire un seul *date* avec eux.

— Je te donne mon billet, si tu veux.

Je n'irais pas à l'opéra aujourd'hui. J'avais du travail. Il nous manquait un barman.

Devon agissait toujours dans un seul et même but – manipuler, jouer et déstabiliser les autres. Ça devait le faire marrer de me donner l'impression qu'on sortait ensemble. Il fallait que je remette les pendules à l'heure.

Belle : Salut, espèce de snob mangeur d'escargots et amateur de régates. Je ne pourrai pas me joindre à toi à l'opéra aujourd'hui mais tu peux passer chez moi quand tu veux après minuit, et je te promets de monter dans les aigus. – B.

Ce message resta, lui aussi, sans réponse.

Je travaillai toute la soirée, tenant le bar avec six autres serveurs, serrée dans une robe corset en dentelle. L'odeur de ma propre transpiration m'était devenue si familière pendant les années où je bâtissais ma carrière que je l'appréciais.

Je servais des verres, coupais des citrons verts et courais chercher d'autres parasols à cocktail dans la réserve. Je dansais sur le bar, je flirtais avec hommes et femmes, et je sonnais la cloche quand on nous couvrait de pourboires.

Le rideau bordeaux s'était levé sur la scène, révélant des musiciens en costards. Leur chanson jazzy imprégna les hauts murs de la boîte. Les danseuses burlesques avancèrent d'un pas félin sur la scène, en talons hauts et robes à sequins couleur sauge. Les gens acclamaient, applaudissaient et sifflaient. Je m'arrêtai, une caisse de parasols à cocktail dans les bras, le front dégoulinant de sueur, et les regardai avec un grand sourire.

Ma décision d'acheter Madame Mayhem n'était ni accidentelle ni irréfléchie. Elle découlait de ma volonté de promouvoir l'idée qu'être une créature sexuelle n'était pas un péché. Le sexe n'est pas synonyme de vulgarité. Il peut être bon enfant et rester beau. Mes danseuses n'étaient pas des stripteaseuses. On ne pouvait pas les toucher – ni même s'approcher sans être mis à la porte – mais elles prenaient le contrôle de leur sexualité et faisaient ce qui leur chantait.

Ce qui, selon moi, était une vraie force.

Quand je repris ma place derrière le bar, il était presque 23 heures. Je savais qu'il fallait que je boucle tout rapidement si je voulais être rentrée chez moi avant minuit en ayant assez de temps pour prendre une douche, me raser les jambes et être à la hauteur comme partenaire sexuelle de Devon Whitehall.

— Ross ! hurlai-je par-dessus la musique tout en glissant sur le sol collant derrière le bar pour planter un pistolet à soda dans un verre et préparer une vodka-Coca light à un homme en costard. Je pars dans dix minutes.

Ross leva le pouce en l'air pour me signaler qu'il m'avait entendue. De l'autre main, il récupéra un billet de cinquante dollars entre les doigts d'une femme appuyée contre le bar, dont les seins débordaient de sa brassière de sport jaune fluo.

Je m'apprêtais à prendre la commande d'un groupe de femmes portant des écharpes d'enterrement de vie de jeune fille (*Demoiselle de Déshonneur, Mauvaise Influence* et *Capitaine de Beuverie*), quand une main se tendit vers moi dans le noir pour m'enserrer l'avant-bras, me faisant mal.

Je tournai vivement la tête et m'apprêtais à retirer mon bras quand je remarquai que mon agresseur me lançait un regard assassin.

Son visage était en grande partie tatoué, et si balafré que j'aurais été bien incapable de deviner son âge. Il était habillé en noir de la tête aux pieds et ne ressemblait en rien à notre clientèle habituelle.

J'avais l'impression d'être face à Lucifer… et il ne me lâchait pas.

— Je vous suggère de retirer tout de suite votre main de mon bras, à moins que vous n'y soyez pas très attaché, sifflai-je, les dents serrées, mon sang bouillonnant dans mes veines.

L'homme m'offrit un sourire vil et affreux. Ce n'était pas qu'il avait les dents abîmées. Au contraire, elles étaient grandes, blanches et brillantes, comme s'il sortait de chez le dentiste. C'était ce qu'il cachait qui me mettait mal à l'aise.

— J'ai un message à vous livrer.

— Si c'est de la part de Satan, dites-lui de venir me voir en personne s'il a les couilles, crachai-je en retirant mon bras avec force.

Sa main retomba sur le bar, et j'usai de tout mon self-control pour ne pas y planter mon couteau à citron.

— Je vous suggère d'écouter attentivement, Emmabelle, à moins que vous ne vouliez qu'il vous arrive des bricoles.

Je pouffai.

— Ah oui ?

— Sinon…

Mais il n'eut pas le temps de finir : une silhouette élancée et élégante sortit des profondeurs de la boîte, envoyant valser l'homme comme s'il ne pesait pas plus lourd qu'un fétu de paille. Mon agresseur balafré s'écroula au sol, et Devon apparut dans mon champ de vision, vêtu d'un smoking de créateur, les cheveux plaqués en arrière, ses pommettes aussi tranchantes que des rasoirs. Il s'approcha en marchant – intentionnellement – sur l'homme, puis considéra ses mocassins comme s'ils avaient été souillés.

— J'étais en train de faire quelque chose, dis-je, agressive.

— Permets-moi de ne pas compatir.

— Es-tu capable d'éprouver de la compassion ?

— En règle générale ? Oui. Avec les femmes qui me font attendre ? Pas vraiment.

Devon se pencha par-dessus le bar et me hissa sur son épaule, puis il fit demi-tour et se dirigea vers la sortie. Je levai les yeux et vis l'expression interloquée de Ross, figé sur place, une bouteille de bière dans une main, un décapsuleur dans l'autre.

— J'appelle la sécurité ? La police ? Sam Brennan ? me lança-t-il par-dessus la musique depuis le bar, dont nous nous éloignions sans que Devon ralentisse.

— Non, c'est bon, je le tuerai moi-même. Mais renseigne-toi sur ce taré.

J'allais pointer le sol à l'endroit où j'avais vu Scarface pour la dernière fois, pour découvrir qu'il avait disparu.

Je laissai Devon faire sans me débattre. Se faire porter après avoir travaillé debout six heures d'affilée n'était pas la pire des punitions. J'optai plutôt pour l'attaque verbale.

— Pourquoi t'es sapé comme un serveur de grand restaurant ?

— Ça s'appelle un costume. C'est une tenue tout à fait appropriée.

Même si j'ai cru comprendre que les hommes qui te plaisent portent plutôt des combinaisons orange.

— Qui t'a dit ça ? Persy ? hurlai-je. J'ai couché avec *un seul* ex-taulard. Et il était en taule pour une pyramide de Ponzi[1]. C'est un peu comme se taper un politicien.

— Je t'ai attendue, dit-il d'une voix glaciale.

— Pourquoi ? demandai-je dans un soupir, résistant à l'envie de lui pincer les fesses. Je t'ai dit que je ne viendrais pas à l'opéra.

— Non, tu ne l'as pas fait, répondit-il sèchement, ses doigts s'enfonçant plus encore dans la courbe de mes fesses. Mon champagne et mes billets sont arrivés sains et saufs, et puisque je n'ai pas eu de nouvelles, je suis parti du principe que le plan était de nous retrouver ce soir.

C'était impossible. Je lui avais envoyé un message.

Oh. *Oh.* Le message n'avait pas dû partir. Mon opérateur téléphonique avait une très mauvaise couverture réseau, surtout quand j'étais dans le bunker souterrain qui me servait de bureau.

— Je t'ai envoyé un message. Il n'est pas parti. Tu crois que ce petit numéro de mâle alpha m'excite ?

Je pouffai. Parce que laissez-moi vous dire que ça m'excitait *carrément*. Même si jamais je ne l'avouerais à voix haute. Mais bordel. Cela faisait longtemps qu'on ne m'avait pas traitée avec tant d'assurance et de culot.

— On ne fait pas tous dans l'exagération pour survivre, ma chère Emmabelle. Ce que tu penses de moi m'importe peu.

Devon sortit dans la nuit fraîche, avançant vers sa voiture à grandes enjambées.

— Tu dis que tu veux un enfant, mais dans le même temps tu te

1 Escroquerie financière.

pavanes, tu bois et tu travailles comme une forcenée. L'un de nous sait comment te mettre enceinte, et je crains que ce ne soit pas toi.

Le cran de ce connard. Il était en train de me faire du *mansplaining*. J'aurais pu le trucider si je n'avais pas été, en effet, un peu bourrée et carrément épuisée par ma journée de travail.

Devon ouvrit la portière passager de sa Bentley vert foncé, m'installa à l'intérieur et boucla ma ceinture.

— Maintenant, dis-moi qui c'était, ce type. Celui qui te tenait par le bras.

Il ferma la portière et fit le tour de la voiture avant que je puisse répondre, puis il se glissa à mes côtés. Un effluve de son irrésistible parfum me chatouilla les narines.

— Je n'en ai aucune idée. J'étais sur le point de le découvrir quand tu as déboulé pour jouer les gros durs.

— Ça arrive souvent ? Que des hommes t'attrapent comme ça au boulot ?

Il démarra la voiture, filant jusque chez moi à travers les rues parsemées de croûtes de neige. Mon cœur n'avait pas le droit de s'emballer ainsi parce que Devon se souvenait de mon adresse. Il valait mieux que ce sursaut dans ma poitrine soit un souffle au cœur.

— Qu'est-ce que tu crois ? dis-je avec insolence.

— Je crois que certains hommes pensent qu'ils ont le droit de te toucher à cause de ton métier, répondit-il en toute honnêteté.

Cela arrivait souvent, à vrai dire. Surtout quand je dansais sur le bar ou que je montais sur scène avec mes danseurs. Mais je savais comment poser des limites et remettre les gens à leur place.

— C'est vrai. (Je souris.) Je suis sans cesse obligée de repousser les hommes. Comment tu crois que j'ai eu ces bébés ? dis-je en embrassant mes biceps.

Comme il ne répondait rien, j'ouvris sa boîte à gants et me mis à fouiller dans son bazar. Je faisais souvent ce genre de choses.

Forcer les gens à réagir. On en apprenait beaucoup sur les autres à leur façon de se comporter quand ils étaient en colère. Je trouvai un petit fossile gravé, que je pris entre mes mains.

— Je ne suis nullement impressionné par ce que j'ai vu ce soir.

Devon, aussi calme que le dalaï-lama, m'arracha le fossile des mains et le posa entre nous.

— *My goodness*, tu n'es pas impressionné ! dis-je en plaquant une main sur mon décolleté, prenant mon meilleur accent anglais. Dieu du ciel, je vais démissionner sur-le-champ et devenir *nanny* ou nonne. Tout ce qui vous plaira, *my lord*.

Il se frotta la joue, excédé.

— Tu es exaspérante.

— Et tu étais en travers de mon chemin, conclus-je en reprenant le petit fossile, que je fis tourner entre mes doigts. Je peux mener mes propres combats, Devon.

— Tu es à peine capable de rester en vie.

À en croire son expression glaciale, il ne plaisantait pas. Il le pensait vraiment.

Une fois à destination, il me reprit dans ses bras et emprunta les escaliers plutôt que de prendre l'ascenseur. *Encore* une excentricité. Comment se faisait-il qu'aucun de ses super fans n'ait jamais remarqué à quel point il était étrange ?

— Il y a un ascenseur *juste* là. Pose-moi, homme des cavernes.

— Je ne prends pas l'ascenseur, dit-il d'une voix sèche.

— Tu ne prends pas l'ascenseur ? demandai-je, savourant la sensation de ses abdos et de ses pectoraux contre mon corps.

— Correct. Je ne rentre dans aucun espace confiné dont je ne peux pas sortir facilement.

— Et les voitures ? Les avions ?

Adieu mon rêve de coucher dans un avion avec un membre

de la famille royale. Il avait été doux le temps qu'il avait duré. Et très spécifique.

— La logique veut que j'utilise les deux, mais j'essaie d'y échapper dès que possible.

— Pourquoi ?

Cela me surprenait. Sa peur semblait être si irrationnelle pour un homme qui n'était que pur rationalisme.

Sa poitrine fut secouée d'un rire. Il baissa les yeux vers moi, amusé.

— Cela ne te regarde pas, *darling*.

Une fois chez moi, je fus surprise que Devon ne s'empresse pas de me déshabiller pour me prendre sauvagement. Au lieu de ça, il sortit une liasse de documents d'une belle mallette en cuir et la posa sur la table basse avant de s'asseoir. Je me laissai tomber dans un fauteuil coloré en lui jetant un regard noir.

— Qu'est-ce que tu fais ?

Manifestement, il était en train de sortir une quantité de feuilles suffisante pour confectionner une statue de la Liberté en papier mâché. Il ne prit pas la peine de lever les yeux des documents qu'il disposait sur la table pour me répondre.

— Je m'occupe de notre contrat. Pendant ce temps, n'hésite pas à rattraper l'opéra que tu as loupé ce soir. *La Bohème*.

Il me tendit son téléphone, sur lequel il avait déjà lancé une vidéo.

— Comment es-tu entré ? Tu m'as envoyé les deux billets.

— Je voulais être sûr d'en avoir en plus au cas où tu en perdrais un, donc j'ai réservé toute la rangée.

Putain de merde. C'était méga sexy, mais dans le genre salaud, parce qu'il partait du principe que j'étais bordélique.

Je lui arrachai le téléphone des mains.

— Comment sais-tu que je ne vais pas regarder tes messages ?

— Comment sais-tu que je t'ai donné mon téléphone personnel et pas celui que j'utilise pour le boulot ? rétorqua-t-il.

Je lui jetai un regard blasé. Visiblement, l'écart d'âge entre nous ne suffisait pas. Il fallait en plus que je me comporte comme une ado.

— Regarde, ordonna-t-il en montrant son téléphone d'un geste de la tête, indifférent à mon expression assassine.

— Tu as tout filmé ?

Peu de gens avaient la capacité ou le talent de me surprendre, mais cela me surprit. En général, j'étais à l'origine du scandale.

Devon prit un marqueur rouge et se concentra sur les documents étalés devant lui, ne m'accordant toujours aucune attention.

— Correct.

— Mais pourquoi ? J'ai niqué ta soirée.

— Et moi je vais te niquer. Et alors ? fit-il sans sourciller. Maintenant, regarde l'opéra pendant que je relis le contrat une dernière fois.

Et c'est ce que je fis, pendant quarante minutes. Les dix premières minutes, je lui jetai de petits coups d'œil. C'était agréable de savoir que j'allais bientôt être en contact étroit avec cet homme puissant et sophistiqué.

Mais au bout de dix minutes, il se passa quelque chose d'étrange. Je commençai à... eh bien, à accrocher. *La Bohème* était l'histoire d'une pauvre couturière et de ses amis artistes. C'était entièrement en italien et, même si je n'en connaissais pas un mot, je *ressentais* tout ce que l'héroïne ressentait. C'était puissant. La façon dont la musique jouait avec mes émotions comme si j'étais une marionnette.

Au bout d'un moment, Devon m'enleva son téléphone des mains et le remit dans sa poche. Il était assis tout près de moi à présent.

— Eh ! protestai-je en lui lançant un regard mauvais. Je regardais. Mimi et Rodolfo venaient de décider de rester ensemble jusqu'au printemps.

— La fin est exquise, m'assura-t-il en sortant un stylo de luxe de sa mallette. Tu aurais adoré, si tu étais venue avec moi.

— Je veux voir la fin.

— Si tu t'y prends bien, tu la verras. Relisons le contrat ensemble.

— Et après ?

Je haussai un sourcil, les bras croisés sur la poitrine.

— Et après, ma chère Emmabelle, dit-il avec un sourire diabolique, je vais te faire grimper aux rideaux.

Une heure et vingt-trois minutes.

Voilà le temps que cela prit de revoir toutes les modalités du contrat que Devon avait rédigé.

Puis il me montra son test de dépistage d'IST – il était blanc comme neige – et me dit qu'il renonçait à voir le mien afin de favoriser un environnement de travail basé sur le respect et la confiance.

Cela me plaisait, qu'il définisse notre accord comme du « travail ». C'était clinique, détaché.

Le problème, c'est que, lorsque nous eûmes fini de passer en revue les documents légaux, c'était le beau milieu de la nuit et que j'étais lovée sur le canapé à côté de lui en train de bâiller. Je portais encore la robe corsetée que j'avais mise pour le boulot et je ressemblais à une prostituée du Moyen Âge sur le point de corrompre le dauphin.

— C'est ça ton secret ? Épuiser les gens pour qu'ils se soumettent à ta volonté ? ronronnai-je dans le coussin en luttant contre le poids accablant de mes paupières.

J'entendis Devon ranger les contrats signés dans sa mallette en cuir et zipper la fermeture Eclair.

— Entre autres.

Sa mâchoire se contracta et je crus apercevoir une ombre froide et impassible passer sur son visage.

— Hmm, répondis-je en serrant le coussin, m'enroulant autour comme un chat. Je crois que tu as trouvé une adversaire à ta taille. Je ne m'incline devant personne.

— As-tu déjà eu un petit ami ?

— Non.

— C'est bien ce que je pensais.

— Et toi ?

Je dormais déjà à moitié.

— Non au petit ami. J'ai eu quelques petites copines. Aucune n'a dépassé les six mois, cela dit.

— *C'est ben c'que j'pensais*, marmonnai-je en laissant échapper un léger ronflement.

Je ronflais, la tête dans ma propre aisselle, démonstration de charme fou et de délicate féminité.

— *Sweden*, souffla-t-il, sa voix flottant tel un nuage noir au-dessus de ma tête. Debout.

— Tu vas en Suède ?

Je bavais à présent, la joue collée au tissu par ma salive froide et gluante.

Il laissa échapper un petit rire.

— Pas « Sweden », *Sweven*.

— Oh.

Une pause. Je m'assoupissais, mais je continuais à lui parler.

— Ça veut dire quoi ?

— C'est un vieux mot anglais qui désigne un rêve, une vision. Quelque chose qui te vient pendant le sommeil. Tu es un fantasme, Emmabelle. Trop belle pour être vraie. Trop malsaine pour être vécue.

— Vive moi, grognai-je.

Pourvu qu'il ne me demande pas de l'épouser. J'étais assez épuisée pour y réfléchir sérieusement.

— C'est l'heure de prendre une douche.

— Demain, marmonnai-je.

— On est demain, répliqua-t-il. Et Google m'a soufflé que ta fenêtre d'ovulation ne dure qu'entre douze et vingt-quatre heures. Va prendre une douche, qu'on puisse honorer notre contrat.

D'un geste vif, sans faire un bruit, Devon me souleva et me porta à travers mon appartement, comme si nous étions des mariés en lune de miel. *Enfin*, me dis-je, les yeux toujours fermés. Cet enfoiré m'emmenait dans mon lit. On le ferait demain, ou…

C'est quoi ce bordel ?

Des aiguilles glacée me mitraillèrent de toutes parts, me forçant à ouvrir les yeux. Désorientée, je me découvris par terre dans la douche. Les deux pommeaux me crachaient de l'eau dessus. Je lançai des regards frénétiques autour de moi et repérai Devon, debout de l'autre côté de la porte vitrée, appuyé contre le mur, ses manches de chemise relevées jusqu'aux coudes, exposant ses délicieux avant-bras veineux.

Un sourire diabolique étirait son visage.

Je me débarrassai tant bien que mal de ma robe déjà ruinée qui s'imbibait d'eau et la laissai tomber au sol dans un bruit sourd.

— Je vais te trucider !

Je m'agrippai à la porte comme un chat détrempé, bien réveillée – et complètement nue. J'étais sur le point d'ouvrir le battant pour lui sauter dessus quand il s'approcha pour tirer sur la poignée, tenant la porte bien fermée.

— Tu me tueras plus tard. D'abord, j'ai besoin que tu sois propre et bien réveillée.

— Le seul contact qu'on aura quand je sortirai d'ici, c'est mon poing dans ta gueule, menaçai-je en montrant les dents.

Je ne me rappelais pas qu'il ait été si exaspérant quand nous couchions ensemble pour s'amuser. Il s'était fait greffer une personnalité de merde ou quoi ?

— Le sexe en colère, c'est encore meilleur.

Devon passa son pouce sur sa lèvre inférieure, me poussant à la limite de la folie.

Je tentai de négocier.

— Je vais crever de froid !

— Je t'écrirai une belle nécrologie.

— Tu ne peux pas être si cruel ! hurlai-je en tapant du poing sur la vitre.

— Bien sûr que si.

Il sourit cordialement, comme le maître d'hôtel d'un restaurant étoilé.

— Et puis, les diamants sont créés sous pression.

— Lâche la poignée.

— Lave-toi d'abord.

— Sinon quoi ?

Le besoin de riposter pour ce qu'il m'infligeait me rendait folle. Mon esprit était en surchauffe. Hors de question qu'il s'en tire comme ça.

— Sinon, ce sera le seul moment de la soirée où tu seras mouillée. Et menaces mises à part, on sait tous les deux que tu en rêves depuis la nuit où tu m'as mis dehors, il y a quelques années.

Ses mots me firent baisser les yeux vers son pantalon. Vers la bosse impressionnante qui réclamait mon attention. Je relevai vivement la tête vers lui.

— Désolé, mec. Cette fois-là avec toi ne figure pas dans le top 20 des meilleures baises de ma vie.

Devon sourit, des petites rides amusées ornant ses yeux couleur de pierre précieuse.

— *Menteuse.*

Il se retourna pour sortir de la salle de bains, tout en assurance et suavité. Je sautai sur l'occasion pour me ruer hors de la douche et me planter devant lui, lui barrant le passage. Je le repoussai vers l'intérieur, trempant son costume.

— Pas si vite, duc de Connardville. Je crois que c'est ton tou…

Avant que je puisse finir ma phrase, il me plaqua contre le mur et couvrit ma bouche d'un baiser punitif.

Ses mains descendirent le long de mon dos jusqu'à mes fesses, qu'il saisit de ses doigts puissants. Il me colla contre son sexe en érection à travers son pantalon. L'air autour de nous vibrait, de rage, de frustration et de noirceur. Nous étions tous les deux affamés.

Il arracha sa bouche à la mienne et fit rouler son pouce sur mes lèvres, les écartant d'un geste sensuel.

— Pas maintenant, Sweven. Ne sois pas si remontée. Je savais que je devais te réveiller pour être en toi, et te toucher avant de prendre l'avion pour l'Angleterre était de la plus haute importance.

— Quand est-ce que tu pars ?

Je dardai ma langue pour la faire tourner autour de son pouce. Ses lèvres s'entrouvrirent, une expression de langueur se peignant sur son visage d'adonis.

Mes doigts déboutonnèrent son pantalon. Mon corps s'électrisait comme un câble sous tension.

— Demain.

— Pourquoi ?

— Les affaires.

Sa bouche plongea entre nous, sur mes seins, et il prit un de mes tétons entre ses dents, levant les yeux vers moi pour me sourire avant que le téton disparaisse dans sa bouche.

— Mais si on manque ma fenêtre d'ovulation ?

Je laissai ma tête tomber en arrière, et un gémissement m'échappa. Je passai mes doigts dans ses cheveux, le plaisir intense d'être dans ses bras revenant me frapper avec force.

Les lèvres de Devon s'ourlèrent.

— Alors je crains qu'on soit obligés de s'envoyer en l'air pendant un mois de plus. Rappelle-toi, tu as cinq mois avant que je te jette, ma beauté.

Sa queue jaillit de son pantalon alors que ses doigts effleuraient mon sexe. Je savais qu'il n'allait pas me doigter. Ce n'était pas son style. Il avait une façon de baiser d'une convenance scandaleuse. Il vous prenait d'une manière qui paraissait à la fois propre et sale. C'était pour ça qu'il m'obsédait tant – au lit. Mon corps tremblait d'impatience, comme quelques années plus tôt, quand il m'avait coincée dans le chalet de Cillian Fitzpatrick et défiée de le laisser me faire jouir cinq fois en une nuit. Il avait relevé le défi haut la main.

Devon saisit son sexe gonflé, le fit glisser contre ma vulve et en frappa mon clitoris sous nos regards enfiévrés, nos souffles chauds se mêlant l'un à l'autre.

Il s'enfonça légèrement en moi pour me trouver toute mouillée. Il releva les yeux. On se sourit. Je hochai la tête, lui donnant la permission.

Il me pénétra pleinement, empoigna l'arrière de mes cuisses, et se mit à me baiser contre le mur. Mes omoplates heurtaient la surface froide dans mon dos.

Mais je m'en foutais.

Je m'en foutais que Devon soit encore tout habillé.

Je m'en foutais que ce soit le beau milieu de la nuit et que je gémisse assez fort pour réveiller tout le Wisconsin.

Je. M'en. Foutais. De tout, sauf du moment que nous étions en train de partager.

Le plaisir intense de l'avoir en moi était gratifiant, mais c'était la possibilité de créer une autre vie qui me rendait folle.

On jouit ensemble, des vagues de plaisir me submergeant. C'était différent des autres fois. L'orgasme était dingue, mais lorsqu'il jouit et que je sentis le liquide chaud et collant se répandre en moi, je soutins son regard et il soutint le mien ; nous tremblions dans les bras l'un de l'autre, souriants. Le fait qu'il soit si présent dans l'instant était grisant.

Il me reposa soigneusement au sol, reculant d'un pas. J'avais lu quelque part pendant une de mes recherches Internet qu'il était conseillé de s'allonger sur le lit avec les jambes en l'air pour augmenter les chances de conception. Soudain, je fus prise d'une envie pressante de le faire.

— Bien.

Je roulai des hanches en allant prendre un peignoir pendu à un crochet et l'enroulai autour de moi, me sentant moins décente que je ne l'affichais alors que son sperme coulait le long de ma cuisse.

— Merci pour vos services. Maintenant, si tu pouvais dégager de chez moi, ce serait fort apprécié.

Une fois encore, j'usai de mon accent *british* pour le forcer à me détester.

Son pantalon était baissé jusqu'aux genoux. Il le releva en rentrant sa chemise dedans, prenant son temps pour se rendre présentable.

— Je serai en Angleterre pour le reste de la semaine, comme je l'ai dit…, commença-t-il, mais ce fut à mon tour de le prendre de court.

— Mec, je ne vais pas avoir besoin de toi avant le mois prochain, et encore, si j'ai besoin de toi. Donne ton emploi du temps à quelqu'un que ça intéresse.

Je le poussai vers la porte d'entrée. En temps normal, faire bouger un homme costaud de sa taille n'était pas si facile. Mais son pantalon étant encore à moitié défait, il perdit l'équilibre et vacilla en arrière.

— Tu es aussi raffinée qu'un chat de gouttière, dit-il d'un air satisfait.

— Ce n'est pas moi qui ai jeté une personne à moitié endormie sous une douche froide.

Je le poussai de nouveau. Il fit mine de me mordre la main.

— Je ne regrette rien, Sweven. C'était un plaisir de te baiser.

— Et une exception, lui rappelai-je en ouvrant la porte derrière lui avant de le pousser une dernière fois. Et puis, n'essaie pas de faire perdurer Sweven. On n'est pas ces gens-là.

Dans le couloir de mon immeuble, sautillant sur place pour remettre son pantalon, il lâcha un rire bourru puis me lança le sourire le plus dévastateur que j'aie jamais vu. Je dus me rappeler que c'était un tombeur et un débauché. Un homme qui, malgré son beau visage, avait un passif déplorable avec les femmes.

— Tu ne sais pas quel genre de personne je suis. Mais tu vas bientôt le découvrir.

6

Devon

La mauvaise nouvelle, c'est que j'étais accidentellement arrivé en temps et en heure pour l'enterrement de mon père.

La bonne nouvelle, c'est que j'étais si heureux de voir ma mère et Cece que même le fait d'être là pour honorer mon père ne réussit pas à gâcher mon humeur.

Le plan initial était d'arriver un jour après l'enterrement. Mais ils avaient dû faire la cérémonie un jour plus tôt, puisqu'ils n'avaient plus besoin de tenir compte de mon planning. J'arrivai pendant la dernière partie, alors que le cercueil était mis en terre, à l'arrière de Whitehall Court Castle, à côté d'une église abandonnée où ses ancêtres avaient été enterrés. Et où, vraisemblablement, je reposerai un jour pour l'éternité.

Ma maison d'enfance était une immense forteresse. Avec des tours médiévales, une architecture néogothique, du granit et du marbre et un nombre indécent de fenêtres en ogive. Le château était encadré par un jardin en forme de fer à cheval à l'avant et une vieille église qui n'était plus en service à l'arrière. Il possédait aussi deux granges, quatre cottages pour les domestiques et une allée impeccablement entretenue menant à une forêt sauvage.

Par beau temps, on apercevait la côte française depuis le toit du château. Des souvenirs de moi plus jeune, mince et bronzé, en train de défier le soleil de me brûler vif et de me fondre dans la pierre sur laquelle j'étais allongé, se bousculaient dans mon esprit.

J'avançai vers l'attroupement de personnes en noir, cochant mentalement la liste des présents.

Maman, toujours aussi gracieuse et élégante, se tamponnait le nez de ses mouchoirs chiffonnés.

Ma sœur Cecilia était là avec son époux, Drew Hastings, que j'avais rencontré à de multiples occasions lors de leurs visites aux États-Unis. Bien que j'aie manqué leur mariage dans le Kent, j'avais offert au couple un charmant studio à Manhattan pour qu'ils puissent venir régulièrement aux États-Unis.

Cecilia et Drew étaient tous deux grands et bien en chair. À première vue, on aurait pu les prendre pour des jumeaux. Ils se tenaient l'un contre l'autre, sans pour autant interagir. J'avais beau faire des efforts pour apprécier Hastings par égard pour ma sœur, il me semblait toujours aussi prodigieusement inintéressant.

Bien qu'il soit issu d'un bon pedigree et d'une famille aux nombreuses relations, il était connu dans tous les gentlemen's clubs d'Angleterre comme un homme plutôt ennuyeux et benêt qui serait incapable de garder un emploi même si on l'enchaînait à sa jambe.

Byron et Benedict se tenaient de l'autre côté de la foule. Ils avaient dans les quarante-cinq ans et l'air bouffis et ridés. C'était comme s'ils avaient passé tout leur temps à boire et à fumer depuis que j'étais parti.

Et puis, il y avait Louisa Butchart.

À trente-neuf ans, Louisa avait réussi à devenir agréable à l'œil. Elle avait des cheveux courts et brillants aussi noirs que mon âme, des lèvres écarlates et une ossature fine et gracieuse. Un manteau noir croisé cintrait sa silhouette svelte.

C'était assurément une femme que n'importe quel homme de mon rang voudrait à son bras.

Si personnellement je devais l'éconduire par principe, je devais tout de même admettre que Louisa rendrait un jour un homme très heureux.

Coinçant une cigarette au coin de ma bouche, je m'approchai du trou béant creusé dans la belle pelouse verte. Je m'arrêtai quand mon torse percuta le dos de Cecilia et me penchai en avant, mes lèvres trouvant son oreille.

— Salut, sœurette.

Cecilia se tourna vers moi, ses yeux bleus trahissant sa surprise. Je gardai les yeux rivés sur le cercueil alors qu'il disparaissait petit à petit sous des tas de terre. L'espace d'un instant, je pris conscience du fait que toute l'attention s'était détournée du cercueil pour se concentrer sur moi. Je ne pouvais pas le leur reprocher. Ils devaient me prendre pour un hologramme.

— Devvie ! lança Cecilia en passant ses bras autour de mes épaules, enfouissant son visage dans mon cou. Tu m'as tellement manqué ! Maman a dit que tu n'arriverais que demain.

Je l'enlaçai, déposant un baiser sur le sommet de son crâne.

— Ma belle, je serai toujours là pour toi.

Même si je dois honorer le branleur qui m'a donné la vie.

— Seigneur. J'ai failli avoir une crise cardiaque ! s'écria ma mère.

Elle clopina jusqu'à moi, ses talons s'enfonçant dans le sol boueux. Ça sentait la pluie anglaise. La maison. Je la serrai dans mes bras puis l'embrassai sur la joue.

— Maman.

Les endeuillés se rassemblèrent autour de nous, l'air curieux.

C'était mesquin, mais j'étais ravi de voler encore une fois la vedette à Edwin, même pour son dernier voyage.

Maman recula la tête et posa ses mains glaciales sur mes joues, les yeux brillants de larmes.

— Tu es si beau. Si… si *grand* ! J'oublie toujours ton visage quand je ne te vois pas pendant plusieurs mois.

Malgré moi, une espèce de rire-grognement m'échappa.

J'avais été si résolu à ne pas remettre les pieds en Angleterre tant que mon père était en vie que j'avais presque oublié à quel point ma mère et Cecilia m'avaient manqué.

— Vous avez réussi à venir, alors, hein ? Génial, dit Drew en me donnant une tape dans le dos.

Étreignant toujours ma mère, je sentis une main hésitante sur mon bras. Quand je tournai la tête, je vis le sourire timide de Cecilia, sa peau rose aussi fragile que le verre d'une ampoule.

— Tu m'as manqué, mon frère, souffla-t-elle.

— Cece, grognai-je, presque de douleur.

Je quittai les bras de ma mère pour prendre ma sœur dans les miens. Ses boucles blondes me chatouillèrent le nez. Je fus surpris de découvrir qu'elle avait toujours la même odeur, celle des pommes vertes, de l'hiver et des bois. Celle d'une enfance avec trop de règles et trop peu de rires.

Je fus saisi d'un sentiment de regret déchirant.

J'avais abandonné ma petite sœur. Je l'avais laissée se débrouiller toute seule alors qu'elle était adolescente.

Maman avait raison. Revenir en Angleterre faisait remonter des vieux souvenirs et des problèmes non résolus.

— Tu restes un moment ? s'enquit Cece.

— Je reste quelques jours.

Je lui caressai les cheveux, regardant par-dessus sa tête, croisant le regard de Drew, qui se dandinait d'un pied sur l'autre, l'air tout sauf heureux d'avoir un autre homme à la maison

— *Minimum*, ajoutai-je d'un air entendu.

Elle frissonna entre mes bras, et soudain je m'en voulus amèrement de ne pas avoir été plus impliqué dans sa vie. Petite, elle avait toujours eu besoin de moi, et j'avais toujours été là. Et pourtant, ma haine envers mon père m'avait fait rater son mariage trois ans plus tôt.

— Tu es heureuse avec lui ? chuchotai-je dans ses cheveux afin qu'elle seule puisse m'entendre.

— Je…, commença-t-elle.

— Dites donc, dit Benedict en m'empoignant par l'épaule, Byron sur les talons. Je pensais que les poules auraient des dents avant que Devon Whitehall remette les pieds sur le sol anglais.

Je m'écartai de Cecilia pour serrer la main aux deux frères.

— Toutes mes excuses, mais ce sont plutôt des coqs que je vois pérorer ici, et on dirait qu'ils ont bien besoin d'un séjour en centre de désintox.

Le sourire de Benedict s'évanouit.

— Très drôle, dit-il, la mâchoire serrée. J'ai des problèmes de thyroïde, pour ton information.

— Et toi, Byron ? demandai-je en me tournant vers son frère. Quels sont les problèmes qui t'empêchent de ressembler à un membre de la société sobre et opérationnel ?

— Nous n'avons pas tous la vanité de nous soucier autant de notre apparence. J'ai entendu dire que tu étais un self-made-man millionnaire, dit Byron en lissant son costume.

Je finis ma cigarette et jetai le mégot en direction de la tombe.

— Je m'en sors.

— C'est trop de boulot d'être reconnu pour ses accomplissements. C'est mieux d'être connu pour son nom de famille et son héritage, fit Benedict en ricanant. Enfin, c'est bon que tu sois de retour.

Le truc, c'est que je n'étais pas de retour. Je n'étais que de passage. Spectateur d'une vie qui n'était plus la mienne.

J'avais construit une existence ailleurs. J'étais lié à la famille Fitzpatrick, qui m'avait pris sous son aile. J'avais mon cabinet d'avocat, l'escrime et les femmes que je courtisais. Et un nouveau rebondissement dans mon histoire en la personne d'Emmabelle Penrose, une femme qui avait plus de démons que de robes dans sa penderie.

Alors que les personnes présentes me submergeaient de tous côtés, exigeant de tout savoir de ma vie en Amérique – mes amis, mes partenaires, mes clients, mes conquêtes – je remarquai que l'une d'entre elle restait à l'écart, de l'autre côté de la tombe remplie de terre.

Louise Butchart m'étudiait à travers ses cils en maintenant une distance de sécurité. Elle faisait la moue et avait le dos cambré, comme pour exhiber ses nouveaux atouts.

— Viens, dit ma mère en passant son bras sous le mien pour me tirer vers le gigantesque manoir. Tu auras tout le temps de parler à Lou. Je suis impatiente de te montrer à tous les domestiques.

Mais il n'y avait rien à dire.

Je devais des excuses à Louisa Butchart.

Rien de plus.

Une heure plus tard, j'étais assis à une grande table dans l'une des deux salles à manger de Whitehall Court. J'étais installé en bout de table, entouré de ma famille et de mes amis d'enfance.

J'étais stupéfait de voir que rien n'avait changé pendant toutes mes années d'absence. De la moquette à carreaux aux meubles en bois sculpté, en passant par les chandeliers et le papier peint floral. Les murs étaient gorgés de souvenirs.

« Mange tes légumes ou c'est le monte-plats. »

« Mais, papa… »

« Pas de "mais papa". Mon fils ne deviendra pas grassouillet et faiblard comme les enfants Butchart. Mange tes légumes tout de suite ou tu passes la nuit dans la boîte. »

« Je vais vomir si je les mange ! »

« C'est tout aussi bien. Ça ne ferait pas de mal à ton corps bedonnant de dégueuler un bon coup. »

En regardant autour de moi, je ne pus m'empêcher de me sentir triste pour Cece et ma mère – plus que je ne l'étais pour moi-même. Au moins, j'étais parti me construire une autre vie. Elles étaient restées ici, accablées par l'humeur exécrable de mon père et ses exigences incessantes.

— Alors, Devon, parle-nous de ta vie à Boston. Est-ce aussi épouvantable et gris qu'on le dit ? demanda Byron en mâchant bruyamment sa *shepherd's pie*. J'ai entendu dire que ce n'était pas si différent que ça de Birmingham.

— J'imagine que la personne qui t'a dit ça n'a visité ni l'une ni l'autre de ces deux villes. J'aime les quatre saisons de Boston ainsi que ses établissements culturels.

Les établissements culturels étant le club de Sam, où je faisais des paris, de l'escrime et me ruinais la santé à fumer.

— Et les femmes ? demanda Benedict, qui en était à son cinquième verre de vin. Comment se classent-elles par rapport aux Anglaises ?

Mon regard croisa celui de Louisa. Elle ne détourna pas les yeux, mais ne trahit aucune émotion.

— Les femmes sont des femmes. Elles représentent un divertissement, une nécessité, et globalement un mauvais investissement financier, lâchai-je.

J'espérais laisser transparaître que j'étais toujours le chaud lapin bon à rien qui avait fui l'Angleterre pour échapper au mariage.

Benedict éclata de rire.

— Eh bien, si personne ne veut mettre les pieds dans le plat, je vais le faire moi-même. Devon, as-tu quelque chose à dire à notre chère sœur pour l'avoir laissée en plan ? Elle t'a attendu pendant quatre ans.

— Benedict, *assez*, lança sèchement Louisa en relevant modestement le menton. Où sont tes manières ?

— Où sont *les siennes* ? répliqua-t-il. Il faut bien que quelqu'un exige des réponses, puisque papa et maman ne peuvent pas.

— Où sont le duc de Salisbury et son épouse ? demandai-je, me rendant soudain compte qu'ils n'avaient pas assisté aux funérailles.

Il y eut un moment de silence, puis ma mère s'éclaircit la gorge.

— Ils sont décédés. Accident de voiture.

Seigneur. Pourquoi ne me l'avait-elle pas dit ?

— Mes condoléances, dis-je en regardant Louisa plutôt que ses frères, que je ne considérais toujours pas au même stade d'évolution que moi.

— Ce sont des choses qui arrivent, dit Byron en agitant la main pour chasser le sujet.

Manifestement, il aimait trop être duc pour se soucier du prix de son nouveau titre.

Il y eut un autre silence avant que Benedict reprenne la parole.

— Elle avait dit à tous ses amis que tu reviendrais pour elle, tu sais. Louisa. La pauvre chérie a visité des salles dans tout Londres pour célébrer vos fiançailles.

Louisa se mordait la joue, les yeux rivés sur le vin qu'elle faisait tourner dans son verre sans le boire. J'avais envie de l'emmener dans un endroit isolé, privé. Pour m'excuser du bazar que j'avais mis dans sa vie. Pour lui assurer que j'avais merdé sur toute la ligne, pas seulement avec elle.

— Punaise, tu te rappelles ? lança Byron en donnant une grande tape dans le dos de son frère. Elle avait même choisi une bague de fiançailles et tout. Elle avait demandé à notre père de payer parce qu'elle ne voulait pas que tu la trouves trop exigeante. Tu l'as vraiment prise pour une conne, mec.

— Ce n'était pas mon intention, dis-je, les dents serrées, n'ayant plus aucun appétit ni pour mon plat, ni pour leur compagnie. Nous étions des enfants.

— Je pense que c'est un sujet dont Devon et Louisa devraient discuter en privé, intervint ma mère en se tamponnant les coins de la bouche avec sa serviette bien qu'elle n'ait aucune trace de nourriture sur le visage. Il est déplacé d'aborder ce sujet en compagnie, d'autant plus aux obsèques de mon époux.

— Et puis, nous pouvons discuter de tellement d'autres sujets, s'exclama Drew avec un enthousiasme factice. Devon, je voulais vous demander : que pensez-vous de l'explosion des hypothèques au Royaume-Uni ? Le risque d'inflation est élevé, non ?

J'ouvris la bouche pour répondre, quand Byron interrompit la conversation en levant son verre de vin dans les airs comme un empereur tyrannique.

— Je vous en prie, tout le monde se fiche du marché immobilier. Vous vous adressez à des gens qui ne savent même pas comment épeler le mot « hypothèque », alors de là à en rembourser une.

Il reposa violemment son verre, renversant son contenu rouge carmin sur la table.

— Au lieu de ça, pourquoi on ne parlerait pas de toutes les promesses que Devon Whitehall n'a pas tenues au fil des années ? Envers notre sœur. Envers notre famille. La réalité a enfin rattrapé Lord Beau Gosse, et il doit maintenant faire de sérieuses concessions s'il veut conserver ce qu'il reste de sa vie d'avant.

Louisa se leva et jeta sa serviette sur son assiette encore pleine. Quand elle parla, sa voix tremblait, mais elle garda son flegme.

— Si vous voulez bien m'excuser. Le repas était exquis, madame

Whitehall, contrairement au comportement de mes frères. Toutes mes condoléances.

Elle tourna les talons et sortit.

Ma mère et moi échangeâmes un regard.

Je savais que je devais redresser la situation, même si je n'en étais pas responsable. Mais d'abord, je devais m'occuper des deux clowns assis à notre table.

Je fusillai Benedict et Byron du regard.

— Si je compatis à la perte récente de vos parents, c'est la dernière fois que vous me parlez de la sorte. Que cela vous plaise ou non, je suis le maître des lieux. Je choisis qui inviter, et surtout, qui *ne pas* inviter. Vous avez franchi une limite et vous avez contrarié votre sœur ainsi que ma mère. La prochaine fois, vous prendrez du plomb aux fesses. Je suis peut-être un débauché avec peu de scrupules, mais comme nous le savons tous, je suis très bon tireur et vos derrières sont des cibles faciles.

Les sourires suffisants de Byron et Benedict disparurent, remplacés par des airs renfrognés.

Je me levai et m'élançai à la poursuite de Louisa. Dans mon dos, j'entendis les frères Butchart s'excuser sans conviction de leur attitude, mettant leurs mauvaises manières sur le compte du vin.

Je trouvai Louisa dans l'ancien jardin d'hiver, orné de ses plantes exotiques, ses baies vitrées et son bois couleur menthe. Elle effleurait du bout des doigts un assortiment de roses colorées disposées dans un vase du XIXe siècle, cadeau d'un vicomte français.

Plutôt que de toucher les pétales veloutés, Louisa jouait avec les épines. Je restai sur le seuil, en admiration. Elle me rappelait Emmabelle. Une femme davantage charmée par la douleur d'une belle chose que par le plaisir qu'elle offrait.

Louisa se piqua l'index. Elle l'écarta calmement de l'épine et suça le sang, sans aucun signe de détresse.

Je fermai la porte derrière moi.

— Louisa.

Elle ne leva pas les yeux, le cou baissé comme un cygne gracieux.

— Devon.

— Je crois que des excuses s'imposent.

Je fis passer mon doigt sur un panneau de bois, qui se révéla couvert d'une épaisse couche de poussière. Bon sang, Whitehall Court Castle était impeccable, d'ordinaire. Ma mère et Cece avaient-elles des problèmes d'argent ?

— Envers moi ou ta famille ?

Louisa se remit à caresser les épines, et je me retrouvai incapable de la quitter des yeux.

Elle semblait si calme. Si indulgente, même après toutes ces années.

J'entrai plus avant dans la pièce, l'humidité accablante et les effluves denses des fleurs me faisant suffoquer.

— Les deux, j'imagine.

— Eh bien, tu peux considérer que je t'ai pardonné. Je ne suis pas rancunière. Mais je ne sais pas si on peut dire la même chose de Cece et Ursula.

— Je m'entends à merveille avec ma sœur et ma mère, dis-je sèchement.

— Peut-être, mais elles sont très seules et très tristes depuis que tu es parti.

Mon aversion envers moi-même me serra la gorge.

— Quelle est leur situation, actuellement ? demandai-je en m'asseyant sur l'accoudoir d'un canapé vert, face à elle. Quand je les regarde, leur vie semble les combler, elles ont l'air d'être heureuses.

Mais il faut dire que, quand elles me rendaient visite, je les faisais loger dans les plus beaux appartements, les emmenais dans les meilleurs restaurants et leur offrais les virées shopping les plus extravagantes.

— M. Hastings est incontestablement fauché. Il ne possède pas un centime à son nom et il ne fait pas sa part à la maison, ce qui pourrait poser problème, maintenant que l'argent de ton père est retenu par le testament.

Louisa fronça les sourcils, effleurant une épine de son doigt déjà piqué.

— Cece est très malheureuse avec lui, mais elle a l'impression d'être trop vieille et pas assez jolie ni assez accomplie pour divorcer et chercher quelqu'un d'autre. Le mariage de ta mère et Edwin était loin d'être idéal, et je pense qu'elle s'est sentie très seule, surtout ces dix dernières années.

Je me levai et allai m'appuyer contre une vitre. Une colonie de canards traversait la pelouse en se dandinant.

— Est-ce que maman a du soutien ?

Comment pouvais-je ne pas connaître la réponse à ma propre question ?

— Elle refuse toute visite depuis quelques années. Elle n'en voit pas l'intérêt. Puisque sa fille est mariée à un idiot et que son fils est le débauché le plus notoire que la Grande-Bretagne ait produit, elle n'aurait jamais de bonnes nouvelles à partager. Mais j'essaie de lui rendre visite chaque fois que je viens dans le Kent.

Louisa avait parlé d'un ton ni accusateur, ni hostile. Elle était tout le contraire d'Emmabelle Penrose. Douce et accommodante.

— Cece n'a jamais eu d'enfants, songeai-je à voix haute.

— Non.

Louisa vint se planter devant moi, pressant son sage décolleté contre mon torse. Je remarquai que la chair de ses doigts était entaillée, meurtrie par les épines.

— Je doute que Hastings ait le goût d'autre chose que les paris et la chasse. Les enfants ne sont guère une priorité pour lui.

Elle colla davantage son corps contre le mien. Le jeu avait changé entre nous. Louisa n'était plus la petite fille timide qui me suppliait de lui accorder un peu de mon attention.

Fuis encore, si tu l'oses, semblaient me dire ses yeux.

Je n'avais aucune envie de bouger. Elle était séduisante, attentive et intéressée. Mais j'étais incapable de me sortir Sweven de la tête. Cette femme qui s'introduisait dans mes rêves comme une voleuse, les inondant de désir et d'envie.

— Et toi, Lou ?

J'enroulai mes doigts autour de sa nuque pour l'écarter légèrement de moi. Elle eut la chair de poule à mon contact.

— J'ai entendu dire que tu avais perdu ton fiancé. Je suis désolé.

— Oui, bon.

Louisa s'humecta les lèvres, lissant mon costume dans un petit rire sinistre.

— Je crois qu'on peut dire que je n'ai jamais eu de chance avec les hommes.

— Ce qui nous est arrivé n'a rien à voir avec la chance. J'étais un branleur égoïste qui a fui ses responsabilités. Je ne voulais pas te blesser, tu as seulement subi les conséquences d'autre chose.

— Je ne t'en ai jamais voulu, tu sais, murmura-t-elle d'une voix calme, posée.

Cela me surprit. Des têtes seraient tombées, si j'avais été à sa place.

— La colère me semble être un sentiment inutile. Il n'en ressort jamais rien de bon.

— C'est une jolie façon de voir les choses, dis-je avec un sourire sombre en songeant : *Si tout le monde se délestait de sa colère, les avocats comme moi n'auraient plus de travail.*

— Tu es de retour maintenant, dit-elle en plantant ses yeux noirs dans les miens, me défiant de nouveau.

Je pris sa main posée sur mon torse, près de mon cœur, et pressai ses doigts froids contre mes lèvres chaudes.

— Pas pour de bon, dis-je en secouant la tête, soutenant son regard. Jamais je ne reviendrai pour de bon.

— Il ne faut jamais dire jamais, Devon.

Après avoir flanqué un Benedict et un Byron ivres dans leurs Range Rover et ordonné à leurs chauffeurs de ne pas s'arrêter avant d'être à l'autre bout de l'île, je dis au revoir à Louisa et lui promis de l'appeler quand je reviendrais en Angleterre, une promesse que j'avais toute intention de tenir.

Nos invités partis, je m'éclipsai au jardin, où je fumai trois roulées à la suite et regardai si j'avais reçu des messages ou des appels des États-Unis. Notamment d'une certaine peste américaine. Ce n'était pas le cas.

Elle est trop ravagée, et tu ne risques pas non plus de gagner un prix de santé mentale de sitôt. Je rentrai dans l'immense manoir sombre en traînant les pieds, passant par la porte de la cuisine. Je traversai le salon où étaient installés Drew et Cece, le premier ronflant devant la télé, la seconde assise au piano à queue, qu'elle fixait intensément du regard sans en jouer.

Baise Emmabelle, mets-la enceinte et oublie-la.

La situation semblait désespérée sur tous les fronts.

Je me dirigeai vers le bureau de mon père. Ma mère s'y trouvait.

Elle semblait à sa place derrière le bureau victorien, en train d'annoter des documents tout en tapant sur une calculatrice. Cela confirmait ce que je savais depuis des années : ma mère était bel et bien la force motrice de l'empire Whitehall. Mon père était un vaurien avec un titre, tandis qu'Ursula était la fille de son père, intelligente et pleine de ressources. Tony Dodkin n'était peut-être qu'un banal comte, mais c'était un génie des maths et un magnat de l'immobilier qui savait s'y prendre en affaires. Ma mère tenait ça de lui. Elle était très douée.

Ce qui soulevait cette question : comment avait-elle pu ignorer qu'il me maltraitait ? Quoi qu'il en soit, rouvrir cette vieille plaie n'aiderait pas.

— Devvie, mon amour.

Elle poussa un petit soupir, posa son stylo et leva la tête en me souriant, comme une fleur qui s'étire et ouvre ses pétales pour le soleil.

— Assieds-toi donc.

Je m'assis de l'autre côté du bureau, contemplant le portrait accroché derrière elle : papa et moi, quand j'avais peut-être quatre ou cinq ans. Nous avions tous les deux l'air profondément mal à l'aise, liés uniquement par notre ADN – nos traits nordiques aiguisés et nos yeux glacials.

— Le jardin d'hiver est poussiéreux, dis-je.

— Vraiment ?

Elle se lécha le doigt pour tourner une page du dossier posé devant elle.

— Je vais dire aux domestiques de prêter une attention particulière à cette pièce demain.

— Est-ce que tu as des problèmes financiers ?

Elle considérait les nombres devant elle en fronçant les sourcils.

— Oh ! Devvie. Sommes-nous obligés de parler d'argent ? C'est si ordinaire. Tu viens d'arriver. Je veux qu'on brunche et qu'on rattrape le temps perdu. Qu'on aille voir une course de chevaux, peut-être.

— On fera tout ça, maman. Mais je dois savoir que tu es à l'abri financièrement.

— On survivra.

Elle leva la tête et m'adressa un sourire mal assuré.

— Quand aura lieu la lecture du testament exactement ? demandai-je. Demain, après-demain ?

— En réalité…

Elle finit d'écrire une phrase sur un document, puis posa son stylo.

— La lecture du testament va être sérieusement retardée, je le crains.

— Sérieusement ? Pourquoi ?

— M. Tindall est actuellement à l'étranger.

Harry Tindall était le fidèle avocat de feu mon père.

— Et tu as omis de me le dire avant que je prenne l'avion ?

Elle sourit, l'air pensif, regardant mes cheveux comme si elle avait envie d'y passer ses doigts de maman avec amour.

— J'imagine qu'on peut dire que l'occasion de te voir se présentait et que, humaine que je suis, j'ai cédé à la tentation. Je suis désolée, dit-elle, les yeux brillants de larmes. Vraiment désolée.

Cela apaisa ma colère.

— Ce n'est rien, maman. Je suis là pour toi.

Je tendis le bras par-dessus le bureau pour prendre sa main. Elle me sembla si fragile.

— Je te ferai un virement pour te renflouer avant la lecture du testament, m'entendis-je dire.

— Non, mon chéri, on ne peut pas…

— Bien sûr que si. Tu es ma mère. C'est le moins que je puisse faire.

L'espace d'un instant, nous nous contentâmes de nous regarder l'un l'autre, intégrant chaque nouvelle ride qui s'était creusée au cours de l'année écoulée.

— Il paraît que Drew ne rend pas Cecilia heureuse.

Je me laissai retomber dans mon fauteuil, croisant les pieds sur le bureau.

Ma mère reprit son stylo et se mit à griffonner dans les marges des documents, se mordant la lèvre comme elle le faisait quand mon père préparait un mauvais coup et qu'elle savait qu'elle devrait réparer les pots cassés.

— Tout à fait.

— Que puis-je faire pour aider ?

— Tu ne peux rien faire. C'est à ta sœur de régler ça.

— Cece n'a pas l'habitude de gérer ce genre de choses.

L'euphémisme du siècle. Quand nous étions enfants, je me mouillais tout le temps pour sauver la peau de ma sœur.

Maman se tritura la lèvre, songeuse.

— Peu importe, il est temps pour elle d'apprendre à s'en sortir seule. Le seul service que tu peux me rendre, c'est d'éviter de faire les gros titres pour des affaires scandaleuses. Nous n'en avons pas besoin.

À cet instant, ma mère sembla si abattue, si fatiguée, si érodée par les tragédies de la vie que je fus incapable de lui porter le coup de grâce. Pas alors qu'il lui restait si peu d'espoir.

C'est pourquoi je ne pouvais pas lui annoncer que je comptais avoir un enfant hors mariage avec la propriétaire déjantée d'un club burlesque, qui, soit dit en passant, s'affichait complètement nue sur tous les panneaux publicitaires de la côte Est.

Belle n'était même pas encore enceinte. À quoi bon en parler à ma mère ? La situation pouvait être revue d'ici trois, quatre, cinq mois, quand la poussière serait retombée sur la tombe de mon père.

Inutile d'accabler ma mère de mauvaises nouvelles.

Je lui souris.

— Pas de gros titres scandaleux… Promis.

7

Devon

Devon : Toujours en pleine ovulation ?

Belle : Six jours plus tard ? Tu m'as prises pour une fourmi légionnaire ?

Je dus chercher cette référence sur Google pour apprendre que la fourmi légionnaire moyenne produisait entre trois et quatre millions d'ovules chaque mois et était considérée comme l'animal le plus fertile de la planète.

Devon : Pas sous cet angle. Mets-toi à genoux les fesses en l'air avec une miette de pain dans les mains juste pour être sûr.

Belle : Pourquoi tu poses la question ?

Devon : Essayer de concevoir ce soir ne ferait pas de mal, non ?

Belle : Techniquement non, mais les chances seraient infimes.

Devon : Infimes, mais pas inexistantes.

Belle : Tu attends une invitation ?

Devon : Venant de la malpolie que tu es ? Non. Je suis déjà en route.

Belle : Tout ça prendra fin dès que je serai enceinte.

Devon : Absolument.

Belle : Je suis sérieuse. Ta présence dans ma vie me fait déjà l'effet d'une attaque personnelle.

Devon : Inutile de te demander pourquoi tu détestes autant les hommes, j'imagine ?

Belle : Tout à fait, si tu veux une réponse directe et franche.

Devon : Compris. Considère que tu seras libérée de moi dès que tu seras enceint.

Belle : enceintE.

Belle : Tu fais honte à mon âme.

Belle : Je t'attends au Madame Mayhem.

Devon : Je suis devant. Enlève ta culotte.

Je ne pris même pas la peine de me doucher après avoir atterri à l'aéroport international de Boston.

Je pris un taxi direct pour Madame Mayhem, comptant sur mes bons amis chewing-gum à la menthe et déodorant.

Pendant tout le trajet depuis l'Angleterre, je n'avais pensé qu'à m'enfouir au creux de cette femme voluptueuse et impétueuse. Je ne savais pas vraiment d'où venait ma fascination pour Emmabelle mais, si je devais deviner, je dirais que c'était parce qu'elle était réellement indépendante. Elle ne se reposait pas sur un homme riche – contrairement à sa sœur et ses amies – et cela ne semblait pas la perturber d'être la seule personne célibataire, à part moi, même quand il y avait un malaise.

Elle était franche, féroce et sûre d'elle.

Elle était canon, aussi.

Dans le taxi pour la rejoindre, je virai une coquette somme d'argent à ma mère. Alors que j'étais sur le point de remettre l'appareil dans ma poche, un message s'afficha sur l'écran.

Numéro inconnu : Tu es toujours là ? Lou. X

Louisa et moi avions échangé nos numéros de téléphone avant qu'elle quitte Whitehall Court Castle après l'enterrement de mon père. Ne voulant pas répéter mon erreur de l'avoir ignorée, je l'ajoutai à mes contacts et lui répondis.

Devon : Rentré à Boston, mais je reviens en Angleterre pour la lecture du testament. On déjeunera ensemble ?

Louisa : Et on boira un coup.

Devon : Je ne dis jamais non.

Louisa : Super. On ouvrira le cognac Rémy Martin.

Quand j'arrivai au Madame Mayhem, je dépassai la queue de trois cent mètres, plaquai quelques billets de cent sur la poitrine d'un des videurs et entrai, laissant une file de mécontents dans mon sillage.

Je trouvai Belle encore en train de tenir le bar, à servir des bières en repoussant sa chevelure blonde par-dessus son épaule. Elle portait un haut qui ressemblait à un bustier déchiré, couleur crème, et un pantalon rouge cerise en cuir que j'allais bientôt arracher avec mes dents.

Adieu, chères promesses de ne pas créer de scandale. C'était bon le temps que ça a duré… quelques jours et des poussières.

Le regard fixé sur elle, je traversai le club en bousculant les fêtards qui dansaient et se riaient dans les oreilles, ivres.

Belle était si occupée à servir ses clients qu'elle ne me regarda même pas quand elle demanda :

— Qu'est-ce que je peux faire pour toi, mon chou ?

Mon chou.

Cette femme était une honte nationale. Qu'est-ce qui m'avait poussé à lui faire un enfant, bon sang ?

— Tu peux te mettre à quatre pattes avec rien d'autre qu'une expression sensuelle sur le visage en me suppliant de te baiser.

Elle tourna la tête, l'air choqué. Puis son regard noir se fondit en un sourire amusé.

— Je termine dans vingt minutes.

Ses mains bougeaient rapidement derrière le bar. Elle ne semblait pas pressée de s'occuper de moi, à l'inverse de Louisa.

— Non. Tu vas m'attendre dans ton bureau dans moins de dix minutes, toute nue et dans la position que j'ai demandée.

Elle pouffa et me visa avec son pistolet à soda, l'air menaçant.

— *Sinon ?*

— Sinon…

J'attrapai le pistolet à soda, le fourrai dans son décolleté et je baissai la voix d'une octave, mes lèvres contre son oreille.

— Tu passeras la soirée avec ton vieil ami le vibro.

— Au moins, le vibro ne fait pas de vaines promesses, répondit-elle dans un murmure.

J'appuyai sur le bouton et pulvérisai du Coca light entre ses seins. Les bulles débordèrent de son soutien-gorge push-up. Elle me repoussa en laissant échapper un petit cri.

— Qu'est-ce que tu fous, enfoiré ?

— Je te tiens tête, contrairement à tous les pauvres couillons que tu prends pour amants, dis-je sèchement.

— Me refuser du sexe pour me punir, c'est ça que tu appelles me tenir tête ?

Elle éclata de rire et se pencha pour attraper un torchon avec lequel elle se tamponna la poitrine pour se sécher.

— Mec, tu planes. Je peux baiser quand je veux, où je veux.

— Je ne dis pas le contraire. Mais ce n'est pas juste baiser que tu veux, Sweven. Tu veux un enfant, et je sais que je suis le seul qui fera l'affaire.

Je reculai d'un pas et consultai ma montre.

— J'ai une *conf call* avec Tokyo. On se retrouve dans dix minutes.

— Tu vas me payer ce coup bas, m'avertit-elle en faisant claquer le torchon contre le bar.

Elle lança d'autres menaces en l'air mais j'étais déjà parti, acceptant l'appel auquel Joanne m'avait connecté.

L'appel ne dura pas plus de quatre minutes. Pendant qu'Emmabelle terminait, j'écrivis un mail à l'avocat de mon père, M. Tindall, pour savoir quand aurait lieu la lecture du testament. J'étais rongé d'inquiétude. Maman et Cece étaient dans le pétrin.

Je pris soin de laisser Emmabelle poireauter huit minutes de plus avant de pousser la porte derrière laquelle elle m'attendait, sur son bureau, où s'étalaient paperasse, enveloppes et ordinateur portable, dans la position que j'avais demandée.

Nue et à quatre pattes. Elle était face au mur, ses cheveux blonds se déversant dans son dos.

En entendant la porte s'ouvrir, elle tourna la tête.

Je lui lançai un « tss » désapprobateur.

— Les fesses en l'air et regarde devant toi.

— J'ai connu des plantes vertes plus douées que toi pour les mots cochons, mais je m'amuse trop pour te mettre dehors.

Elle se retourna vers le mur.

Je verrouillai la porte et avançai dans la pièce sans me presser. Son cul ferme était levé en l'air, son sexe rose, déjà luisant. Elle était prête pour moi et j'allais prendre tout mon temps pour l'apprécier.

Je m'arrêtai devant elle, admirant en silence chacune de ses courbes parfaites. Emmabelle Penrose était si exquise qu'elle n'aurait pas eu besoin de travailler un seul jour de sa vie si elle l'avait voulu. Elle aurait pu épouser un homme riche. Pourtant, elle ne l'avait pas fait.

— Qu'est-ce t'attends ? grogna-t-elle.

Secrètement, sa mauvaise grammaire intentionnelle m'amusait, même si ce même défaut me tapait sur les nerfs chez tous les autres.

— Patience.

Je fis glisser le revers de mes doigts sur son cul, d'un contact si bref, si fugace, que tout son corps rougit et que son dos se cambra comme si je l'avais pénétrée.

— T'es un allumeur, gémit-elle. Mets-moi enceinte, et que ça saute.

— Avec plaisir.

Je lui mordis doucement la fesse, mes dents se plantant dans sa chair comme dans une pêche juteuse.

J'écartai les lèvres de sa chatte avec mes deux pouces, et je léchai son sexe, me servant du bout de ma langue pour la rendre folle.

— Ahhhhhhh, fit-elle dans un soupir, laissant sa tête tomber en avant alors que ses bras se mettaient à trembler.

Posant une main dans son dos pour abaisser le haut de son corps, je l'écartai encore plus, la léchant en lampées longues et profondes. Je bus sa douceur, la regardant agiter la tête et retenir ses grognements de plaisir juste pour m'emmerder. Ses genoux tremblaient. Elle était comme de la lave en fusion, chaque centimètre carré de son corps flambait de désir.

— Oh. Oh. Putain. Putain. Bordel, murmurait-elle.

La future mère de mon enfant, mesdames et messieurs.

— *Milady*, dis-je avec sarcasme, mes doigts s'enroulant plus durement autour de la chair de son cul alors que je la léchais avec plus de ferveur.

Elle eut un orgasme si violent qu'elle tomba à plat ventre sur le bureau.

Elle posa son front trempé de sueur sur la table.

— Merde. Ça ne m'était jamais arrivé. C'était rapide.

— Mieux vaut toi que moi, dis-je en lui donnant une petite tape paternaliste sur le derrière.

— Putain de merde, mec. T'as une astuce ? C'était *intense*.

Plutôt que de répondre à son observation, je la retournai sur le dos et la saisis sous les genoux pour la faire glisser sur le bureau, jusqu'à ce que son cul soit perché au bord et que ses jambes s'enroulent autour de ma taille.

Elle déboucla ma ceinture. À en croire son empressement, elle était plus que ravie que je sois de retour sur le sol américain.

— Seras-tu un jour totalement nu quand on couchera ensemble ? plaisanta-t-elle avant de décrire des cercles avec sa langue dans mon cou.

— C'est toi qui veux que ça reste *casual*.

Mon ton détaché était en décalage avec l'érection monstrueuse qu'elle venait de libérer de mon pantalon. Ou avec la bouffée d'excitation qui montait en moi.

— Pas faux, dit-elle en riant.

Je la fis souffrir encore quelques minutes avant d'entrer en elle.

Elle poussa un « ohhhhhh ».

Ce fut encore meilleur que la fois d'avant et toutes les précédentes. C'était le problème avec Emmabelle Penrose. Elle avait le goût du plus grand péché, et j'étais un pécheur notoire quand la tentation venait frapper à ma porte.

Elle jouit encore une fois avant que je répande ma semence en elle. Je m'écroulai sur elle, épuisé, le jet-lag me rattrapant tout à coup. Je ne bougeai plus, peinant à reprendre mon souffle.

— Mec, dit Belle au bout de quelques secondes. T'es lourd ! Dégage.

Je me retirai et m'assis sur la chaise devant son bureau, refusant de m'en aller comme un vulgaire prostitué, cette fois. Je devais établir un genre d'autorité avec cette enfant sauvage.

Je posai les jambes sur son bureau en bordel et allumai une cigarette, m'enfonçant paresseusement dans mon fauteuil.

— Tu ne me demandes pas comment s'est passé mon voyage en Angleterre ?

Je soufflai une volute de fumée dans les airs, la regardant s'enrouler sur elle-même.

Emmabelle sauta de la table et se rhabilla, indifférente à la lumière crue et peu flatteuse qui baignait la pièce.

— Non. Je m'en tape de ce que tu fais ou qui tu te fais quand je ne suis pas là.

J'ignorai sa vulgarité.

— Mon père est mort.

Cela la stoppa net. Elle pressa le poing contre ses lèvres comme pour ravaler ses mots.

— On peut dire que j'ai mis les pieds dans le plat. Je suis vraiment désolée, Dev.

— Pas moi, dis-je platement. Mais merci.

— Comment, euh… tu tiens le coup ?

Elle enfila une jambe dans son pantalon en cuir.

— Plutôt bien, puisque je le détestais de tout mon être.

— Je suis surprise que Cillian et Sam n'aient rien dit.

Belle guetta ma réaction. Petite maligne. Nous savions tous les deux que je ne partageais pas ma vie personnelle avec mes amis. Elle devait se demander pourquoi je me confiais à elle. En réalité, je me posais la même question. En termes de public compatissant, elle était un poil plus froide que l'Antarctique.

— Je garde ma vie privée privée.

Je soufflai des ronds de fumée que je transperçai de flèches.

— Quand même, commença Belle en sortant sa chevelure de son top avant de s'asseoir sur le bureau en face de moi. Perdre un parent, ce n'est jamais facile. Même – et parfois, surtout – si tu ne t'entends pas avec. Ça te met face à ta propre mortalité. La vie, c'est un bordel…

— Comme ton bureau, lâchai-je, désireux de changer de sujet. On croirait qu'un Office Depot a explosé dessus.

Elle éclata de rire.

— Je suis une personne bordélique, Devon. Bienvenue dans ma vie.

— C'est faux, dis-je en retirant mes pieds de son bureau pour me pencher dessus et fouiller parmi les enveloppes froissées et tachées. Tu es très organisée et déterminée. Tu es en photo sur des panneaux de cinquante mètres de haut en train de prendre un bain dans une immense coupe de champagne et tu possèdes un commerce que tu pourrais vendre quand tu veux pour mener une vie confortable. Et pourtant, des tas d'enveloppes fermées s'empilent sur ton bureau. Explique-moi ta logique.

Pour appuyer mon discours, je soulevai une dizaine d'enveloppes. Elles semblaient toutes écrites à la main et lui être personnellement adressées. Sweven me les arracha des mains et les laissa tomber dans la poubelle. Un sourire de sorcière lui tordait le visage. J'avais touché un point sensible, je le savais.

— Pourquoi je t'expliquerais ? C'est pas des factures ; contrairement aux dinosaures qui se servent encore des fax, je les paie sur Internet. Et ce ne sont pas des amis qui me les envoient, parce qu'ils décrocheraient leur téléphone pour m'appeler. Quatre-vingt-dix-neuf pour cent de ces lettres sont écrites par des lunatiques ultra-conservateurs qui veulent me dire que je vais brûler en enfer parce que je tiens un club burlesque. Pourquoi est-ce que je m'infligerais ça ?

— C'est ça, tout ce courrier ? insistai-je. Des lettres de haine ?

— Chacune d'entre elles.

Elle en ramassa une autre poignée et sortit une des lettres de son enveloppe. Elle s'éclaircit la gorge avec exagération et se mit à lire :

— « Chère Mme Penrose, je m'appelle Howard Garrette, j'ai soixante-deux ans, et je suis mécanicien à Telegraph Hill. Je vous écris dans l'espoir que vous changiez vos façons et que vous voyiez la lumière, puisque je vous tiens pour seule responsable de la corruption et de la vainalité - il a mal orthographié « vénalité » – de notre jeunesse. Ma petite-fille est venue dans votre établissement l'autre jour après avoir vu une pub avec des femmes nues dans un magazine. Trois jours plus tard, elle est venue chez moi pour me dire que maintenant elle était lesbienne. Coïncidence ? Je ne crois pas. Si vous ne le saviez pas, l'homosexualité est un acte de guerre contre Dieu… » Faut-il vraiment que j'aille plus loin, ou ton cerveau a déjà fait un court-circuit ? demanda-t-elle en posant son menton sur le revers de sa main avec un air angélique.

— On dirait qu'il sort tout droit de l'âge de pierre.

— Vous êtes peut-être voisins, dit-elle avec un sourire suffisant.

— Il y a des dizaines de lettres. Elles viennent toutes de vieux cons croyants qui se plaignent du sexe ? demandai-je.

Belle était pleine de complications. Son travail, sa personnalité, son attitude. Et pourtant, j'étais incapable de me désengager de notre accord.

— Oui, c'est sûr.

Belle prit un air renfrogné, saisit la cigarette entre mes doigts pour tirer dessus, puis me la rendit.

— Je suis une grande fille. Je peux me débrouiller toute seule.

— Ce n'est pas un péché de laisser quelqu'un prendre soin de soi.

— Je sais, dit-elle en me décochant un clin d'œil, un sourire diabolique aux lèvres. Si c'en était un, je m'y adonnerais sans relâche.

— Tu savais qu'il existe un oiseau, le bec-en-sabot du Nil, qui ressemble à s'y méprendre à Severus Rogue ?

— Tu savais que l'hydropote ressemble à Bambi avec une moustache ?

Elle me sourit, et en un clin d'œil la tension entre nous se dissipa.

Le téléphone de Belle se mit à danser sur le bureau, une lumière verte clignotant. Un appel entrant. Elle tendit le cou pour voir le nom sur l'écran, poussa un soupir et décrocha.

— Salut.

Elle descendit du bureau et s'éloigna de moi autant que possible dans la minuscule pièce. Je sentis qu'elle ne voulait pas que j'assiste à cette conversation, ce qui m'incita tout naturellement à trouver une position plus confortable pour pouvoir l'écouter attentivement.

— Oui, ça va, merci. Et toi ? demanda-t-elle sèchement.

Son ton poli et complaisant me surprit. Comme si elle n'était plus elle-même. Disparue, la bombe explosive qui me taquinait à peine une seconde plus tôt.

Elle s'arrêta devant un ensemble de photos accrochées à un tableau de liège près de sa fenêtre, triturant les punaises colorées d'un air absent. Je n'arrivais pas bien à distinguer, de loin, mais ça avait l'air d'être des photos de sa famille.

— Oui, je peux venir maintenant. Pourquoi ? Il s'est passé quelque chose ? demanda-t-elle.

Il y eut une pause pendant qu'elle écoutait son interlocuteur, puis elle répondit par un rire gêné.

— Oui, eh bien, dis-lui que j'accepte son invitation. J'apporte du vin ?

Pause.

— Si, tout va bien. Je suis au travail, c'est tout.

Pause.

— Bien rempli.

Pause.

— Je t'ai acheté tout l'équipement de pêche. Non, tu n'es pas obligé de me rembourser. C'est ça, la famille. Je te les apporte quand je viens.

Quelque chose dans son échange avec l'interlocuteur mystère me glaça le sang. Elle semblait étrangère, distante. Elle s'était débarrassée de sa personnalité avant de prendre l'appel comme un serpent perd sa mue.

Elle finit par raccrocher, arrangeant sa coiffure d'un air distrait.

— C'était qui ?

— Mon père.

Elle se dirigea vers la porte, l'ouvrit, puis fit un signe de tête vers l'extérieur.

— Du balai.

— Tes parents sont encore ensemble ? demandai-je, nullement pressé de quitter son bureau.

Je les avais croisés à quelques réunions de famille (au mariage de

Cillian et Persy et aux baptêmes de leurs fils, par exemple), mais je n'avais jamais prêté attention à eux. Ils étaient aussi ennuyeux que leur fille était extraordinaire.

— Et heureux en ménage, dit-elle en tapant impatiemment du pied. Mais c'est une autre histoire, que je raconterais à quelqu'un avec qui je serais, tu sais, amie. On en a terminé, Devon. Va-t'en.

Je me levai tranquillement, prenant mon temps juste pour l'emmerder, tout en me demandant pour la millième fois pourquoi j'agissais ainsi. Oui, elle était canon, intelligente et persévérante. Mais elle était aussi parfaitement infâme avec moi et tous les hommes que je connaissais. Il n'y avait pas moyen de la décrisper. Même lors de nos moments d'intimité physique, elle était si loin qu'elle aurait tout aussi bien pu être sur la Lune.

— Il est peut-être heureux en ménage mais sa fille, elle, est loin d'être ravie quand il l'appelle, dis-je en m'approchant de la porte.

Belle bondit sur le seuil pour me bloquer le passage. Un sourire peiné et malveillant étira ses lèvres.

— Oh ! Devvie. J'ai oublié de te dire, interdit de parler de la famille.

Souriant – elle n'aurait vraiment pas dû me chercher –, je tournai les talons pour aller regarder de plus près les photos épinglées au tableau de liège. C'était ma spécialité, de viser le talon d'Achille des autres jusqu'à ce qu'ils hurlent la vérité. Je ne voulais pas lui faire ça – Belle n'était pas une cliente – mais elle était une femme qui savait me pousser à bout. Et ces personnes-là étaient rares.

Mes soupçons se confirmèrent.

Emmabelle avait affiché des photos de tous les membres de sa famille : sa mère, sa sœur, ses neveux, et même quelques photos de cette furie rousse qu'elle appelait son amie, Sailor.

Mais aucune de son père.

— Je chauffe avec la théorie du complexe vis-à-vis de ton père, Sweven, dis-je en me dirigeant de nouveau vers la porte.

— Ouais, eh bah, peut-être que je ne suis pas la seule. Tu sembles un peu trop content que ton père soit mort.

— Je fête ça demain soir. Porte une tenue de fête, rétorquai-je avec cynisme.

— Waouh. Je ne suis pas voyante, mais je vois une sacrée thérapie dans ton avenir, mec.

— Je suis satisfait de ce que je suis devenu. Toi, en revanche, tu caches un bon gros secret, Emmabelle, et ne te fais pas d'illusions, je finirai par le découvrir.

Comme toujours, elle claqua la porte dès que je l'eus franchie.

Comme toujours, j'éclatai de rire.

Ce ne fut qu'une fois rentré chez moi que je découvris la vengeance de Belle pour me faire payer le soda versé entre ses seins.

En soi, c'était une charmante surprise.

Une petite culotte en dentelle rose fourrée dans la poche avant de mon pantalon de costume.

Assis à mon bureau, je la sortis, souris, et je me renversai dans mon fauteuil pour la renifler. Je posai le tissu en travers de mon visage et grognai de plaisir, commençant à bander, quand un mot tomba de la culotte.

Je le ramassai.

Salut Dev,

Tu viens de renifler les couilles de Ross, mon meilleur ami.

J'espère que ça t'a plu.

Sweven

8

Belle

Quatorze ans

— Dégueu, dis-je à l'univers, parce que franchement, ça l'est.

Regarder ses parents se rouler des pelles comme deux ados à l'avant de leur Honda Accord Wagon, c'est carrément gênant.

Assise à côté de moi sur la banquette arrière, Persy ne semble pas partager mon sentiment ; elle soupire d'un air romantique et me dit :

— Laisse-les tranquille.

— Nan, ta sœur a raison. Il y a un temps et un lieu pour tout, et ce n'est pas ici et maintenant.

Papa s'écarte de maman après avoir déposé un dernier baiser sur son épaule, puis il met ses mains là où je peux les voir, c'est-à-dire sur le volant.

Pour ne rien arranger (et il faut bien admettre que c'est déjà l'enfer, de devoir regarder ses parents échanger de la salive sans pouvoir s'échapper), on est dans la queue d'un drive-in, sur le point de récupérer nos burgers et milkshakes. Comme si j'avais encore de l'appétit après cette session de bécotage.

Les burgers plus milkshakes sont un incontournable du dimanche soir et une tradition vieille de dix ans chez les Penrose. Toutes les semaines, on récupère notre commande, on va à Piers Park, et on dévore nos frites bien grasses et nos milkshakes en regardant danser les lumières de Boston.

J'ai déjà décidé que, quand je me marierai, dans des milliards d'années, je perpétuerai cette tradition avec mon mari et mes enfants.

La voiture devant nous sort du drive-in, et c'est notre tour. Papa baisse sa vitre et sort une liasse de billets de son portefeuille usé, l'agitant devant l'ado en uniforme à la fenêtre.

— Voilà, mon petit. Et je paie pour la personne derrière nous aussi.

Il fait ça toutes les semaines.

Payer pour la personne derrière nous.

Parfois, c'est une mère célibataire dans une voiture déglinguée.

Parfois, comme aujourd'hui, c'est un groupe d'étudiants agités. Ils ont les vitres ouvertes, et un épais nuage de fumée de marijuana s'échappe de leur Buick LeSabre.

— C'est très aimable de votre part, monsieur, dit la personne à la caisse en se penchant pour lui tendre les sacs en papier marron qui contiennent nos plats et boissons.

Maman laisse échapper un rire essoufflé.

— Un petit geste peut faire toute la différence, dit papa en passant son bras sur l'arrière du siège de maman.

Puis il lui fait un grand sourire, rayonnant, comme si c'était leur premier rendez-vous et qu'il essayait de l'impressionner. Si seulement le coach Locken pouvait me sourire comme ça.

Je crois qu'il a failli. Une fois.

Locken est mon entraîneur de course à pied et de cross. Et il se trouve que je suis la star de son équipe médiocre. Une équipe que je n'avais même pas envisagé de rejoindre avant qu'il entre dans ma salle de classe pendant la première semaine de cours pour nous inciter à nous inscrire.

Cela fait quelques semaines à présent, et je crois qu'il commence à me remarquer - il faut dire que je fais tout pour. Ce presque-grand-sourire est une énorme avancée.

C'est arrivé la semaine dernière à la cafétéria. Il était chargé de la surveillance du réfectoire ce jour-là, et super canon dans son coupe-vent bleu estampillé du logo de l'école, son pantalon kaki et ses baskets branchées. Il dépassait en taille tous les autres garçons, même les plus grands, et il avait une barbe de trois jours et des fossettes sur les joues.

— Arrête de le regarder, a dit Ross, mon meilleur ami, en baissant la tête. C'est un adulte.

— Comme si ça t'avait déjà arrêté.

Je lui ai jeté une frite. Ross m'avait fait son coming-out seulement deux semaines plus tôt. Ça ne m'avait pas choquée. J'avais remarqué qu'on reluquait tous les deux Channing Tatum quand on regardait Magic Mike.

Il a évité ma frite comme si c'était une balle de pistolet. Je crois qu'il surveille son poids depuis la crèche.

— Je ne fais que regarder, je ne touche pas, a-t-il dit.

— Je ne touche pas M. Locken, répliquai-je en pointant une mini carotte sur lui.

— Pas encore.

Il se pencha et attrapa la carotte avec ses dents.

— Tu obtiens toujours ce que tu veux. Ça fait presque peur.

J'ai jeté un autre coup d'œil en direction du coach Locken, et, ô miracle, il m'a souri.

Et ce n'était pas juste un sourire… c'était un grand sourire.

J'ai failli me lever pour aller le voir, mais le reste de l'équipe de cross est arrivée dans la cafétéria. Que des mecs. Il y a aussi une équipe de cross féminine, mais je suis tellement forte que le coach a décidé de me laisser m'entraîner avec les garçons. Je les bats aussi à plate couture, mais au moins ils se rapprochent un peu de mes temps.

Plantant mes fesses sur le banc, je les ai maudits intérieurement. Je ne pouvais pas être vue en train d'engager la conversation avec Steve

Locken. Les gens penseraient que je prenais des raccourcis, que je me faisais pistonner.

— Tu as besoin de Jésus, dit Ross en secouant la tête quand il vit une certaine envie se peindre sur mon visage.

Il n'y a qu'un seul problème avec Steve Locken.

Enfin, deux, si on compte le fait qu'il a vingt-neuf ans et que c'est mon prof.

Il est marié.

— Belly-Belle ? On est arrivés.

Papa se retourne sur son siège et me tapote le genou. Je sursaute, surprise. Oh mince. Oui. Je suis avec ma famille en sortie du dimanche. Je regarde par la fenêtre. Nous sommes arrivés à Piers Park.

Demain, c'est lundi, égale entraînement tôt dans les bois.

Égale plus de temps avec le coach Locken.

Égale le bonheur.

— Ah, regarde ce sourire rêveur sur son visage. Ma jeunesse me manque, dit papa, me tirant de ma rêverie. À quoi tu penses, ma grande ?

— À rien.

Je défais ma ceinture.

À tout, *je pense en sortant de la voiture.*

9

Belle

En fin de compte, le test d'ovulation payé une fortune chez Walgreens se révéla aussi utile que de la crème solaire pour des vacances sans soleil.

Car ce mois-là, après le retour de Devon d'Angleterre, on coucha ensemble tous les jours. Vous savez, *juste au cas où*.

Parfois, on le faisait même deux fois par jour, ce qui était parfaitement inutile mais trop bon. Je savais que ça n'arriverait plus une fois que je serais enceinte, alors pourquoi pas ?

(Apparemment, on trouvait la réponse à cette question sur des sites médicaux expliquant que le nombre de spermatozoïdes et la qualité du sperme diminuent si le couple le fait tous les jours. Mais de toute façon cela ne nous concernait pas, puisque Devon et moi n'étions pas en couple.)

Nous nous retrouvions le matin, après ses séances d'escrime et avant qu'il aille au boulot. Ou pendant sa pause déjeuner. Ou quand je faisais mes dix mille pas par jour et que je passais totalement par hasard devant son bureau et que je décidais d'aller lui dire bonjour.

Et puis le soir, quand j'avais fini de bosser.

On baisait dans toutes les positions, à toutes les heures de la journée.

Devon était toujours charmant, cordial et distant. Il acceptait mes caprices et mes défauts, même quand je faisais exprès d'être insupportable pour lui rappeler que je n'étais pas bonne à marier. En même temps, son détachement me faisait flipper. Je n'avais jamais vu un mec aussi coupé de ses émotions.

Je compris aux appels qu'il passait quand nous étions ensemble qu'il attendait un message important de l'Angleterre. C'était lié à son héritage. Il avait sa mère au téléphone. *Tout le temps*. Il roucoulait et la cajolait de telle sorte que j'étais heureuse qu'il devienne le père de mon enfant.

Et quand il parlait à sa sœur, il adoptait toujours un ton calme et tendre qui me faisait fondre. D'une certaine manière, c'était vraiment cruel de sa part d'être si gentil. Une femme oublie de rester sur ses gardes avec un homme si parfait. Heureusement, je ne serais pas cette femme.

Les hommes gentils restent des hommes. Garde tes distances.

Bien que je fasse tout mon possible pour tenir Devon loin de moi, je savais qu'il avait un aperçu intime de ma vie. De ma famille. De mon histoire.

Je n'aimais pas ça.

C'est pourquoi, quand notre accord atteignit la fin de sa quatrième semaine et que je regardai le calendrier pour me rendre compte que mes règles avaient un jour de retard, je fus à la fois folle de joie et mortifiée.

Il y avait une chance que je sois enceinte.

De l'héritier d'un marquis.

J'attendis deux jours de plus avant de faire un test de grossesse, soit un effort surhumain.

Surtout parce que j'avais peur. Peur d'un résultat négatif – et si mes hormones déconnaient – et peur d'un résultat positif – *un bébé ! Je ne peux pas m'occuper d'un bébé, bordel !* Je savais à peine m'occuper d'une plante verte. En réalité, je ne m'étais même pas du tout occupée de ma dernière plante verte. Aisling avait fini par la récupérer pour essayer de la sauver, mais c'était déjà trop tard.

Finalement, le troisième jour, je serrai les dents, me rendis chez Walgreens et achetai un test de grossesse. Je m'offris un test de bourge. Le test chicos fiable à 99,99 % qui t'énonçait le résultat à voix haute. En allant à caisse, je songeai qu'il n'y avait rien de plus terrifiant qu'un test de grossesse. Toutes les femmes qui en achetaient avaient des sentiments puissants quant au résultat qu'elles voulaient voir apparaître. La grossesse n'était pas comme un pain au blé complet. On ne pouvait pas y être indifférente.

Soit on voulait *vraiment* tomber enceinte.

Soit on ne voulait *vraiment pas* tomber enceinte.

Il n'y avait pas d'entre-deux.

Quand la caissière fit glisser le test devant le scanneur, je la vis regarder mon annulaire nu. Elle haussa un sourcil moralisateur.

Ouais, bah, mon enfant va devenir membre de la famille royale, meuf.

Avec un grand sourire exagéré, je lançai :

— Ça fait peur, hein ?

— Ça dépend de votre situation, répondit-elle froidement.

— Ouais. La mienne n'est pas si pire. Il faut seulement que je sache qui est le père.

Elle pâlit. J'éclatai de rire. J'attrapai le sac en plastique et filai au travail. Je m'enfermai dans les toilettes, essayant de chasser de mon esprit toutes les fois où Devon m'avait dévorée sur mon bureau, dans mon fauteuil ou sur le sol pendant ces semaines où on essayait de faire un bébé.

Accroupie sur les toilettes pour faire pipi sur le bâtonnet, je décidai de m'occuper en allant sur le groupe de discussion avec les filles pendant que mon pipi imbibait le test.

Le groupe était toujours très actif, je n'avais donc qu'à sauter dans le bain.

Sailor : Hunter veut aller à Cancún cet été. Ça vous dit ?

Persy : Carrément. Donne-moi les dates et je dirai à Cillian de les bloquer dans son planning.

Aisling : Je sais pas pour Sam et moi. On veut partir quelques semaines en Suisse. Je dois aller à la clinique.

Persy : Ah oui. Cillian a parlé de te rejoindre à Zurich. Un truc comme quoi il doit voir ses banquiers ?

Non mais regardez-moi ces connasses de bourges, à préparer leur été comme si on n'était pas encore en plein hiver.

Sailor : Et toi, Belle ? Des margaritas au bord de la piscine avec les Fitzpatrick, ça te tente ?

Belle : Même si j'ai super envie de tenir la chandelle, y en a qui ont un business à gérer.

Sailor : Je vois que les Anglais ont débarqué.

Elle était tellement loin du compte que c'en était comique. Du moins, *je l'espérais*.

Persy : Allez @BellePenrose. Tu travailles trop dur. On t'invite.

Je ne voulais pas qu'on m'invite. Je voulais être assez indépendante pour ne jamais avoir à attendre les bonnes grâces des autres. C'était une chose que ma sœur, éternelle romantique, ne pouvait pas totalement comprendre. Cela ne la dérangeait pas de laisser les autres prendre soin d'elle, parce que c'était dans sa nature de prendre soin d'*eux*. Même quand elle avait épousé Cillian, ce n'était pas pour son argent. Pas vraiment.

Belle : C'est gentil de ta part, Pers, mais j'ai vraiment beaucoup de travail.

Persy : Ne dis pas que je n'ai pas essayé.

Sailor : T'inquiète, Pers. On se mettra à plusieurs dessus quand on la verra.

Belle : Ah, comme à la fac. Sauf que vous n'êtes pas l'équipe de base-ball au complet.

Aisling : Tu as déjà fait un plan à trois, Belle ?

Aisling : (et avant que tu poses la question, oui, je rougis)

Belle : Plutôt un harem inversé.

Je regardai l'heure du début de la conversation et vis que six minutes s'étaient écoulées. Je pris une profonde inspiration, ramassai le test posé sur le lavabo et fermai les yeux.

Ça va aller.

Tu tomberas enceinte.

Tu fais ça avec un homme qui déplacerait des montagnes pour obtenir ce qu'il veut, et il veut un héritier.

Je retournai le test et ouvris les yeux.

Enceinte.

J'en étais sûre. Le cri de surprise qui m'échappa fit trembler les murs. Il contenait de la joie, de la peur et du bonheur.

J'étais enceinte.

J'allais devenir maman.

C'était réel.

Peut-être. Le problème n'est pas juste de concevoir, mais de garder le bébé, tu te rappelles ? m'avertit une voix intérieure.

Pendant quelques instants, je ne sus pas quoi faire. Je fis les cent pas dans la petite pièce, m'arrêtai devant le miroir au-dessus du lavabo et me plaquai les mains sur les joues en criant en silence comme Macaulay Culkin dans *Maman j'ai raté l'avion.*

Maman.

Moi.

Je n'aurais plus besoin de personne.

Personne d'autre que mon bébé. Nous serions là l'un pour l'autre. Enfin, j'aurais quelqu'un dont m'occuper et quelqu'un qui s'occuperait de moi comme Persy l'avait fait avant d'épouser Cillian et de fonder sa propre petite famille soudée.

Après m'être ressaisie, je pris le test en photo et l'envoyai à Devon. Pas besoin de légende. Je voulais voir sa réaction.

Les deux V bleus signalant que Devon avait reçu et lu le message apparurent à l'écran.

Puis… rien.

Dix secondes.

Vingt secondes.

Au bout de trente secondes, je commençai à me sentir mal à l'aise. Agressive, presque.

C'était quoi son problème, bordel ?

Je commençai à taper un message acerbe, chargé d'obscénités et lourd d'accusations, quand je reçus un appel.

Devon Whitehall.

Je m'éclaircis la gorge et adoptai son ton neutre et énervant.

— Quoi d'neuf ?

— On forme une bonne équipe, Sweven.

Le rire de Devon retentit à l'autre bout du fil, résonnant jusque dans mon ventre après un arrêt au niveau de mon cœur, le faisant battre de manière irrégulière.

Je ne m'attendais pas à cette joie dans sa voix. Je ne m'attendais à aucune forme d'émotion de la part de la statue d'Adonis qu'était cet homme.

— Oui, mais on a dû sacrément bosser, c'était méga dur et méga long, répondis-je avec insolence.

— N'oublie pas méga épais.

Je l'entendis s'allumer une cigarette.

— Jamais je ne l'oublierai. C'est le souvenir que je garderai de toi quand je serai vieille et ridée et que tu seras mort depuis longtemps, enterré aux côtés de ta précieuse machine à fax.

— La machine à fax souhaite être incinérée. Elle veut que ses cendres soient répandues dans l'océan, et tu sais que je ne peux rien lui refuser.

Bon sang, il était drôle, à sa façon.

— Un bébé, murmurai-je en secouant la tête. Tu y crois ?

— Je digère encore l'information, dit-il avec un petit rire, mais il ne semblait pas aussi bouleversé que moi, pour le meilleur ou pour le pire. Eh bien, c'était un vrai plaisir de faire affaires avec toi. (J'entendis le brouhaha de son bureau dans le fond.) Bien entendu, je te verserai un montant de vingt mille dollars par mois. On discutera de ton logement et des meubles pour les chambres du bébé dans nos habitations respectives pendant le deuxième trimestre. Même si, conformément au contrat, j'attends bien sûr des nouvelles hebdomadaires de ta part.

Euh, OK.

Techniquement, Devon n'avait rien dit de mal. Au contraire. Je lui avais précisé que je ne voulais plus rien avoir à faire avec lui une fois que je serais enceinte, et il se contentait de s'en tenir au script. À ce qu'on avait signé le soir où je lui avais posé un lapin à l'opéra. Mais je ne pouvais pas me défaire de l'étrange sentiment qu'il était en train de me jeter comme une vieille chaussette.

Tu voulais qu'il te jette comme une vieille chaussette. Tu as même sauté tête la première dans le panier de linge sale.

— 'sûr.

Je bâillai ostensiblement, faisant mine de ne pas être démoralisée par son attitude pragmatique.

— Par mail, ça te va ? Je te les enverrais bien par fax, mais j'ai moins de soixante-quinze ans.

— Par mail, c'est parfait. On devrait aussi fixer un appel chaque semaine.

Voilà qui semblait plus personnel.

— Ça marche, dis-je un peu trop vite.

Qu'est-ce qui ne tournait pas rond chez moi ? Les hormones, certainement. Et puis, j'allais fêter ça en mangeant mon poids en gâteau. Je mangeais pour deux maintenant, même si l'autre individu en moi n'était pas plus grand qu'un grain de riz, pour l'instant.

— Ma secrétaire, Joanne, te contactera pour voir quelles dates nous conviennent à tous les deux.

OK, oubliez. Pas du tout personnel.

— Il faudra certainement que je voie mon médecin toutes les semaines parce que j'ai un utérus hostile et les ovaires polykystiques.

Je notai mentalement d'ajouter ça à mon profil Tinder quand je reprendrai les coups d'un soir. Quel bon parti je faisais. *Ou pas.*

— Sweven…, souffla Devon.

J'avais l'impression qu'on avait versé du miel dans mes entrailles quand il m'appelait par ce stupide surnom.

— Je promets d'être le père que cet enfant mérite. Un meilleur père que ceux que nous avons eus tous les deux.

En un éclair, il avait totalement refroidi la sensation de chaleur qui m'avait envahie à peine quelques secondes plus tôt. Je n'avais jamais dit de mal de mon père en sa présence. Il avait tiré cette conclusion de l'appel de deux minutes qu'il avait entendu. Mais c'était des conneries. Mon père et moi nous entendions bien.

Super bien, même.

Je verserais une larme ou deux quand il mourrait, contrairement à Devon, froid et indifférent, qui semblait presque soulagé que son père ne soit plus de ce monde.

Ne voulant pas dévoiler davantage d'émotions, je lâchai un rire rauque.

— Parle pour toi, Devon. Mon père est le top du top point com.

— J'ai peut-être soixante-quinze ans, mais au moins tu ne m'entendras jamais dire ce que tu viens de dire.

— Quoi donc ? rétorquai, le défiant.

Il rit.

— Bien essayé.

— Ça te dit, un moment zen ? proposai-je. Parlons d'animaux bizarres. Tu as déjà vu un tenrec zébré des plaines ?

— Non, jamais.

— On dirait une mouffette peroxydée qui vient de se réveiller après avoir fait la fête toute la nuit sous MDMA et qui a besoin de se refaire les racines.

— Et des markhors ? demanda-t-il. On dirait les nanas des pubs Babyliss. Passe une bonne journée, Sweven. Merci pour la bonne nouvelle.

Après avoir raccroché, j'envoyai un mail au Dr Bjorn pour l'informer de la nouvelle et lui demander si j'avais besoin de faire quoi que ce soit à part bien manger, bien dormir, me reposer, et tout le tintouin déjà lu dans les dizaines d'articles sur la grossesse que je consommais quotidiennement.

Je rouvris la conversation avec les filles, les doigts tremblants d'excitation. C'était trop tôt. Je le savais. Et complètement irresponsable, puisque c'était une grossesse à risque. Mais je n'étais pas douée pour repousser la satisfaction.

Belle : J'ai une nouvelle à vous annoncer. On se retrouve au parc demain, au Boston Common ?

Aisling : Absolument.

Persy : Je crois que je sais ce que c'est et je suis excitée.

Sailor : À demain.

Je n'avais pas besoin de Devon. J'avais les Boston Belles.

10

Belle

Quatorze ans

La première fois est innocente.

Je ne crois même pas qu'on peut appeler ça une première fois.

L'année scolaire est bien entamée maintenant - contrôles, devoirs, gangs de filles. Je me tiens à l'écart du bruit ambiant et garde mes objectifs en tête : être la plus rapide sur la piste de course, m'assurer que ma petite sœur Perséphone et son amie Sailor ne se font pas harceler à l'école, et rêver d'embrasser le coach Locken.

Lors d'un de nos entraînements difficiles, je ressens une douleur perçante dans le genou.

Je continue à courir - je ne suis pas une lâcheuse. Mais quand Locken souffle dans le sifflet qu'il a toujours coincé entre les lèvres, je m'arrête et me dirige vers lui avec les autres coureurs. Je boite, mais j'essaie de le masquer parce que je commence à comprendre quelque chose de la nature humaine. Quand les autres décèlent une faiblesse, ils bondissent.

— Merde, meuf. Dur, dit Adam Handler avec une grimace en désignant mon genou d'un signe de tête.

Je baisse les yeux, avançant tant bien que mal vers le coach. Merde, en effet. Mon genou est tout rouge et enflé.

— Ça va, dis-je, sur la défensive. Je le sens à peine.

— Qu'est-ce qui se passe, Penrose ? demande M. Locken en plantant les poings sur ses hanches.

Sa voix est douce, plus douce que celle qu'il utilise avec les garçons. Personne ne le lui fait jamais remarquer. Pourquoi le feraient-ils ? Je suis la seule fille de l'équipe, les gens doivent se dire qu'il essaie juste de me mettre à l'aise.

Je suis la seule à connaître la vérité.

La vérité, c'est qu'il me fait de plus en plus de grands sourires ces derniers temps.

Et que je les lui rends.

Je sais que ce n'est pas bien. Je sais qu'il est marié. Que sa femme est enceinte. Je ne suis pas bête. Mais je ne compte pas aller plus loin. Je veux seulement savourer l'attention qu'il m'accorde. C'est tout. D'une certaine manière (indirecte et complètement tordue), je crois même que je rends service à sa femme. Du moment qu'il m'accorde son attention, il ne risque pas de passer à l'acte. Au moins, il ne la trompera pas.

Enfin bref, c'est bête. Je ne la connais pas, et je ne lui dois rien. Et puis, peut-être que je me fais des films. Peut-être qu'il ne me regarde pas, après tout.

— Tout va bien, coach.

Je souris malgré la douleur, en bon petit soldat.

— Ce n'est pas l'impression que ça donne. Viens par ici.

J'obéis. Tous les garçons m'encerclent, leurs jambes cure-dents et leurs grandes oreilles dépassant de leurs corps. Ils grimacent et montrent mon genou du doigt.

Ça sent le roussi, *comme dit papa.*

Le coach met un genou à terre et observe ma jambe en fronçant les sourcils. Je sens son souffle sur ma peau, chaud et humide. Ma colonne vertébrale est secouée de frissons d'excitation.

— Je vais aller te chercher une poche de glace. Va m'attendre dans mon bureau.

— Non, c'est bon, ça va, proteste ma stupide bouche alors que mon cerveau lui dit de la fermer et d'en profiter.

Je n'ai jamais été seule avec le coach Locken.

— Ça n'ira pas du tout si tu passes toute la saison sur le banc à cause d'un genou du coureur et que je perds ma star du cross et toi, ta bourse.

Locken me tourne déjà le dos, guidant les autres vers les vestiaires.

Je boitille jusqu'à la petite pièce au bout du couloir. La porte est ouverte. Je m'assieds devant son bureau et pousse un geignement, parce que, bordel, ça fait mal. À la recherche d'une distraction, je regarde autour de moi. Il y a des tas de livres sur la course à pied sur des étagères, quelques trophées, et des photos encadrées de lui avec des athlètes connus. Sur son bureau en bois blond, une photo de fiançailles avec sa femme. Ils sont au milieu d'une espèce de champ de foin, et la main de sa femme est orientée vers l'objectif pour faire briller le diamant de sa bague. Brune, elle a l'air plutôt petite et… je ne sais pas… d'être une femme bien. Elle me fait l'impression d'être une bonne personne, pas du tout comme je me l'étais imaginée. Je me sens soudain affreusement coupable d'avoir désiré qu'il m'embrasse.

C'est stupide. Je devrais me lever et partir.

Abandonner le cross, tant que j'y suis. Le volley semble être plus mon truc.

J'ai les mains posées sur les accoudoirs pour me lever quand il entre dans la pièce et ferme la porte. Il est plus imposant que dans mes souvenirs. Plus grand. Il emplit la pièce. Il me rappelle mon père, et j'adore mon père. Mais M. Locken a aussi cet air juvénile qui, contrairement à mon père, fait que ce n'est pas dégueu de vouloir l'embrasser.

Je me laisse retomber sur la chaise. Comme si de rien n'était.

Le coach Locken lève une poche de glace puis me la lance.

— Mets ça sur ton genou.

Je m'exécute. Le froid est agréable sur ma blessure. Je grogne.

— Il vaudrait mieux que j'aie une bourse. Je n'aime même pas ça, courir.

Il rit et, à ma grande surprise, il tire sa chaise pour la positionner juste devant la mienne. Mon cœur bat à mille à l'heure.

— Comment tu te sens maintenant ? demande-t-il d'un ton grave, bourru.

— Ouais. Ça va.

Je me sens tellement bête, tellement jeune, tellement gamine. J'aimerais trouver quelque chose de sophistiqué à dire. Pour le souffler. Pour qu'il sache que je ne suis pas qu'une gamine.

— Laisse-moi regarder.

Il tapote son genou en guise d'invitation.

Je lève les yeux vers lui, pas certaine de comprendre ce qu'il me demande. Il n'est pas en train de suggérer…

— Pose ton pied sur mon genou, je veux évaluer les dégâts.

Je fais ce qu'il me dit, la poitrine gonflée de fierté. Je suis presque sûre qu'il n'a jamais proposé ça aux garçons de l'équipe.

Ses cuisses sont fermes et musclées. Dures comme la pierre. Ma jambe est longue et mince et, si on regarde de près, couverte d'un duvet blond. Il se penche en avant, retire la poche de glace de mon genou et fronce les sourcils.

— Ça n'a pas l'air d'aller mieux.

— Ça va, ça ne fait pas mal.

Je mens.

— Essaie de faire pivoter ta jambe.

J'essaie. Je n'y arrive pas. Enfin, je peux le faire. Mais ça fait un mal de chien.

Le coach Locken pousse un soupir résigné.

— Ça aidera si on stimule la circulation sanguine. Je peux ?

Il lève les mains - de belles mains - devant moi, me regardant d'un air interrogateur.

Il veut me toucher ? Vraiment ?

— Juste pour faire revenir le flot de sang dans le genou, explique-t-il.

Oui. Bien sûr. J'ai vraiment l'esprit trop tordu. C'est gênant.

J'avale ma salive, me perdant dans ses yeux marron.

Il ressemble un peu à Matthew Broderick dans La Folle Journée de Ferris Bueller. *Intello-canon. Le genre en qui on peut avoir confiance parce que tout le monde s'attend à ce qu'il se comporte bien.*

Honnêtement, je ne sais même pas pourquoi je me comporte si bizarrement. Ce n'est pas du harcèlement sexuel. Il me demande littéralement l'autorisation. Un violeur me sauterait dessus sans demander la permission. Je surinterprète.

Je hoche la tête et l'observe d'un regard curieux tandis qu'il me masse le genou. Ça paraît innocent. Je suis à un stade où je suis intriguée par les bisous, les câlins, etc., mais rebutée par les pénis. Ils sont trop… trop. *Genre, calme-toi. Pas besoin de te dresser comme une barre de pole dance chaque fois qu'une fille enlève son soutien-gorge.*

Il presse ses pouces vers mon genou pour faire mieux circuler mon sang. La douleur jusqu'alors perçante devient plus modérée. Je sens mes muscles se dénouer sous ses doigts.

— Mieux ? demande Locken.

Je hoche une nouvelle fois la tête. Avale ma salive. Regarde ses doigts. Son alliance. La façon dont ses mains s'enroulent à l'arrière de mon genou pour me masser, à l'endroit sensible. Je glousse et gigote malgré moi.

— Tes muscles sont vraiment tendus.

Il prend un air plus renfrogné. Cette foutue alliance semble me brûler la peau chaque fois qu'elle la touche. Pourquoi faut-il qu'elle soit là ? Il aurait pu attendre que j'aie mon diplôme - c'est quoi, quatre ans, dans une vie - et on aurait pu être ensemble.

— Il faut que tu travailles tes étirements, Penrose. Tes muscles raccourcissent. C'est certainement génétique.

— Probablement du côté de ma mère, dis-je.

Merci, maman, de m'avoir légué tes muscles trop courts.

Ses doigts remontent sur ma cuisse. Ça n'a plus l'air si innocent. Mon corps fourmille. Mais il y a autre chose. Une boule d'angoisse dans ma gorge.

— V-vous avez raison, bégayé-je pour combler le silence, devenu gênant. Je devrais m'étirer plus. Je vais ajouter ça à ma routine du soir.

— C'est important.

Ma jambe semble molle et docile sous ses mains. Je m'en fiche qu'il voie que je ne me suis pas rasée.

— C'est trop bon, dis-je en renversant la tête en arrière, laissant échapper un gémissement.

Il rit.

— Tu as de la chance d'être douée, Penrose. Tout le monde n'a pas droit à ce traitement spécial.

Mais est-ce mon talent qui le pousse à faire ça pour moi ?

Son index effleure mon short de course, tout près de mon entrejambe. Je m'apprête à reculer mais il s'écarte tout à coup et se lève. Son sourire est gêné mais calme. Il me regarde droit dans les yeux.

— Ça va mieux ?

Troublée, j'attrape la poche de glace et me lève d'un bond.

— Ça va mieux.

— Dis-moi si jamais tu as encore besoin d'aide. Quand tu veux. Il faut parfois frotter les diamants pour les faire briller.

Le jour même, je fouille dans la salle de bains de mon père, trouve un rasoir et me rase les jambes jusqu'en haut.

J'irais voir le coach pour qu'il me masse le genou - la cuisse - pendant deux mois.

En me disant que c'est uniquement pour décrocher ma bourse.

11

Belle

Je retrouvai Aisling, Sailor et Persy au Boston Common le lendemain.

Les trois jeunes mamans arrivèrent avec leurs poussettes, leurs bébés, et leur avis sur ma situation.

Elles incarnaient le rappel que, très bientôt, je devrais délaisser les strings et les boîtes de nuit pour les joies des coussinets d'allaitement en fibre de bambou, des bavoirs et des langes.

Les poussettes de mes amies étaient assorties à leurs personnalités.

Sailor avait une poussette de jogging. Sportive, efficace et toute noire. « La préférée des clients », s'était-elle vantée un jour où j'étais de bonne humeur et où j'avais fait mine de m'intéresser.

Perséphone avait la Bugaboo à deux places en blanc cassé pour Astor et Quinn, bien qu'elle ait attaché Astor à un genre de laisse pour qu'il se promène dans le parc comme un chihuahua bourré.

Et puis il y avait Aisling, avec le landau Balmoral de Silver Cross. Classe, haut de gamme, très comme il faut – comme la femme à qui il appartenait. Ambrose semblait parfaitement à sa place à l'intérieur.

Nous étions toutes emmitouflées dans nos manteaux, flânant

dans le parc bordé d'arbres, passant devant le Freedom Trail et les monuments aux soldats et aux marins.

Le ciel était un rideau de glace, les nuages traversant le bleu marine comme l'essaim matinal des travailleurs du centre-ville.

— Vous saviez qu'au XVIIe siècle, une femme du nom d'Ann Hibbins, accusée d'être une sorcière, a été exécutée au Boston Common ? demanda Sailor. Ils l'ont pendue en public.

— Bon sang, Sailor, protesta Aisling en faisant un signe de croix et jetant un regard en biais à notre amie. Quelle anecdote sympa pour commencer la journée.

Persy éclata de rire. Un élan de mélancolie me transperça. Devon aurait aimé cette pique. Mais je ne pouvais lui écrire à tout-va. Nous n'étions pas censés parler de choses qui n'étaient pas en lien avec le bébé. C'était ma règle, à laquelle je me tenais. C'est juste que c'était nul.

— Enfin, bref ! s'exclama Perséphone. Même si je serais ravie d'en savoir plus sur les femmes qu'on pendait pour sorcellerie, Belle a quelque chose à nous dire.

— Merci pour la transition subtile, sœurette.

Puisque j'étais la seule à ne pas avoir de poussette à pousser, je tenais l'espèce de laisse-harnais de Rooney, la fille de Sailor, qui essayait de chasser les pigeons du chemin pavé. On aurait dit un tout petit homme bourré qui cherchait la bagarre. J'allais bientôt y avoir droit.

— C'est encore tôt, mais je voulais vous dire qu'il y a un polichinelle dans ce tiroir, dis-je en pointant un doigt sur mon ventre.

Les filles s'arrêtèrent et me sautèrent dessus en poussant des cris de joie. Rooney et Astor, qui ne savaient pas ce qui se passait mais sentaient l'excitation, se faufilèrent entre nos jambes pour se serrer contre moi en criant :

— Tata Belle ! Tata Belle !

Je pris tout le monde dans mes bras en riant, un peu gênée. J'allais l'annoncer à mes parents un peu plus tard, ce soir-là. Ils ne seraient sûrement pas ravis que j'aie un enfant hors mariage, mais je savais qu'ils n'espéraient plus rien de ma part. Ils savaient que je ne voulais pas me marier. Ils ne s'attendaient pas à ce que je suive l'exemple de ma petite sœur.

— Est-ce que Devon et toi vous êtes enfermés dans une chambre pendant un mois entier ? Ça a été rapide ! dit Sailor, la liesse dansant dans ses yeux verts.

— Je ne suis pas sûre de vouloir avoir cette conversation alors que l'âge moyen du groupe est de deux ans et demi, dis-je en montrant les poussettes et les enfants.

— Les enfants ne comprennent pas de quoi on parle, dit Aisling d'un ton pincé. Pour être honnête, le mien est encore tellement jeune qu'il est toujours daltonien.

— Il y a Rooney et Astor, lui rappela Persy en souriant. On garde ça pour notre soirée plats à emporter.

— Où Belle ne boira pas de vin, fit Sailor avec un sourire triomphal. Ça en fera plus pour nous.

— Elle ne va pas non plus faire la fête de sitôt, dit Persy, qui semblait particulièrement heureuse du tour que prenaient les événements. Ce qui veut dire que personne ne pourra rien mettre dans son verre.

Non pas que ce soit déjà arrivé, mais ma sœur s'inquiétait toujours de tout.

— Enfin, j'espère que tu sais qu'on est là pour toi, reprit-elle. Tu dis si tu as besoin de quoi que ce soit. Même si je pense que Devon souhaite être impliqué dans la grossesse.

— Devon peut aller se faire voir. Il savait dans quoi il s'engageait. Une seconde…, dis-je alors que nous reprenions notre marche. Comment tu sais ça ?

— Devon n'a pas pu se retenir. Il a appelé Cillian hier soir pour lui annoncer la bonne nouvelle. Cillian me l'a dit.

Persy avait le visage fendu d'un large sourire.

Je notai mentalement de frapper Devon avec le test de grossesse pour son manque de discrétion.

— C'est complètement con. Il n'y a pas un code des avocats ou je ne sais quoi ? lâchai-je, même si ce n'était pas si désagréable de savoir que Devon criait au monde qu'il allait être un super papa.

D'autant plus après sa réaction glaciale à l'annonce de ma grossesse.

— Ce n'est pas *ton* avocat, bécasse, déclara Sailor en faisant semblant de toquer à mon crâne. Même si je suis quasi sûre qu'il devra le devenir à un moment donné, avec toutes les magouilles dans lesquelles tu te fourres.

— Et puis, il a certainement dit à Cillian de ne pas le répéter, et Cillian n'a pas pu s'en empêcher. Mon frère livrerait des secrets nationaux et l'État du Texas sans broncher pour faire plaisir à sa femme, dit Aisling en souriant à Perséphone.

Les joues de Perséphone rosirent, et elle baissa la tête. Aisling n'avait pas tort. Cillian était démuni face à son épouse. Hunter et Sam n'étaient pas très doués non plus pour refuser quoi que ce soit à leurs épouses respectives.

Je secouai la tête.

— Ça n'a pas d'importance. Je suis juste contente que ça n'ait pas pris trop longtemps. Mais bon, la vraie difficulté, c'est de garder le bébé. Tomber enceinte était la partie facile.

— Euh, les filles ? Je ne veux pas jouer les rabat-joie, mais c'est moi ou il y a un mec en noir qui nous suit ? demanda Sailor.

Aisling regarda autour d'elle, confuse.

— Où ça ?

— À trois heures.

Aisling et Perséphone s'immobilisèrent aussitôt, essayant de jeter des coups d'œil discrets autour d'elle. J'étais moins fine que ça. Je tournai vivement la tête, les yeux plissés, repérant l'homme caché derrière un arbre à une petite dizaine de mètres de nous. Grand et costaud, il était habillé tout en noir et portait un chapeau, si bien que je ne voyais pas à quoi il ressemblait.

— Est-ce que tu ne devrais pas en parler à Sam ? demanda Persy à Aisling.

Aisling fronça les sourcils, l'air renfrogné.

— Je ne crois pas. Il n'est dans aucune embrouille en ce moment. Depuis qu'il a démantelé le réseau russe, tout est très calme. Peut-être trop calme à son goût. S'il pensait que j'étais en danger, il ne me laisserait pas sortir sans au moins deux gardes du corps.

C'était vrai. Sam recruterait une armée entière pour protéger Aisling. Si elle n'avait pas de gardes du corps, c'était que Sam passait une année tranquille.

— Et toi ? demanda Sailor à Perséphone.

Même si le mari de ma sœur était blanc comme neige côté affaires, on ne pouvait pas nier que kidnapper sa famille pouvait être rentable.

Persy secoua la tête.

— Le clan Fitzpatrick travaille avec une entreprise de sécurité. Que des anciens agents secrets. On sait toujours quel niveau de menace on encourt pour chaque scénario, y compris le kidnapping. Dans l'immédiat, le risque est très faible, parce que les actions de Royal Pipelines sont en baisse à Wall Street.

— Ma pauvre, murmurai-je. Comment vas-tu payer ton prêt le mois prochain ?

Tous les regards se posèrent sur moi. Je regardai de nouveau par-dessus mon épaule. L'homme avait disparu, mais je pariais qu'il avait juste trouvé un autre arbre derrière lequel se cacher.

— Quoi ? soufflai-je. Qui pourrait s'en prendre à *moi* ?

Il y avait bien une personne qui me vint à l'esprit, mais elle était très morte.

— Peut-être un des tarés qui t'écrivent des lettres ? suggéra Sailor. Tu es l'une des femmes les plus célèbres de Boston, Belle.

— Impossible. Ces mecs-là savent à peine se servir d'un téléphone, alors orchestrer un meurtre…

Mais je tirai Rooney plus près de moi, juste au cas où.

— Je parie que c'est juste un pervers qui va s'astiquer le poireau quand on sera parties.

— Maman, ça veut dire quoi s'astiquer le poireau ? demanda Rooney à Sailor, qui me lança un regard disant « super t'es contente ».

Mon expression lui répondit : « Oui, très. »

— Eh bien, là, je le vois, et c'est toi qu'il regarde, Belle.

La voix de Perséphone était une lame aiguisée glissant sur ma peau.

Mes cheveux se hérissèrent sur ma nuque. Mes paumes devinrent moites. Je passai mentalement en revue tous les différends que j'avais pu avoir avec des gens au fil des années, mais rien ne semblait assez grave pour me valoir… *ça*.

La logique voulait qu'Aisling, avec son mari prince de la mafia, et Persy, qui avait épousé un des hommes les plus riches (et les plus cruels) de la planète, soient des cibles privilégiées. Mais elles avaient toutes les deux raison – justement, *parce que* leurs maris connaissaient leur situation, ils prenaient des dispositions pour empêcher qu'il leur arrive quoi que ce soit.

— Tu nous caches quelque chose ? demanda Aisling d'une voix douce, pacificatrice. Tu peux nous le dire. Tu sais qu'on est de ton côté. Quoi qu'il arrive.

Mais je ne pouvais pas.

Parce qu'il n'y avait *rien* à dire.

— Tout va bien.

J'essayai de jeter un autre coup d'œil derrière moi.

Un bout de caban noir disparut derrière une statue.

Oh ! et puis merde.

— Tiens-moi ça.

Je donnai la laisse de Rooney à Sailor et courus en direction de la statue derrière laquelle était caché l'homme, la fureur brûlant dans mes veines comme de l'acide. Quoi qu'il veuille, il avait des explications à fournir.

Je bondis derrière la statue pour le trouver appuyé contre la pierre, en train de faire défiler des photos sur son téléphone. Des photos de moi de dos, compris-je en apercevant mon caban rouge sur son écran.

— Plutôt pas mal, hein ? Et encore, vous devriez me voir de face.

J'armai le poing pour le lui écraser sur la figure. Il leva les yeux, grogna et déguerpit. Mon poing s'abattit dans les airs, ne trouvant que le vide.

Je m'élançai à sa poursuite, Persy sur les talons.

— Belle ! cria-t-elle, affolée et essoufflée. Reviens. Tu ne peux pas faire ça !

Bien sûr que si, je pouvais faire ça.

C'était mon *devoir* de faire ça.

Il y avait bien longtemps, j'avais fait le serment de ne jamais laisser les hommes faire de mal aux femmes juste parce qu'ils le pouvaient. Juste parce qu'ils étaient plus forts physiquement.

J'accélérai le pas. Devant moi, l'homme prenait de la vitesse. Derrière moi, Persy avait décidé de révéler son potentiel athlétique pour la première fois de sa vie et elle réussit à me rattraper, m'attrapant par le col de mon manteau pour me tirer vers les autres.

— Laisse-moi tranquille, Pers ! pestai-je. Ce connard a eu le culot de me prendre en photo, je veux savoir pourquoi.

Je me débarrassai d'elle, forçant sur mon mauvais genou pour courir plus vite. Persy était endurante. D'où lui venait cette nouvelle force ?

— Tu ne peux pas !

Elle bondit devant moi pour s'interposer entre moi et l'homme, désormais trop loin pour que je le course.

C'était peut-être le même homme que celui qui m'avait approchée au Madame Mayhem un mois plus tôt. *Bordel.*

Persy m'attrapa par les épaules, les yeux grands ouverts.

— Écoute-moi bien maintenant. Je sais que tu es courageuse, et je sais que tu es une casse-couilles, mais il *faut* que tu comprennes, il ne s'agit plus uniquement de toi à présent. Tu portes quelqu'un en toi, et il faut que tu penses au bébé. Compris ?

Des flashs de ma conversation avec le Dr Bjorn me revinrent.

Grossesse à risque.

Risque de fausse couche.

Nous allons devoir vous surveiller de près.

Je hochai la tête d'un air sinistre. Elle avait raison. Qu'est-ce qui m'avait pris, de foncer comme ça ?

— OK, dis-je, maussade. *OK.* Mais je ne peux pas laisser passer ça.

— Je ne te le demande pas, dit Persy. Je vais parler à Cillian. On va voir ce qu'on peut faire.

Mais je refusais de laisser un homme, même si c'était mon beau-frère, jouer les baby-sitters. Je comptais bien régler mes propres problèmes par moi-même.

— Non, je m'en occupe.

— Pas en l'abordant seule, insista Persy.

Je hochai la tête mais me retint de dire quoi que ce soit. Le diable était dans les détails.

Persy me prit dans ses bras.

— Là, ça, c'est ma sœur préférée.

— Ta *seule* sœur, tu veux dire, marmonnai-je, ma joue pressée contre son sein gonflé de lait.

Elle me tapota la tête.

— Oui, aussi.

12

Devon

Trois jours après l'annonce de la grossesse d'Emmabelle, j'appelai ma mère pour notre discussion hebdomadaire. Elle était essoufflée et de bonne humeur. Ça n'allait pas durer. Le train de l'allégresse s'arrêterait dès que je lui apprendrais ma paternité imminente.

Si j'étais heureux de devenir père, cela me peinait de décevoir ma mère. Pire encore, maintenant que Sweven était enceinte, je n'étais plus le bienvenu dans son lit bordélique qui aurait bien eu besoin d'un bon coup de ménage.

C'était comme si j'étais puni pour ma bonne conduite.

— Bonjour, mon cher petit Devvie. Si c'est à propos de Harry Tindall, je suis désolée de t'apprendre qu'il est encore aux îles Caïmans, mais j'ai entendu dire qu'il devrait revenir bientôt.

— Merci, maman. Mais il y a autre chose dont je voudrais te parler.

Je faisais les cent pas dans mon appartement – un loft à Back Bay – uniquement vêtu d'une serviette nouée autour de la taille après une épuisante séance de sport.

— Ah oui ? demanda-t-elle. Que se passe-t-il, mon chéri ?

Je m'arrêtai devant la cheminée du salon et actionnai l'interrupteur électrique.

— Tu es assise ?

Je lui fis subir le même traitement qu'elle quand mon père était mort. Je l'entendis se laisser tomber dans un fauteuil en cuir.

— Je le suis maintenant, dit-elle, l'air tendu. Il est arrivé un malheur ?

— *Respire.*

— C'est surfait, de respirer. Dis-moi, s'il te plaît.

— Je vais devenir papa.

— Je… euh… pardon ?

Sa surprise semblait sincère.

— Papa, répétai-je. Je vais avoir un bébé avec quelqu'un.

Il y eut un gros bruit sourd – elle avait dû lâcher son téléphone – puis je l'entendis récupérer le combiné tant bien que mal. Quand elle reprit la parole, sa respiration était lourde et irrégulière.

— Tu veux dire que tu vas avoir un *bâtard* ?

— Ou une bâtarde, dis-je, désinvolte. Certainement une bâtarde. La mère de l'enfant pense que ce sera une fille, et elle se trompe rarement.

— Mais… mais… comment ? Où ? Quand ?

Le *où* était-il vraiment nécessaire ? Je ne savais pas si c'était arrivé quand je pilonnais Belle sur son bureau ou quand je l'avais prise sous la douche.

Je gagnai la cuisine de mon luxueux appartement de quatre cents mètres carrés, aménagé avec le même soin méticuleux et le même style ancien que mon bureau – chêne sculpté, riches tissus, socles en bronze et frises peintes en rouge.

Et surtout : c'était un vaste espace ouvert avec très peu de murs. Selon mes souhaits, pour ne pas contrarier mon affreuse claustrophobie.

— Elle s'appelle Emmabelle. Notre liaison était de nature

occasionnelle. Nous n'avons jamais été officiellement ensemble. Elle va garder l'enfant.

Le silence à l'autre bout de la ligne m'informant que ma mère avait besoin de plus d'informations, j'ajoutai prudemment :

— Emmabelle travaille dans le monde du burlesque. Tu peux trouver des photos d'elle sur Internet. Elle a écrit des chroniques sur la libération sexuelle dans des journaux et posé pour un calendrier érotique. Je pense que vous vous entendriez à merveille.

Je n'y croyais pas une seconde, bien sûr, mais la décevoir si peu de temps après la mort de mon père me semblait déplacé.

— Pourquoi la rencontrerais-je ? rétorqua ma mère.

— Parce qu'elle sera la mère de ton petit-enfant chéri, dis-je.

— Je ne considère pas ce qui va sortir d'elle comme mon petit-enfant.

Sa voix tremblait sous le coup de la colère.

Je ne m'attendais certes pas à ce que ma mère soit aux anges, mais je ne m'attendais pas non plus à une telle hostilité. Après tout, j'avais maintenu mon alliance avec Cecilia et elle, et je les avais soutenues financièrement. Ma seule attente était qu'elle accepte ma façon de vivre.

Et il n'était pas question d'enfermer des femmes dans ma cave contre leur gré pour les manger toutes crues. Avoir des enfants hors mariage était une pratique courante de nos jours.

J'ouvris le frigo pour me préparer un sandwich à la dinde.

— Alors tu ne verras pas ton petit-fils ou ta petite-fille. Tant pis pour toi.

— Je changerai peut-être d'avis avec le temps, dit-elle, son ton s'adoucissant. Seulement, je ne veux pas qu'un enfant illégitime gâche ton avenir radieux. Nous sommes au XXIe siècle. Il est tout à fait possible de cacher cette situation et de la maintenir sous contrôle.

— *Pourquoi* voudrait-on la cacher et la garder sous contrôle ?

— Parce que tu pourrais avoir envie de te marier.

J'avais juré de ne jamais me marier, mais maman ne supporterait pas davantage de mauvaises nouvelles en un seul coup de fil.

— Si jamais cela devait arriver, je serais franc avec ma future épouse.

— Toutes les femmes ne seraient pas ravies de l'apprendre.

— Et si on arrêtait de tourner autour du pot ? Dis ce que tu as à dire.

— *Louisa*, Devvie.

Son nom résonna dans mon oreille. Le souvenir de mon père me forçant à l'embrasser me fit serrer les dents.

— Quoi, Louisa ?

Je donnai un coup de pied dans la porte du frigo pour le fermer et disposai la dinde sur du pain légèrement tartiné de mayonnaise light et de moutarde.

— Tu crois qu'elle accepterait mon arrangement avec la nymphe burlesque que j'ai mise en cloque ?

— Une *stripteaseuse*, tu veux dire ? répliqua ma mère, scandalisée. C'est comme ça qu'on appelle une stripteaseuse ces temps-ci, non ?

— Bien sûr, fis-je en bâillant. Appelle-la comme tu veux,

Mes entrailles devinrent de la lave en fusion. C'était un mensonge. Un mensonge qui ne plairait pas à Sweven. C'était donc une bonne chose que maman ne veuille pas voir mon futur enfant. Parce que si elle essayait un jour de prendre Belle de haut face à elle… elle n'aurait plus de face pour prendre qui que ce soit de haut.

— Oui, bon, il y a toujours moyen de se débrouiller, Devvie. Les débauchés n'ont pas été rayés de la surface de la terre avec la civilisation moderne. C'est juste que nous, femmes de la haute société, nous avons appris de nouveaux trucs pour faire en sorte que vos indiscrétions restent discrètes.

— Je ne peux pas épouser Louisa.

Je plaquai une tranche de fromage sur mon sandwich avec férocité, comme si c'était elle qui était responsable du désarroi que je ressentais.

— Et puis, ça sort d'où, tout ça ? Tu n'as jamais insisté à ce propos. C'était la spécialité de papa, et il l'a payé en perdant son seul fils. Non seulement je ne peux pas épouser Louisa, mais je ne peux plus jamais être *vu* avec elle. Les médias anglais s'en donneraient à cœur joie s'ils découvraient que je vais avoir un enfant hors mariage avec une Américaine déjantée et qu'en parallèle je fais la cour à une fille de duc.

Le *Daily Londoner* avait toute une équipe de journalistes dont le seul job était de suivre les faits et gestes de la royauté. Impossible que cela reste secret.

— Ce n'est pas la fin de la discussion, m'informa ma mère avec le plus grand sérieux. C'est prévu pour quand, ce truc ?

— Je crois qu'elle en est à six ou sept semaines, donc *ce truc* ne sera pas là avant un moment.

— C'est très tôt pour savoir qu'on est enceinte. Comme si elle avait tout prévu, songea ma mère.

Je ne lui dis pas qu'Emmabelle et moi nous étions mis d'accord pour avoir cet enfant. J'avais beau aimer ma mère de tout mon cœur, cela ne la regardait pas.

— Tout le monde n'est pas aussi fourbe que les Whitehall, mère.

Je raccrochai et mordis dans mon sandwich, que je mâchai sans en sentir le goût.

Quel que soit le coup que ma mère préparait, j'étais prêt à le parer.

— Tu veux me tuer ? demanda Bruno, mon partenaire d'escrime, le lendemain, lorsque je faillis lui transpercer le crâne à travers son masque.

Le corps à corps, contact corporel entre deux combattants, était interdit en escrime. C'était la troisième fois que je le faisais.

— Il y a un truc qui te travaille ? demanda-t-il.

Ne gratifiant pas sa question d'une réponse, j'attaquai encore, pensant à ma conversation avec ma mère et au silence-radio de Belle.

L'escrime était l'équivalent physique des échecs. Cela requérait non seulement un jeu de jambes rapide et des réflexes instantanés, mais aussi un certain niveau d'intellectualité. C'est pour ça que c'était mon sport préféré. Je m'élançai vers l'avant tandis que Bruno se mettait en position de défense, reculant sur la piste.

— Devon.

Il tomba du tapis, arrachant le masque de son visage. Il était couvert de sueur, les yeux écarquillés.

— Devon, *arrête* !

Ce ne fut que lorsqu'il me supplia de cesser que je me rendis compte que j'avais failli le tuer. Qu'il avait peur, recroquevillé dans un coin de la pièce, son sabre baissé, tremblant de tous ses membres.

— Il est clair que tu traverses quelque chose, mec, mais putain, reprends le contrôle.

Sur ce, il partit, furieux. Je retirai mon masque, renfrogné.

Pauvre fou. Je n'ai jamais eu le contrôle.

Après cela, j'allai directement au club de Sam.

À ne pas confondre avec la chaîne de magasin du même nom. L'établissement de mon ami Sam, le Badlands, proposait le meilleur en tables de jeu, en whisky et en cocaïne.

Le club en lui-même n'était pas clandestin mais ouvert au grand public. Les salles de poker, au fond, étaient en revanche soigneusement gardées.

Je fréquentai ce lieu autant que possible. Au moins trois fois par semaine. Parfois plus.

Installés dans l'une des petites salles de poker, Sam, Hunter, Cillian et moi jouions aux cartes sur une table recouverte de feutre vert. Un nuage de fumée de cigares planait au-dessus de nos têtes. Un assortiment de verres de brandy et de whisky à moitié vides traînait sur la table.

— Bravo pour avoir mis l'ultime femme fatale en cloque, me félicita Hunter en m'adressant son sourire Colgate.

Nous jouions au rami – je commençais à comprendre pourquoi je passais pour un vieux schnoque aux yeux de Sweven.

Un sourire sardonique trouva mes lèvres.

— Ça n'a pas été bien difficile.

— Difficile ? Non. Bizarre ? Oui. Je pensais pas que vous baisiez encore, dit-il.

Je n'avais aucune envie de discuter d'Emmabelle Penrose. Pas avec Cillian et Hunter (deux hommes que je considérais comme des clients) et Sam Brennan (que je refusais de prendre comme client, malgré ses demandes répétées).

— C'était un accident ? demanda Cillian en m'adressant un regard froid et hostile.

Cela n'était dû à rien en particulier. Il s'agissait de son expression habituelle. Les seuls moments où il avait l'air un tant soit peu content, c'est quand il était avec sa femme et ses enfants. Le reste du temps, on pouvait le prendre pour un tueur en série en passe de s'adonner à son passe-temps favori.

— Cela ne vous regarde pas, dis-je gaiement en prenant une carte sur la pioche disposée au milieu de la table.

— Je suis sûr que c'était un accident. Personne n'est assez bête pour s'engager volontairement sur le long terme avec cette prédatrice, déclara Sam en parcourant la pièce des yeux avec ennui.

— Aux dernières nouvelles, ta femme a épousé un homme qui a autant de sang sur les mains qu'il y a d'eau dans la Mystic River. Qu'est-ce que ça dit de *son* QI ?

— Ça dit que son QI est divin, comme le reste de sa personne. En revanche, le tien est discutable, au mieux. Critiquer ma femme est le meilleur moyen de te retrouver six pieds sous terre.

— Tâche de contrôler ces sentiments, fiston. Ils pourraient t'attirer des ennuis, fis-je sur un ton aussi neutre que mon expression en lui tapotant la main d'un air paternaliste.

Il ne cessait d'oublier que je ne faisais pas partie de ses admirateurs. Tous les regards se posèrent sur moi avec curiosité.

— Tu as un faible pour cette furie ? demanda Hunter. Punaise, Dev. Tu ne défends jamais *personne*, sauf s'il y a un chèque de cent mille dollars à la clé.

— Il s'est bien battu, dit Cillian avec un sourire en coin.

— Mais ça ne durera pas, s'il continue à me parler comme ça, dit Sam en mâchonnant sa cigarette électronique.

Malgré ce qu'on aurait pu penser de l'extérieur, cet échange représentait une soirée agréable dans notre univers.

— Je ne sais pas si j'en serais capable, cela dit, mec, lâcha Hunter en secouant la tête.

Cet enfoiré était plus immaculé que le test de dépistage du pape. Il n'avait pas bu une goutte d'alcool depuis des années, depuis qu'il s'était mis avec sa femme.

— Je me la suis faite avec plaisir et j'ai du mal à croire qu'un homme au sang chaud rechignerait.

J'étudiai mes cartes, pianotant sur la table. Soudain, l'idée de passer toute la nuit ici n'était plus si séduisante.

J'avais envie de décrocher mon téléphone pour appeler Belle et entendre son rire et ses répliques cinglantes et pleines d'esprit. Mais je savais que ce n'était pas possible.

— Ne pas pouvoir être près de la femme qui porte ton enfant, ça me paraît dingue. Tu vas rater tant de choses. Les coups, les petits tours que le bébé fait quand il change de position. Le premier aperçu à l'échographie. Je te jure, la première fois que j'ai vu Rooney sur l'écran en noir et blanc, j'ai failli me pisser dessus. Elle avait les jambes écartées en grand et elle m'a fait un doigt d'honneur, dit Hunter avant de partir d'un rire fier, comme s'il venait d'annoncer que sa fille avait été nommée pour le prix Nobel.

— Les coups, c'est le mieux, confirma Sam d'une voix bourrue en prenant une carte au centre de la table. Aisling m'attendait avec un grand verre d'eau après le travail et elle le buvait quand je rentrais pour que je sente Ambrose donner des coups.

— Depuis quand vous êtes devenus une bande de vieilles filles ? demandai-je en retroussant mes manches.

Il faisait de plus en plus chaud ici. Ou peut-être qu'ils commençaient à me taper sur le système.

Je n'étais pas certain que le fait que la grossesse me soit épargnée soit une bonne chose. Mais je n'avais pas le choix. Je me tournai vers Cillian, qui avait gardé le silence. De tous les hommes à cette table, c'était lui qui me ressemblait le plus en termes de personnalité – à cela près que je possédais un cœur et un sens moral certes bancals, mais fonctionnels.

— C'est des conneries tout ça, hein ? lui soufflai-je. Les femmes enceintes sont exigeantes et complètement cinglées, avec toutes leurs hormones. Mon père a envoyé ma mère vivre chez ses parents à chaque grossesse, juste pour ne pas avoir à la gérer.

Tous les regards se tournèrent vers moi. Je me rendis compte que j'avais enfin révélé quelque chose de personnel sur ma famille, après des années – des décennies – à ne pas piper mot.

Cillian fut le premier à se ressaisir.

— C'est vrai. Une femme enceinte peut être toutes ces choses.

(Il haussa les épaules.) Mais c'est aussi la personne qui porte l'être humain le plus important au monde pour toi. La vérité, c'est que tu tombes deux fois amoureux d'une femme. Une première fois pour avoir envie qu'elle te donne un enfant. Et une deuxième fois quand elle le fait et que tu te rends compte que tu ne peux pas vivre sans elle.

Plus tard ce soir-là, je sortis en titubant du Badlands et me retrouvai à marcher en direction du Madame Mayhem. Les deux établissements n'étaient pas très loin l'un de l'autre, et l'air frais de l'hiver me ferait du bien.

J'y avais réfléchi pendant la partie de cartes, et j'avais pris conscience du fait que je voulais jouer un rôle dans la grossesse d'Emmabelle. Sweven n'avait-elle pas dit que c'était une grossesse à risque ? Il était important que je reste dans la boucle au cas où elle ait besoin de quoi que ce soit.

Et puis, je voulais tout ce que mes amis avaient.

Des bébés gigoteurs.

Des enfants faisant un doigt d'honneur dans le ventre à l'échographie.

De grands verres d'eau froide (j'avoue, j'avais oublié dans quel contexte on avait parlé de ça).

Quand j'arrivai au Madame Mayhem, je me rappelai à quel point il était bien nommé. *Mayhem* veut dire « chaos », et il régnait assurément entre ces murs rouge sang. Il y avait trois personnes derrière le bar. Emmabelle en faisait partie, les cheveux collés à ses tempes alors qu'elle courait d'un bout à l'autre du comptoir. L'endroit était bondé. Je doutais fort qu'ils respectent la capacité maximum de la boîte. Les clients s'entassaient pour essayer d'atteindre le bar. Le rapport entre l'offre et la demande était bancal. C'était en train de dégénérer. Cette tarée pouvait largement se permettre de prendre un congé anticipé pour surveiller sa grossesse, mais elle n'aimait pas lâcher les commandes. Eh bien, on était deux.

Sur scène, les danseuses burlesques se trompaient dans leurs mouvements, trop distraites par toute cette agitation. Le groupe jouait faux.

Je sautai derrière le comptoir sans réfléchir, retirai ma veste en tweed, me retroussai les manches et me mis à servir les clients.

— Où est le frigo à bières ? hurlai-je par-dessus la musique en poussant la mère de mon futur enfant d'un coup de fesses. Et les verres propres ?

— Qu'est-ce que tu fous là ? me cria Sweven, dégoulinante de sueur.

Elle n'avait pas l'air ravie que je vienne la sauver.

— Je t'empêche de t'écrouler.

Je pris plusieurs commandes à la fois, ouvris les bouteilles de bière à la chaîne et fis de mon mieux pour suivre des recettes de cocktail d'après mes souvenirs.

— Je n'ai pas besoin…, commença-t-elle avec son habituel laïus « je suis une femme indépendante et je rugis ».

Je me tournai brusquement vers elle et posai un doigt en travers de ses lèvres.

— D'aide. Je sais. Je n'en doute pas une seconde, sinon je ne t'aurais pas fait d'enfant. Ça me rebute qu'on ait besoin de moi, pour être honnête. Mais tu es la mère de mon futur enfant, et je ne vais pas rester les bras croisés pendant que tu te tues à la tâche. Compris ?

Elle me fusilla du regard.

— *Est-ce. Compris ?*

— Oui, lâcha-t-elle, prise de court.

Pendant l'heure et demie qui suivit, je servis des cocktails fruités, réapprovisionnai des bols de pois au wasabi, fis payer des canettes de soda bio une fortune, et récoltai même en pourboire l'équivalent de ce que je gagnais pendant les quinze premières secondes d'une réunion de consultation.

Puis, quand les choses se calmèrent, j'attrapai Belle par le bras et la tirai jusqu'à son bureau. Je fermai la porte, attrapai deux bouteilles d'eau dans le mini frigo, en ouvris une et la lui tendis.

Je détestai son bureau. Il était petit et suffisamment confiné pour me faire tourner la tête, me rappelant de mauvais souvenirs.

— Je n'ai pas soif, protesta-t-elle avec insolence.

— Bois cette eau, ordonnai-je, ou je dis à ta sœur que tu ne fais rien pour préserver cette grossesse.

Elle plissa les yeux.

— Tu me balancerais ?

— Sans hésiter, *darling*.

Elle prit une gorgée d'eau, non sans hésitation, puis demanda :

— Qu'est-ce que tu fais là, Devon ?

Elle s'appuya contre la table, qui était encore plus en bazar que dans mes souvenirs.

Avait-elle besoin d'aide ? Était-ce une maladie curable ?

— J'ai eu une conversation intéressante avec les mecs ce soir. Après laquelle j'ai décidé que je voulais être présent pendant ta grossesse, et pas seulement après l'accouchement. Le premier trimestre est le plus crucial, n'est-ce pas ? Je ne peux pas te laisser courir et faire le boulot de cinq personnes. Je veux t'aider à prendre soin de toi, et la première chose que je compte faire, c'est engager deux ou trois serveurs supplémentaires. Tu manques cruellement de personnel.

— Tu crois que je ne le sais pas ?

Elle avala la fin de sa bouteille d'eau puis s'essuya le front. J'étais surpris qu'elle ne proteste pas. Il faut dire qu'elle était un peu pâlotte, bien loin de la nymphe qu'elle était d'ordinaire.

— Le problème, c'est que j'ai des critères exigeants et qu'aucune des personnes que Ross et moi avons reçues jusqu'ici en entretien n'a semblé à la hauteur. Je veux engager des gens qui seront corrects avec mes danseuses et les autres serveurs.

— Tu ne peux pas t'user à la tâche.

— Ah non ?

Sa tête roula d'un côté et de l'autre, comme si elle n'était pas entièrement attachée à son cou. Je craignais qu'elle se tue juste pour prouver quelque chose.

— Je m'en suis bien sortie jusqu'ici, non ?

— À quel prix ?

Je fis un pas vers elle, prenant sur moi pour ne pas la toucher. Cela ne me semblait pas naturel de ne pas poser les mains sur elle quand nous étions ensemble, mais je devais m'y faire. Je devais respecter notre accord.

— Et pourquoi voudrais-tu t'échiner de la sorte ? Cette expérience ne t'a-t-elle rien appris ? Il n'y a pas que le travail dans la vie.

Un rire moqueur lui échappa.

— C'est facile à dire pour toi, tu es un noble, mec. Tu es né dans l'opulence.

Il était inutile de lui dire que je n'avais pas eu accès à un seul penny de la fortune familiale depuis mes vingt et un ans, ou que « mec » n'était pas une façon convenable de s'adresser aux gens.

— Tu ne me tromperas pas sur ton compte, Sweven. On prend tous des décisions en se basant sur nos émotions avant d'y accoler un raisonnement rationnel. Quoi que tu vendes, je n'achète pas. Tu dois te concentrer sur ce qui importe. Laisse-moi te trouver des nouveaux employés. Je parlerai à ton Ross. Je me sens déjà si proche de lui, vu que j'ai reniflé ses couilles il y a quelques semaines.

Elle laissa échapper un petit rire, s'affaissant sur elle-même comme un fort de couvertures en train de s'effondrer, l'air épuisé et si jeune. *Trop* jeune, tout à coup.

— D'accord ? demandai-je en baissant le menton.

Elle hocha la tête.

— Comme tu veux. Mais ça ne veut pas dire que tu peux te comporter comme si tu étais aux commandes. C'est une exception, OK ?

— Une exception, répétai-je alors que je savais, au fond, que ce serait une exception parmi tant d'autres.

Et que je n'avais pas fini de la baiser.

13

Belle

Le lendemain matin, je courus aux toilettes et vomis le peu de choses que j'avais dans l'estomac.

Les nausées matinales avaient commencé au début de la semaine.

Le problème, c'était que je ne pouvais manger que trois choses sans être obligée de faire plus ample connaissance avec la cuvette des toilettes : gâteaux de riz, bonbons au gingembre, et Coca-Cola light.

Je n'étais pas nutritionniste, mais j'étais quasi sûre que ces trois choses ne constituaient pas un régime équilibré riche en vitamines et en minéraux pour le bébé et moi.

En revanche, c'était un régime alimentaire parfait pour me débarrasser des deux kilos que j'essayais de perdre depuis trois ans.

Je posai mon front contre le siège des toilettes, savourant sa fraîcheur contre ma peau brûlante – pathétique. J'étais en sueur et épuisée. Mes cheveux trempés collaient à mon cou.

Je clignai des yeux, des points blancs dansant dans mon

champ de vision alors que j'essayais de me concentrer sur le sol vert tilleul de ma salle de bains.

— S'il te plaît, Bébé Whitehall, laisse-moi manger un toast avec du fromage aujourd'hui. Tu as besoin de protéines et j'ai besoin de variété. Je comprends que la nausée est une manière pour la nature de dire aux femmes de se passer de tous les trucs mauvais, mais je te le promets, je ne toucherai ni au café, ni à l'alcool, ni à la viande crue, ni au sashimi pendant ces neuf prochains mois. Bon sang, je ferai même une croix sur les pickles et les bonbons si tu m'accordes un peu de répit.

Bébé Whitehall, qui, d'après un graphique trouvé sur Internet, faisait actuellement la taille d'un haricot rouge, ne fut pas convaincu par mon plaidoyer. Je fus prise d'une nouvelle crise de nausées.

Je rassemblai mes dernières forces pour prendre mon portable et écrire à Devon.

Belle : Je sais que tu as dit que tu voulais être plus impliqué. Je voudrais prendre rendez-vous chez le gynéco.

Devon : ?

Belle : Je ne peux pas m'éloigner de plus d'un mètre de la salle de bains.

Devon : La petite ou la grosse commission ?

Belle : Celle du haut.

Belle : (vomito)

Devon : Je demande à Joanne de prendre rendez-vous et de t'envoyer un taxi.

Ah, sa fidèle secrétaire. Parce que, quand il avait affirmé vouloir s'impliquer, il voulait juste dire qu'il avait envie de me contrôler jusqu'à ce que je lui donne un bébé dodu et en bonne santé.

Belle : C'est bon. Je peux le faire moi-même.

Devon : Tiens-moi au courant.

Belle : Va te faire voir.

Je n'envoyai pas le dernier message. Il puait les émotions, et je ne versais pas là-dedans.

Marinant dans une mare d'auto-apitoiement, je traversai mon minuscule appartement en traînant des pieds, observant mon chez moi avec découragement, me demandant où diable j'allais pouvoir caser un bébé. Le bébé en lui-même ne prendrait pas trop de place, mais il faudrait bien mettre ses affaires quelque part.

Et les bébés, de nos jours, avaient des tas de trucs.

Ma sœur et toutes mes amies avaient des enfants, et leurs jouets et leurs meubles exigeaient de posséder des hectares de terrain. Berceaux, tables à langer, commodes, chaises hautes, couffins, jeux. La liste était interminable, alors qu'en l'état je galérais à trouver de la place pour ranger mes tasses à café.

Trop fatiguée pour réfléchir à tous ces aménagements, je passai la première moitié de la journée devant des documentaires criminels sur Netflix (parce que rien ne fait plus future maman que suivre les chroniques d'un tueur en série). Un coup frappé à la porte me fit sursauter.

Je me levai du canapé en grognant et allai ouvrir la porte en grand, prenant conscience, un peu tard, que j'aurais dû demander qui c'était alors que l'épisode au Boston Common avec mon harceleur me revint en mémoire.

Merde alors.

Cela faisait un moment que je voulais appeler Sam pour lui demander combien il facturait pour un garde du corps, mais le brouillard de mon cerveau de grossesse avait pris les rênes de ma vie. Et puis, ça avait été le calme plat ces derniers jours.

— Sweven ?

Un boutonneux portant un uniforme de magasin de luxe me sourit, les bras chargés de sacs de courses en papier.

Ouf. Pas un tueur en série.

— Je semble répondre à ce surnom ces temps-ci, oui.

Je regardai à gauche puis à droite pour m'assurer qu'il était seul et pas accompagné d'un assassin.

— J'ai une livraison pour vous. Jus, paniers de fruits exotiques et plats préparés OrganicU pour une semaine. Où voulez-vous que je mette tout ça ?

Je désignai la cuisine d'un mouvement de tête et l'y conduisis.

Le père de mon bébé était peut-être un con, mais au moins c'était un con prévenant.

Quand j'arrivai au bureau, on aurait dit que j'avais été traînée jusque-là par un castor enragé. Yeux injectés de sang, cheveux emmêlés attachés n'importe comment au sommet de la tête, et robe que je surnommais affectueusement la Robe des Règles. *Pour une bonne raison.*

À l'intérieur, je trouvai Ross avec trois personnes que je ne reconnaissais pas. Mon cœur fit aussitôt un bond dans ma poitrine. Je n'aimais pas trop les inconnus, de manière générale, mais d'autant moins depuis les deux incidents, avec l'homme dans mon club et celui qui m'avait suivie au parc.

— Oh ! super. La Belle au bois dormant est là.

Ross se tourna vers moi avec un grand sourire et me tendit un café. Je le posai sur le bar, la seule odeur du café me donnant envie de rendre toutes les parts de pizza que j'avais consommées au cours de ma vie.

— Je n'ai que trois minutes de retard, protestai-je en posant mon sac sur le comptoir avant de me laisser tomber de manière pas si gracieuse sur une assise. Sauf ton respect, c'est qui ces gens, là ?

— Tes nouveaux employés, engagés par une tierce partie. Charmant, n'est-ce pas ?

J'imaginais que la tierce partie était Devon Whitehall. L'homme qui avait réussi à être un papa poule avant même que le bébé soit né.

La première employée était Morgan, une tête brûlée haute comme trois pommes avec les cheveux courts, un anneau dans le nez, et assez de tempérament pour enflammer Vegas. Elle se présenta comme une mixologiste agréée avec une expérience de cinq ans dans le restaurant étoilé de Troy et Sparrow Brennan, et elle m'expliqua avec assurance qu'elle avait été embauchée spécifiquement pour faire des heures sup.

La deuxième était Alice, une femme d'une quarantaine d'années avec vingt ans d'expérience en tant que tenancière d'un bar à New York. Ses mains rugueuses suggéraient qu'elle pouvait jeter les pervers et les fauteurs de trouble à la porte si besoin.

Le troisième employé était un homme du nom de Simon Diamond (vous cherchiez un nom de scène ?), qui faisait environ la taille d'un pick-up. Simon m'observa sans ciller tout du long, comme si j'étais une prisonnière qu'il devait surveiller pour l'empêcher de s'échapper. Quand je l'interrogeai sur ses expériences professionnelles, il me donna une réponse insuffisante.

— J'tais videur pendant dix ans.

— Oh. Nous n'avons pas besoin de videurs.

Je souris poliment, prévoyant déjà de demander à Ross et Morgan de lui apprendre à préparer des cocktails.

Simon me rendit mon sourire – ce qui me ficha la trouille plus qu'autre chose.

— Je ne suis pas ici pour être videur.

— Pourquoi êtes-vous là ?

Je pris une gorgée de café et le recrachai aussitôt dans la tasse. Mauvaise idée. Très, très mauvaise idée. Bébé Whitehall n'était pas convaincu par ma promesse non tenue de ne pas toucher à la caféine.

— Un peu de ci un peu de ça. Un peu de tout, quoi.

— Touche-à-tout, hein ? Eh bien, ce ne sera pas nécessaire.

— J'ai déjà été payé pour les neuf mois à venir, m'dame. Vous ne vous débarrasserez pas de moi.

Je ne savais pas ce qui me déroutait le plus. Le fait qu'il impose sa présence ou qu'il m'appelle « m'dame ».

Je ne savais pas *non plus* comment Devon avait convaincu ces gens de travailler pour moi. Il était évident qu'ils étaient surqualifiés. J'étais quasi sûre qu'il les avait grassement payés pour compenser le fait qu'ils allaient servir beaucoup de gin-to à des hommes d'âge moyen venus reluquer les danseuses burlesques.

— Belle, ma chérie, un peu plus de gratitude et un peu moins de vacherie, ce serait pas mal.

Ross se matérialisa à côté de moi, sortant de l'arrière-salle, l'air morose et un peu découragé. Je n'avais même pas remarqué qu'il était parti.

Il posa une main sur mon épaule et baissa les yeux sur moi.

— Devon m'a appris que tu mangeais pour deux. Pourquoi ne me l'as-tu pas dit ? Je croyais que j'étais un de tes meilleurs amis.

— Tu l'es.

Je m'humectai les lèvres, pas habituée à être mise au pied du mur, mais comprenant que Ross soit vexé.

— Je suis désolée, Ross. C'est juste à cause de… trucs de santé. C'est une grossesse à risque, alors je ne voulais pas l'annoncer trop tôt.

— Oh.

Je le sentis se radoucir un peu, mais il n'était toujours pas ravi de ne pas avoir été mis au courant.

— Il faudrait bâillonner Devon. Je suis surprise qu'il n'ait pas acheté un panneau publicitaire sur Times Square.

Je regardai autour de moi calmement. En parlant de bandeaux et de panneaux d'affichage, l'époque où je posais nue était révolue. Bébé Whitehall avait déjà assez de matière pour son futur psy, pas besoin d'en rajouter une couche avec ma nudité.

— Laisse-lui le temps. Il le fera peut-être.

Je fis un doigt d'honneur à Ross. Il replia mon majeur contre mon poing, mais il n'y avait aucune colère dans sa voix quand il ajouta :

— Je vais laisser passer cette fois-ci, parce qu'il semblerait que tu aies connu pas mal de bouleversements ces dernières semaines.

Je me mordis la lèvre, abandonnant le numéro de la casse-couilles l'espace d'un instant. C'était *Ross*. Mon Ross.

— Merci.

— De rien.

— Alors… tu l'as rencontré.

Je ne mis pas de point d'interrogation à la fin de ma phrase. Mes entrailles se liquéfièrent.

— En effet.

Ross hocha la tête d'un air énigmatique, pendant que Morgan, Alice et Simon faisaient semblant de regarder ailleurs et de discuter entre eux.

— Et… tu en as pensé quoi ?

— Je pense, commença-t-il en jouant affectueusement avec

mes cheveux, qu'il est plus canon que la bite du diable, qu'il parle comme un duc de Netflix, et qu'il est fou de toi. J'approuve cet arrangement.

— Merci de me donner une bénédiction que je n'avais pas demandée.

— De rien. Et tant qu'on en parle : je sais que tu vas encore réussir à tout faire foirer parce que tu es allergique au couple, mais s'il te plaît, Belly-Belle, *je t'en supplie*, est-ce qu'on peut le garder un peu plus longtemps ?

Il pressa ses mains l'une contre l'autre et me fit son regard de chien battu, comme un enfant qui a croisé un chat de gouttière qu'il voudrait adopter.

— Non.

Je sortis un petit miroir de mon sac et vérifiai mon rouge à lèvres, essuyant les bords de mes lèvres du petit doigt.

— Son travail est terminé.

— Tu devrais le lui dire. Il a menacé de me botter les fesses si je te laisse bosser derrière le bar ce soir. Alors je vais t'envoyer travailler dans ton bureau, mais pas plus tard que 18 heures, après quoi tu rentreras chez toi.

— 18 heures ? m'écriai-je. Mais il est 16 heures !

— 16 h 20. N'oublie pas que tu étais en retard.

Ross me prit le petit miroir des mains pour se regarder dedans. Il haussa les sourcils pour faire un point botox. D'après moi, il avait encore trois mois avant de devoir retourner chez son dermatologue.

— Tu ne peux pas me virer de ma propre boîte.

Je lui arrachai le miroir et le remis dans mon sac.

— Tu veux parier ? M. Whitehall m'a demandé de te renvoyer à la clause 12.5 de votre contrat – au passage, super canon que vous en ayez un – selon laquelle, si tu mets ton futur bébé en danger, il peut t'intenter un procès.

Bordel de couille. Pourquoi n'avais-je pas choisi le *Gentil Champion* ? Il s'en taperait si je me soûlais sous un pont.

Il était inutile de contredire Ross ou Devon. Pas parce que j'étais du genre à fuir le conflit, mais parce que j'avais bien besoin de quelques heures de sommeil. J'étais épuisée. Cela me faisait mal de l'admettre, mais Devon avait raison : j'avais *besoin* de repos.

Je me retirai dans mon bureau à contrecœur. J'allumai mon MacBook et remarquai une nouvelle pile d'enveloppes sur le bord de mon bureau. Devon m'avait conseillé de les ouvrir pour m'assurer qu'il ne s'agissait pas uniquement de lettres de haine.

Peut-être que j'avais gagné au loto ?

Peut-être qu'il y avait des courriers de fans me disant à quel point j'étais géniale de célébrer les merveilles extravagantes, fun et sexuellement libérales du burlesque ?

Je tirai le tas à moi et les passai au crible.

Quelques factures déjà réglées, deux lettres énervées sur mon rôle significatif dans la corruption de la jeunesse de Boston, et une lettre de remerciements d'une femme venue voir un spectacle quelques mois plus tôt, qui l'avait incitée à démissionner de son poste de biologiste marine pour rejoindre le casting burlesque de *Songe d'une nuit d'été*.

Je pris une autre lettre, imprimée celle-ci.

À : Emmabelle Penrose

Je déchirai l'enveloppe.

La lettre était courte et indiquait l'adresse de l'expéditeur, une boîte postale dans le Maryland.

Emmabelle,
Crains-tu pour ta vie ?
Tu devrais.

Si seulement tu prêtais davantage attention à ce qu'il se passe autour de toi, tu aurais remarqué que ça fait un moment que je t'observe.

Que je planifie ma vengeance.

Je sais où tu habites, où tu travailles, et avec qui tu traînes.

C'est là que tu dois commencer à avoir peur. Tu aurais raison.

Je n'arrêterai pas avant que tu sois morte.

Personne ne peut t'aider.

Ni le mari de ta meilleure amie, Sam Brennan.

Ni ton idiote de sœur, Perséphone, et son époux milliardaire.

Ni même cet homme raffiné avec qui tu traînes depuis quelque temps.

Ton destin était scellé quand j'ai pris ma décision.

Tu peux montrer cette lettre à la police. D'ailleurs, je t'y encourage. Cela te donnera encore plus de raisons de flipper et perturbera ta vie déjà toute pétée.

Je vais te tuer pour ce que tu m'as fait.

Et je n'aurai aucun remords.

Jamais à toi,

La personne à qui tu as tout pris.

Mon estomac se noua, se contractant autour du stupide jus que j'avais bu au petit déjeuner.

Ainsi, l'homme au parc était bel et bien là pour moi.

Était-ce lui qui pensait que je lui avais fait du tort, ou avait-il été envoyé pour m'espionner ?

Quoi qu'il en soit, quelqu'un en avait après moi.

Quelqu'un voulait me *tuer.*

Un ennemi invisible.

Une corde autour de mon cou.

Qui cela pouvait-il être ?

Faisant l'inventaire, je devais admettre que j'étais loin d'être la personne la plus aimable de la planète, mais ce n'était pas pour autant que j'avais des ennemis jurés. Je n'avais fait de mal à personne, me semblait-il. En tout cas, pas au point de générer autant de rage.

Il y avait eu *un* incident, voilà bien longtemps. Mais la seule personne concernée n'était plus de ce monde.

Heureusement, j'avais un flingue – que j'allais emporter partout avec moi dorénavant, juste au cas où –, ainsi que des connaissances en krav-maga et une attitude de dure à cuire qui me permettraient d'étrangler cette personne de mes propres mains si elle s'approchait de moi.

Et puis, je ne pouvais pas révéler de ce qui m'arrivait. Parler de cette lettre à Devon et à mes amis les plus proches ne ferait qu'engendrer encore plus de chaos.

Déjà que le père de mon enfant essayait de prendre le contrôle de ma vie, je ne voulais pas lui donner encore plus de latitude pour prendre des décisions à ma place.

Non, c'était un défi que j'allais devoir gérer de front.

J'avais une autre personne sous ma responsabilité, et je tuerais pour elle s'il le fallait.

Mon bébé.

14

Belle

L'examen gynéco arriva juste à temps. J'avais hâte d'en savoir plus sur la vie de Bébé Whitehall dans mon utérus hostile et d'obtenir l'ordonnance pour mes cinq mille médocs contre les nausées matinales, qui m'avaient fait perdre presque trois kilos – involontairement, bien sûr.

Joanne, la secrétaire de Devon, m'appela ce matin-là pour me prévenir qu'elle m'avait envoyé un taxi. Elle me sembla être la personne la plus gentille sur terre, devant Jennifer Aniston.

— Je ne prétends pas connaître la nature de votre relation, mais j'espère vraiment que notre ami Lord Whitehall vous traite comme il faut, dit-elle à l'autre bout du fil.

— Madame, il me traite *trop* bien.

— On ne peut pas traiter quelqu'un *trop* bien ! s'écria-t-elle.

Je l'entendis presque soupeser ses mots avant de reprendre :

— Encore une fois, j'ignore la nature de votre lien, mais... j'espère que ça marchera. M. Whitehall est un homme fantastique. Fort, sûr de lui, robuste, franc. Il mérite une femme bien.

En effet, pensai-je amèrement. *Dommage que je sois incapable d'être cette femme pour lui.*

Quand je me glissai dans le taxi une heure plus tard, avec mes lunettes gigantesques et mon manteau en fausse fourrure, je fus surprise de trouver Devon assis à l'arrière, en costume fringant et caban, en train de rédiger des mails sur son téléphone.

— Sweven, dit-il avec son accent à la Hugh Grant avant de ranger le téléphone dans sa poche pour se tourner vers moi.

Bordel.

— Enflure, répliquai-je, encore en colère qu'il mette le nez dans mes affaires, au sens figuré comme au sens propre. Tu es là. Super. J'aurais dû savoir que tu essaierais aussi de prendre le contrôle de cette situation.

— Tu apprécies tes nouveaux employés ? demanda-t-il, ignorant ma – mes – pique.

Pourquoi s'accrochait-il ? Pourquoi ne me laissait-il pas tomber, comme tous les autres mecs que j'avais épuisés et soumis ?

— Repose-moi la question dans une semaine.

— Je vais me mettre un rappel.

Je ne savais pas si c'était sarcastique ou non.

— Je te rembourserai, tu sais.

Je posai ma tête contre le siège frais et fermai les yeux pour soulager ma nausée.

— Tu as une sale mine, *darling*.

— Merci, chouchou.

N'étais-je pas un vrai rayon de soleil ?

— Je veux seulement dire que tu as l'air épuisée. Que puis-je faire ?

— Tu peux me foutre la paix.

— Désolé, t'es irrésistible.

J'eus un sourire las.

— Je ne vais pas te décourager avec cette attitude, hein ?

Il haussa les épaules et m'adressa un sourire en coin qui fit ralentir mon cœur au point qu'il s'arrêta presque de battre.

— Les plus belles choses ont souvent des épines, pour éloigner l'attention non désirée.

— Tu crois vraiment que tu vas encore me baiser, hein ?

— J'en suis sûr et certain.

À notre arrivée au cabinet du Dr Bjorn, ce dernier crut, bizarrement, que Devon était un ex-petit ami et que nous avions remis le couvert. Il n'y avait aucune raison pour qu'il pense ça, bien sûr. Mais voilà.

— J'adore voir renaître d'anciennes flammes grâce à un bébé.

Il nous conduisit tous les deux vers la salle d'examen en tapant dans ses mains, tout excité.

— La seule analogie impliquant du feu que j'utiliserais concernant cet homme, ce serait moi en train de l'incendier, lançai-je au médecin ravi.

Devon lâcha un rire grave, décrivant des cercles réconfortants dans mon dos. Les murs du couloir étaient recouverts de photos de bébés endormis dans des paniers. Quand on y pensait, les bébés et les chatons avaient beaucoup de choses en commun en termes d'appropriation.

— Comme vous pouvez le voir, elle a déjà les hormones en vrac.

Devon jouait les machistes exprès pour m'énerver.

Mais hors de question de lui montrer qu'il m'agaçait. Je ne lui ferais pas ce plaisir.

— Ne vous attendez pas à entendre sonner les cloches de notre mariage, docteur Bjorn, dis-je.

Je voulais être sûre que Devon sache que je ne tomberais pas dans le panneau. J'étais déjà au bord de la crise d'angoisse rien que de traîner avec lui.

Certaines filles ne voulaient plus qu'on les touche après une expérience traumatique.

Moi ? Mon corps était très réceptif à l'attention masculine. C'étaient mon cerveau, mon cœur et mon âme qui les rejetaient totalement.

Nous pénétrâmes dans une petite pièce avec des placards en bois, une table d'examen et des affiches parlant de bébés et des IST.

— C'est noté, madame Penrose. Bien, monsieur Whitehall, voulez-vous vous joindre à nous pour l'échographie vaginale ?

Mon gynéco posa la question à Devon, pas à moi. Ils s'entendaient comme larrons en foire, ces deux-là.

Mais n'était-ce pas à moi de le décider ?

« Non ? merci », dis-je en même temps que Devon s'exclamait : « Avec plaisir ! »

Le médecin nous dévisagea tour à tour.

— Toutes mes excuses. D'ordinaire, quand un homme accompagne sa partenaire pour l'échographie, j'en viens à une certaine conclusion. Je suis désolé si j'ai outrepassé les limites. Je vous laisse décider, je reviens dans quelques minutes. Je vous demanderais de passer la blouse, d'enlever le bas et de vous installer sur la table d'examen, madame Penrose.

Devon et moi nous défiâmes du regard quelques secondes, puis il lâcha :

— Quel est le problème ?

— C'est un examen vaginal.

— Et alors ? J'ai déjà vu ton sexe sous tous les angles. Je l'ai baisé, léché, doigté, et j'ai joué avec.

— C'est un moment crucial de ma vie, espèce d'homme des cavernes, aboyai-je.

— Intime pour nous deux. C'est *mon* enfant là-dedans, dit-il en désignant mon ventre.

— Et *mon* vagin, lui rappelai-je.

— Mon Dieu, tu es si puérile.

Enfin – *enfin* – il en avait marre de mon attitude. Mais je n'en tirais finalement aucune satisfaction.

— Il faut dire que j'ai dix ans de moins que toi.

— Écoute, dit-il dans un soupir en secouant la tête comme si j'étais une enfant indisciplinée. Je promets de ne pas regarder la partie… intime. Je veux juste voir le bébé. *Mon* bébé.

— Il n'y a rien à voir, dis-je en levant les deux bras en l'air. À ce stade, il est gros comme un haricot rouge.

— Mais c'est *notre* haricot rouge, rétorqua-t-il.

Il n'avait pas tort, et je détestais ça. Je haïssais aussi le fait d'être incapable de lui dire non. Qu'il s'agisse des employés qu'il avait embauchés, de m'accompagner chez le médecin, ou de quoi que ce soit d'autre. Parce qu'en réalité… faire des trucs à deux, ce n'était pas si mal.

— D'accord. Mais si tu regardes ma petite fleur, je te jure que je t'écrase le poireau.

Il fronça les sourcils.

— Il faut que tu bosses tes analogies.

— Je voulais dire que je te donne un coup dans les couilles.

— Subtil.

L'échographie vaginale se passa aussi bien que peut se passer une échographie vaginale. Devon et moi vîmes le petit point dans mon utérus, statique et fier. On le contempla tous les deux avec émerveillement.

— Le petit haricot se porte bien. Veillez à vous reposer et à éviter le stress.

C'était le Dr Bjorn qui parlait. À Devon, bien sûr.

— Bien reçu, doc.

— Bien, je vous laisse descendre et me retrouver dans mon bureau.

Je lançai un regard noir à Devon.

— Tu permets ?

Je le surpris en train de me regarder comme si je venais de faire un tour de magie qu'il n'avait jamais vu. Ses grands yeux azur brillaient d'émotion et de fierté. Et cela me tuait. Cela me tuait de ne pas pouvoir l'enlacer, l'embrasser et lui dire que je ressentais la même chose.

Tout. Le choc. L'excitation. La peur.

Au lieu de ça, je haussai les sourcils comme pour dire : « Alors ? »

— Oui. Bien sûr.

Devon se leva en regardant autour de lui, comme s'il cherchait une autre raison de rester.

— Je vais… enfin, oui. Bien. Je te retrouve dans le bureau du médecin quand tu te seras rhabillée.

Le Dr Bjorn me prescrivit des cachets pour calmer les nausées et nous dit que nous faisions du bon boulot. Je n'étais pas certaine que Devon aurait été d'accord avec cette affirmation s'il avait su qu'un Glock se trouvait dans mon sac à main et que j'étais prête à en découdre avec mon harceleur à tout moment.

Nous sortîmes du cabinet et j'appelai l'ascenseur pendant que Devon prenait l'escalier. Je n'essayai pas de le convaincre de prendre l'ascenseur avec moi. Je n'aimais pas qu'on me pousse à sortir de ma zone de confort ou qu'on minimise mes traumatismes, alors j'essayais de respecter ses préférences.

On se retrouva au rez-de-chaussée, face à face dans la rue, entourés de gratte-ciel et de piétons.

Soudain, j'eus mon propre *sweven*. Une vision de nous en train de nous tenir par la main. Tout sourires. Savourant ce moment comme un couple ordinaire.

Devon s'éclaircit la gorge et détourna le regard.

— Je ferais mieux d'aller au travail.

— Bien sûr. (Je réarrangeai ma queue-de-cheval.) Moi aussi. J'ai des employés à former.

— Ce doit être une plaie, dit-il poliment.

— Un mal nécessaire, répondis-je.

Retiens-moi. Dis-moi de ne pas y aller. Reste un peu plus longtemps.

Waouh. D'où ça sortait, ça ?

— Bon, à plus tard.

Je fis un pas en arrière avant de me retourner. Je commençai à avancer dans la direction opposée quand sa voix transperça l'air.

— Peut-être…

Je me figeai, la gorge nouée. *Oui ?*

— Ça te dit, un brunch ? Tu as entendu ce que le médecin a dit. Tu dois rester en forme. Je peux aller chercher tes médicaments pendant que tu attends notre commande. Il y a un café au coin de la rue…

— Oui.

Je me retournai brusquement. Tout mon corps tremblait. D'excitation. D'appréhension. De peur.

— Oui. J'ai besoin de manger.

— Oui. D'accord. Très bien.

Aucun de nous ne bougea. Quelques semaines plus tôt, on baisait comme si c'était la fin du monde, et voilà que nous étions gênés ? À quel moment ma vie avait-elle basculé ?

— C'est quand tu veux, dis-je en croisant les bras sur ma poitrine, me déhanchant avec un sourire. Aujourd'hui, demain, après-demain.

Il rit et se précipita vers moi. Il posa sa main dans le bas de mon dos et, je vous jure, une décharge électrique partit de ses doigts et explosa entre mes jambes.

Putain.

Putain.

Putain.

— Le haricot est mignon, hein ? demandai-je alors qu'on se dirigeait vers le café le plus proche.

Les gens se retournaient sur notre passage. Ils me regardaient, certainement parce qu'ils me reconnaissaient grâce aux panneaux publicitaires, mais ils regardaient aussi Devon – tout le monde savait qu'un membre de la famille royale britannique habitait Boston.

— Superbe, répondit-il. Je n'ai jamais vu un haricot aussi beau.

— Je n'aime même pas les légumes.

Oh mon Dieu, qu'est-ce que je racontais ?

Devon éclata de rire.

— Petite patate.

— Dev ?

— Hmm ?

— C'est le bon moment pour m'expliquer pourquoi tu es claustro.

— Repose-moi la question plus tard.

— Quand ça ?

— Quand je te ferai confiance.

— Ça pourrait ne jamais arriver, fis-je remarquer.

— Exactement.

Nous arrivâmes à un joli petit café avec des baies vitrées et des pots de fleurs sur les tables. Quand la serveuse détailla le corps de Devon en nous guidant à notre table, l'air d'aimer ce qu'elle voyait, je grognai intérieurement.

Se serait-elle permis de le faire si j'avais eu le ventre rond ? Je me rappelai alors que ça n'avait aucune importance puisque nous n'étions pas en couple.

— Vous n'êtes pas un lord ? Enfin, un duc ?

La serveuse flirtait avec lui. Devon lui adressa un sourire poli mais froid.

— Marquis, lâcha-t-il.

Après avoir tiré ma chaise pour que je m'asseye, le père de mon bébé commanda tout le menu sans même y jeter un coup d'œil.

— Nous avons vingt-sept plats au menu, prévint la serveuse en battant des cils.

Étais-je invisible ?

— Bien. Ma compagne aime la variété, répondit Devon.

J'eus l'impression qu'il faisait référence à mes conquêtes sexuelles.

— Vous souhaitez qu'on serve les plats dans un certain ordre ?

La serveuse se collait presque lui à présent et j'eus envie de lui planter ma fourchette entre les yeux.

— Demandez à ma compagne. Tant que vous y êtes, vous pourriez garder un œil sur elle ? Elle est très forte pour me donner du souci.

Il récupéra ma prescription et mon permis de conduire puis traversa la rue en vitesse pour aller chercher mes médicaments.

Il revint avec un sac beaucoup plus gros qu'il n'aurait dû.

— Tu as dévalisé la pharmacie ?

Je haussai un sourcil, sirotant un jus affreusement vert et atrocement sain.

Ce bébé avait intérêt à être prêt pour un triathlon dès sa naissance, parce que je faisais *tout* comme il fallait.

Devon retourna le sac pour déverser son contenu sur la table et saisit sa tasse de café en me demandant :

— Tu savais qu'il y a toute une allée dédiée aux femmes enceintes ?

— Oui, dis-je d'un ton neutre.

— Eh bien, pas moi. Alors j'ai décidé d'acheter tout ce qu'ils avaient. On a des trucs contre les brûlures d'estomac, des compléments alimentaires, des cachets contre la nausée, la constipation et le déséquilibre du vagin.

— Tu veux dire le déséquilibre de la flore vaginale. Si mon vagin était déséquilibré, je l'enverrais chez le psy pour minou.

Devon recracha son café. Il était mort de rire. Je sentis son rire crépiter dans ma propre poitrine.

— Ma mère va t'adorer, railla-t-il.

Je me surpris à glousser malgré mes efforts pour me retenir. Non seulement parce que l'idée de rencontrer sa mère était farfelue, mais parce qu'il avait raison. Sa famille ferait une crise cardiaque collective si je la rencontrais un jour.

— Tu lui as parlé de ton nouveau statut ? demandai-je.

— Oui.

— Et ?

— Elle n'était pas ravie, admit-il.

— Et… ? insistai-je, le cœur serré.

— J'ai plus de quarante ans et je peux bien faire ce qui me chante. En l'occurrence, c'était *toi* que je voulais me faire. Affaire classée.

Il y avait tant de choses que je voulais lui demander, que je voulais savoir, mais je n'avais pas le droit de faire ma curieuse. J'aurais dépassé les limites claires que j'avais moi-même établies entre nous.

— Alors, parle-moi un peu de ta peur des ascenseurs, des voitures, des avions, etc., dis-je en découpant mes œufs benedict.

Il sourit.

— Bien essayé. Tu n'as pas gagné ma confiance au cours de la demi-heure qui vient de s'écouler. Et pour être honnête, je ne pense pas que ça arrivera un jour.

— Pourquoi pas ?

— On ne peut pas faire confiance à une personne qui n'a pas confiance en elle-même. Je ne suis pas contre te raconter mon histoire, Emmabelle, mais nos faiblesses devraient pouvoir s'échanger comme les pays échangent des prisonniers de guerre. C'est un sujet sinistre, non ? Nos angoisses. Personne ne devrait dévoiler d'informations sans en obtenir en retour.

— Ah.

Je souris, occupée à beurrer une part de *carrot cake*, même si cela n'avait aucun sens.

— Cela voudrait dire que tu n'es pas parfait ?

— Loin de là.

Son sourire était contagieux. Je baissai la tête et essayai de me concentrer sur ma nourriture.

— Eh bien, moi non plus je ne suis pas prête à t'accorder ma confiance, avouai-je.

— Serait-ce si affreux ? demanda-t-il avec douceur. D'avoir foi en quelqu'un d'autre ?

Je réfléchis un instant, puis je hochai lentement la tête.

— Oui. Je crois que ça le serait.

Je relevai les yeux vers lui, et il soutint mon regard. J'avais le sentiment de commettre une grosse erreur, et pourtant j'étais incapable de m'en empêcher.

— Faut-il que je t'attende, Emmabelle ? demanda-t-il. Y a-t-il même une raison à ce que je t'attende ?

Dis oui, espèce d'idiote. Donne-lui un espoir auquel se raccrocher, pour avoir toi-même cet espoir.

Mais le mot m'échappa. Dur et brutal, comme une pierre.

— Non.

Pendant l'heure et demie qui suivit, on parla de tout et de rien, sauf de nos phobies respectives d'espaces confinés et de relations sérieuses.

On discuta de nos amis communs, de notre enfance, de politique, du dérèglement climatique et de nos bêtes noires – par exemple, il détestait quand les gens disaient « littéralement » quand ce qu'ils voulaient dire n'était pas, en réalité, littéral ; pour moi, c'était le fait d'utiliser le même couteau pour le beurre de cacahuète et la confiture, ou quand les gens me disaient que je n'allais jamais croire quelque chose, alors que j'allais tout à fait le croire.

— Les êtres humains sont tout simplement affligeants, résumai-je à la fin de notre brunch en levant les mains en l'air.

Devon régla la note et, si ma vue ne me trompait pas, il laissa un sacré pourboire.

— Inexcusables, renchérit-il.

J'étais soulagée qu'il apprécie notre conversation bien que je lui aie dit de ne pas m'attendre.

— Mais il faut quand même les supporter.

— Merci de ne pas être trop horrible, chouchou.

Je pressai mon poing contre son biceps dans un geste amical. Mauvaise idée. Quand ma main entra en contact avec ses muscles galbés à travers le tissu, j'eus aussitôt envie de lui sauter dessus.

Devon leva la tête et passa son pouce sur mon front.

— Tu as de la fièvre, *darling* ? Je crois bien que tu viens de me faire un compliment.

— Bah, tu viens de m'offrir un sacré repas. Mais je ne le pensais pas, hein, dis-je en pouffant.

Bien joué, Belle. Je me comportais comme un enfant de cinq ans.

— Tu te ramollis.

Il sourit. Je mimai un haut-le-cœur.

— Jamais de la vie. Comme je l'ai dit, n'attends pas que je change d'avis sur nous deux.

On sortit, puis il attendit le taxi avec moi pendant dix minutes – le temps que le chauffeur nous trouve en se confondant en excuses, expliquant qu'il était new-yorkais et qu'il venait d'emménager à Boston.

Quand il finit par se garer devant nous, Devon se pencha à la fenêtre pour lui dire de conduire doucement parce que j'étais enceinte et nauséeuse, ce qui me donna envie de vomir, à la fois d'excitation et d'effroi.

Il se redressa de toute sa hauteur, passant tendrement sa main le long de ma mâchoire. Son geste était si doux, si tendre, qu'un frisson me parcourut la colonne vertébrale, faisant fourmiller ma peau. Il se pencha en avant et son odeur vint me chatouiller les narines. Épicée et ténébreuse. Une odeur que j'avais pourchassée chaque fois qu'il quittait mon bureau ou mon lit.

Je me surpris à admirer les traits de son visage. Mes doigts frémissaient d'envie de le toucher. Savoir que je portais son ADN en moi me procurait un plaisir que je n'avais jamais ressenti en trente ans de sorties en boîte.

Il pencha la tête sur le côté et, l'espace d'un instant, je crus qu'il allait m'embrasser. Attirée par lui comme un papillon de nuit par la lumière, je me dressai sur la pointe des pieds, entrouvrant la bouche. Il s'approcha, et son corps m'enveloppa. Mon cœur se mit à battre à tout rompre.

On y était.

On allait enfreindre les règles.

Quand Devon fut tout près, il tendit le bras au-delà de mon épaule pour ouvrir la portière de la voiture, puis il fit un pas sur le côté pour me laisser la place de monter à bord.

Bordel de couilles de la honte.

J'avais failli lui dévorer la bouche alors qu'il voulait seulement m'ouvrir la portière du taxi.

— Passe une bonne journée, Emmabelle.

Il fit un autre pas en arrière, l'air décontracté et foutrement calme.

— Ouais !

Ma voix se brisa. *Bonjour, Belle l'ado.*

— Toi aussi.

Pendant tout le trajet jusqu'au travail, je me répétai que c'était ma faute. C'était moi qui avais voulu le garder à distance. Faire des galipettes avec un homme plus âgé avait un prix, et j'avais autrefois payé le prix fort.

C'est comme ça que ça commence, grondai-je aux graines d'espoir qui avaient pris racine en moi. *C'est agréable, simple. On s'amuse, on joue, jusqu'à ce qu'il détruise toute notre vie.*

Mais plus personne ne me détruirait.

Puis je me rappelai une des citations placardées au mur de mon appartement.

Tout va bien.

Tu avais juste oublié qui tu étais.

Bon retour parmi nous.

15

Devon

Je posai le pied sur la terre anglaise environ vingt minutes après que l'avocat de mon père, Harry Tindall, fut rentré de ses vacances au soleil.

Je quittai Sweven le cœur lourd. Pas parce qu'elle allait me manquer (même si je supposais que ça allait être le cas – pathétique, je sais), mais parce qu'elle semblait très douée pour s'attirer des ennuis.

Je me rassurai en me disant que j'avais pris des dispositions pour garantir sa sécurité. Du mieux possible, en tout cas.

Et puis, je ne pensais pas rester en Angleterre plus de quelques heures.

La lecture du testament avait lieu dans le cabinet de Tindall, à Knightsbridge. Une affaire officielle qui aurait dû être réglée la semaine suivant de la mort de mon père. Mieux vaut tard que jamais.

J'avais été surpris que ma mère et Cecilia, supposément à court de fonds, ne soient pas plus opposées à l'idée d'attendre le retour de Harry. Il faut dire que je leur envoyais de l'argent et que j'appelais maman tous les deux jours pour m'assurer que tout allait bien.

Quand j'arrivai au cabinet, portant les mêmes vêtements que

j'avais mis pour aller au travail ce jour-là, Ursula, Cece et Drew étaient déjà là, assis devant le bureau de Tindall.

— Il sera à vous d'un instant à l'autre, nous indiqua sa secrétaire.

La Joanne en costume en tweed de Harry apporta des collations. Drew se jeta sur les pâtisseries et le café frais avant même qu'elle ait posé le plateau sur la table.

Ma mère me serra tout contre elle.

— C'est bon de te voir, Devvie.

— Pareil, maman.

— Comment va cette femme ?

Cette femme était Emmabelle Penrose, et j'avais beau lui en vouloir de refuser de me chevaucher tel un cheval indompté, je ne pouvais nier la joie que je ressentais chaque fois que nous passions du temps ensemble.

— Belle va très bien, merci.

— Je n'arrive pas à croire que tu vas devenir papa, dit Cecilia en ouvrant grand les bras pour que je m'y engouffre.

— Moi si. Il est temps d'engendrer un héritier. Si la mort d'Edwin nous a rappelé quelque chose, c'est qu'il est important d'avoir quelqu'un à qui laisser son héritage.

Mais ce n'était pas pour cela que j'étais excité de devenir père. Je voulais toutes les choses que mes amis vivaient avec leur famille. Les parties de base-ball, les sorties patin à glace, les étés ensoleillés à Cape Cod… et les petits coups vite fait sous la douche pendant que les enfants regardent des dessins animés.

Je voulais ce bonheur domestique. Transmettre non seulement ma fortune et mon titre, mais aussi mon expérience de vie, mes valeurs morales et mes intérêts.

M. Tindall entra, l'air bronzé et bien reposé.

Après une tournée de serrages de mains, de condoléances piteuses et un monologue d'un ennui mortel sur ses vacances sous les tropiques, il finit par ouvrir la boîte contenant le testament de mon père.

Je pris la main de ma mère, moite et froide, et la serrai pour la rassurer.

Avant de passer à la lecture du testament, Tindall s'éclaircit la gorge, faisant trembler son menton. C'était un homme bien en chair qui avait tendance à virer au fuchsia à la moindre contrariété. Pas ce qu'on appellerait un canon de beauté.

— Tout d'abord, je souhaite préciser que ce testament est certes peu conventionnel, mais qu'il a été rédigé conformément à la volonté d'Edwin de préserver les valeurs et les principes de la famille Whitehall. Cela étant dit, j'espère que chacun saura se montrer respectueux et raisonnable, puisque, comme vous le savez tous, ce document est irrévocable.

Maman, Cecilia et Drew se tortillèrent sur leur chaise, signe révélateur : ils se doutaient de la teneur du testament. Moi, en revanche, je m'en fichais. J'avais ma propre fortune et je ne me reposais sur celle de personne d'autre.

Mais plus Harry Tindall avançait dans la lecture du testament, plus j'étais troublé.

— « Je lègue Whitehall Court Castle à Devon, mon fils aîné… »

La propriété me revenait, à moi, le fils qu'il avait rejeté, qu'il détestait et qu'il n'avait pas vu depuis vingt ans.

— « Je lègue mon portefeuille d'investissements de deux millions trois cent mille livres à Devon… »

Ainsi que tout son capital.

— « Je lègue ma collection de voitures à Devon… »

En résumé, tout m'appartenait à présent. J'attendais la chute. J'étais cité comme seul bénéficiaire de ses propriétés et de ses capitaux, mais il était impossible que cela ne soit pas soumis à conditions. Plus Tindall avançait dans la lecture, plus ma mère se recroquevillait sur son fauteuil. Cecilia avait le visage tourné de l'autre côté, de grosses larmes roulant sur ses joues. Drew avait les yeux fermés et la tête renversée en arrière, comme s'il n'avait aucune envie d'être là.

Puis elle arriva. La clause finale. Le défi véhément.

Arrivé à la toute dernière phrase, M. Tindall éleva la voix.

— « Tous les fonds et propriétés seront rendus accessibles à Devon Whitehall, marquis de Fitzgrovia, le jour de son mariage avec Lady Louisa Butchart. Jusqu'alors, ils seront retenus et administrés par Tindall, Davidson and Co. Dans l'éventuel refus de M. Whitehall et/ou l'impossibilité d'épouser Mlle Butchart pendant une période excédant douze mois calendaires à partir de la date de la lecture du testament, les propriétés et fonds ci-nommés seront transférés aux œuvres caritatives susmentionnées par Edwin Whitehall. »

Tindall leva les yeux et haussa un sourcil.

— À partir de là, il s'agit uniquement d'une liste d'associations, parmi lesquelles les Maîtres de Foxhounds, dédiée à la protection de la chasse à courre, et d'autres œuvres de bienfaisance tout aussi douteuses. Au cas où Devon et Louisa ne se marieraient pas. Mais je suis certain que nous n'en arriverons pas là.

Bordel.

Edwin Whitehall n'avait rien laissé à sa femme, sa fille et son gendre. Même depuis sa tombe, il voulait me forcer à épouser Louisa, et il entraînait le reste de la famille dans tout ce merdier.

Un souvenir lointain de ma conversation avec lui quand j'avais quatorze ans me revint en mémoire.

« Maintenant, sois un gentil garçon et va présenter tes excuses à Louisa. L'affaire est réglée. Tu l'épouseras dès que tu seras diplômé de l'université d'Oxford, et pas un jour plus tard, sinon tu perdras tout ton héritage et ta famille. Est-ce compris ? »

Seulement, je n'étais jamais allé à Oxford. J'étais allé à Harvard.

Quand bien même, il l'avait dit haut et fort presque trente ans plus tôt. C'était ça ou rien.

Il avait créé la tourmente parfaite. Ma mère savait que, si je n'épousais pas Lou, elle serait privée de tout ce qu'elle avait, alors qu'elle peinait déjà sur le plan financier. Voilà pourquoi elle était restée si évasive. Voilà pourquoi la nouvelle de la grossesse d'Emmabelle l'avait presque anéantie.

— C'est scandaleux, commentai-je avec autant de clémence que possible, avant de prendre une gorgée de café.

— Tout à fait, lâcha Drew d'un ton plaintif. Ma chère Cece et moi n'avons même pas hérité de papier toilette usagé !

Il réduisit un biscuit en miettes dans son poing.

— Oh ! taisez-vous donc, aboya ma mère avec impatience.

C'était la première fois que je l'entendais s'adresser directement à son gendre, et il ne serait pas exagéré de dire qu'elle portait plus d'affection aux criminels de guerre qu'à cette pièce rapportée.

— Cecilia ne manquera de rien. Jamais je ne la laisserais sans le sou.

— Cecilia ? geignit Drew en se levant subitement – sans avoir pour autant le cran de partir en furie. Et moi ?

— Je ne peux pas prendre ce testament au sérieux, dis-je en prenant une pomme sur le plateau avant de me laisser retomber sur mon siège.

J'observai Tindall tout en frottant la pomme rouge sur mon costume Armani. Il m'adressa le sourire mauvais de celui qui savait que je pouvais, et que je ferais mieux de le prendre au sérieux.

— Je suis désolé, Devon. Vous devriez savoir mieux que personne que la loi et la justice sont deux choses bien différentes. Le testament est irréversible, aussi déraisonnable soit-il à vos yeux. Edwin était parfaitement lucide quand il l'a rédigé. Trois témoins peuvent en attester.

— Il rompt des siècles de tradition, fis-je remarquer.

Je serais le premier fils depuis le XVIIe siècle à qui on léguerait un coffre aux trésors vide.

— Même si la tradition n'est qu'une forme de pression sociale exercée par les morts.

— Peu importe, elle n'est pas près de disparaître, railla Tindall.

— Il y a un autre moyen, dit ma mère d'une voix douce en posant une main sur mon bras. Tu pourrais apprendre à connaître Louisa…

— Je vais devenir père.

Je me tournai vers elle, l'air grave.

Ma mère haussa une de ses délicates épaules.

— Il existe des familles modernes partout, de nos jours. Tu as déjà regardé les émissions de Jeremy Kyle ? Un homme peut avoir des enfants avec plus d'une femme. Parfois plus de trois, même.

— Tu prends des leçons de vie de Jeremy Kyle maintenant ? sifflai-je.

— Devvie, je suis désolée mais tu ne peux pas penser qu'à toi. Il est aussi question de Cece et moi.

— Et moi, ajouta Drew.

Comme si ça m'importait de le voir tomber raide mort et se faire emporter en enfer par Satan en personne.

— La réponse est non.

Le ton glacial de ma voix ne laissait aucune place à la discussion.

J'avais évité mon père toutes ces années, en partie parce qu'il refusait d'accepter ma décision concernant Louisa, et voilà que je risquais de perdre maman et Cece à cause de ça. Peu importaient ma richesse et ma capacité à m'occuper d'elles par moi-même. En refusant d'épouser Lou, je les privais de la fortune et de la propriété familiales.

— Devon, je t'en prie…

Je me levai et quittai le bureau – le *bâtiment* – en trombe, puis je m'allumai une cigarette roulée, faisant les cent pas sur la route pavée. La pénombre descendait sur les rues de Londres. Harrods était inondé de scintillantes lumières dorées.

Cela me rappela une fameuse anecdote historique. Harrods vendait des kits avec des seringues et des tubes de cocaïne et d'héroïne pendant la Première Guerre mondiale, principalement aux soldats blessés qu'on remettait sur pied ou qui étaient en train de mourir dans d'atroces souffrances.

Je me souvenais de ces histoires avec clarté et affection. La famille de maman faisait partie des marchands qui fournissaient les produits au magasin de luxe. C'était comme ça qu'ils avaient bâti leur fortune.

Ils possédaient des champs de coquelicots, une fleur connue pour symboliser le souvenir de ceux qui avaient perdu la vie pendant la Première Guerre et pour sa capacité à fleurir n'importe où, même en situation de détresse.

Il me plaisait de penser qu'Emmabelle était pareille à un coquelicot. Douce mais féroce. À multiples facettes.

— Seigneur, tu as laissé tes émotions prendre le dessus. Tu t'es comporté comme un vrai Yankee. Ton père doit se retourner dans sa tombe.

Ma mère sortit dans le froid glacial de l'hiver londonien, emmitouflée dans son manteau à carreaux noirs et blancs.

Je tirai sur ma roulée, puis soufflai un ruban de fumée vers le ciel.

— J'espère qu'il roulera jusqu'en enfer, s'il n'y est pas déjà.

— Devvie, pour l'amour du ciel, me houspilla maman en remettant mon col en place. Je suis désolée que tu te retrouves dans cette position, mon chéri.

— Ne le sois pas. Je n'ai pas joué le jeu d'Edwin quand il était en vie, et ce n'est pas maintenant que je vais commencer.

— Tu le feras. Dans quelques jours, quelques semaines, peut-être, une fois que tu seras calmé, tu comprendras qu'épouser Louisa est ce qu'il y a de mieux pour tout le monde. Pour toi, pour Cece, pour les Butchart…

— Et pour toi, bien sûr.

Je lui adressai un rictus sinistre. Elle contempla les vieux bâtiments en face de nous, l'air abattu et morose.

— Est-ce mal de penser que je devrais avoir droit à une partie de ma propre fortune ?

— Non, dis-je en jetant ma cigarette, que je regardai tomber dans le caniveau. Mais tu aurais dû le convaincre de ne pas modifier son testament.

— Je ne le savais pas, murmura-t-elle, les yeux rivés sur ce que Belle appellerait « des ongles qui déchirent ».

La mère de mon futur enfant aimait utiliser ce genre d'expressions puériles.

— Vraiment ?

Je la dévisageai attentivement.

— Vraiment.

Puis quelque chose me frappa tout à coup.

— Une petite minute. Je comprends maintenant.

— Quoi donc ?

— Pourquoi Byron et Benedict m'ont asticoté par rapport à Louisa pendant tout le dîner, quand je suis venu pour l'enterrement d'Edwin.

— Devvie, j'aimerais vraiment que tu l'appelles pap…

— Je comprends, maintenant, ce qu'elle faisait là. Pourquoi elle était si indulgente, compatissante, gentille. Vous saviez tous que j'allais être acculé pour l'épouser, et vous avez tenté votre chance.

— Oh ! évidemment que je le savais.

Ma mère poussa un soupir las en s'appuyant sur la façade de l'immeuble, les yeux fermés. Elle avait l'air âgée, tout à coup. Elle ne ressemblait plus à la femme glamour avec laquelle j'avais grandi.

— Edwin m'a parlé du testament après l'avoir changé. Je ne

pouvais rien y faire. Nos fonds communs se sont amenuisés ces dix dernières années, et tout ce qu'il nous reste – sa collection de voitures et les propriétés – il te l'a légué. En résumé, je suis pauvre. Tu ne peux pas me faire ça. Tu ne peux pas *ne pas* épouser Louisa.

Puis elle fit une chose terrible.

Une chose que je ne supportai pas.

Elle se mit à genoux, en pleine rue, ses yeux brillant comme des diamants dans la nuit, la tête levée vers moi avec un air de défi, les épaules parcourues de tremblements.

Je voulus m'abaisser à son niveau pour la secouer et lui expliquer que je ne pouvais pas le faire. Que je ne pouvais pas être celui que mon père voulait que je sois. J'en étais incapable.

— Je suis désolé, maman, dis-je.

Puis je partis.

Deux jours plus tard, Sam et Cillian passèrent me voir.

Je ne les recevais que très rarement, parce que :

1. Ces deux cons-là étaient peu recevables.

2. Plus je fréquentais du monde, plus je ressentais la pression de devoir me comporter comme les gens normaux, ce qui voulait dire dissimuler mon excentricité, mes réflexions étranges et ma claustrophobie.

Par exemple, j'optais toujours pour l'ascenseur quand je me rendais dans les bureaux de Royal Pipelines. Je devais prendre un Valium avant pour m'armer de courage, mais je le faisais.

Et quand nous étions au Badlands, je devais réfléchir avant de parler, quel que soit le sujet de discussion, me rappelant que j'avais un rôle à tenir. Celui du coureur de jupons, du débauché, d'un homme de certains goûts et d'un certain standing.

Je ne pourrais jamais être vraiment moi-même avec mes amis,

raison pour laquelle, même si je les appréciais sur le plan personnel, je ne m'étais jamais ouvert à eux concernant ma famille.

À présent, j'étais *obligé* de leur parler de ma famille, même si je leur réservais la version courte.

— Le testament est blindé. Je l'ai lu jusqu'à m'en faire saigner les yeux, grognai-je dans mon verre d'alcool, perché sur mon bureau face aux deux seuls hommes parmi mes connaissances capables de se sortir du pétrin – même s'ils le faisaient de deux manières très différentes.

— Je comprends mieux pourquoi tu ne nous as jamais parlé de ta famille, dit Cillian, debout devant ma baie vitrée avec vue sur le fleuve et les gratte-ciel de Boston. Tes parents ont l'air pire que les miens.

— Je n'irais pas jusque-là, répliqua Sam, qui sirotait son verre dans un de mes fauteuils de designer. Et que se passe-t-il si les œuvres de bienfaisance décident de refuser les généreuses donations ?

— L'argent et le domaine seront légués à des membres éloignés de la famille. Très franchement, tous les Whitehall que j'ai croisés sont soit des brutes, soit des ivrognes, soit les deux.

Et puis, je ne voulais pas être redevable à Sam Brennan, sous quelque forme que ce soit. Il n'avait toujours pas réussi à me convaincre de faire affaire avec lui, et je voulais que les choses restent ainsi.

— Y a pas un droit d'aînesse pour ces trucs-là ? demanda-t-il. La Couronne elle-même devrait t'octroyer la propriété. Même moi je le sais, alors que je ne suis pas fute-fute.

— Vide juridique, expliquai-je amèrement. Je ne suis pas un membre direct de la famille royale, donc toutes les règles ne s'appliquent pas à moi.

Seules celles qui plaisaient à mon père.

— Rappelle-moi pourquoi tu ne veux pas épouser cette Lillian ? fit Cillian.

— Louisa, corrigeai-je en me roulant une cigarette pour m'occuper les mains. Parce que je refuse de me plier aux exigences de mon père, vivant ou mort. Sans oublier qu'il a pris soin d'établir un contrat de mariage préalable pour s'assurer que, si jamais nous divorcions, elle hériterait de tout.

— Même si tu accédais à sa demande, il n'en saurait rien, grogna Sam dans son whisky. Il est, à tous égards, mort.

— *Moi*, je le saurais.

— Le mariage prend différentes formes et différents visages, dit Cillian en s'écartant de la fenêtre pour aller parcourir les bouteilles d'alcool de mon bar. Tu pourrais l'épouser tout en continuant à voir d'autres femmes.

— Et la rendre malheureuse ?

Je laissai échapper un rire rauque. Sam haussa les épaules.

— Ce n'est pas ton problème.

— Je suis incapable de faire souffrir quelqu'un inutilement.

Je pris un glaçon et le fis tourner sur le rebord de mon verre d'un air absent.

— Pas incapable, seulement réticent, dit Cillian. Nous sommes tous capables de faire ce qu'on doit faire pour survivre.

— Le truc, c'est que ce n'est pas moi qui ai besoin d'y survivre. C'est ma mère et ma sœur. (Je laissai tomber le glaçon dans mon verre.) Vous épouseriez quelqu'un pour de l'argent ?

Sam lâcha un rire sardonique, ses yeux gris brillant de malice.

— Je me serais marié pour un toast si besoin, à l'époque. Mais l'univers s'en est mêlé et j'ai choisi ma femme parce que je la voulais, pas parce que j'avais besoin d'elle.

Cillian grimaça.

— C'est de ma sœur qu'on parle.

— Ne me le rappelle pas, dit Sam en vidant son whisky. Le fait qu'Ambrose partage ton ADN sans que je l'aie passé au chlore me donne encore la chair de poule.

— Bizarre, dit Cillian d'un ton moqueur. Je ne me rappelais pas que tu venais d'une longue lignée de neurochirurgiens et de pilotes de l'air.

Je n'eus pas à demander si Cillian était prêt à épouser quelqu'un qu'il n'aimait pas. C'était ce qu'il avait fait quelques années plus tôt, et il avait fini par tomber amoureux d'elle.

Je frottai mon poing contre ma mâchoire. Comment Emmabelle réagirait-elle si je lui annonçais que je me mariais ? Elle le prendrait certainement à la rigolade et me demanderait s'il fallait qu'elle porte un bibi pour le mariage.

Ne m'attends pas.

— Ma mère a désespérément besoin d'argent. Et Cece aimerait divorcer et recommencer de zéro, je crois. Et puis, je veux que le domaine reste dans la famille.

— Alors il n'y a pas à réfléchir, dit Cillian en sélectionnant une bouteille de brandy, dont il se servit un verre. Épouse-la. Et prévoie un plan de secours ensuite.

— C'est compliqué, grognai-je.

Je n'avais pas oublié le contrat de mariage.

— Simplifie pour nous, Einstein, demanda Cillian.

— Je veux l'héritage, pas la femme.

En réalité, je ne voulais ni l'un ni l'autre, mais il fallait bien subvenir aux besoins de maman et Cecilia.

— Comme je l'ai déjà dit, tu n'es pas obligé d'être sa grande cuillère pour le restant de tes jours, dit Sam.

Il vida son verre et se leva. Pour lui, c'était la fin de la conversation.

— Points bonus si tu la mets enceinte pour avoir un enfant à qui laisser ton héritage.

— J'aurai déjà un enfant à qui le laisser. Celui que je vais avoir avec Emmabelle.

Cillian me lança un regard de pitié par-dessus son épaule.

— Léguer ton titre à un bâtard ? Vraiment ?

Je me levai d'un bond, mes jambes me portant jusqu'à lui sans que j'en aie pleinement conscience. Je l'attrapai par le col et le plaquai contre le mur, lui grondant au visage :

— Traite encore une fois mon futur enfant de bâtard et tu seras obligé de porter un dentier.

Brennan bondit pour s'interposer entre nous, nous poussant dans des coins opposés de la pièce.

— Du calme. Cillian n'a pas tort. Peut-être que tu refuses d'épouser cette Laura parce que la môman de ton bébé te donne la trique.

— *Louisa*, grognai-je.

— Non, Belle. Même moi, je le sais. Prends du ginkgo, mec, dit Sam en secouant la tête.

— L'autre femme s'appelle Louisa.

Cillian sirota son brandy, l'air décontracté, tandis que Sam reculait d'un pas, assuré que nous n'essayerions plus de nous entretuer.

Ils avaient tous les deux les yeux rivés sur moi.

— Quoi ? demandai-je, suspicieux. Qu'est-ce que vous regardez comme ça, bordel ?

Cillian sourit d'un air suffisant.

— C'est comme ça que ça commence.

— Que *quoi* commence ?

Sam et lui échangèrent des regards amusés.

— Il est déjà foutu, lâcha Sam.

— Il n'avait aucune chance, renchérit Cillian en baissant la tête.

— Pauvre Livia, railla Sam.

Cette fois-ci, je ne le corrigeai pas.

16

Belle

Quatorze ans

— Ordure, crache papa.

Oh là là. Maman va le gronder si elle l'entend.

Il est allongé comme une loque dans son fauteuil devant la télé après une longue journée de travail.

Maman est quelque part dans la maison, en train de faire une dépression. Pas une grosse, juste une petite crise. Elle est en vrac depuis… combien de temps maintenant ? Depuis la mort de ma tante Tilda, il y a un peu plus d'un an. Tata Tilda l'a élevée. Elles avaient dix ans d'écart. Tata l'a aidée à nous élever aussi, donc évidemment je suis triste. Mais maman… parfois c'est comme si elle était sur une autre planète.

— Papa, gros mot, lui lance Perséphone.

Elle est installée sur le tapis, concentrée sur son puzzle à deux mille pièces, sa tresse passée sur une de ses épaules. Elle a l'air si équilibrée. J'aimerais pouvoir être comme elle.

— Désolé, ma chérie. C'est plus fort que moi quand je vois des trucs pareils.

Assise sur le canapé, je délaisse un instant mes devoirs pour lever les yeux vers la télé. C'est la chaîne d'infos locales, et ils parlent d'un professeur de géographie qui avait une liaison avec une élève du lycée où il enseignait. Ils montrent sa photo d'identité judiciaire. Il doit avoir au moins cinquante-cinq ans.

— Les gens comme lui devraient brûler en enfer.

Je me dis que ce n'est rien.

Que ça n'a rien à voir avec le coach Locken et moi.

Et puis, qu'est-ce que ça peut faire de toute façon ? Le coach Locken et moi ne nous sommes pas embrassés, ni serrés dans les bras, ni touchés de manière inappropriée. Il se contente de masser mon genou blessé et les muscles de ma cuisse. Ce n'est pas sa faute si je suis cassée de partout.

Et en vrai, papa n'est pas de mauvaise humeur juste à cause des infos. Il s'inquiète pour maman, ça fait un moment qu'il essaie de la convaincre d'aller voir un psy. Mais maman dit que tout le monde est bien nourri, propre, et que la maison est nickel. Ce qui est vrai. C'est une super maman, même quand elle est triste.

— J'espère que vous savez que vous pouvez me le dire s'il vous arrive quelque chose comme ça, les filles, dit papa en montrant la télé.

— Oui, papa, disons-nous à l'unissons, Pers et moi.

Plus tard ce soir-là, je reçois un message du coach Locken. Ce n'est pas inhabituel de recevoir des SMS de lui. Parfois, les entraînements sont reportés ou déplacés à cause de la météo.

Mais pour la première fois, il n'a pas envoyé le message sur le groupe de l'équipe. Il me l'a envoyé directement.

Coach Locken : Changement d'heure pour l'entraînement demain matin. Rdv à l'entrée de la réserve de Castle Rock à 7 heures. Ne sois pas en retard.

17

Belle

Les semaines s'enchaînaient comme les pages d'un bon roman.

Les seuls signes extérieurs de ma grossesse étaient les violents accès de nausée avec lesquels je me réveillais chaque jour, ainsi que les visites hebdomadaires chez le Dr Bjorn, où nous regardions Bébé Whitehall grandir joliment dans mon utérus polykystique à la forme étrange, se fichant royalement de l'environnement hostile dans lequel elle se trouvait.

C'est bien, ma fille.

Devon m'accompagnait à tous les rendez-vous, sans faute. Il m'apportait toujours un petit quelque chose. Une pâtisserie tout juste sortie du four et une bouteille d'eau, des oursons vitaminés ou des bonbons au gingembre. Il ne manquait jamais aucun de nos appels, pendant lesquels nous discutions de ce qui se passerait une fois que le bébé serait né.

— Je veux qu'elle ait une grande chambre, lui dis-je un jour.

— On ne peut même pas qualifier ton appartement tout entier de pièce de taille moyenne, dit-il, éternel cérébral. Tu pourrais t'installer dans mon immeuble.

Je grimaçai. Pas parce que je ne voulais pas être près de lui, mais parce que je me voyais déjà mettre des coups de poing dans les murs dès que je le verrais rentrer chez lui en douce avec une de ses conquêtes.

— Nan, je vais trouver autre chose.

— Sweven ?

— Oui ?

— Parle-moi d'un animal bizarre.

Nous faisions beaucoup ça, ces derniers temps. Parler de trucs bizarres. C'était tragique qu'en plus d'être diaboliquement beau, Devon soit aussi excentrique et adorablement gauche. Il n'était pas du tout le coincé que j'avais imaginé quand on avait couché ensemble la première fois.

Je m'étais affalée sur mon oreiller, une main sur la tête, les yeux rivés au plafond, un sourire aux lèvres.

— Tu as déjà vu un casoar à casque ?

— Négatif.

J'entendis son sourire dans sa voix. Cela me serra la poitrine. Je fermai les yeux et avalai ma salive.

— C'est un oiseau australien. On dirait une bonne femme qui demande à parler au supérieur après avoir découvert que son *latte* allégé a été préparé avec du sirop à la vanille normal et non sans sucre.

Il éclata de rire, enchanté.

— Je cherche tout de suite sur Google. Oh mon Dieu. Tu n'as pas tort. Cette tête…

— À toi.

Il réfléchit, puis dit :

— J'ai toujours trouvé que les rats-taupes nus ressemblaient à des pénis ratatinés. D'hommes mal équipés, si je peux me permettre.

Je ris si fort que je pissai un peu dans ma culotte.

Puis il y eut un silence.

— Je ne dois toujours pas t'attendre, Belle ?

Mon corps me sembla lourd et douloureux, mais je ne pleurai pas. Je ne pleurais jamais pour un homme.

— Non, avais-je soufflé.

Point final.

Le temps passa, et avec lui s'envola ma peur d'être sauvagement assassinée par mon harceleur. Cela faisait des semaines que je n'avais pas eu de nouvelles de lui (ou elle ?), bien que je surveille mon courrier et mes arrières, emportant mon pistolet partout avec moi. Et puis, Simon, que j'appelais Si juste pour l'emmerder, avait décidé de son propre chef de me suivre comme mon ombre, dès que j'étais au Madame Mayhem. Je compris que son job n'était pas de prêter main forte au club, mais de faire en sorte que je reste en vie. Étonnamment, cela ne m'agaçait pas plus que ça. J'étais une femme indépendante, certes, mais je n'étais pas une idiote. Toute aide était la bienvenue pour assurer ma sécurité jusqu'à ce que j'en sache plus sur la personne qui en avait après moi.

Devon me soutenait de bien des manières. Il se pliait à mes caprices et à mes demandes.

Quand je lui dis que je ne voulais pas connaître le sexe du bébé, il ne protesta pas, même si je savais qu'il était le genre d'homme qui aimait tout savoir sur tout.

Jusqu'au jour où il arriva avec trois minutes de retard alors que j'attendais qu'il vienne me chercher pour notre rendez-vous chez le gynéco. C'était nouveau. D'habitude, c'était lui qui devait m'attendre une minute ou deux pendant que je prenais mes affaires avant de descendre.

Je montai dans le taxi et lui souris. Il me rendit mon sourire, l'air un peu… ailleurs. C'était comme si une couche de glace recouvrait son visage.

— J'ai pensé à un autre animal bizarre hier, après notre conversation, dis-je en attachant ma ceinture.

— Dis-moi.

Il s'adossa à la banquette, haussant un sourcil intéressé.

— Le marabout d'Afrique. On dirait qu'il a de la peau de couille fripée qui lui tombe sous le bec.

Il éclata de rire, et c'est là que je les remarquai.

Les griffures roses dans son cou.

Cela me retourna l'estomac. Me sentant faiblir, je dus respirer par le nez et m'agripper à la portière.

— Je vois que tu as été bien occupé, dis-je, les yeux rivés sur son cou.

— Je suis toujours occupé, *darling*. Ça s'appelle la vie d'adulte ? Tu devrais essayer un jour.

Il eut le culot – l'insolence, plutôt – de rougir.

— Tant mieux si l'un de nous deux se fait plaisir, même si ce n'est pas moi.

Il fallait que je la ferme. Je n'avais pas le droit de lui faire ça alors que je lui avais répété en boucle que nous n'étions *pas* en couple.

Il remit son col en place, l'air mal à l'aise, ce qui n'arrangea rien. Il ne se comportait même pas comme un salaud, m'empêchant de piquer une crise.

— Raconte, demandai-je.

— Non, répondit-il avec un regard noir.

— Raconte, Devon. Je veux savoir.

Je croisai les bras sur la poitrine. Je ne savais pas trop pourquoi je lui infligeais ça. Pourquoi je m'infligeais ça. La réponse était pourtant claire : je voulais souffrir. Je voulais me punir d'avoir été aussi nulle. Il sourit, puis répondit :

— Un créneau de deux heures s'est libéré de façon inattendue dans mon planning hier. Une vieille amie était à Boston pour une conférence médicale. Nous sommes allés dîner à son hôtel…

— Laisse-moi deviner, tu es resté pour le dessert ? raillai-je avec un sourire vicieux.

Son visage ne laissait rien transparaître. Impassible. J'étais prête à éclater en sanglots. Ou juste éclater tout court. Peut-être que ma peau se déchirerait. Peut-être qu'une morve verdâtre de jalousie s'en échapperait. Peut-être que je me rappellerais enfin ce que je semblais oublier ces derniers temps : que les hommes sont des créatures ignobles qui ne sont là que pour nous faire du mal.

— Tu as couché avec elle.

Je le dis sur un ton affirmatif, espérant qu'il nierait ou qu'il dirait qu'il l'avait embrassée mais que cela l'avait dérangé et qu'il était parti. Ou qu'il promette que ça n'arriverait plus, parce qu'il n'avait pas aimé ça – qu'il avait pensé à moi tout du long.

Mais il se contenta de répondre :

— Oui.

Le chauffeur remua sur son siège, mal à l'aise, inquiet à la perspective que sa voiture devienne une scène de crime quand je tuerais Devon. Le pauvre. Je lui donnerais un bon pourboire.

— Elle t'a sucé ? demandai-je sur un ton neutre.

Le chauffeur s'étrangla avec sa salive.

Devon retira une peluche imaginaire de son costume nickel, l'air fermé et parfaitement blasé.

— Sweven…

— Ne m'appelle pas comme ça, connard. Là tout de suite, je t'interdis d'utiliser mon surnom.

— Je pense que tu vas sortir de ce nuage de jalousie dans quelques instants et le regretter. Changeons de sujet, dit Devon avec assurance.

Il n'avait pas tort. Ce qui me rendit encore plus folle.

— Pas avant que tu m'aies répondu. Est-ce. Qu'elle. T'a. Sucé ?

Ses yeux pâles toujours impassibles rencontrèrent les miens.

— Oui.

— Et tu as aimé ça ?

— Oui.

Je partis d'un rire rauque. Le monde se mit à tourner autour de moi. J'allais être malade.

— Tu m'as dit de ne pas t'attendre. Deux fois. La logique voudrait que tu n'aies aucune autorité ni aucune revendication sur mes affections.

Ses *affections*. Il n'y avait que moi pour me taper la seule ordure de Boston qui parlait comme un personnage de Jane Austen.

— Va chier avec ta logique.

— Avec plaisir. Mais ce n'est pas la seule chose que je vais niquer.

— Ton téléphone sonne, dis-je sèchement.

Il sortit son portable et consulta l'écran, sourcils froncés.

Tiffany.

Il envoya l'appel sur la messagerie.

Tiffany rappela. Il pinça les lèvres, envoyant – *encore* – l'appel sur messagerie.

Le taxi s'arrêta devant le cabinet de mon gynéco. Je donnai un pourboire de cinquante dollars au chauffeur et sortis en vitesse, Devon sur les talons. L'écran de son téléphone s'alluma encore dans sa main. Cette fois-ci, c'était une certaine Tracy qui l'appelait.

J'empruntai l'escalier pour monter au troisième sans même réfléchir, sachant que Devon ne prenait pas l'ascenseur et ne voulant pas le quitter.

— Tu ne baises que des femmes dont le prénom commence par un *T* ? demandai-je sur un ton cordial.

— Tracy est une associée du cabinet.

— Je parie que tu l'as baisée aussi.

— Elle a soixante ans.

— Toi aussi.

Sérieux ? J'avais la maturité mentale d'une brioche.

Il m'adressa un autre regard attristé.

C'était une leçon importante, me dis-je. Une bonne chose. Au moins, la demi-heure qui venait de s'écouler était la preuve que j'avais raison, comme d'habitude.

Que Devon restait un homme, incapable de garder son machin dans son froc, et qu'il serait toujours un danger pour moi.

Bien sûr, il était sympa – plus civilisé que les hommes que j'avais rencontrés au fil des années – et raffiné à l'excès. Mais il était un homme.

Devon m'attrapa par le bras, me fit pivoter sur moi-même et me plaqua contre le mur, se dressant au-dessus de moi. Je le regardai, sentant son corps contre le mien, le désirant, le haïssant et l'adorant. Tout ça à la fois.

— Lâche-moi ! grognai-je.

— Jamais de la vie, *darling*. Maintenant, dis-moi : tu n'as été avec personne depuis qu'on s'est remis à coucher ensemble ?

Non. Avant de tomber enceinte, je ne voulais coucher qu'avec Devon afin de m'assurer qu'il serait bien le père de mon enfant. Et après, je ne me voyais pas m'envoyer en l'air avec n'importe quel mec alors que je portais un enfant.

Je songeai à lui dire que je baisais à tout-va. Un coup typique de Belle.

Mais quand j'ouvris la bouche pour lui répondre, j'en fus incapable.

Il arrivait toujours à me soutirer la vérité, même quand celle-ci était naze.

— Non, avouai-je. Je n'ai été avec personne depuis toi.

Un grognement s'échappa de ses si belles lèvres, et il ferma brièvement les yeux. Quand il les rouvrit, un feu y dansait.

— Je pourrais t'embrasser, Emmabelle Penrose.

Je me forçai à sourire et poussai la porte du cabinet alors que Tiffany le rappelait.

— Retiens-toi, Devon Whitehall.

Un jour, chez Buybuy Baby, alors que je tenais mon ventre plat de trois mois de grossesse en parcourant les allées remplies de sacs à langer et de sièges bébé tout en aspirant un affreux jus vert à la paille, je vis une femme enceinte jusqu'aux yeux s'effondrer à la caisse.

L'air paniqué, elle se plia en deux, les mains plaquées sur le tapis de caisse, une montagne d'affaires pour bébé devant elle. Que des produits essentiels : sac à langer, bavoirs, biberons. Des accessoires dont toute future mère a besoin pour survivre à la folle aventure qu'est la maternité. Au début, je crus qu'elle avait des contractions. *Et merde. Je vais devoir rester à la maison dès que j'aurai passé ma trente-huitième semaine,* pensai-je. Avec ma veine, je perdrais les eaux dans un ascenseur bondé. Qui se retrouverait coincé entre deux étages.

Le ventre de la jeune femme avait atteint un point critique, son nombril pointait presque vers le bas à travers le tissu de son T-shirt. Les larmes coulaient sur ses joues, alourdies par des coulées de mascara.

— Je suis désolée. Je suis désolée. Je ne sais pas ce qui m'a pris.

Elle s'essuya le visage du revers de la manche.

— Je vais retirer des articles. Laissez-moi une seconde.

— Prenez votre temps, ma belle, dit la caissière, qui ne savait plus trop où se mettre.

— Hum… je pense que je peux me passer des bavoirs. De vieux T-shirts feront bien l'affaire, non ?

Je reposai la crème d'allaitement que j'étais en train de regarder sur l'étagère pour me précipiter vers la caisse en sortant ma carte de mon portefeuille, que je plaquai sur le comptoir.

— Non. Ne reposez rien. Je paie.

La femme enceinte me regarda d'un air triste. Elle se frotta le ventre, comme pour consoler son bébé. À la voir de plus près, elle ne devait pas avoir plus de dix-neuf ans. Visage frais et joues roses. J'avais envie de pleurer avec elle. Quelle galère.

— Je ne sais même pas pourquoi je suis venue ici, dit-elle, le menton tremblotant.

— Vous êtes venue acheter des choses pour votre bébé, dis-je en posant délicatement mes doigts à l'arrière de son bras. C'est bien normal. Ne vous inquiétez pas. Vous allez partir d'ici avec tout ce qu'il vous faut.

Elle grimaça.

— Vous… vous êtes sûre ?

— Sûre et certaine, meuf.

Un sourire timide étira ses lèvres. Elle portait un legging troué et un T-shirt qui s'étirait sur son ventre comme du film plastique. J'aurais aimé pouvoir lui donner les robes de grossesse que j'avais achetées avec la somme exorbitante que Devon versait sur mon compte chaque mois. Je n'en avais pas encore besoin. Mon ventre était dur, mais plat.

— Merci, dit-elle en reniflant. Mon petit ami s'est fait virer il y a quelques mois et il n'a pas encore retrouvé de travail. Ça nous a bien mis dans la galère.

— Merde, je suis désolée. Quel employeur peut faire un truc pareil ?

J'attrapai une carte cadeau et dit à la caissière :

— Mettez deux mille dollars dessus s'il vous plaît.

Je voulais être sûre que cette jeune femme aurait un stock constant de couches et de vêtements pour bébé jusqu'à ce que son chéri ait trouvé un nouveau travail. Sinon, je n'en dormirais pas de la nuit.

Elle se mit à pleurer de plus belle – de soulagement, cette fois. Quand elle reprit la parole, son discours était ponctué de hoquets et de reniflements.

— Oui. C'était un vrai merdier. On comptait sur ce taf. Ça l'a vraiment changé… de se faire virer. Ces derniers temps, il perd souvent son sang-froid. Il stresse pour la facture de l'hôpital, mais qu'est-ce que je suis censée faire ? Accoucher dans la salle de bain ? s'emporta-t-elle. C'est lui qui a dit qu'on faisait assez attention. Mais c'était des conneries, bien sûr. Si on avait fait assez attention, je ne serais pas tombée enceinte.

— Un enfant, ça se fait à deux.

Et à trois, ça fait une bonne série sentimentale à la con, pensai-je amèrement en me rappelant Tiffany.

— On est d'accord, dit-elle. Au moins, j'ai trouvé un petit boulot au magasin d'occasions du coin. Lui, il sort à peine de la maison en ce moment. Il boit et il regarde la télé et… merde, désolée.

Elle vira au rouge tomate et secoua la tête.

— Ce n'est pas votre problème. Vous êtes trop gentille.

— Meuf, je déballe toutes mes histoires à quiconque veut bien m'écouter, alors te prends pas la tête. Mon courtier d'assurances connaît les résultats de mon bilan sanguin et la dame du supermarché en face de chez moi est ma psy malgré elle.

Je lui tendis les sacs contenant tout ce dont elle avait besoin, ainsi que ma carte de visite. Elle prit le tout avec gratitude, sans me quitter des yeux.

— Appelle-moi si tu as besoin de quoi que ce soit, dis-je. Que ce soit pour le bébé ou si tu as besoin d'une épaule pour pleurer.

— Ce doit être le signe que ça va aller mieux. Vous savez, il y a une demi-heure, mon copain m'a demandé si je voulais venir ici, comme ça. Il ne m'emmène jamais nulle part. C'est *trop* le destin.

— Le destin, c'est un vrai harceleur. Il arrive toujours à te trouver.

Je lui fis un clin d'œil.

Vingt minutes et cinq achats douteux plus tard (avais-je vraiment besoin d'un body serpillère et d'un ventilateur à popotin ?), je regagnai ma voiture en faisant balloter mes sacs d'avant en arrière, me demandant combien de glaces j'allais nous offrir, à Bébé Whitehall et moi.

Trois, décidai-je. Une pour moi, une pour elle, et une autre pour moi, parce que ça faisait longtemps que mamounette n'avait pas baisée et qu'elle avait bien besoin de se remonter le moral.

Quand j'ouvris le coffre – orné de ma nouvelle plaque d'immatriculation BURLSQGRL – pour ranger les sacs, je me rendis compte que la voiture avait l'air… *différente*. Je baissai les yeux et poussai un petit cri de surprise, vacillant en arrière.

On m'avait crevé les quatre pneus.

Je fermai le coffre et lançai des regards frénétiques autour de moi pour vérifier s'il y avait quelqu'un d'autre sur le parking. Il était possible que le connard qui avait fait ça soit resté pour se délecter de mon malheur.

Une voiture klaxonna à l'autre bout du parking. Le cœur battant à tout rompre, je tournai la tête dans sa direction. Une Camaro rouge toute défoncée passa, fenêtre baissée, le bras du conducteur sortant par la fenêtre. Je reconnus tout de suite la femme sur le siège passager : c'était la fille en panique que j'avais aidée une demi-heure plus tôt à la caisse. Elle avait les yeux baissés, les joues baignées de larmes.

Mais ce fut l'homme au volant qui me laissa bouche bée.

Frank.

L'homme que j'avais viré quelques mois plus tôt.

Le connard violent qui harcelait sexuellement mes employées et avec qui j'en étais venue aux mains.

Les pièces du puzzle s'assemblèrent.

Frank.

C'était lui, l'enfoiré qui s'en prenait à moi.

Il m'avait dit que sa copine était enceinte *après* que je l'avais viré.

Il allait sans dire que, quand je l'avais surpris avec sa main entre les jambes d'une danseuse, le premier truc auquel j'avais pensé n'était pas « Je parie que ce type est un super gars sur le point de devenir papa ».

Et aujourd'hui ? Il était fauché et dans une sacrée mouise.

Mais moi aussi.

Parce qu'il voulait me le faire payer.

Un rictus aux lèvres, Frank me fit un doigt d'honneur et sortit en trombe du parking.

Je songeai à le prendre en chasse, mais je ne voulais pas me mettre en danger, ni faire courir un risque à sa copine. En revanche, je comptais bien régler cette affaire. Maintenant que je connaissais le responsable.

Je sortis mon téléphone de mon sac et appelai Devon. Les mains tremblantes à cause du froid, je dus m'y reprendre à plusieurs fois avant de trouver son nom dans mes contacts.

C'était la première fois que je l'appelais en dehors de notre rendez-vous hebdomadaire. Une violation de contrat, en quelque sorte.

C'était aussi la première fois que je l'appelais de mon plein gré depuis que j'avais découvert qu'il couchait avec *Tiffany*. Et oui, l'italique était nécessaire.

Il décrocha à la première sonnerie.

— Le bébé va bien ?

J'avalai une grande goulée d'air, mon arrivée d'oxygène décroissant alors que l'implication de ce que j'avais découvert me frappait de plein fouet. *Merde, merde, merde.* C'était Frank qui m'avait envoyé tous ces indices et ces menaces, cet incident étant la dernière en date. Savais-je seulement où il habitait ? Non. Le dernier chèque que je lui avais envoyé avait été retourné au Madame Mayhem. Il avait dû déménager après que j'avais envoyé la meute de reporters le débusquer.

— Le bébé va bien.

Je crois.

— Que se passe-t-il ?

Devon avait vraiment l'air inquiet.

— Je… on m'a crevé les pneus. J'ai besoin d'un chauffeur.

Et d'un verre.

Et d'une épaule pour pleurer.

Et qu'un presque-prince chic, élégant et d'une beauté exaspérante arrange tout.

Pas nécessairement dans cet ordre.

— Qui ferait une chose pareille ? demanda-t-il.

Je ne voulais pas lui révéler ce qu'il se passait. Non. Il m'enfermerait dans une tour et ne me laisserait plus voir la lumière du jour.

— Je sais pas, des petits cons ?

— Où es-tu ?

— Chez Buybuy Baby.

— Cet endroit est connu pour être situé dans un quartier à fort taux de criminalité, dit-il impatiemment, toujours maître dans l'art de me donner l'impression d'être une enfant. Envoie-moi l'adresse, j'arrive.

— Euh, hmm…

Je faisais étalage de ma merveilleuse éloquence.

— Quoi ? demanda-t-il, sentant qu'il y avait autre chose.

Je regardai de nouveau autour de moi. Rien ne me garantissait que Frank n'allait pas revenir après avoir déposé sa copine pour me coller une balle dans la tête.

— Est-ce qu'on peut… euh, rester au téléphone le temps que tu arrives ?

— Sweven, lâcha-t-il dans un soupir, son attitude glaciale s'adoucissant un peu. Bien sûr.

Je fus si heureuse d'entendre mon surnom que j'aurais pu fondre en larmes.

Il resta au téléphone avec moi. Il me posa des questions sur mes achats (le body serpillère ne l'impressionna guère) et sur le spectacle burlesque qui se jouait en ce moment au Madame Mayhem (*Suicide Girl Blackheart*), essayant de me changer les idées après ce qui m'était arrivé.

J'étais reconnaissante que Devon ait tout lâché pour venir me chercher. Il fut là en quinze minutes et, à peine sa Bentley garée – en double file –, il claqua la portière et se précipita vers moi.

— Tu vas bien ?

Il me prit dans ses bras et enfouit ma tête dans son épaule, m'enveloppant tout entière. Pour une raison qui m'échappait, je fondis en larmes dans son costume Tom Ford, y étalant mon fond de teint et mon fard à paupières. Cela faisait si longtemps que je n'avais pas pleuré. Ça ne me ressemblait pas.

Devon me massa la nuque, déposant de légers baisers au sommet de mon crâne.

— Pourquoi quelqu'un ferait une chose pareille, Belle ?

— Je… je… je ne sais pas, hoquetai-je.

Mais je savais.

Pire encore, je n'allais pas dénoncer Frank à la police. Même s'il était l'auteur de la lettre et qu'il avait envoyé un homme me suivre. Concernant le reste, je n'étais pas certaine que ce soit lié.

La vérité, c'est que Frank avait fait profil bas pendant des mois.

Aujourd'hui, je savais qu'il était derrière tout ça. Bien sûr, il n'était pas assez bête pour continuer. Peut-être était-ce son dernier tour de piste avant de laisser tomber. Et puis, il avait assez de problèmes sur les bras comme ça. Il devait trouver un boulot pour subvenir aux besoins de sa famille qui s'agrandissait. Avec un peu de chance, un boulot où il ne toucherait pas aux femmes.

— Je pensais que tu avais un problème. Physique.

J'entendis la voix de Devon à travers le nuage d'apitoiement et d'adrénaline qui m'enveloppait. Il me guida avec douceur jusqu'au siège passager et ferma la portière.

Je m'attachai et regardai par la fenêtre, serrant la mâchoire pour empêcher mon menton de trembler.

— Je suis content que tu m'aies appelé, dit Devon.

À ce propos…

Pourquoi avais-je appelé *Devon*, et pas Persy, Sailor, Aisling, ou Ross ? Même mes parents auraient fait le déplacement en ville pour me récupérer. Dans la liste des personnes qui pouvaient m'aider, Devon était la plus occupée et celle dont j'étais la moins proche.

Et pourtant, c'était lui que j'avais choisi pour me sauver.

— Où dois-je te déposer ?

— Chez moi.

— Pas chez Persy ?

— Non.

J'étais trop meurtrie, trop à fleur de peau pour voir Persy parader avec sa famille parfaite, son mari parfait qui l'adorait et ses enfants parfaits qui la regardaient avec émerveillement et admiration.

Sentant que je n'étais pas très causante, Devon appuya sur l'accélérateur.

— Je suis sûre que ce n'était qu'un gamin stupide, dis-je, consciente de ce qu'il devait penser.

— Comme le gamin stupide qui t'a suivie au Boston Common ?

Devon serrait le volant si fort que les jointures de ses doigts étaient blanches. Je tournai vivement la tête vers lui.

— Qui te l'a dit ?

— Quelqu'un qui s'inquiète de ta sécurité.

— Une balance, répliquai-je.

— Tu peux l'appeler comme tu veux. Tu n'as toujours pas répondu à ma question.

— Ma réponse, c'est que nous sommes au XXIe siècle et que les femmes peuvent se débrouiller toutes seules. On sait prendre soin de nous-mêmes, et on peut même – attention tu risques d'être choqué – voter !

— Si tu choisis d'ignorer un harceleur, peut-être que, toi, Emmabelle Penrose, tu ne devrais pas avoir le droit de vote.

Techniquement *trois* harceleurs. Mais ce n'était pas le moment de le lui dire.

— J'ai un flingue sur moi en permanence.

— C'est censé me *rassurer* ? demanda lentement Devon, sarcastique, pour souligner à quel point c'était absurde. On n'est pas au Far West, Emmabelle. Tu ne peux pas tirer sur les gens au hasard dans la rue si tu crois qu'ils te suivent. Il faut que tu ailles au commissariat.

C'était la première fois que je le voyais un tant soit peu en colère, et c'était fascinant. L'espace d'un instant, j'oubliai mes problèmes.

Je penchai la tête, le regardant avec attention.

— Je vais te confier un secret, murmurai-je. Je ne suis pas là pour te rendre heureux, Devon.

Il m'adressa un regard noir, et je sentis mon âme se recroqueviller en moi. Un regard exprimant qu'il commençait sérieusement à en avoir marre de mes conneries, et je ne pouvais pas lui en vouloir. J'étais affreuse avec lui. J'avais tellement peur de lui que je me sentais obligée de le repousser.

— Tout ce que je dis, c'est que je gère, marmonnai-je en examinant mes ongles pointus et colorés.

— C'est pour ça que tu m'as appelé ? cracha-t-il. Parce que *tu gères* ?

Notre première dispute. Génial. Comment pouvais-je lui expliquer que je n'aimais pas que les gens se mêlent de mes affaires ? De ma vie ? Que je ne pouvais pas compter sur les autres ?

— 'scuse. La prochaine fois j'appellerai quelqu'un d'autre.

— Non. Je suis la seule personne capable de supporter tes conneries plus d'une soirée.

Il se gara devant mon immeuble, sortit de la voiture, en fit le tour et ouvrit ma portière, le tout avec une expression assassine laissant entendre qu'il allait me découper en petits morceaux et me donner à manger aux requins.

— Merci de m'avoir ramenée. Tu as été un charmant compagnon de route.

Je sortis de la voiture et gagnai mon immeuble. J'avais l'impression d'être une enfant qui s'était mal comportée et qu'on punissait en l'envoyant dans sa chambre.

Il me suivit sans un mot. Je savais qu'il valait mieux ne pas le renvoyer. Déjà parce que je ne voulais pas être seule, et puis parce que c'était moi qui l'avais appelé.

Une fois chez moi (après être montés par les escaliers, super génial), Devon disparut dans ma chambre pour appeler Joanne. Il lui demanda de faire remorquer ma voiture, puis de lui passer Simon. Ah, ce bon vieux Si, le garde du corps qui faisait semblant de faire des trucs inutiles au club, comme classer des dossiers ou trier des boîtes pour le recyclage.

Il s'était trahi le jour où il avait bondi devant moi pour me protéger alors que Ross avait accidentellement fait tomber une caisse de bières.

— … pas pour ça que je te paie. Fais mieux, ou ton prochain boulot sera un McBoulot.

Il y eut un bref silence.

— Alors fais mieux ! rugit Devon.

Quand il revint dans le salon, il posa les yeux sur moi tel un aigle se concentrant sur sa proie.

— Tu trembles et tu es en sueur.

— Non, c'est faux.

Le fait que mes dents claquent quand je répondis ne joua pas en ma faveur. Bon sang. C'était seulement Frank. Je pouvais le faire tomber si je voulais, non ?

Faux. Il faut que tu arrêtes de faire ta mauviette et que tu ailles voir la police. Sa copine est enceinte, et alors ? Ce n'est pas toi qui l'as mise en cloque.

— Viens. Je vais te faire couler un bain.

Il s'approcha et me tendit la main. Son rire désinvolte et sa politesse avaient disparu. Maintenant que j'y pensais, je ne les avais pas vus de la journée, ni quand il avait répondu au téléphone, ni quand il était venu me chercher.

Avec horreur, je me rendis compte que Devon avait arrêté de flirter avec moi.

Il avait tiré un trait sur moi. Sur *nous*.

Ma foi, très bien. C'était exactement ce que je voulais. J'étais ravie qu'il arrête de rendre cette foutue situation gênante.

Comme je restais plantée sur le canapé sans bouger, il me souleva pour me porter jusqu'à la salle de bains.

— Je déteste quand t'es parfait, geignis-je.

— Pareil, *darling*. Surtout quand je gâche cette perfection avec toi.

Il m'assit sur les toilettes fermées et me fit couler un bain chaud, retroussant ses manches jusqu'aux coudes, exposant ses avant-bras de Moïse de Michel-Ange.

Ouh la. J'étais en manque de sexe.

Mon ventre se serra. Je sentis monter la tension en moi.

Qu'était la vie sans cul ? Rien que travail et impôts et une bonne dose de vaisselle.

C'était tellement injuste que je ne veuille coucher avec personne d'autre que le père de mon enfant pendant ma grossesse.

Je n'étais même pas capable de rationnaliser cette décision. Peut-être avais-je des restes de traditionalisme en moi, hérité des années passées à vivre sous le même toit que Persy.

Mes yeux suivirent chaque mouvement de ses bras musclés alors qu'il jetait une bombe de bain dans la baignoire.

— Alors, tu as couché avec des gens intéressants ces derniers temps ?

Je remuai sur le siège des toilettes, suivant ses longs doigts puissants des yeux.

Est-ce que je… commençais à être excitée ? La friction de la surface dure sous mes fesses me faisait pointer les tétons. Je retirai mes vêtements un à un pendant que Devon grimaçait, comme s'il y avait une mauvaise odeur dans la pièce.

— Je croyais que tu arrêtais de te torturer.

— Allez, fis-je en riant.

Je jetai ma blouse au sol. Bien que je n'aie pas encore le ventre rond, mes seins étaient déjà lourds. Certainement plus gros que dans ses souvenirs.

— Je sais que tu couches avec d'autres femmes. Laisse-moi vivre ça par procuration. J'ai oublié comment c'était.

Sèchement, il rétorqua :

— Tu as assez d'expérience pour toute la côte Est, *darling.* Prends du ginkgo et sers-toi de ton imagination.

— Rappelle-moi, qu'est-ce que tu fais une fois que vous êtes au lit ? J'ai oublié, roucoulai-je, ne faisant pas cas de son agacement.

Il me regarda comme si j'étais folle. Et à cet instant précis, je l'étais.

— Dis-moi, tu n'as pas bu ? demanda-t-il, l'air inquiet.

Je ris.

— Non. Je suis juste… un peu sensible sur les bords.

— Ça ressemble à un code pour dire « dérangée ».

— Allons… (Je souris.) J'essaie d'être cordiale.

— J'ai remarqué. On est dans la même pièce depuis presque huit minutes et tu n'as pas encore essayé de me poignarder.

Il ferma le robinet, se leva et fit un pas de côté.

— Laisse-moi t'aider à t'installer.

— Tu peux aussi te joindre à moi, si tu veux.

Je m'essayai à une séduction tiède, trop excitée pour faire ma fière.

Il m'ignora totalement et me guida vers la baignoire, une main sur le bas de mon dos. Je levai les yeux au ciel.

— C'est un non ?

— Tu m'as dit très clairement, et à plusieurs reprises, que je devais arrêter d'essayer avec toi, me rappela-t-il sèchement.

— Eh bah, peut-être que j'ai changé d'avis.

Bon sang, une femme ne pouvait pas faire une déclaration définitive puis changer d'avis parce qu'elle avait envie de baiser ? Et on disait que l'Amérique était le pays de la liberté.

— Pourquoi tu ne te mets pas dans le bain, et on en reparle quand tu te seras calmée ? suggéra-t-il.

— Je *suis* calmée ! protestai-je en criant et en me frappant les cuisses comme une gamine.

— À l'évidence.

Je finis par entrer dans la baignoire et m'y allonger. Fermant les yeux, je sentis la chaleur de l'eau et le picotement du savon s'accrochant à ma peau.

L'humidité de la pièce amplifiait l'odeur de fraise et d'agrume.

Derrière moi, Devon s'assit au bord de la baignoire et se mit à me masser les épaules.

— Tu es émoustillée, déclara-t-il.

Ses doigts chatouillaient les mèches qui s'échappaient de mon chignon haut. Ils glissèrent plus bas, vers mes seins, évitant le territoire sensible mais s'en rapprochant.

— *Émoustillée*, répétai-je en riant. Tu es tellement vieux.

— Tu es tellement enceinte.

— Qu'est-ce que c'est censé vouloir dire ?

— Tu as des envies soudaines. Des besoins, expliqua Devon.

— Oui, confessai-je avec un soupir, momentanément désarmée par son massage et le bain moussant. Et par la certitude que j'étais en sécurité avec lui.

— Qu'est-ce qui t'empêche de coucher à droite à gauche ? demanda-t-il sur un ton blasé.

— Euh, le fait que je sois enceinte ?

— Ça ne ferait pas de mal au bébé. Le Dr Bjorn nous l'a dit lui-même.

Ouais, le Dr Bjorn, fan de Bellon (Belle + Devon), nous rappelait sans cesse que nous pouvions et devrions baiser comme des porcs.

— Je ne veux partager mon corps avec personne d'autre.

— Personne ? demanda-t-il avec une innocence feinte, ses doigts confiants glissant plus bas, vers mes seins lourds et sensibles.

— Tu as déjà apposé ta marque sur moi pour les mois à venir, dis-je en lui envoyant des bulles de savon au visage. Ce ne serait pas aussi scandaleux si on couchait ensemble.

Les doigts de Devon glissèrent sur ma nuque, décrivant des cercles délicieux sur ma peau.

— Passons un marché : tu réponds à quelques questions et, si je suis satisfait de tes réponses, je t'aide à atteindre le nirvana.

— C'est un bel ego que tu as là. J'ai encore des vibros, tu sais, grognai-je.

Mais il avait raison. Mon corps tout entier était en feu. Je voulais l'attraper par le col et l'attirer dans le bain avec moi.

— Ce n'est pas un crime d'avoir besoin de quelqu'un parfois, murmura Devon, son souffle chaud effleurant mon oreille.

Il était si proche que je sentais la chaleur de son corps contre le mien. Tous mes poils étaient hérissés. Mes tétons étaient douloureux, et je frottais mes cuisses l'une contre l'autre sous l'eau.

Je n'étais pas loin de glisser une main entre elles pour faire le job moi-même.

Je me tournai pour lui faire face, nos regards se trouvant. Bleu sur bleu. Les siens clairs comme le ciel du matin. Les miens, bien plus foncés, parsemés de violet autour des iris.

— Ce n'est jamais une bonne chose d'avoir besoin de quelqu'un, dis-je d'une voix rauque.

— C'est un terrible principe de vie, Sweven. Je serai toujours là pour toi. Qu'il pleuve ou qu'il vente.

— Combien de questions ?

— Cela dépendra de tes réponses.

Je hochai la tête.

— Question numéro un. Pourquoi ne m'as-tu pas dit qu'un homme t'avait suivie dans le parc il y a quelques mois ?

Devon prit mes seins au creux de ses mains et caressa mes tétons de ses pouces, faisant trembler mon corps tout entier. Je retins mon souffle.

— Je ne voulais pas que tu te mêles de ma vie plus que tu ne le faisais déjà.

— Deuxième question. Y a-t-il eu d'autres signes depuis indiquant que quelqu'un en a après toi ?

Je ne voulais pas admettre que oui. Je ne voulais pas qu'il me colle d'autres Simon dans les pattes. Et puis, j'étais convaincue que Frank s'arrêterait là. Le coup du parking n'allait pas se reproduire. Sinon, pourquoi aurait-il révélé son identité ?

Devon remarqua mon hésitation ; une de ses mains descendit de mes seins jusqu'à mon ventre, son petit doigt effleurant mon entrejambe, à peine. Je retins à nouveau mon souffle et remuai sans vergogne sous sa main. Comment étais-je censée tenir une conversation dans ces conditions ?

— C'est du chantage, dis-je avec virulence.

— Je n'ai jamais dit que je serais juste. Réponds à la question.

Il me mordilla l'oreille.

— Oui. Une lettre est arrivée peu de temps après l'incident au parc. Une menace de mort. C'est là que j'ai commencé à me balader avec un flingue.

— Pourquoi n'es-tu pas allée voir la police à ce moment-là ?

— Je ne voulais pas faire mauvaise presse au Madame Mayhem ni avoir ma famille et toi sur le dos. Je reçois des lettres de haine tous les jours. Et franchement, des mois entiers sont passés sans aucune autre forme de menace.

— Tu sais qui ça peut être ?

Sa main était posée sur mon sexe, sans me pénétrer. Il exerçait seulement une délicieuse pression alors que j'essayais désespérément de me cambrer contre lui.

— Ou-oui, balbutiai-je, dangereusement proche de l'orgasme alors qu'il m'avait à peine touchée.

— Qui ? insista Devon.

— Un homme qui s'appelle Frank. Un ancien barman. Je l'ai viré il y a quelques mois parce qu'il avait harcelé une danseuse. Je l'ai vu sur le parking aujourd'hui.

— Pourquoi n'es-tu pas au commissariat, *là en ce moment* ?

— Ce n'est qu'un gamin, et sa copine est enceinte. Ils n'ont pas d'argent. Il voulait seulement se défouler. Il a certainement envoyé un de ses amis me faire peur au parc.

Même si cela ne révélait toujours pas l'identité de l'homme qui m'avait attrapée par le poignet au Madame Mayhem le soir où Devon m'avait ramenée chez moi.

— Je ne crois pas que j'entendrai à nouveau parler de lui.

— Tu es folle à lier et tu portes mon enfant, dit-il d'un ton neutre, plus pour lui-même.

Il ne retira pas sa main de mon sexe, mais il ne me donna pas non plus la satisfaction que j'attendais. Pourquoi me refusait-il l'orgasme ? N'était-ce pas un crime contre l'humanité ?

— Ça ira, dis-je. Ça fait un bail que je m'en sors toute seule. J'ai jamais eu de problèmes.

— Quelques règles à intégrer, puis tu pourras recommencer à me divertir au lit, dit Devon, me signifiant que je n'étais pas encore tirée d'affaire.

Je ne répondis pas. Je voulais en finir et qu'il me touche *là*. C'était pathétique, mais aux grands maux les grands remèdes. J'avais *besoin* de me changer les idées. C'était un mécanisme de survie, OK ?

— Règle numéro un : tu ne quittes jamais Simon quand tu es au travail.

— Si, le garde du corps ? dis-je avec un rire rocailleux. Si tu veux.

— Non. Pas si je veux. Tu n'es pas une ado, Emmabelle. Dis-moi oui ou non.

Bordeeeel.

— OK ! Oui.

— Règle numéro deux…

Je sentis son petit doigt effleurer ma fente. Tout mon corps s'éveilla d'excitation. J'ouvris avidement les jambes pour lui. Enfin un peu d'action qui ne requérait pas de piles.

— Interdiction de sortir seule. Tu dois toujours être accompagnée. Par tes copines, tes parents, Simon ou moi.

Une demande sacrément culottée, mais encore une fois je n'étais pas *obligée* de le faire si je n'avais pas envie. Il n'était pas là pour me surveiller vingt-quatre heures sur vingt-quatre.

— D'accord.

Puis, comme il ne bougeait toujours pas sa main, j'ajoutai en grognant :

— Oh ! c'est vrai. Oui ou non. *Oui.*

— Dernière condition…

Devon pressa ses doigts contre ma chatte, plus proche que jamais. Il lui suffisait d'une dernière pression pour me remplir totalement. Son autre main me pétrissait encore les seins.

— Tu emménages avec moi. Juste pour le moment. Je pourrai te protéger. On pourra te chercher un appartement dans mon immeuble tant que tu seras là. Il est ultra-sécurisé, comme ça je n'aurais pas à m'inquiéter pour toi.

J'ouvris les yeux tout à coup, des alarmes se mettant à beugler dans mon crâne.

— Emménager avec toi ? répétai-je lentement.

Je sentis son nez caresser le creux de ma nuque.

— Allons, Sweven. Tu es assez courageuse pour mettre une balle dans le crâne d'un homme s'il s'en prend à toi. Tu peux bien tolérer quelques mois de colocation avec le père de ton enfant.

C'était un défi. Il enfonça son index en moi, et je retins mon souffle, cambrant le dos, mes tétons pointant au-dessus de la surface de l'eau. Devon se pencha pour saisir l'un d'eux dans sa bouche, le suçant avec ferveur.

— C'est bon. Tellement bon.

Ses dents droites et si blanches effleurèrent mes tétons sensibles.

— Je saurai te récompenser, murmura-t-il en faisant tourner sa langue autour de mon mamelon avant de le mordiller.

En même temps, il se mit à me baiser sans merci avec son doigt. Je soulevai mon bassin vers sa main, cherchant l'extase, sachant qu'elle était proche.

— Tu ne pourras jamais me dompter, l'avertis-je.

— Je n'en ai aucune envie.

Il me lécha le cou puis scella ma bouche d'un baiser torride. Je crus que j'allais m'embraser, sous l'effet de la chaleur de sa langue, des gouttes d'eau et du désir qui m'animait.

— Tu me plais comme tu es. Improbable, je sais, vu que tu es une vraie tête de mule, mais vrai.

— Je suis une épave, haletai-je.

— Sois *mon* épave.

C'était plus tentant que je voulais bien l'admettre. Aussi séduisant qu'un phare dans la nuit.

Je m'abandonnai, jouissant sur ses doigts, me crispant si fort autour de sa main qu'il rit dans notre baiser.

Au bout de quelques secondes, il se retira et haussa un sourcil.

— Juste quelques mois, soufflai-je, plus pour moi-même que pour lui.

Ce n'était pas comme si j'avais un endroit où accueillir le bébé dans mon appartement actuel de toute façon.

— Juste quelques mois, répéta-t-il en me mordant la lèvre inférieure.

La lueur dans ses yeux disait tout.

J'avais accepté d'être sienne, même si c'était pour une durée limitée.

Renonçant à ce qui me tenait le plus à cœur.

Ma liberté.

18

Belle

Quatre jours plus tard, j'emménageai dans le loft de Devon.

C'était la première fois que j'allais chez lui. C'était moi qui avais tenu les rênes de notre longue relation chaotique, et j'avais toujours exigé qu'il vienne à moi.

J'étais tombée bien bas.

Je ne savais pas du tout à quoi m'attendre, mais quelque part son appartement correspondait parfaitement à ma perception de lui.

Un grand espace ouvert décoré de meubles et de couleurs qui auraient été au goût de la reine Élisabeth. L'absence de murs et de couloirs me surprit. On aurait dit un entrepôt réhabilité. J'avais toujours imaginé Devon dans un vaste manoir inquiétant, encombré de portraits de famille et d'antiquités hors de prix mais affreusement moches. Puis je me rappelai qu'il n'aimait pas les espaces clos. Il était claustrophobe.

Je gagnais largement au change par rapport à mon tout petit appartement.

Je me sentais particulièrement reconnaissante envers Devon ce jour-là. Depuis le Frank-gate, il était venu chez moi tous les jours et, tous les jours, il m'avait fait *venir.*

Avec sa queue, sa langue, ses doigts.

Et j'en passe.

Je n'avais pas abordé le sujet de l'exclusivité avec lui, mais j'avais noté mentalement de lui faire savoir que je n'avais pas envie qu'il trempe sa saucisse dans toutes les sauces disponibles au buffet des célibataires de Boston.

Je passai les quatre jours précédant le déménagement à essayer de convaincre Persy, Aisling, Sailor et Ross que je n'étais *absolument pas du tout* en couple avec Devon.

Heureusement, l'histoire de Frank facilita la justification de notre colocation.

Tout le monde pensait que Devon était un dieu de l'Olympe parce qu'il m'offrait un refuge et que j'étais une parfaite idiote de ne pas lui baiser les pieds et de ne pas le supplier de m'épouser.

Ce n'était pas si mal en fin de compte.

J'irais même jusqu'à dire que je commençais à être à l'aise dans la chambre d'ami de Devon.

Il m'y rejoignait tous les soirs depuis que j'avais emménagé, mais je le renvoyais toujours dans la sienne ensuite, affirmant que je ne pourrais jamais dormir avec un homme à mes côtés.

Pendant mon séjour, je surpris des bribes de conversation entre sa mère et lui. Elle l'appelait fréquemment, parfois plusieurs fois par jour. Il avait l'air poli et réservé, amical – même si, il fallait le dire, Ursula Whitehall semblait être une vraie casse-pieds.

« Non, maman, je n'ai pas changé d'avis. »

« Non, je ne sais pas quand je rentre en Angleterre. L'argent que je t'ai envoyé ne suffit pas ? »

« Non, je ne veux pas lui parler. Je me suis excusé. Ça devrait suffire. »

Cette dernière réplique me donna envie de poser des questions, puis je me rappelai que cela ne me regardait pas.

Trois jours après que j'eus emménagé avec Devon, il partit travailler et je restai à la maison.

J'étais assise à la petite table de cuisine en albâtre, en train de savourer un assortiment de céréales aux fruits exotiques – d'accord, c'étaient des Froot Loops. Je mangeais des Froot Loops, tranquille, dans mon T-shirt trop grand *Un Snackcident est si vite arrivé* (merci, Etsy, de me fournir une tonne de mantras de vie pour mon attitude effrontée), quand on sonna à la porte. J'allai ouvrir, sans me poser trop de questions. Je veux dire, sa *casa* était *mi casa*, non ?

Et puis, c'était peut-être un livreur qui m'apportait d'autres cochonneries. Devon avait cinq mille abonnements à des box culinaires.

Sur le palier, je découvris une femme assez grande au physique de cigogne, avec des boucles noires et une tenue à la Kate Middleton. Elle avait des talons aiguilles, un maquillage soigné et une expression irritée. Elle sentait le magasin de luxe.

Et elle me regardait comme si je lui avais piqué son mari.

— *Bonjour.*

Accent anglais. Ce devait être la sœur de Devon. Ou peut-être sa mère, avec un très (*très*) bon lifting.

— Salut.

Je m'accoudai au chambranle de la porte, en me disant : *Si c'est Tiffany, je vais lui donner cinq secondes d'avance avant de lui flanquer une rouste.*

— J'imagine que vous êtes la stripteaseuse qu'il a accidentellement mise enceinte et qui se dresse maintenant entre lui et la fortune familiale ?

Euuuh… quoi ?

— Exactement ! m'exclamai-je gaiement quand j'eus repris mes esprits, refusant de montrer la moindre faiblesse. Et vous êtes… ?

— Sa *fiancée.*

19

Devon

Ce jour-là, je ne m'attardai pas au travail.

Rentrer à la maison et m'enfouir dans Emmabelle semblait plus important qu'aider mes clients à se tirer des pétrins dans lesquels ils s'étaient fourrés.

Je savais que ce que nous avions était temporaire. Les femmes comme Sweven se transformaient rarement en déesses domestiques. Mais à l'image des simples mortels, j'aimais jouer avec les divinités, même si je savais comment ces histoires se terminaient.

Et puis, je devais m'assurer qu'elle était en sécurité jusqu'à ce que mon bébé soit né.

Et puis, ma mère commençait à me taper sur le système. Elle n'arrêtait pas de me supplier de rentrer pour prendre le thé avec Louisa, ce qui voulait dire que serais bientôt forcé de retourner au Royaume-Uni pour expliquer à ma famille que je n'allais pas épouser quelqu'un juste parce que feu mon géniteur me forçait la main.

Je montai les marches quatre à quatre jusque chez moi.

Je tapai le code, ouvris la porte à la volée et chantonnai :

— Chérie, je suis rentré !

Et je m'arrêtai net.

Belle était assise à la table de la cuisine, encore vêtue du T-shirt ridicule qu'elle portait le matin quand j'étais parti.

Et elle n'était pas seule.

— Bonjour, *Devvie*, dit Sweven avec un sourire mielleux, mais ses yeux me lançaient des fléchettes empoisonnées. *Grillé.*

En face d'elle se tenait Louisa, en train de boire une tasse de thé.

Merde.

Louisa se leva et s'approcha de moi en balançant langoureusement ses hanches. Elle déposa un long baiser sur ma joue, tout son corps penché vers le mien.

— *Darling*, tu m'as manqué. Ta mère m'a donné ton adresse. Elle est dans tous ses états. Elle m'a demandé de venir te parler en personne.

Culotté. Voire – si je puis me permettre – complètement dément. Mais il y avait plusieurs millions de livres en jeu, et maman n'avait pas de liquidités ni aucune autre source de revenus.

Quant à Louisa, j'étais celui qui lui avait échappé. Le fiancé à ferrer.

— Tu aurais pu appeler.

Je souris d'un air charmeur, baissant la tête pour lui faire le baisemain.

— Je pourrais dire la même chose, répliqua Louisa.

Elle n'avait pas l'air tracassé par mes salutations glaciales. Elle était incisive mais pas hostile, contrairement à Belle, manifestement.

— Quand pouvons-nous parler ? demanda Louisa.

— Maintenant, intervint Belle.

Toujours assise à table, elle plongea la main dans une boîte de céréales, attrapant un Froot Loop qu'elle fourra dans sa bouche.

— Maintenant, c'est un putain de moment parfait pour me dire ce que c'est que ce bordel. Et n'oubliez aucun détail, les cocos.

— Elle a le sens de la formule, dit Louisa en se tournant vers moi, un sourcil haussé.

— Et de la bagarre, aussi, dit Belle d'un ton enjoué.

Je m'étranglai avec ma salive.

Louisa cligna lentement des yeux, parfaitement calme.

— Ne vous laissez pas berner par mon apparence. Je n'ai pas peur de me salir les mains.

Si j'avais dû parier sur une de ces deux femmes, j'aurais dit que Louisa aurait mieux fait de prendre ses jambes à son cou, parce qu'Emmabelle Penrose pouvait la réduire en poussière.

Cela dit, Louisa avait bien grandi, et je ne pouvais m'empêcher d'apprécier cette version améliorée.

Sentant le crêpage de chignon imminent, je me précipitai vers Belle et m'assis près d'elle. Je pris sa main dans les miennes pour l'embrasser tendrement. Elle la retira aussitôt, comme si je l'avais mordue.

Il était temps pour moi d'assumer. Je me tournai vers elle.

— Comme tu le sais, mon père est décédé il y a peu. Quand je suis rentré pour la lecture du testament, j'ai découvert qu'il m'avait tout légué, à condition que j'épouse Louisa. J'ai tout de suite rejeté cette idée. Désolé de ne t'avoir rien dit. La seule raison pour laquelle j'ai passé tout ça sous silence, c'est que tu semblais avoir suffisamment de soucis comme ça. Le sujet était – *est*, rectifiai-je, clos en ce qui me concerne.

— Combien t'a-t-il laissé ? demanda Belle avec sérieux.

— Trente millions de livres de propriétés et de patrimoine, lança Louisa derrière nous. Même si Whitehall Court Castle est inestimable. Et par « inestimable », je veux dire que le prochain héritier sur la liste est *l'Angleterre*. Ça deviendrait un musée. Il fait partie de l'histoire du pays.

— C'est beaucoup de fric.

Belle fourra un autre Froot Loop entre ses lèvres pulpeuses en hochant la tête d'un air songeur. Son visage et son attitude ne laissaient transparaître aucune émotion.

Louisa se tourna vers moi.

— *Now I ain't saying she's a gold-digger…*, chanta-t-elle, citant les paroles de Kanye West.

— Mais je deale pas non plus avec des fauchés, fit Belle en riant. Bien vrai.

— Cette conversation est futile, dis-je en me frottant le front.

Mais au fond, je commençai à douter de ma propre décision. Qu'est-ce qui m'empêchait d'épouser Louisa ? Elle était belle, de bonne famille, cultivée et bien élevée. Elle était intelligente et tenait encore à moi. En l'épousant, je deviendrais plus riche, je résoudrais les problèmes de ma famille et je pourrais imposer mes conditions. Et surtout, je pourrais me marier, chose que je m'étais interdite jusqu'à présent.

— Elle ne devrait pas l'être, dit Louisa en jouant avec le sachet de thé qui flottait dans sa tasse. Il y a beaucoup à dire et le temps file.

— Je ne comprends pas. Nous avons déjà établi que notre relation n'était pas exclusive, intervint Belle en plissant le nez. Qu'est-ce qui t'empêche d'épouser cette femme détestable, pompeuse et élégante ?

Elle montra Louisa comme s'il s'agissait d'une statue.

— Sans vouloir vous offenser.

— Pas du tout, venant de vous, pouffa Louisa.

— Tout le monde y gagne, ajouta Belle.

Pas tout le monde, pensai-je. *Pas moi.*

Belle m'adressa un sourire que je ne lui connaissais pas. Un sourire blessé. Presque laid. Elle se leva, examinant Louisa de la tête aux pieds avec un regard capable de vous faire mourir d'engelures.

— Je crois que vous avez beaucoup de choses à régler tous les deux et, franchement, si j'avais envie de voir des *english* parler de sexualité et de relations en étant mal à l'aise, je regarderais *Sex Education*. Au moins, là, je me fendrais la gueule.

Sur ce, elle attrapa la boîte de céréales et alla dans sa chambre, claquant la porte derrière elle.

Louisa se tourna vers moi.

— Devon, cette femme manque de culture. Comment peux-tu la trouver attirante ? Quel âge a-t-elle ? Vingt-quatre ? Vingt-cinq ans ? C'est à peine une femme.

— C'est la femme la plus exaspérante, la plus énervante, la plus agaçante que je connaisse, mais c'est bien une femme, répondis-je.

Je sortis mon étui à cigarettes, puis, changeant d'avis, je le posai sur la table.

Depuis que Sweven habitait ici, je ne pouvais plus fumer à l'intérieur. Je devais penser à elle et au bébé.

Louisa se leva et s'approcha de moi, nouant ses bras autour de mes épaules.

C'était bon d'être enlacé par une femme qui ne cherchait pas à m'envoyer paître en permanence parce que j'osais respirer.

— Lou, dis-je doucement en lui caressant le dos. J'apprécie cet ultime effort, mais ça ne fonctionnera pas.

— Pourquoi ? demanda-t-elle, me contemplant de ses yeux noirs et profonds. Tu as toujours été un homme malin et intelligent. Pragmatique et réaliste. Pourquoi ne pas te marier pour l'argent et les titres ? Même ta petite copine trouve que ce serait une mauvaise idée de laisser passer cette chance.

J'attrapai ses bras pour les retirer de mon cou.

— J'aimerais pouvoir te donner ce que tu veux.

— Qu'est-ce qui t'en empêche ? demanda-t-elle d'une voix brisée.

— Edwin, répondis-je simplement.

Je refusais de le laisser gagner.

Les yeux de Louisa se remplirent de larmes.

— Il ne le saura pas. Et il ne peut plus te faire de mal. Écoute, je sais que tu ne veux pas te plier à sa volonté. Mais il n'est pas là pour le voir. Il est mort en sachant que tu lui résistais.

Je souris tristement.

— Tu me connais trop bien.

Même après toutes ces années, c'était vrai. Louisa savait ce qui me faisait tiquer. De quoi j'étais fait.

Elle baissa les yeux et prit une profonde inspiration.

— Cecilia est sous surveillance anti-suicide.

— Non. Ce n'est pas vrai, protestai-je.

Lou hocha la tête.

— Peux-tu le lui reprocher ? Sa vie est finie, pour ainsi dire. Elle ne veut pas rester avec Drew, mais tu lui retires toute option en refusant de m'épouser. Ursula et elle voulaient te convaincre de vendre le complexe de Battersea pour vivre sur cet argent, comme Edwin leur a refusé toutes leurs économies et le portefeuille d'investissements.

La nouvelle me frappa pile là où elle visait. En plein cœur.

— Ta mère souffre d'une profonde dépression. Il n'y a personne pour payer les grosses factures. Je sais que tu ne peux pas t'occuper d'elles, Devon. Tu t'en sors très bien, mais tu dois déjà financer ta propre vie. Notre union pourrait faire disparaître tout ça. Je suis prête à fermer les yeux sur ta petite erreur avec cette… *Belle.* (Elle frémit en prononçant son nom.) Fais de moi une honnête femme. Cela rendra tout le monde heureux. Y compris ta stripteaseuse, d'ailleurs. J'ai passé seulement quelques heures avec elle. Elle n'en a rien à faire de toi, Devvie. Elle n'a pas arrêté de me dire qu'elle avait hâte de se tirer d'ici. Pour se remettre à sortir avec des mecs.

Alors comme ça, ça lui manquait de sortir avec d'autres hommes ? Une colère sourde s'empara de moi.

Si Sweven était ici, dans mon appartement, c'était seulement parce qu'une menace de mort planait au-dessus de sa tête et qu'elle avait besoin de moi pour satisfaire ses besoins charnels.

C'était une femme égoïste et indifférente, et elle serait la première à l'admettre.

Et moi, j'étais un idiot de refuser ne serait-ce que d'envisager la possibilité d'épouser Louisa seulement parce que cela aurait fait plaisir à mon père, qui n'était rien de plus qu'un sac d'os dans un costume.

— Je vais y réfléchir.

Je me frottai la mâchoire.

Louisa fit un pas en arrière. Je détaillai sa silhouette. Elle était, en effet, une créature délicieuse. Pas aussi exotique et excitante que Belle, mais néanmoins satisfaisante.

C'était bon de me remémorer que Louisa ne se mettrait jamais en position de recevoir des menaces de mort, qu'elle ne manquerait jamais d'appeler la police, et que jamais elle ne porterait un flingue sur elle ni ne mangerait des Fruit Loops pour le petit déjeuner, le déjeuner, et le dîner.

— Je peux rester là en attendant ? J'ai visité ton appartement et j'ai remarqué que tu avais plusieurs chambres d'ami, murmura Lou.

L'idée de vivre sous le même toit qu'Emmabelle *et* Louisa était aussi attrayante que de me faire castrer par un aveugle. Cela pouvait aisément se solder par un double meurtre. Franchement, je ne voulais pas que la mère de mon enfant accouche en prison.

Je fis un pas en avant et lui caressai la joue.

— Prends un hôtel. Je paierai.

— Non merci. J'ai mon argent.

Elle m'adressa un sourire poli, mais je vis à son expression qu'elle était vexée que je ne l'invite pas à rester.

— On dîne ensemble demain ? proposa-t-elle. Tu me feras visiter Boston ?

— D'accord, grognai-je. Laisse-moi vérifier mon agenda.

Elle fondit aussitôt contre mon corps, tout sourires, ses yeux brillant de la même intensité que lorsque nous étions enfants.

Louisa.

Elle n'avait jamais triché.

N'avait jamais été déloyale.

Serait facile à dompter.

— Je reste dans le coin, dit-elle en attrapant mon poignet entre ses doigts, apposant sa joue contre la paume de ma main tel un chaton gâté.

— Je reste en contact.

— Bon sang, Devvie, je suis si contente qu'on ait eu cette conversation. Ta mère sera aux anges.

Apparemment, Belle aussi.

Je raccompagnai Louisa dans l'entrée, l'embrassai sur la joue et fermai la porte derrière elle.

Peut-être était-il temps d'en ouvrir une autre.

Belle

Elle était partie.

Mais il lui avait caressé la joue.

Il l'avait regardée avec la même lueur d'amusement dans les yeux que quand il me regardait.

Je les épiai à travers la porte légèrement entrouverte de ma chambre.

J'avais passé la journée à répéter à Louisa que je n'en avais rien à faire de Devon, que j'avais hâte de reprendre ma vie normale. Tout ça pour ne pas perdre la face.

Mais rien de tout ça n'était vrai.

Admets-le. Tu as des sentiments pour le père de ton enfant et tu es dépassée.

J'agrippai mon ventre et me jetai sur le lit qui sentait son odeur.

Une trahison était une trahison. Et cela me rappelait mon passé. Ce sentiment d'impuissance quand, après avoir mis son cœur entre les mains d'un homme, on le regarde l'écraser et le réduire à néant.

Je me roulai en boule sur le drap du lit queen-size, furax.

Il fallait que je me tire d'ici. Que je rentre chez moi.

Bordel, heureusement que je n'avais pas arrêté de payer mon loyer.

J'avais voulu essayer quelques semaines, juste pour voir si on s'entendrait bien, Devon et moi. Il s'avérait que oui.

Une seule chose se dressait entre nous. Sa *fiancée.*

Ou peut-être n'était-elle pas sa fiancée dans l'immédiat, mais ce qu'elle m'avait dit cet après-midi, quand il n'était pas là, était vrai.

« Devon prend toujours la décision qui s'impose, et la décision qui s'impose est celle de m'épouser. Inclinez-vous, Emmabelle. C'est la fin pour vous. Il n'a pas le choix. »

On frappa doucement à la porte. Je ne bougeai pas et ne fis aucun bruit.

— Je peux ? demanda Devon d'un ton bourru de l'autre côté.

Il ne semblait pas désolé. Il avait plutôt l'air de chercher le conflit. Eh bien, c'était son jour de chance.

— Fais comme chez toi.

Il lui avait raconté que j'étais stripteaseuse. Sinon elle n'aurait pas dit ça. Il devait se vanter que je tenais un club burlesque. Beaucoup d'hommes trouvaient mon métier sordide et irrésistible. Pas irrésistible dans le sens « je l'épouserai un jour ». Plutôt dans le sens « regardez le phénomène de foire que je me tape ».

Je sentis le bord du matelas s'affaisser dans mon dos. Son imposante carrure envahit le lit, et je ne pouvais rien y faire.

— Je voudrais te dire, une fois de plus, que Louisa et moi ne sommes ni en couple, ni fiancés. Jamais je ne t'aurais mise dans mon lit si j'avais été avec une autre.

Je pouffai, refusant de lui faire face.

— Je t'en prie. Tu m'as toi-même avoué que tu baisais dans tous les coins après que je suis tombée enceinte.

— Baiser dans tous les coins, ce n'est pas pareil qu'avoir une partenaire.

— Eh bah, va dire à tes autres plans cul que tu as trouvé la bonne.

— Je n'ai pas d'autres plans cul, dit-il avec irritation, comme si c'était moi qui étais déraisonnable. (L'étais-je ?) J'ai arrêté de répondre aux autres femmes le jour où on t'a crevé les pneus. Pour qui me prends-tu ?

— Oh ! tu n'as pas envie que je réponde à cette question.

Le silence se fit dans la pièce. J'entendis les oiseaux gazouiller et les voitures klaxonner au-dehors. Au beau milieu de la journée, les bruits ordinaires semblaient bien déprimants quand tout s'écroulait autour de vous.

— Va l'épouser, Devon.

Après tout, ce serait la preuve ultime qu'il était comme tous les autres hommes de ma vie. Ni loyal, ni fiable.

— C'est ce que tu veux ?

Il tourna ça en question. Une question épineuse, qui plus est.

Cet homme allait me détruire. Mais plus jeune, j'avais appris que la destruction avait aussi du bon : elle préparait le terrain pour se reconstruire.

— Ouais, m'entendis-je dire. Rien ne me rendrait plus heureuse que de te voir marié à une autre. Peut-être qu'au moins, comme ça, tu arrêterais de me courir après. Ça fait un peu désespéré à force, tu sais. Pour un homme de ton âge.

— Tu n'es pas aussi jeune que tu le crois, dit-il.

— Tu l'envisages, insistai-je d'un ton accusateur.

Putain, mais à quoi je pensais ? Qu'est-ce que je disais ?

Pourquoi est-ce que je le punissais comme ça ?

— Oui, souffla-t-il.

À l'intérieur, je me brisai en mille morceaux.

Voilà tout ce que tu gagnes quand tu t'ouvres aux autres, ne serait-ce qu'un peu.

— Eh bien…

Je souris, espérant qu'il ne verrait pas les larmes qui coulaient sur mes joues.

— Ne me laisse pas me dresser en travers de ton chemin.

Je sentis le matelas reprendre sa forme comme il se levait pour partir.

— Reçu cinq sur cinq, Sweven.

Pendant les deux semaines qui suivirent, je fus en colère et agressive.

Je passai ma rage sur tout ce que je trouvais. Je frappais mon clavier quand je travaillais sur mon ordinateur. Je criais sur Ross pour tout et n'importe quoi quand il osait me parler d'autre chose que du boulot.

Quand ma mère vint de la banlieue pour me rendre visite en apportant des vêtements pour bébé jaunes, je lui hurlai que faire des achats pour le bébé avant sa naissance portait malheur.

Et je crois bien que je trottinais en permanence au lieu de marcher, juste à cause de l'adrénaline qui pulsait dans mes veines.

Je n'avais pas croisé Louisa depuis ce jour-là, mais je me doutais que Devon la voyait.

Il ne rentrait plus à 18 heures pétantes comme d'habitude.

D'ailleurs, je ne le voyais presque plus. Quand nos chemins se croisaient, tôt le matin généralement, quand je me levais pour aller chercher un truc à grignoter et qu'il revenait de son entraînement d'escrime, il hochait sèchement la tête mais ne restait pas pour profiter des injures que je lui réservais.

Plus que toute autre chose, je ressentais un vide poignant, affreux. Je regrettais toutes les fois où je l'avais maltraité, sachant que je pouvais n'en vouloir qu'à moi-même. J'avais été impossible, dès le premier jour. Et maintenant, alors que je voulais être *possible* pour lui, il était trop tard.

J'étais certaine que Louisa était encore à Boston, restant dans le seul but de lui mettre le grappin dessus une bonne fois pour toutes.

Il était de sortie à toute heure du jour et de la nuit, passant certainement son temps à réapprendre à la connaître, à renouer les liens et à planifier sa nouvelle vie avec elle.

Un matin, dans la cuisine, je n'y tins plus.

Alors qu'il se préparait une boisson protéinée et que je me servais un grand verre de matcha, je me tournai vers lui et lançai :

— Comment va Louisa, au fait ?

— Très bien, dit-il froidement.

Normalement, c'était le moment où je plaçais une pique ou une insulte quelconque, mais j'étais si épuisée, si déprimée, si énervée contre moi-même, que je demandai :

— Est-ce que vous… ?

Il haussa un sourcil, attendant la suite.

L'époque où il me facilitait la tâche était révolue.

— Est-ce que vous êtes ensemble ? crachai-je.

— Pas sûr. Redemande dans quelques semaines.

J'eus envie de vomir alors que je n'étais plus sujette aux nausées matinales.

— Devon, je suis désolée.

Désolée pour la façon dont je l'avais traité.

Désolée de ne pas être allée voir la police alors que je savais que c'était la meilleure chose à faire.

Désolée d'être si déglinguée que j'étais incapable de garder un truc bien quand on me l'offrait sur un plateau.

— *Darling*, nous étions d'accord pour dire que baiser la même personne pendant plus de cinq mois est d'un ennui mortel, fit-il en tendant la main pour me caresser le visage avec un sourire narquois. Le temps est écoulé.

Le soir qui bouleversa notre nouveau statu quo eut lieu un vendredi tout à fait ordinaire.

Je me préparais à quitter le Madame Mayhem pour rentrer chez Devon.

Avant l'arrivée de Louisa à Boston, j'avais essayé de réduire mes heures au club. Cette fois-ci je restai tard, sachant selon toute probabilité que Devon ne serait pas à la maison.

Je m'étais montré raisonnable : je restais avec Si autant que possible et ne sortais jamais en ville sans Persy, Ash ou Sailor. Ce soir-là, je m'autorisai donc à baisser un peu la garde.

Il était presque 23 heures quand je fermai la porte de derrière. Je remontai la ruelle jusqu'à ma voiture, serrant mon sac contre ma poitrine, mon pistolet à l'intérieur.

Même s'il n'était pas chargé, pour des raisons évidentes, il me donnait la sensation d'être plus en sécurité.

Les clignotants de ma voiture s'allumèrent quand je la déverrouillai à distance.

J'avançai encore puis m'arrêtai entre les bacs à poubelles, regrettant d'avoir dit à Simon de partir plus tôt.

Je sentis un poids accablant s'abattre sur moi par-derrière.

Je chancelai vers l'avant, cherchant le flingue à tâtons dans mon sac, mais mon agresseur fut plus rapide.

Il m'attrapa par le bras et me plaqua violemment contre la voiture, me coupant le souffle. Je me retrouvai dos à la carrosserie, face mon agresseur au visage dissimulé par une cagoule noire.

Ce ne pouvait pas être Frank. Cet homme était plus grand et plus mince que mon ancien employé.

Mais il était possible que ce soit l'homme du parc. Celui qui n'avait pas donné signe de vie depuis des mois.

— Lâchez-moi ! grognai-je.

— Je crois pas, ma belle. On va avoir une bonne discussion productive sur pourquoi tu dois quitter cette ville.

Quitter la ville ? Il ne voulait pas me tuer ? Avais-je été rétrogradée au simple exil ?

Il tendit ses mains gantées pour me plaquer contre un mur. J'en profitai pour lui mettre un coup dans les couilles, que mon genou percuta de plein fouet.

Il se plia en deux et je le frappai à la poitrine. Il s'écroula au sol. Je me penchai pour lui arracher sa cagoule.

C'était bien l'homme du parc.

C'est quoi ce bordel ?

— C'est Frank qui vous envoie ?

Je posai mon escarpin en travers de sa gorge, menaçant de l'écraser au moindre faux mouvement.

— C'est qui Frank, putain ? demanda-t-il en me regardant d'un air ahuri.

Le mystère s'épaississait. Combien de personnes avais-je foutues en rogne cette année ? Ça devenait ridicule.

— Qui êtes-vous ?

— Tu dois quitter Boston.

— Dites-moi qui vous envoie, insistai-je en appuyant plus fort sur sa gorge avec mon pied.

— Tu viens de perdre les eaux.

Quoi ? Comment savait-il que j'étais enceinte ? Ça ne se voyait pas encore !

Je baissai les yeux. Profitant de la diversion, il se contorsionna puis roula sur le sol avant de se relever d'un bond, agile.

Je courus me mettre à l'abri, ouvrant la portière de ma voiture avant de la claquer derrière moi et de verrouiller les portes, haletante.

Il frappa ma vitre des deux mains avec force, cherchant encore à m'atteindre.

— Garce !

— Qui êtes-vous ? demandai-je en démarrant la voiture, les doigts tremblants. Que voulez-vous ?

— Tire-toi de Boston ! hurla-t-il en donnant un coup de pied dans ma voiture. Roule et ne reviens plus jamais !

J'écrasai l'accélérateur et tournai sur Main Street en renversant une poubelle au passage. Je dépassai l'entrée principale du Madame Mayhem, Chinatown, et l'agitation du centre de Boston, fonçant en direction de Back Bay, le cœur battant à tout rompre.

Je songeai à appeler Pers, Sailor, ou Aisling, mais je n'avais pas envie de subir leur interrogatoire. Je ne voulais parler qu'à Devon, mais j'avais renoncé à ce droit le jour où je lui avais dit d'épouser Louisa. Peut-être que, s'il était à la maison, nous pourrions parler.

Je lui raconterais ce qu'il s'était passé, et nous aurions une conversation.

Ou peut-être que tu pourrais faire ce qu'il faut et prendre les choses en main.

Voilà comment je me retrouvai à freiner devant un commissariat de police. Je savais que c'était ce que Devon souhaiterait. Et je reconnaissais enfin que je devais apprendre à prendre soin de moi avant d'accoucher.

Je ventilai dans la voiture pendant quelques minutes, essayant de réguler ma respiration et de donner à mon corps une chance d'arrêter de suer des seaux d'eau. Ce rythme cardiaque ne devait pas être très bon pour Bébé Whitehall.

— Ça va, tout va bien, murmurai-je en caressant mon ventre, espérant qu'elle me croyait.

Puis je sortis de la voiture, entrai et allai me planter devant l'agent d'accueil qui – je vous jure – était en train de gribouiller dans un cahier en bâillant, me donnant un bel aperçu de son chewing-gum.

— Je voudrais porter plainte.

Ou était-ce un signalement ? Je n'avais jamais fait ça. Tout ce que je savais des commissariats, je le tenais de films et de séries télé.

— Ça concerne quoi ?

Il me claqua une bulle au visage. Sympa. Très pro.

— Des harceleurs.

— Au pluriel ? demanda-t-il en haussant un sourcil.

— Malheureusement.

— Asseyez-vous. Quelqu'un viendra vous voir dans une minute.

Mais personne ne vint dans une minute. Je poireautai même une demi-heure avant qu'une policière vienne enregistrer ma plainte. Elle sembla totalement insensible à mon histoire, l'homme au club, l'incident au parc, Frank, et à ce qui s'était passé ce soir.

— Appelez-moi si vous avez de nouvelles informations.

Elle me tendit sa carte et bâilla avant de me dire au revoir.

Super. Autant dire que j'étais dépitée.

— C'est tout ? demandai-je, incrédule.

Elle haussa les épaules.

— Vous vous attendiez à des feux d'artifice et des gardes du corps ?

Je m'attendais à ce que vous soyez compétents. Mais le dire n'aurait fait que m'attirer des ennuis avec la loi, et Devon me pensait déjà incapable de me préparer une omelette sans faire cramer son loft.

Pendant tout le trajet de retour, je dus me convaincre de ne pas retourner au commissariat pour leur dire le fond de ma pensée.

Je me garai au sous-sol de l'immeuble de Devon. Il avait deux places de parking attribuées et n'en utilisait aucune. Il préférait se garer dehors, en plein air, même quand il faisait un froid de canard.

Je pris l'ascenseur pour monter, sortis à son étage et avançai dans le couloir jusqu'à la porte de son appartement. J'entendis le cliquetis d'ustensiles à l'intérieur. L'heure à ma montre indiquait presque 1 heure du matin. Mon petit pote n'adhérait pas au régime *on ne mange pas après 18 heures.*

Mon cœur fit un saut périlleux, d'espoir cette fois.

C'est une bonne chose. Il est à la maison.

À la même heure hier, il était de sortie. Certainement au Badlands ou avec Louisa – ou les deux.

Je tapai le code et poussai la porte, des papillons dans le ventre.

Cette fois-ci, j'allais essayer honnêtement de ne pas me comporter comme une furie. Quoi qu'il se passe entre Devon et Louisa, il restait le père de mon enfant, et il fallait qu'on soit en bons termes.

Je trouvai Devon assis à table en face de Louisa, lui souriant alors qu'elle pressait un verre de vin frais contre sa joue en riant comme une harpie.

Non. Non, non, non, non, non.

Pendant quelques secondes, je restai plantée là à les regarder.

Une douleur insoutenable me déchira la poitrine. Ils avaient l'air proche. Intimes. Comme un couple. *Ils allaient bien ensemble.* J'aurais beau le tourner dans tous les sens, Devon et moi formions un couple improbable. Le Prince et la Prostituée.

— Oh ! regarde, c'est ta petite amie, s'exclama Louisa avec une affection feinte, comme si elle avait appris à m'aimer en l'espace de deux semaines.

Devon ne tourna même pas la tête vers moi.

Ses yeux restèrent rivés sur son assiette.

— 'soir, Emmabelle.

Emmabelle. Pas Sweven.

— Merci, Dev. Je suis capable de regarder par la putain de fenêtre.

— Charmant, marmonna Louisa. Comment vous sentez-vous, Emmabelle ? Vous devriez rentrer plus tôt du travail. Que le bébé puisse se reposer un peu.

— Je savais pas que vous étiez médecin, dis-je d'un ton aimable.

— Oh ! je ne le suis pas.

Louisa sourit. Je lui rendis son sourire, avec un air qui disait : « Alors pourquoi tu la fermes pas ? »

— Je voulais juste aider.

Elle colla son épaule contre celle de Devon, qui ne la repoussa pas et n'eut pas l'air mal à l'aise le moins du monde.

Bon sang, c'était affreux. J'avais envie de crever. J'allais mourir de jalousie.

— Il reste du steak et des asperges. Je vous ai préparé une assiette. Elle est au frigo, dit Louisa.

Waouh. Son numéro de *Femme Trophée Compréhensive* était solide. Non seulement elle avait cuisiné pour lui, mais elle avait réussi à faire de moi la maîtresse indésirable en moins de deux.

— Fantastique. Eh bien, faites comme si je n'étais pas là pendant que vous préparez le mariage le plus blanc de l'histoire du monde, avec des enfants certainement consanguins et les inévitables infidélités en chemin, dis-je gaiement en gagnant ma chambre. Bonne fin de soirée !

Je me jetai sur le lit et sortis la carte que la policière m'avait donnée, la regardant avec rage.

La police ne m'aiderait pas.
Mon histoire ne tenait même pas debout.
Je déchirai la carte.
Je me protégerais moi-même.

20

Belle

Quatorze ans

L'aube peint le ciel de sublimes teintes roses et bleues.

Le coach Locken et moi sommes seuls au réservoir de Castle Rock.

— Je pensais te faire travailler sur ton temps sans les autres coureurs. J'ai repéré des camps d'entraînement pour toi pour cet été, dit-il.

Je me sens virer au rose, une teinte au moins cinq fois plus foncée que l'aurore au-dessus de nos têtes.

Le coach Locken est particulièrement beau ce matin. Rasé de près, avec un jogging gris qui met en valeur ses jambes puissantes et un sweat à capuche bleu qui moule ses muscles. J'ai vu ce prof de géo pervers à la télé, et pardon, mais ils ne sont pas comparables. Il y a au moins cinquante filles à l'école qui rejoindraient volontiers le coach Locken dans la salle de lutte et écarteraient les jambes pour lui. Cet autre prof était vieux et dégueu.

— Je ne vous décevrai pas, coach.

Et je m'élance.

C'est ce que je préfère, courir dans les bois. J'aime la température plus basse qu'en ville, l'air frais. Les bruits étrangers.

Je cours sur une boucle de deux mille mètres. Pour trois tours. Le coach lance son chronomètre. Il est au bord du chemin et, quand je me retourne avant de disparaître dans l'épaisse couverture d'arbres, je vois ses yeux s'attarder sur mes jambes.

Je ne vais pas mentir, je porte un short très court. Ce n'est pas un hasard. Ces derniers temps, mes rêves éveillés d'embrasser le coach Locken s'infiltrent dans mes nuits. Je me réveille en sueur et mouillée entre les jambes. J'essaie de me calmer en prenant des douches froides et en regardant des films avec d'autres mecs canon, mais ça ne marche pas. C'est le seul garçon (enfin, homme) qui me plaît vraiment.

Toutes mes amies passent déjà leur temps à embrasser des garçons. Je suis la seule à ne pas l'avoir fait. Mais même si je voulais un petit copain à embrasser, je sais que ce ne serait pas aussi bien que de sentir les doigts du coach Locken sur mes genoux et mes cuisses, alors à quoi bon ?

Tu fais une fixette, c'est tout, *me dis-je alors que je finis la première boucle et l'aperçois au loin.* Une fois que tu l'auras embrassé, il ne t'obsédera plus.

Puis je me trouve d'autres excuses. Il est marié, et alors ? Sa femme est enceinte, et alors ? Ce qu'elle ne sait pas ne peut pas lui faire de mal.

Un baiser, ça ne veut rien dire. Ça va sûrement me rendre service et je n'y penserai plus. Je pourrai passer à autre chose et rencontrer un garçon de mon âge.

Mais ensuite, je pense à ce que mon père a dit sur le professeur de géographie et, transie de peur, je sens mon estomac faire des nœuds sur lui-même. Je pense à papa qui embrasse une autre femme que maman, et ça me donne envie de vomir. Ce n'est pas bien.

Je ne veux pas être cette personne, celle qui fout la vie d'une autre en l'air.

Mais si le coach Locken décide de tromper sa femme, c'est que ça ne va pas si bien entre eux. On ne peut pas détruire une relation saine, n'est-ce pas ?

La deuxième boucle est un jeu d'enfant. Je suis tellement plongée dans mes pensées, en mode pilotage automatique, que mes jambes me portent à la vitesse de la lumière. Je n'ai même pas besoin de réguler ma respiration. C'est à la troisième boucle que mon genou commence à céder. Ce n'est pas juste une douleur sourde et persistante. Cette fois-ci, je ressens une vive pointe de douleur dans le pied, aussi. La crampe est insupportable. Je descends le reste de la boucle vallonnée en boitillant pour rejoindre le coach, que j'entends avant de le voir.

— Que s'est-il passé ? Tu étais sur le point de battre ton record personnel avant la dernière boucle.

— J'ai une crampe au pied, je lui crie.

— D'accord. Fais-moi voir.

Quand j'arrive à son niveau, il m'offre son bras, et je prends appui sur lui pour qu'il m'aide à avancer jusqu'à sa voiture. C'est le seul véhicule garé au bord du réservoir. En général, papa me dépose à l'entraînement avant d'aller au travail - en s'assurant que les autres enfants et le coach sont bien là - et je me fais ramener par les parents d'un autre coureur.

C'est un gros Chevrolet Suburban. Il ouvre le coffre, qui fait la taille de ma chambre. Il y a des équipements de sport éparpillés partout.

— Monte.

Il accompagne son ordre d'un geste du menton. Mais je ne peux pas. Mon pied est hors jeu. Avec un sourire compréhensif, le coach tend les mains vers moi.

— Je peux ?

Je hoche la tête. Il me soulève par l'arrière des cuisses pour m'asseoir au bord de son coffre ouvert. Puis il prend mon pied blessé, retire ma basket et ma chaussette et se met à me masser, enfonçant bien ses pouces pour cambrer mon pied, le faisant tourner dans un sens puis dans l'autre.

— Putain, je gémis, m'allongeant dans son coffre. J'ai l'impression d'être en train d'accoucher.

Cela me fait penser à sa femme enceinte et douche totalement l'excitation que je ressentais parce qu'il me touche.

— Surveillez votre langage, mademoiselle.

Mais il le dit sur un ton amical, pas comme un prof.

— Désolée, mais se taper une crampe pareille, c'est VDM.

Comprend-il seulement cette abréviation ?

— Il faut souffrir pour être parfaite.

— Je ferais mieux d'avoir cette bourse.

— Tu as toutes tes chances. Tu voudrais rester dans le coin pour la fac, ou aller ailleurs ? demande-t-il.

— Je pense à la côte Ouest, peut-être, dis-je en fixant le plafond de son SUV. En Californie.

Les plages dorées et le soleil brûlant, ça c'est ma came. Je parie que Santa Barbara et moi allons nous entendre à merveille.

— Vraiment ? J'ai vécu à Fresno un moment quand j'étais plus jeune. Si tu déménages, je te donnerai le numéro de ma tante. Tu sais, pour que tu ne te sentes pas trop seule. Qu'en pense ton petit copain ? demande-t-il gaiement. Du fait que tu veux déménager à l'autre bout du pays.

— Je n'ai pas de petit copain, dis-je un peu trop vite, d'une voix un peu trop essoufflée.

— Tu ne sors pas avec Ross Kendrick ? demande innocemment Locken en se retroussant les manches.

Oh. Franchement. Ross Kendrick préfère les garçons et il ne s'en cache pas. Le coach ne risque pas de gagner un Oscar pour ses talents d'acteur.

— Comment va votre femme ?

Je change de sujet. C'est une chose de frôler l'interdit, une autre de s'y aventurer.

— Vous attendez une fille ou un garçon ?

— Un garçon.

Il ne semble pas ravi de répondre à la question, son ton est devenu plus amer.

— Elle est partie vivre chez sa mère. C'est compliqué.

— D'accord.

Mon pied produit un « pop » audible quelques secondes plus tard.

— Ahh. Vous m'avez cassée, dis-je en riant.

— Pas encore, murmure-t-il dans un souffle.

Mais je l'entends.

Je l'entends et, soudain, je suis saisie d'une envie folle qu'il me touche.

— Fais tourner ta cheville. Étire ton talon.

Je presse mon genou contre ma poitrine et fais ce qu'il me dit. Je sais quelle vue cette nouvelle position lui offre. Mon short se relève et il voit ma petite culotte en coton blanc.

— Ça va beaucoup mieux. Merci.

— Un massage pour tes muscles courts ? propose-t-il d'une voix rauque. On a encore vingt minutes avant le début des cours.

— D'accord.

Il colle mes chevilles l'une contre l'autre et écarte mes genoux au maximum. Je suis tout ouverte devant lui alors que ses doigts remontent à l'intérieur de mes cuisses. C'est un étirement brutal, mais j'en ai besoin.

Je sais qu'il n'est pas censé me toucher comme ça, pas du tout même, et que nous avons franchi une limite. L'invisible fil rouge entre un flirt déplacé et un acte qui pourrait l'envoyer en prison et moi, en thérapie à vie.

— Merci, dis-je dans un grognement.

C'est si bon. L'étirement. Ses mains. Tout.

Je finirai en enfer.

— Yep.

Ses pouces touchent l'ourlet de mon short alors qu'il décrit des cercles sur ma peau. Une fois. Deux fois. La troisième fois, je sais que ce n'est pas involontaire. Je sais que nous sommes sur le point de basculer. Je sais qu'il ne devrait pas faire ça.

Il prend mon pied pour m'étirer l'ischiojambier, remontant ma jambe tendue à côté de ma tête. Quand il se penche sur moi, je sens son pénis pressé contre mon entrejambe à travers nos vêtements. On dirait qu'il palpite. J'ai la bouche sèche tout à coup.

— Alors, votre femme habite chez sa mère maintenant ? dis-je d'une voix forte.

Je ne sais pas pourquoi. Peut-être pour le distraire. Peut-être pour me distraire. Peut-être pour nous rappeler à tous les deux qu'elle existe.

— Oui. On n'est pas tellement en bons termes. Ce n'est pas… On n'est plus vraiment ensemble.

Il ramène ma jambe vers le bas. Le bout de ses pouces touche l'extrémité de ma culotte sous mon short maintenant. Il s'immobilise. Je déglutis. Ferme les yeux.

— Emmabelle.

C'est la première fois qu'il m'appelle par mon prénom. Je ne réponds pas. Je ne respire pas. Je déteste qu'une partie de moi en ait envie, que ma culotte soit mouillée.

— Je peux te faire beaucoup de bien, ma puce. Mais tu ne peux le dire à personne, d'accord ?

Je n'ai plus de mots. Ils sont coincés dans ma gorge. Je sais que je devrais dire non. Je veux dire non. Mais je ne sais pas comment, je m'entends dire oui. Je veux lui faire plaisir.

— Je vais avoir des ennuis si les gens l'apprennent. Mais je sais que tu en as envie. Et… eh bien, moi, ça fait un bout de temps que j'y pense.

Un moment passe sans que lui ou moi disions quoi que ce soit. C'est bizarre de sentir ses pouces sur ma culotte. Nouveau. Mais aussi… excitant.

Alors que je pense qu'il va baisser mon short et m'enlever ma culotte pour me pénétrer - comme je l'ai vu dans un film porno un jour - il les tire sur le côté. Je sens un vent frais passer sur mon entrejambe, m'indiquant que je suis entièrement exposée à lui.

J'ouvre un œil et le regarde me regarder à cet endroit en se léchant les lèvres.

— Putain, dit-il.

— Je… je suis vierge.

Mais ce que je veux dire, c'est que je souhaite le rester. Je ne suis pas comme Persy. Je ne compte pas attendre le mariage pour perdre ma virginité, mais je veux quand même que ça ait du sens. Je ne veux pas y repenser dans quelques années et me rappeler que je l'ai donnée à quelqu'un qui attendait un enfant avec une autre femme.

— Oui, je sais. Jamais je ne te ferai de mal, ma puce.

Et en un éclair, il se retrouve accroupi devant son coffre, à aspirer mon sexe dans sa bouche. Je suis mortifiée. C'est tellement gênant. J'aimerais le repousser, mais je ne veux pas passer pour une pleurnicharde, d'autant qu'il a été tellement gentil avec moi. Il a toujours pris soin de moi, il m'a massé les jambes, il s'est occupé de mon genou.

Je ferme les yeux et me rappelle que personne le saura jamais.

Ni Persy. Ni mes parents. Ni Ross et Sailor, mes meilleurs amis. Surtout pas les autres coureurs. Si un arbre tombe au milieu de la forêt et que personne ne l'entend… est-ce vraiment arrivé ?

Ce sera notre petit secret.

Celui que j'emmènerai dans ma tombe.

Tout est mouillé entre mes jambes. Je ne sais pas si j'aime ça ou pas. Enfin, j'apprécie son attention, mais… je ne sais pas. Pas forcément le reste.

Après ce qui me semble être une éternité mais qui n'a dû durer que dix minutes, il s'arrête, se retourne, et je vois ses bras s'agiter dans son sweat. Il se branle. Il finit. Mais je n'ai rien vu, comme il est dos à moi. Il s'essuie avec des lingettes bébé puis revient vers le coffre. Entre-temps, je me suis assise au bord, jambes pendantes, comme s'il ne s'était rien passé.

Tout va bien. Il n'est pas vraiment avec sa femme et c'est consenti. Ce n'est pas du tout comme cette histoire aux infos. Et puis, si c'est si mal, pourquoi est-ce que c'est si bon ?

Il sourit et dit :

— Salut.

— Salut.

Puis il m'embrasse, avec la langue et tout, et je sens le goût terreux et musqué de mon intimité et de sa salive - un mélange de choses auquel je n'avais jamais goûté.

C'est là que je décide que le péché n'a pas si mauvais goût.

21

Devon

Quelques secondes après que Sweven eut claqué la porte de sa chambre, Louisa se tourna vers moi et dit :

— Je ne suis pas stupide, tu sais.

— Je ne l'ai jamais pensé.

— Tu ne m'as toujours pas touchée. Pas même un baiser.

Nous en étions au sixième rendez-vous. Ils avaient été agréables, ma foi, même si je m'efforçai d'être l'Honorable Devon avec elle. Nous ne parlions pas d'animaux bizarres et elle ne me taquinait pas sur mon âge, ma façon de parler ou mon accent – et, à bien y réfléchir, sur le simple fait que j'existe.

— Ma bonne conduite est ma fierté, dis-je nonchalamment.

— Tu es le plus grand pécheur d'entre tous, et nous le savons tous les deux, répliqua-t-elle avec un sourire impatient. Si tu me voulais, tu m'aurais déjà prise.

Je me laissai aller contre le dossier de ma chaise pour scruter son visage, songeur.

Louisa commençait à faire son âge. Sa peau était devenue plus fine et s'accrochait délicatement à ses os, lui donnant un air élégant et légèrement famélique. Rien à voir avec Sweven, avec ses joues pleines et les taches de rousseur qui constellaient sa peau empourprée respirant la santé.

La beauté de Louisa avait une histoire, des rides, un passé.

Elle possédait un charme plus captivant que celui d'un canon de beauté photoshopé.

— Tu me plais, avouai-je à Louisa.

— Apparemment pas assez pour que tu me fasses des avances, dit-elle.

Tout était facile avec elle, et c'était là que résidait la tentation de céder à la demande de ma mère.

— Alors que fais-tu là ? demandai-je.

— J'ai encore de l'espoir. Est-ce si ridicule ?

Elle fit tourner son verre de vin sur la table en le tenant par le pied.

— Ridicule ? Non. Peu probable ? Toujours.

— Je pense que je suis capable de t'avoir, dit-elle.

Elle but son vin. La lueur des bougies dansait sur son visage, adoucissant son sourire.

— Si je t'avais dit il y a un an que nous serions assis ici ensemble à parler d'une potentielle relation entre nous, tu ne m'aurais pas crue.

— Non, en effet, admis-je.

— Et pourtant.

— Et pourtant.

Je jetai un autre coup d'œil à la porte de Sweven.

Cette fois-ci, elle ne nous épiait pas.

Ce week-end-là se tenait un gala.

Le soixante-dix-huitième Boston Ball, un gala de bienfaisance pour la Fondation Gerald-Fitzpatrick, qui symbolisait pour beaucoup l'arrivée officielle du printemps.

Les bénéfices du bal, qui s'élevaient généralement à environ trois millions de dollars, étaient versés à des établissements locaux qui ne m'intéressaient en rien.

Mais cela représentait une belle réduction d'impôts pour ma boîte ainsi qu'une formidable excuse pour porter mon costume Ermenegildo Zegna.

Le Boston Ball était aussi un rendez-vous professionnel stratégique. J'aurais du mal à trouver meilleur endroit pour rencontrer du même coup tous les membres du club des Propriétaires d'îles privées de Boston, qui étaient tous des clients existants ou potentiels.

Debout dans la O'Donnell Ballroom, à parcourir la pièce des yeux, je ne pus m'empêcher de ressentir une pointe de fierté.

J'étais devenu tout l'opposé de mon père.

Un homme qui travaillait dur, respectait la loi, et qui ne se laissait pas influencer par les femmes ou l'alcool.

O'Donnell Ballroom était une salle de réception de cinq cent mètres carrés située sur Boylston Street, avec de grandes baies vitrées, d'élégants détails architecturaux de style Tudor, des poutres en bois noir, des lustres beiges et des draperies en soie champagne.

Des serveurs naviguaient dans la pièce, contournant les femmes en robes de bal et les hommes en costumes fringants. J'étais en compagnie de Cillian, Hunter, Sam et Troy, le beau-père de Sam, et je gardais l'œil ouvert, guettant Emmabelle dans la foule.

Je savais qu'elle serait là. Persy avait contribué à l'organisation de l'événement, et Sweven célébrait chacun des accomplissements mondains de sa sœur.

— … dit que l'idée qu'il crée une banque privée était aussi risible que si je me lançais dans une croisade pour sauver les grenouilles à poils. Jamais je n'investirai dans ses projets, entendis-je Cillian dire à Troy.

Si Cillian était là, son épouse n'était pas loin. Et si Perséphone était entre ces murs, Belle devait être à ses côtés.

— Je n'ai investi que deux millions, répliqua Hunter. Pour siéger au conseil et prendre un peu d'expérience. Si ça foire, ça foire. Ça ne me fait ni chaud ni froid.

— Devon ? Que penses-tu de la nouvelle banque de James Davidson ? demanda Sam pour m'inclure dans la conversation, avec un sourire perfide indiquant qu'il savait pertinemment que je n'avais pas écouté un traître mot de ce qu'ils disaient.

Je tapotai mon doigt contre ma flûte de champagne, songeant à ce que je pouvais avoir à dire sur le sujet. J'avais été plus concentré sur l'arrivée de ma colocataire que sur leur discussion.

— Je pense que Davidson est nul dans tout ce qu'il entreprend, et c'est ce que j'ai répondu à Hunter quand il m'a soumis sa proposition. Heureusement, Hunter a autant besoin d'argent que moi d'une autre femme sous hormones à gérer, donc, comme il l'a dit, pas d'inquiétude.

— Comment va Belle, d'ailleurs ? demanda Hunter. Ça commence à se voir ?

J'avais trouvé que oui, la dernière fois que je l'avais vue, deux jours plus tôt. Quand elle était passée à côté de moi dans la cuisine, il m'avait semblé discerner un ventre plus rond. Je ne pouvais pas l'affirmer avec certitude. Mais puisque je ne dévoilais pas ma vie privée en public, mes camarades ne savaient pas que Belle et moi ne nous parlions quasiment plus.

— Modérément.

— Tu profites de ses envies de femme enceinte ? demanda Sam avec un air entendu.

Je levai mon verre de champagne.

— Même réponse.

— Dans ce cas, dit Cillian en prenant un malin plaisir à pointer son doigt au-dessus mon épaule pour me montrer quelque chose, tu ferais mieux d'aller t'assurer que tu es le seul à profiter de ces envies, parce que Davidson m'a tout l'air d'être en train de taffer sur son prochain projet perso.

Je suivis son regard et me retournai : Emmabelle était à l'autre bout de la pièce. Dans une robe de Cendrillon en soie bleu clair, élégamment coiffée, elle riait à ce que Davidson lui racontait en triturant son collier.

Le même Davidson qui aurait été incapable de distinguer un bon contrat d'un mauvais, même si ce dernier stipulait de lui amputer la jambe sans anesthésie.

Il était beau, objectivement, dans le genre pain blanc : épais cheveux bruns, grandes dents blanches et manières indolentes de celui qui n'avait jamais eu à trimer pour obtenir tout ce qu'il possédait.

Et il semblait sous le charme de la femme éclatante qui se tenait devant lui.

Je plissai les yeux pour mieux voir le ventre de Belle. À ma grande déception, sa robe le cachait bien. Cela n'avait pas d'importance. Si Belle voulait coucher avec Davidson ce soir, rien ne pourrait l'arrêter.

— Davidson n'est pas marié ?

Bien malgré moi, ma question ressemblait davantage à une plainte qu'à une interrogation.

— Il vient de divorcer, indiqua Hunter à ma droite, avant de me donner un coup d'épaule.

Davidson souffla quelque chose à Belle, qui se mit à rire à gorge déployée. Qu'avait-il bien pu dire pour la faire marrer comme ça ? Ce type était plus sec qu'un gâteau de riz.

— Son ex vient de se payer une Cadillac flambant neuve et une nouvelle paire de nichons pour le provoquer, mais je crois bien qu'il a décidé de voguer vers d'autres horizons.

— Ces horizons ne seront pas Emmabelle.

— Je doute qu'elle ait reçu le mémo, dit Cillian.

— Elle se montre polie, c'est tout.

— Oui, la mère de ton enfant est connue pour ses bonnes manières, plaisanta Sam.

— Et puis, les gens polis posent leurs mains sur le torse des autres, c'est bien connu, renchérit Hunter en riant.

Merde. Elle avait la main posée sur son torse.

Je n'étais pas un homme violent, mais j'étais à deux doigts de faire une chose qui m'enverrait droit en prison.

— Tu en penses quoi ? demandai-je à Sam.

À l'autre bout de la salle, Emmabelle secoua la tête quand un serveur lui proposa un verre de champagne, tandis que James se penchait vers elle pour chuchoter à son oreille.

— Si j'étais à ta place, James aurait six dents en moins et un poumon perforé à cette heure-ci, dit-il, indolent.

Cela me rassura : ma réaction n'était pas disproportionnée.

Enfin, en soi, elle l'était, puisque que je fréquentais moi-même une autre femme, même si techniquement je ne l'avais jamais touchée.

Je partis comme une fusée, traversant la vaste pièce en fendant la foule, mes doigts serrés autour du fragile verre de champagne.

J'avais envie de tuer James et d'enfermer Belle dans une tour d'ivoire. Même si, franchement, je ne pouvais pas lui reprocher de flirter avec lui. Elle pensait que j'étais sur le point de me fiancer à une autre femme.

Je n'avais aucun droit sur elle.

Je m'arrêtai devant eux, souriant comme si tout allait pour le mieux dans le meilleur des mondes.

— Belle, *darling*, je te cherchais.

Je lui fis la bise avec pédanterie mais ignorai la main que James me tendait.

Toute politesse entre nous avait disparu au moment où il avait posé les yeux sur ce qui m'appartenait.

— Vraiment ? demanda Sweven d'un air nonchalant.

Une fois encore, son indifférence envers moi m'enchanta.

— Honnêtement, on pourrait penser que tu cherches des choses plus importantes, comme ton courage.

— Peut-être que je trouverai tes bonnes manières tant que j'y suis, rétorquai-je.

— Oh ! je ne suis pas certaine. Tu n'es pas très doué quand il s'agit de trouver les choses. Mon point G peut en attester.

C'était un mensonge éhonté. J'aurais pu reconnaître son point G entre mille dans une séance d'identification, et elle le savait très bien.

— Devon, tu connais cette perle ?

James désigna Belle avec son verre de champagne comme si c'était un tableau qu'il envisageait d'acheter.

J'avais envie de le frapper pour l'envoyer au sol – ou mieux encore, au fin fond de l'enfer.

— Elle est tellement drôle !

— Merveilleuse, dis-je avec gravité. Et oui, je la connais bien.

— Pas assez bien, manifestement, fit Belle.

Elle sortit son téléphone de son sac, bien déterminée à me faire comprendre que la petite scène que j'étais en train de causer la laissait plus indifférente qu'embarrassée.

— Assez bien pour la mettre enceinte, dis-je en me tournant vers James pour lui lancer un regard glacial. Fais ce que tu veux de cette information.

Il pâlit et écarquilla les yeux. Il pensait peut-être avoir décroché le jackpot et trouvé Mme Davidson numéro deux. Il baissa le regard vers le ventre d'Emmabelle et demanda :

— Vous êtes enceinte ?

Belle haussa les épaules, laissant couler, impassible.

— Nous voulons tous les deux un enfant. Ce n'est pas comme si nous étions ensemble.

— Nous *vivons* ensemble, dis-je avec un sourire carnassier.

Elle me tapota le bras, telle une tante inquiète.

— Seulement parce que tu m'as suppliée.

— Suppliée ? Non. Mais je me suis servi d'un moyen de persuasion peu orthodoxe.

— Tu fanfaronnes, mon chou. Tu sais que les gens couchent ensemble tout le temps et que ça ne finit pas toujours par un mariage, des bébés, ni même, parfois, un coup de fil ?

— Minimise notre relation autant que tu veux, les faits parlent d'eux-mêmes. Tu portes mon enfant, tu vis sous mon toit, et je te prends de manière hebdomadaire.

Ce fut le moment où James Davidson finit par s'excuser en prétextant apercevoir une connaissance à l'autre bout de la pièce.

Sweven me regarda comme si elle allait manger mes testicules au petit déjeuner.

— T'es sérieux, mec ?

— Tout à fait. Tu flirtais sous mes yeux avec l'un des pires charlatans que je connaisse et je refuse qu'il s'approche de mon enfant, avec son intelligence médiocre et sa logique archaïque. Et s'il devenait son beau-père ?

J'étais conscient d'être un véritable hypocrite.

Belle écarquilla les yeux, plus en colère que surprise.

— Tu plaisantes ?

— Pas du tout, non. La situation n'a rien de drôle.

— Tu vas *épouser* quelqu'un d'autre !

Elle me frappa au torse. Fort.

Nous commencions à attirer l'attention sur nous, et pas dans le bon sens.

Malheureusement pour Belle, elle avait enfin rencontré un

adversaire à sa taille. Je me foutais de ce que les gens pensaient de moi. La plupart étaient si éblouis par mes titres et mon accent que j'aurais pu commettre un meurtre sous leurs yeux, ils m'auraient laissé m'en tirer impunément.

— Je te laisserais réchauffer mon lit, si tu la joues finement.

Je savais que ça allait la rendre folle.

Gagné : elle me gifla. *Fort.* Je ne réagis pas.

— Emmène-moi dans un lieu privé, que je te remballe comme il faut, ordonna-t-elle.

Je posai ma main dans le bas de son dos pour la conduire jusqu'à une bibliothèque en mezzanine installée dans un coin de la pièce. C'était un petit espace où l'on avait peint aux murs et au plafond un ciel noir constellé d'étoiles qui donnait l'impression d'être dehors.

Un groupe d'hommes d'affaires s'y prélassaient, discutant tranquillement en sirotant leurs verres.

— Dehors ! aboyai-je.

Ils déguerpirent comme les lièvres quand mon père lâchait les chiens. Les occupants de cette ville savaient que je faisais un bon ami et un ennemi redoutable.

Je plaquai Sweven contre un mur, posant mes yeux sur ses lèvres pulpeuses.

Elle ne pouvait pas s'enfuir. Ni même bouger.

— Voilà, sifflai-je contre sa bouche. Remballe-moi. Je vais même défaire ma ceinture pour te faciliter la vie.

Elle grogna et me repoussa.

— Tu vas épouser une autre femme, alors dégage avant que je te prenne par les couilles pour que l'enfant que je porte soit *le seul* que tu auras.

Je lâchai un rire moqueur, posant ma main contre sa joue. Elle la chassa.

— Tu as peur, n'est-ce pas ? Que je lui passe la bague au doigt.

J'étais flatté, même si je ne comprenais toujours pas pourquoi elle restait si têtue, si froide.

— À vrai dire, je m'en moque complètement. Je te fais simplement savoir que je ne suis la maîtresse de personne.

Elle voulut passer sous mon bras, mais je réagis vite, lui barrant le passage.

— Qui t'a abîmée comme ça ? demandai-je, bouillonnant de colère tout à coup.

Je posai mes mains sur ses deux bras, refusant de céder mais ne sachant pas comment l'atteindre.

— Je fais de mon mieux, mais c'est toujours l'impasse avec toi, putain, dis-je d'un ton rageur. Tu veux le sexe, le flirt et la conversation, mais pas les sentiments. Et quand je les donne à quelqu'un d'autre, ça te fait perdre les pédales. Alors je te repose la question. *Qui. T'a. Fait. Ça ?*

Je tremblais de rage. Je tuerais ce connard. Je l'enterrerais.

— Qui t'a rendue incapable d'avoir une relation saine avec un homme ?

— Ça ne te regarde pas !

Elle me cracha au visage. Je ne pris même pas la peine d'essuyer sa salive. Elle essaya encore de s'échapper. Je la bloquai – à nouveau.

— Pas si vite. Dis-moi ce que je dois faire pour t'atteindre.

J'étais complètement dépassé.

Nous cherchions tous les deux à contrôler une situation sur laquelle nous n'avions aucun pouvoir, ni l'un ni l'autre.

Elle redressa le menton, un sourire sournois étirant ses traits d'Aphrodite.

— Il n'y a rien que tu puisses dire ou faire pour que je te voie comme autre chose que ce que tu es. Un petit garçon riche pourri gâté qui a fugué mais sans jamais vraiment quitter sa cage dorée. Tu as enfin trouvé la seule chose que tu ne peux pas avoir – moi – et si ça te tue… Eh bah, *crève*.

Je plaquai mes mains sur le mur, la prenant de nouveau au piège entre mes bras.

J'avais tellement de frustration en moi que j'avais envie de tout casser. Tout détruire.

Et où était passé mon verre de champagne ?

— Tu es impossible ! hurlai-je.

— Tu es un connard, dit-elle en bâillant.

— Je regrette le jour où je t'ai proposé cet accord. Au moins, avant, j'avais un peu de respect et de sympathie pour toi.

— Tu peux te les garder, je n'en ai pas besoin, dit Emmabelle d'un ton détaché en me repoussant une nouvelle fois. Tu te crois *tellement* supérieur à ta famille, hein ? Travailler pour gagner ta vie ne fait pas de toi un martyr. Ne m'attends pas, ce soir. Je vais dormir chez Pers.

— Pourquoi ça ?

— Pour que tu puisses enfin baiser ta nouvelle petite amie tranquille ! hurla-t-elle.

Elle me fit un doigt d'honneur et s'enfuit, le bas de sa robe voletant autour de ses délicates chevilles.

Je m'élançai à sa poursuite. *Évidemment* que je m'élançai à sa poursuite. À ce stade, j'étais incapable de prendre une seule décision rationnelle la concernant.

Mais sa capacité à me déstabiliser ne m'enchantait plus du tout. Notre relation ne m'inspirait plus que dégoût et déception.

J'étais trop vieux pour ces conneries.

Emmabelle marqua une pause. Elle se retourna. Ouvrit la bouche. Et dit :

— Tu t'es bien amusé avec ta précieuse Louisa en faisant comme si tu ne vivais pas sous le même toit que la future mère de ton enfant.

Eh bien, si tu te fais plaisir à aller voir ailleurs, je vais trouver de quoi me divertir, moi aussi, et tu ne peux rien y faire. Si tu t'approches encore de moi ce soir, je te pète le nez.

Puis elle disparut dans un dernier bruissement de robe.

Je me figeai.

Pour la première fois, j'en vins à la conclusion que courir après Emmabelle Penrose n'était peut-être pas la décision la plus constructive, la plus *amusante*, ni la meilleure qui soit.

Je restai seul dans l'immense pièce noire, le temps de calmer ma respiration, regardant autour de moi.

La vie était une entreprise solitaire, même quand on n'était pas totalement seul.

C'est pour ça que les gens tombent amoureux.

L'amour, semble-t-il, fait oublier que tout est temporaire et que rien ne compte autant qu'on le pense.

Ce ne fut qu'au bout d'une minute que je pris conscience d'une réalité déconcertante.

Je me trouvais seul dans une petite pièce fermée, et je n'avais pas fait de crise de panique.

L'amour a effectivement de drôles d'effets, pensai-je en sortant de la pièce d'un pas tranquille, prenant un verre de champagne sur un plateau au passage.

Mais mieux vaut s'en préserver.

22

Devon

Sweven m'évita avec succès pendant tout le reste de la soirée.

Elle papillonna d'un groupe à l'autre, toute en rires rauques et sourires éclatants.

J'opérai mon propre petit tour parmi clients et associés, faisant comme si je n'étais pas à moitié mort intérieurement. Le temps dégoulinait comme sur le tableau de Salvador Dalí, et chaque tic-tac de la montre à mon poignet semblait me rapprocher de ma folle envie de tourner les talons pour tout envoyer balader.

Mes engagements.

Mes responsabilités.

Tout ce que j'avais bâti et qui me servait de rempart contre ce qui m'attendait en Angleterre.

À un moment donné pendant la soirée, Perséphone glissa son bras sous le mien et m'arracha à une discussion particulièrement abrutissante sur les bretelles.

— Salut, mon pote.

Sa robe lavande voletait sur le sol en marbre. Elle avait la fragilité d'une coquille d'œuf et la pâleur de la lune de minuit. Douce et placide, à l'opposé de sa sœur aînée plutôt camion de pompiers. Je voyais bien pourquoi elle convenait à merveille à Cillian, qui était froid et cruel. Elle faisait monter sa température et calmait ses ardeurs. Le yin et le yang.

Mais Belle et moi n'étions pas complémentaires. Elle était le feu, j'étais le béton. Nous étions un mélange impossible. J'étais solide, droit et stable, alors qu'elle s'épanouissait dans le chaos.

— Comment vont les enfants ? demandai-je platement à Perséphone, déjà blasé par la conversation.

J'aurais tout donné pour être en train de parler d'animaux étranges avec Sweven.

— Ils vont très bien, mais je doute que ce soit de ça que tu as envie de parler.

Elle m'adressa un sourire en coin et me tira au centre d'un cercle formé par Aisling, Sailor et elle-même.

Je n'opposai pas de résistance, surtout parce qu'entre me faire descendre par une meute de femmes et parler de bretelles, je préférais mourir aux mains des femmes, mille fois.

Je les regardai tour à tour.

— Je suis victime d'un genre d'intervention, on dirait, dis-je d'un air tranquille.

— Rien ne vous échappe, monsieur Whitehall, déclara Sailor en avalant son whisky comme si c'était un verre d'eau.

C'est bien la fille de son père.

Elle était la seule femme du gala à porter un costard. Et cela lui allait à ravir.

— On veut te parler d'un truc.

Ce truc était Louisa, j'en aurais mis ma main à couper.

Je croisai les bras, attendant la suite.

— On voulait savoir ce que tu vas faire pour assurer la sécurité de Belle. Après tout, on a trahi sa confiance en te parlant de l'homme qui l'a suivie au Boston Common. Maintenant, on veut être sûres que notre décision était justifiée, expliqua Aisling en me fusillant du regard.

C'était de *ça* qu'elles voulaient parler ?

— Belle habite chez moi, et j'ai chargé Simon de la protéger. Je la surveille du mieux que je peux sans lui coller un bracelet électronique à la cheville.

— Est-ce vraiment exclu ? demanda Sailor avec le plus grand sérieux.

— Oui, sauf si je veux qu'elle m'arrache un membre, répondis-je.

— Je suis sûre que Simon est top, mais il n'est avec elle que quand elle est au club. Je reste persuadée que tu devrais demander l'aide de Sam, insista Aisling.

— Quand j'ai abordé le sujet avec Belle, elle a affirmé qu'elle maîtrisait et qu'elle ne voulait pas qu'il intervienne. Aller à l'encontre de ses désirs, c'est comme signer mon arrêt de mort. Qu'as-tu ressenti quand Cillian t'a envoyé les hommes de Sam ? demandai-je à Perséphone, qui vira au saumon, les yeux rivés sur ses pieds.

— J'étais pas bien, admit-elle. Mais j'ai fini par m'en remettre.

— Heureusement pour ton salopard de mari, tu es douce comme un agneau. Ta sœur, en revanche, tient plus de la hyène.

— Belle est impétueuse, confirma Aisling, mais parfois on est obligé de faire les choses pour les autres, même quand ils pensent ne pas en avoir besoin.

— Des paroles dignes d'un tyran. Les chiens ne font pas des chats.

Sweven était inatteignable, insaisissable et déraisonnable.

Et je devais la maintenir en vie.

Vive moi, putain.

— Si seulement on savait qui ça peut être, fit Sailor en soupirant et en se tapotant la tempe, songeuse.

— Elle pense que c'est un connard qu'elle a viré il y a quelque temps, dis-je.

— Frank ? demanda Perséphone en plissant le nez.

Je haussai les épaules, bien que je me souvienne de son nom. *Évidemment* que je m'en souvenais. Tout homme s'en serait souvenu à ma place.

— Ce ne serait pas insensé, dit Sailor en se frottant le menton. C'est la seule possibilité qui me vienne en tête.

Il y eut un bref silence, que je décidai de combler par une question.

— Vous a-t-elle dit quoi que ce soit sur notre situation ?

— Quelle situation ? demanda vivement Perséphone. J'espère que tu la traites correctement.

— Meuf, je t'en prie, pouffa Sailor. S'il y en a un des deux qui est maltraité dans l'histoire, c'est lui.

— Elle n'est pas d'humeur ces derniers temps, dis-je, laconique.

— T'inquiète, ce n'est pas parce que tu épouses une autre femme.

Cela avait l'air de beaucoup amuser Sailor, qui plongea une main dans la poche de son pantalon cigarette.

Ainsi, elles *savaient* pour Louisa.

Belle ne le leur avait pas caché. Mais cela ne la touchait pas assez pour qu'elle s'étende sur le sujet.

— Vous croyez vraiment que ça ne la dérangerait pas que j'épouse quelqu'un d'autre ?

On aurait dit une ado demandant à sa meilleure amie si elle avait ses chances avec Justin Bieber.

Que je compte ou non me mettre en quête de mon courage et des bonnes manières de Belle, il faudrait aussi que je prenne un moment pour chercher mon honneur.

— Cela ne la dérangerait pas que tu en épouses cinq autres. Simultanément. Belle s'en fout d'être en couple, affirma Sailor. Et elle se fout de l'éthique aussi, d'ailleurs.

— Elle n'a jamais été amoureuse, lâcha Perséphone, l'air nostalgique. Elle n'a jamais voulu se caser avec personne.

— Les gens changent, dis-je sans grande conviction.

— Pas elle, affirma Aisling, exprimant à voix haute ce que je pensais tout bas. Si tu attends qu'elle te profère son amour et que tu retardes un mariage pour ça, ce n'est pas la peine, ajouta-t-elle en posant une main sur mon épaule avec un sourire compatissant. Belle Penrose n'a d'amour que pour elle-même, son bébé et sa famille.

23

Belle

Quatorze ans

L'hiver vient puis il s'en va. Il y a beaucoup d'effervescence autour de moi. Je gagne quelques compétitions locales et je fais même l'objet d'un petit article dans le journal parce que j'ai battu le record régional. Papa l'accroche sur le frigo parce qu'apparemment me mettre mal à l'aise est son activité préférée.

La femme du coach Locken, Brenda, doit accoucher en mars. À ce stade, nous continuons notre routine dans les bois deux fois par semaine. Il me fait un cunni, puis on s'embrasse, et il se branle avant de m'emmener à l'école. Une fois, pour son anniversaire, il m'a convaincue de lécher le liquide blanc et collant sur ses doigts, comme si c'étaient des sucettes. Il a pris trois photos. J'ai pleuré toute la nuit après ça. Quand je pense qu'elles sont encore quelque part dans son téléphone, ça me donne envie de vomir.

Quand on le fait dans son bureau (c'est rare), je remarque que la photo de Brenda qui était posée sur la table n'est plus là. Il enlève son alliance, mais seulement quand on s'entraîne seuls dans les bois.

Le coach me dit qu'ils se sont séparés il y a quelques mois. Brenda ne voulait plus qu'il la touche après qu'elle est tombée enceinte, et elle a dit des méchancetés sur son travail. Qu'il ne gagne pas assez d'argent, tout ça.

Le coach dit qu'il aimerait que je sois sa petite amie. Qu'il voudrait m'emmener au cinéma, au restaurant, ou qu'on puisse juste traîner ensemble.

Honnêtement, je commence à me dire que cette Brenda ne mérite pas Steve (je n'ai pas le droit de l'appeler comme ça quand nous ne sommes pas seuls). Enfin bref, je me sens beaucoup moins mal par rapport à notre liaison.

Puis Brenda accouche d'un petit garçon en pleine santé et tout change.

Le coach manque trois jours d'école d'affilée. À la cafétéria, deux professeurs parlent du fait que Brenda a accouché à l'hôpital local - mais pourquoi, si elle est retournée vivre chez sa mère dans le New Jersey ?

— Tu as vu le bébé ? Il est tellement mignon. Le portrait craché de son père, roucoule Mlle Warski en plongeant une cuillère en plastique dans son yaourt.

— Oui, Steve a envoyé les photos à tout le monde sur le groupe, tu te rappelles ? Et devine quoi. Il a offert à sa femme le meilleur cadeau de naissance : une voiture toute neuve.

— Une Kia Rio, c'est ça ?

— Oui. Je suis en train de regarder pour en acheter une aussi...

Sa femme ?

Un cadeau de naissance ?

Je croyais qu'ils n'étaient plus ensemble.

Qu'ils allaient divorcer.

Je passe le reste de la journée dans le brouillard et je me retiens de lui écrire.

Ross sort en douce m'acheter une bouteille de Powerade. Il ne me demande pas pourquoi je suis contrariée. Pourquoi j'ai les yeux rouges et le teint cireux.

Plus que du chagrin, c'est de la honte que je ressens.
Il m'a prise pour une idiote, alors que j'avais confiance en lui.
Quelque chose se brise en moi ce jour-là.
Quelque chose que je ne pourrai jamais réparer.

24

Devon

Belle honora sa promesse de ne pas rentrer ce soir-là.

Ce qui, par ricochet, me poussa à appeler Louisa en allant au boulot le lendemain matin.

Lou séjournait au Four Seasons et elle passait ses journées à faire du shopping et à espérer que je me sortirais la tête du cul.

La bonne nouvelle pour elle, c'était que ma tête était en train d'émerger peu à peu de mon croupion.

Elle décrocha à la première sonnerie, essoufflée.

— Allô ? Devon ?

— Je te dérange ?

Je tournai à l'angle d'une rue, en quête d'une place où garer ma Bentley. Les parkings souterrains étaient une idée saugrenue. Quelle idée d'aller sous terre quand on était encore en vie.

— Pas du tout.

J'entendis le bruit sourd d'une serviette qui tombe et le couinement d'une porte qui s'ouvre alors qu'un coach de fitness disait : « On retourne en position chien tête en bas… »

— Hey. Salut. Bonjour.

Louisa rit de sa propre gaucherie. Je me glissai sur une place de parking et passai la marche arrière.

— Tout va bien ? demanda-t-elle.

Ce serait bientôt le cas.

Il était temps de choisir celle qui me choisissait.

— Je me demandais si tu voulais dîner avec moi ce soir.

— Bien sûr. Je nous réserve une table quelque part ? demanda gentiment Louisa. Il y a un super restaurant italien sur Salem Street que je voulais essayer, mais je serais ravie de me plier à toute restriction alimentaire que tu m'indiquerais.

Les mots de mon père me hantaient.

Les mariages d'amour sont réservés à la populace. À ceux qui sont nés pour suivre les règles ingrates de la société. Tu ne désireras point ta femme, Devon. Son rôle est de te servir, de te donner des enfants et d'être jolie.

Il y avait un vrai coup à faire. La famille Whitehall existait depuis si longtemps, elle avait tant de traditions. Qui était-il pour dicter la fin de cette lignée ? Je ne le laisserais pas me voler l'héritage qui me revenait de droit.

Je sortis de la voiture et courus jusqu'à la porte de mon bureau en disant :

— Non. Je me disais qu'on pourrait dîner dans ta chambre d'hôtel. Il y a des affaires dont j'aimerais discuter avec toi.

— Tout va bien ? demanda-t-elle à nouveau, inquiète.

— Oui. (Je montai l'escalier jusqu'à mon cabinet.) Tout va très bien. Je viens d'avoir un genre d'épiphanie, c'est tout.

— J'aime les épiphanies.

Tu vas adorer celle-là.

— Devon…, fit-elle, hésitante.

Je poussai la porte en verre de mon cabinet. Joanne m'attendait déjà avec les documents relatifs à mon programme du jour et une tasse de café frais. Je récupérai le tout.

— Oui, Lou ?

— Ça fait longtemps que tu ne m'as pas appelée Lou. Des décennies.

Une autre pause.

— Est-ce que je… dois sortir mes plus beaux dessous ?

Je l'entendis presque se mordre la lèvre.

Je pris une gorgée de café, souriant d'un air sombre.

— Encore mieux, *darling*, ne porte rien sous ta robe.

Ma mère m'appela plusieurs fois ce jour-là, tournant autour du sujet Louisa sans l'aborder de front.

Elle me questionna sur Emmabelle, demandant si nous habitions toujours ensemble. Quand je répondis par l'affirmative, sa joie descendit d'un cran.

— Si Louisa et moi devons avoir un avenir, le bébé et Emmabelle feraient partie de ma vie, dis-je sèchement.

— Mais tu ne reviendrais pas en Angleterre, répondit maman. Elle t'enchaînerait à Boston pour toujours.

— J'adore Boston. C'est chez moi.

C'était vrai. Whitehall Court Castle n'avait jamais été à mes yeux que des murs de pierre imprégnés de mauvais souvenirs.

Pendant ma pause-déjeuner, j'allais chez Tiffany & Co. récupérer une bague de fiançailles avec un diamant de 1,5 carat taille coussin.

De retour au bureau, j'ordonnai à Joanne d'acheter un gros bouquet de fleurs sans regarder à la dépense.

— Vous allez enfin faire la cour à Mlle Penrose, milord, monsieur ? ne put s'empêcher de demander Joanne.

Ma secrétaire était installée derrière son écran d'ordinateur, en train de mâchonner une branche de céleri, signe de sa cinquième tentative Weight Watchers ce mois-ci.

— Il est grand temps. Un enfant doit avoir un foyer stable, vous savez, avec son papa et sa maman. C'était comme ça qu'on faisait quand j'étais petite, Votre Altesse.

Joanne insistait pour s'adresser à moi comme à un roi, même si elle ne savait pas quelle locution employer. Elle pensait que les fleurs étaient pour Emmabelle. Et pourquoi penserait-elle autre chose ? Après tout, elle avait réservé chacun des rendez-vous chez le gynécologue et envoyé des taxis chercher Emmabelle.

— Ce n'est pas pour Mlle Penrose, dis-je sèchement en m'engouffrant dans mon bureau.

Joanne se leva d'un bond et me suivit, ses petites jambes bougeant avec une force que je ne lui avais pas vue depuis qu'elle avait dû prendre sa demi-journée quand sa fille avait commencé à avoir des contractions.

— Comment ça, ce n'est pas Mlle Penrose ?

Je m'installai à mon bureau et allumai mon ordinateur.

— Non pas que ça vous regarde, mais je courtise une autre femme.

— Vous courtisez une autre… Devon, est-ce ainsi que vous faites, vous, les Anglais ? Parce qu'ici la bigamie est illégale.

Devon ? Qu'était-il arrivé à « monsieur milord Votre Altesse royale » ?

— Belle et moi ne sommes pas mariés.

Je la chassai d'un geste de la main.

— Seulement parce que vous n'avez pas posé la question ! s'exclama-t-elle.

— Elle n'est pas intéressée.

Il était plus facile de l'avouer à une femme de soixante ans ayant cinq enfants et sept petits-enfants, qui pensait que les Ferrero Rocher étaient le summum de la sophistication qu'à mes amis et leurs épouses.

— Alors *intéressez-la*.

Je ris tristement.

— J'ai essayé, croyez-moi.

À ma façon, du moins.

— Si elle n'était pas intéressée, elle n'aurait jamais fait un enfant avec vous, trésor. Bien sûr qu'elle est intéressée. Il faut juste lui donner un petit coup de pouce. Si vous sortez avec quelqu'un d'autre, vous allez anéantir toutes vos chances avec elle, même si l'autre relation échoue. Et elle échouera.

— Louisa est une vraie perle. Charmante, soignée et très élégante.

— Ce sont de belles qualités pour un canapé, milord. Pas pour une femme.

— Pour une épouse, si.

Je faisais exprès d'être dur. Curieusement, je voulais me faire fustiger pour ce que je m'apprêtais à faire et je savais que Joanne n'irait pas de main morte.

Dieu savait que je méritais qu'on me crie dessus.

Deux taches rouges colorèrent ses joues, et elle eut un mouvement de recul, comme si je l'avais giflée.

— Une seconde, dit-elle en levant la main. Vous venez de dire… *épouse* ?

— Oui.

— Mais… vous aimez Emmabelle.

— Bon sang, vous adorez balancer ce mot à tout bout de champ, vous, les Américains.

Je pris une roulée dans mon étui à cigarettes et la coinçai entre mes lèvres.

— Je veux sa compagnie, tout au plus. Mais elle ne m'est pas accessible. Il faut que je passe à autre chose.

— Si vous épousez quelqu'un d'autre, Votre Altesse, j'ai bien peur de devoir démissionner.

— Pour quel motif ?

— Au motif que… vous êtes un sacré couillon.

Entendre Joanne blasphémer à mon sujet – ou au sujet de n'importe qui, au demeurant – confirma le fait que j'étais, en effet, un vrai con.

Je ne pus m'empêcher de rire.

— Préparez-moi ces fleurs et retournez à votre poste, Joanne. Et si vous voulez démissionner, laissez donc votre lettre de démission sur mon bureau.

Elle tourna les talons et s'éloigna en tapant des pieds et en marmonnant dans sa barbe.

Pendant le restant de la journée, elle n'essaya pas de discuter avec moi quand je sortais de mon bureau, elle ne me bombarda pas de photos de ses petits-enfants, et elle ne me proposa pas de petit goûter préparé exprès pour moi – généralement un cookie allégé au beurre de cacahuètes et granola.

À 18 heures, quand je quittai mon bureau, un grand bouquet de pivoines, renoncules et roses blanches m'attendait sur son bureau avec un mot.

Monsieur Whitehall,

Vous allez tout perdre pour rien. Félicitations !

P.S. : Prenez ceci comme ma lettre de démission. Je m'en vais.

— J.

Je jetai le mot à la poubelle, puis je pris les fleurs et empruntai les escaliers.

Mon téléphone se mit à sonner. *Maman.*

Il était affreusement tard en Angleterre. Ou extrêmement tôt, selon le point de vue.

Je décrochai sur un coup de tête, sachant que c'était une mauvaise idée.

— Quoi encore ? grognai-je.

— Devvie ! s'exclama-t-elle avec joie. Désolée. Je ne te retiens pas longtemps. Je voudrais t'organiser une fête de fiançailles. Le printemps est un moment parfait pour une célébration. Pourrais-tu prendre un week-end off et sauter dans l'avion avec Lou ?

Je n'aimais pas ça. Le fait qu'Ursula parte du principe que Louisa et moi étions déjà fiancés.

Et puis, l'idée de me retrouver dans un espace clos avec les frères Butchart et une dizaine d'autres nobles guindés me donnait envie de demander l'asile sur une autre planète.

— Je croule sous le boulot en ce moment.

— On ne se marie qu'une fois.

— Pas nécessairement, au XXIe siècle.

— J'espère qu'il n'est pas encore question de cette horrible femme. Si elle s'attire des ennuis, c'est sa faute, pas la tienne.

« Cette horrible femme » avait un nom, et franchement ma mère ne méritait pas de le prononcer. Mais ce fut autre chose qui me frappa.

Non. Ne t'aventure pas sur ce terrain-là. C'est impossible.

— Pourquoi s'attirerait-elle des ennuis ? demandai-je en ouvrant la portière de ma Bentley.

Je me glissai dans l'habitacle, mis le téléphone sur haut-parleur, et le posai sur le tableau de bord.

— Que sais-tu, au juste ?

Et si c'était elle qui harcelait Sweven ?

Tout la rendait suspecte : elle avait un mobile, de la rancune et un objectif.

Elle savait où j'habitais, ce qui voulait dire qu'elle savait où Belle habitait.

Et toute information manquante pouvait lui être fournie par un détective privé.

Mais était-elle vraiment capable d'une telle chose ?

— Je ne sais rien, rétorqua ma mère d'un ton indigné, s'efforçant de paraître offensée. J'ai dit ça simplement parce que tu m'as indiqué qu'elle était stripteaseuse. Elles ont tendance à se mettre dans le pétrin. Le choix de vie en dit beaucoup sur une personne. Pourquoi, qu'est-ce que tu insinues ?

— Qu'est-ce que tu *caches* ? répliquai-je.

— Je ne cache rien. Mais je te connais, et c'est dans ta nature d'aider les autres. Je ne veux pas que tu renonces à quoi que ce soit à cause d'elle.

— Je commence à croire que tu en sais plus que tu ne le dis.

Elle poussa un soupir outré.

— Tu deviens parano. Je m'inquiète pour toi. Tu perds la tête. Revenir à la maison te ferait du bien. Penses-y, s'il te plaît.

Comme attendu, le dîner fut parfait.

Le décor, la chambre, le repas, la compagnie. Cinq étoiles.

En robe du soir noire, parfaite pour l'occasion, Louisa était assise en face de moi dans la suite qu'elle occupait.

Nous dégustâmes du homard rôti avec des pommes de terre rouges.

Les portes-fenêtres de son balcon étaient ouvertes, la brise printanière s'infiltrant à l'intérieur, portant avec elle le parfum des fleurs.

Cela me rappela l'Europe. Les vacances d'été paisibles sur la côte dans le Sud de la France.

La charcuterie et le fromage si odorant qu'il vous pique les yeux, la peau bronzée et les châteaux dans lesquels je me perdais.

Je me rendis compte que j'avais le mal du pays.

À tel point que c'en était douloureux.

— Tu sais, j'ai essayé de t'oublier. J'ai même réussi, à un moment donné, avoua Louisa en passant un doigt sur le bord de son verre. Frederick était un homme incroyable. Il m'a appris à croire, une force dont je ne me pensais plus capable. Avant, je me traînais avec un maudit sentiment d'échec. Après tout, le seul but de mon existence était de t'épouser, et pourtant j'avais réussi à te faire fuir.

— Lou, grognai-je.

Je me sentais mal, parce qu'en un sens elle le faisait encore. Elle essayait de me conquérir.

Elle secoua la tête.

— Non, attends. Je veux aller au bout. Quand je l'ai rencontré, il a passé une année entière à lever un à un tous mes doutes, pour découvrir qui j'étais. Ça a été difficile… et un long processus. Il ne savait pas pourquoi j'étais comme ça. Pourquoi mes blessures avaient refusé de se refermer. Mais il s'est montré patient et doux.

J'ouvris le homard avec la pince, compatissant avec l'animal mort. Et avec Frederick, qui semblait être un homme bien, qui méritait mieux.

J'éprouvai aussi un étrange sentiment de révélation. Frederick avait eu la capacité et la patience de demeurer auprès de Lou alors qu'elle lui restait impénétrable – pourquoi ne pouvais-je pas faire de même avec Emmabelle ?

— Au début, quand j'étais avec lui, je rêvais que tu revenais et que je te narguais avec ma nouvelle relation. Mon homme parfait. Mais au bout d'un moment, j'ai arrêté de penser à toi. Il me suffisait. En réalité… (Elle hésita.) Ce n'est pas juste qu'il me suffisait. Il était tout. Et ça m'a fait si mal de le perdre. À ce moment-là, je me suis même demandé si j'étais maudite.

Louisa sourit, le menton posé sur ses mains.

Je la regardai dans les yeux et y vis du chagrin. Tellement de chagrin. Nous envisagions de nous fiancer, mais nous avions tous les deux une autre personne en tête.

La seule différence était que celle que je désirais était encore en vie.

Alors que Louisa me voyait comme un remplaçant. Un lot de consolation.

— Il n'y a pas qu'à toi que cette expérience a laissé des traces, ma belle. Je m'en veux pour ce que je t'ai fait. De t'avoir laissée en plan. J'ai juré de ne jamais épouser personne d'autre. Clairement, j'ai tenu parole, dis-je en poussant mon assiette – j'avais perdu l'appétit. Je n'ai jamais eu de petite amie sérieuse. Mes relations ont toujours eu une date de péremption de moins d'un mois, comme une brique de lait. Je me disais que, si j'avais tout gâché pour toi, il était normal que je fasse pareil pour moi.

Elle tendit le bras par-dessus la table ronde pour prendre mes mains dans les siennes.

— Nous avons une nouvelle chance, Devvie. Rattrapons le temps perdu. Il n'est pas trop tard. Rien ne peut nous arrêter.

Si. Une chose.

— Je vais devenir père.

— Nous pouvons faire ça ensemble. Tu as dit que tu aurais la garde partagée, non ? Je peux emménager ici. Ursula préférerait que tu rentres, mais je suis sûre que nous aurons sa bénédiction. Je peux t'aider à élever l'enfant. Nous pouvons avoir nos enfants à nous. Je n'ai aucune animosité envers Emmabelle. Je pense simplement qu'elle n'est pas pour toi. Je serai qui tu veux que je sois, Devvie. Tu le sais.

Elle disait tout ce qu'il fallait.

Avançait les bons arguments.

— Il faudra que tu traites bien cet enfant, dis-je d'un ton glacial. Je le voulais autant qu'Emmabelle. Nous avions un accord.

— Je le traiterai comme si c'était le mien.

Louisa porta ma main à sa bouche, puis posa sa joue contre ma paume.

— Je te le promets. Tu sais que je ne romps jamais une promesse.

Je ne me rappelai pas m'être levé, mais je me retrouvai debout tout à coup. Louisa aussi, son corps tout contre le mien, sa bouche bougeant contre la mienne.

Mes mains caressaient son dos. Nous nous embrassions.

Belle ne voulait pas de moi, ma famille était au bord de la faillite, et franchement serait-ce si affreux d'avoir quelqu'un avec qui vieillir ? Quelqu'un pour me soutenir ?

Mais au bout du compte, je n'y trouvais aucun plaisir.

Dans ces baisers. La façon dont son corps s'enroulait autour du mien, possessif.

J'étais complètement mou, ma queue incapable de trouver cette union séduisante.

Plus j'étais mou, plus Louisa essayait de me stimuler. Elle m'embrassait plus fort, plus avant, plus crûment, saisissait mon sexe à travers mon pantalon et l'enserrait de manière aguicheuse, remuant la tête d'avant en arrière.

La bile me monta à la gorge.

Mauvais signe.

Je reculai d'un pas pour mettre un terme à notre étreinte, pour gagner du temps. Peut-être pour sortir la bague de fiançailles que j'avais apportée. La passer à son doigt.

Mais rien à faire, j'étais incapable de la sortir de ma poche. D'aller au bout. De lui poser la question que je ne pourrais plus retirer.

Je ne veux pas d'une vie parfaite avec Louisa. Je veux un bon gros bordel avec Belle.

Pendant ce temps, Louisa prit mon pas en arrière comme une invitation à se déshabiller. Elle retira sa robe noire pour révéler de belles jambes et un corps bien entretenu, certainement par cinq séances de Pilates par semaine.

Ses yeux noirs descendirent sur mon entrejambe, ses sourcils se fronçant quand elle vit qu'il n'y avait toujours aucun renflement dans mon pantalon.

— Mince. Bon, ce n'est qu'un petit contretemps…

— Ne dis pas « petit ».

Elle gloussa et avança vers moi pour m'embrasser encore.

Ravalant le goût aigre du vomi, j'essayai de me concentrer sur la tâche qui nous occupait.

C'était une femme sublime. Aussi jolie que les femmes avec lesquelles je couchais d'habitude.

— Peut-être que je peux…

Louisa glissa sa main dans mon caleçon et me caressa, avec ses doigts froids et osseux. Le son lointain du rire moqueur de mon père résonna à mes oreilles.

— C'est bien ?

— Super, sifflai-je, plus mou qu'une banane trop mûre. Fantastique.

Mais, ses lèvres bougeant désespérément contre les miennes, je ne ressentais rien, rien d'autre qu'une grande frustration. Elle s'acharnait tant à me frotter la bite que je fus surpris de ne pas voir un génie se matérialiser derrière ma braguette.

— Attends, grognai-je contre sa bouche.

Je la repoussai doucement. Elle se plaqua plus fort contre moi.

— Je vais te sucer, proposa-t-elle.

Elle tomba à genoux, complètement nue, et se débattit avec le premier bouton de ma braguette.

Je fis un pas de côté, craignant que la bague de fiançailles tombe de ma poche.

— Non, *darling*.

Je caressai son visage tout en l'éloignant de mon entrejambe.

Je compris, non sans une certaine tristesse, que je ne pouvais pas coucher avec Louisa. Même si j'en avais eu envie – ce qui était le cas.

Je voulais oublier Emmabelle. Passer à autre chose. Mais c'était impossible.

— Tu as mal au ventre ? Ce doit être le homard.

Elle se releva à la hâte, se précipita dans la salle de bains et revint vêtue d'un kimono en satin crème.

— Les fruits de mer peuvent être douteux, quand on ne connaît pas le restaurant.

Nous étions au Four Seasons, pas sur une île au beau milieu de nulle part.

Je lui adressai un sourire sceptique.

— Je ferais mieux de rentrer.

Et j'emmène mon feuilleté saucisse tout mou avec moi.

Son visage se décomposa.

— Oh.

— Lou, soufflai-je.

— C'est juste que… *elle* sera là.

— Rien d'étonnant puisqu'elle habite là.

— C'est à cause de quelque chose que j'ai dit ? demanda-t-elle.

Je pensai à ce qu'elle m'avait confié à propos de Frederick. Sur le genre d'homme qu'il était. Et je fus incapable de lui refuser la vérité.

— Oui. Quand tu m'as parlé de Frederick, j'ai pris conscience que je ne pourrais jamais t'offrir ce que lui te donnait sans concession. J'ai besoin de réfléchir.

Je glissai une main autour de sa taille et la tirai contre moi pour l'embrasser.

— Prends soin de toi, Lou.

— Toi aussi, Devvie.

Quand j'arrivai chez moi, j'avais la tête qui tournait et les membres lourds, accablé d'avoir découvert que j'étais, manifestement, immunisé contre toutes les femmes du monde sauf celle qui ne voulait pas de moi.

Je montai les escaliers d'un pas lourd, me maudissant pour la millième fois de la semaine de ne pas être capable de prendre l'ascenseur comme être humain normalement constitué.

Une fois que j'eus fini de haïr ma claustrophobie, je me mis à détester mon corps traître. Qu'est-ce qui ne tournait pas rond chez moi ? Avant, j'étais capable de bander simplement en sentant une bouffée de parfum féminin. Mais voilà que ma bite avait décidé qu'elle avait des principes, des sentiments, et une éthique. Ne savait-elle qu'elle était, en réalité, une BITE ? L'organe le moins sophistiqué du corps humain, après l'anus.

Je passai la porte d'entrée pour trouver le salon plongé dans le noir et donnai un coup de pied dans mon sac d'escrime au passage.

Si Emmabelle était encore de sortie, parce qu'elle travaillait tard ou parce qu'elle était avec un autre homme, je… je…

Je n'allais rien y faire du tout. Je n'avais aucun pouvoir sur elle.

J'espère que le mois que tu as passé à la baiser en valait la peine, mec. Parce que c'est ça, ton avenir.

Je traversai le salon pour aller me coucher, passant devant la porte de sa chambre.

Elle était entrouverte. J'ai honte de l'admettre, mais mon corps tout entier se relâcha, soulagé, quand je vis qu'il y avait de la lumière dans la pièce.

Incapable de résister, je m'arrêtai près du battant qui nous séparait et l'observai.

Elle se tenait devant un miroir en pied, son sweat remonté sur sa poitrine. Son ventre nu. Elle le tenait, face à son reflet, le regardant avec émerveillement.

Je baissai les yeux.

Pour la première fois, il était évident, sans l'ombre d'un doute, qu'Emmabelle Penrose était enceinte.

La forme ronde et ferme de son ventre ne trompait pas. Il était magnifique. Si lisse et chaud, abritant un bébé qui était à nous.

Je fermai les yeux et posai mon front contre le chambranle en bois en prenant une profonde inspiration.

— Tu es tellement canon que parfois j'ai envie de te dévorer juste pour être sûr que personne d'autre ne t'aura.

Les mots quittèrent ma bouche avant que je puisse les retenir.

Elle se retourna au son de ma voix.

L'amour et l'émerveillement sur son visage disparurent, remplacés par un sourire sournois.

— Je suis surprise que Louisa t'ait libéré ce soir. Des problèmes au purgatoire ?

J'imagine que c'était sa version du paradis pour nous.

— Arrête, dis-je sèchement.

— Arrêter quoi ? roucoula-t-elle.

— Arrête de te comporter comme une sale gosse. Arrête de me repousser. Arrête de gâcher un moment agréable parce que tu as tellement peur des hommes que tu te sens obligée de les torturer s'ils menacent de fissurer le mur que tu as érigé pour te protéger.

— D'accord.

Belle laissa retomber le sweat sur son ventre.

— Non.

Je me redressai et m'approchai lentement d'elle.

— Je veux voir.

Emmabelle ouvrit la bouche, certainement pour me dire d'aller faire un bébé avec Louisa si j'avais tant envie de voir un ventre de femme enceinte, mais je réussis à mettre un doigt en travers de ses lèvres avant qu'elle puisse dire quoi que ce soit.

— C'est aussi mon enfant.

Sans un mot, elle souleva le sweat jusqu'à sa poitrine.

Je me tins devant elle, admirant la merveille qu'était son ventre rond.

— Je peux toucher ?

Je ne reconnus pas ma propre voix.

— Oui.

Sa voix aussi tremblait. L'air était immobile autour de nous, comme si lui aussi retenait son souffle.

Je caressai son ventre du bout des doigts, des deux côtés. Il était dur comme la pierre. Nous regardions tous les deux son ventre comme si nous attendions quelque chose. Une minute s'écoula. Puis deux. Puis cinq.

— Je ne veux pas baisser les bras.

— Je ne veux pas que tu baisses les bras, dit-elle doucement.

Nous ne parlions plus de son ventre.

Je levai les yeux pour croiser son regard dans le reflet du miroir.

— Alors pourquoi fais-tu tout ce qui est en ton pouvoir pour me repousser ?

Elle haussa les épaules, un sourire timide aux lèvres.

— Je suis comme ça.

— C'est des conneries.

— Ce n'en est pas moins vrai.

— Dis-moi ce qui t'es arrivé, demandai-je pour la millième fois en pensant à Frederick, qui avait su peler une à une les couches de protection de Louisa.

Étais-je seulement proche de retirer la première ? Combien y en avait-il ? Et que diable lui était-il arrivé ?

Même mes amis, qu'on ne pouvait pourtant pas qualifier de mecs bien, n'avaient jamais autant brisé une femme.

Elle fit un pas en avant, réduisant l'espace entre nous à néant.

Je bandais comme un taureau et j'étais à deux doigts de lui arracher ses vêtements.

— Arrête de te mêler de mes affaires, Devon. Tu as déjà assisté à une bonne partie du spectacle. Il n'y a rien de plus à voir.

— Tu es plus qu'une simple fêtarde écervelée, même si tu t'efforces de coller à cette image. C'est de la publicité mensongère.

— Ah, fit-elle sèchement. C'est juste que tu n'as pas lu les petits caractères.

Un vilain sourire étira le coin de mes lèvres.

— Tu es fantastique, piquante, et tu vaux tout ce que tu me fais subir.

— Non !

Elle plaqua ses deux mains sur mon torse pour me pousser en arrière. Elle était en colère à présent, elle avait peur. J'avais touché une corde sensible.

— Je ne le vaux pas. Arrête de dire ça. Je suis une mauvaise graine. La traînée immariable.

— Tu es putain de géniale, lui dis-je avec un rire grave. Démente. Unique. La femme la plus intelligente que je connaisse.

Elle me poussa de nouveau. Je bandai plus fort.

— Je ne vaux rien.

— Non. Pas rien. Tout, putain.

— Je vais être une mauvaise mère.

Elle prononça cette dernière phrase dans un élan d'exaspération puis tomba à genoux à mes pieds, tête pendante.

— Bon sang, mais qu'est-ce qui m'a pris ? Je ne peux pas faire ça. Je ne suis pas Persy. Je ne suis pas Sailor. Cette vie n'est pas pour moi.

Je me baissai à son niveau, prenant son visage entre mes mains.

Mon pouls accéléra. Bordel. J'étais en train de faire une crise cardiaque, là, non ? Eh bien, ce fut un plaisir. Littéralement.

— Regarde-moi, Sweven.

Elle releva la tête pour me faire face, les yeux remplis de larmes contenues.

— Je ne choisis que le meilleur. Costumes, voitures, appartements, restaurants. Je suis comme ça. Crois-moi quand je dis que je ne t'ai pas choisie à la légère. Tu es intelligente, indépendante, maligne, créative, drôle, et, je te jure, un peu dingue. Mais tu es aussi responsable, stable, forte et tu as la tête sur les épaules. Tu seras une maman fantastique. La meilleure des mamans.

Sa poitrine se soulevait rapidement, comme si elle allait éclater en sanglots.

— Qu'est-ce qui ne va pas, *darling* ?

— Tu as oublié jolie, geignit-elle.

On éclata tous les deux de rire. Elle perdit l'équilibre et bascula en arrière. Voulant la rattraper, je la tirai à moi et tombai moi-même à la renverse, mon corps faisant office de coussin pour elle. Nos jambes s'entremêlèrent.

— Désolé, *darling*, mais tu es loin d'être jolie.

Elle fit mine de me mettre un coup dans le torse. J'attrapai son poignet et le mordillai doucement.

— Sublime, en revanche…

Ses lèvres furent sur ma bouche en un rien de temps, chaudes, humides, avides. Sa langue trouva la mienne, caressante et taquine.

Je déchirai ses vêtements, lacérant son sweat depuis le col en prenant garde à ne pas lui faire mal.

Ses mains étaient partout sur moi. Sa bouche aussi. Je n'osai pas respirer. Je ne voulais pas lui donner le temps de changer d'avis.

Elle fut nue en un éclair. Encore tout habillé, je la mis dos au pied du lit, ma langue glissant le long de sa jambe jusqu'à l'intérieur de sa cuisse, titillant un point sensible qui la fit trembler violemment.

Mes lèvres trouvèrent la douce fleur entre ses jambes, et je suçai et mordis et soufflai dessus jusqu'à ce qu'elle jouisse, enfonçant ma langue en elle pour sentir ses muscles se crisper autour avec voracité. À un moment donné, elle bloqua sa respiration, ses yeux s'écarquillant comme si un souvenir lui était soudain revenu. Cette réaction me parut étrange. Puis elle secoua la tête, ferma les yeux et dit :

— Continue.

Je remontai pour embrasser son ventre, puis déposai des baisers sur ses seins, mordillant sa peau jusque dans son cou, puis ses lèvres.

— Devon. S'il te plaît. Baise-moi.

— Chaque chose en son temps, Sweven.

Elle tendit la main pour déboutonner mon pantalon. Une perle de liquide pré-séminal collait ma queue au tissu de mon caleçon.

Belle libéra mon sexe de la prison de mes vêtements et marmonna dans notre baiser langoureux :

— Redis-le.

— Dire quoi ? demandai-je en me glissant en elle, là, sur le sol, la trouvant mouillée et prête à m'accueillir.

— Mon surnom. Redis-le-moi.

Elle ondulait au rythme de mes coups de reins.

— Sweven.

Je l'embrassai.

Coup de reins.

— Encore.

— Sweven.

Coup de reins.

— Sweven. Sweven. Sweven.

Coup de reins. Coup de reins. Coup de reins.

Je plaquai mon front contre le sien en plongeant en elle plus vite et plus fort.

— Je vais jouir.

— Jouis en moi.

Elle planta ses ongles dans ma peau, me marquant, s'assurant que Louisa le saurait.

— Je veux te sentir tout entier.

Je resserrai mon étreinte sur elle. Ses muscles frémirent alors que je sentais mon sperme chaud couler en elle.

Nous étions tous les deux en sueur et épuisés quand je roulai sur le côté, à bout de souffle, les yeux rivés sur le plafond.

Elle fut la première à parler.

— J'ai été violée quand j'étais jeune. Jusqu'à ce jour, personne n'est au courant.

Mon corps se raidit.

J'attrapai instinctivement sa main, avant même de me tourner vers elle pour la regarder. J'attendais la suite.

Elle poursuivit en regardant le plafond, évitant mon regard.

Quand il devint évident qu'elle n'était pas d'humeur à partager plus que l'essentiel, je demandai avec prudence :

— Qui était-ce ?

Elle eut un sourire sinistre.

— Le suspect classique.

— Combien de temps ça a duré ?

— Je ne me rappelle pas. J'étais trop… je ne sais pas, dans le déni.

— Pourquoi n'as-tu rien dit à personne ?

Je repensai à l'échange téléphonique maladroit avec son père et me répétai : *Non, pas possible, impossible putain.* Son père ne l'avait pas violée. Parce que si c'était lui, je serais forcé de le tuer, et je n'étais pas fait pour la vie en prison.

— Merde. Je n'arrive pas à croire que je te raconte ça.

Elle renifla, et une première larme roula sur sa joue, coulant vers son oreille.

Je retins mon souffle et, pour la première fois de ma vie, je priai Dieu. Qu'elle n'arrête pas. Qu'elle s'affranchisse des hauts murs derrière lesquels elle se tapissait, qu'elle ouvre la porte et qu'elle me laisse entrer.

— J'ai toujours été le garçon manqué, la fauteuse de trouble. Je ne voulais pas causer un problème de plus. C'est bête, je sais, mais j'en avais marre d'être porteuse de mauvaises nouvelles. Celle qui mettait toujours tout le monde dans la mouise. Et en même temps, l'affronter, ça voulait dire courir le risque que tout le monde le découvre. Alors j'ai juste… tout gardé pour moi. Pendant un moment, en tout cas. Et puis il s'est passé autre chose et…

Elle se tut et ferma de nouveau les yeux, essayant de ravaler la boule qui lui serrait la gorge, sans succès.

Belle n'était pas comme toutes les femmes. Elle était du genre à emporter ses secrets dans la tombe. Mais ça, là, c'était déjà beaucoup. Cela me touchait profondément qu'elle ait choisi de m'en parler.

— Les deux hommes en qui j'avais le plus confiance m'ont tourné le dos, chacun à sa façon. Cette image de non-confiance, de « je m'attache pas » que je dégage ? C'est mon « va te faire foutre » à la gent masculine, Devon. Si je décide de faire à nouveau confiance et que je souffre, ce sera la fin pour moi. C'est pour ça que je te résiste. Quoi que tu éprouves, ce que je ressens est dix fois plus fort. Mais ça ne vaut pas le coup pour moi. Soit je tue mes sentiments, soit mes sentiments me tuent.

Je passai mon pouce sur ses cheveux dorés et les calai derrière son oreille.

— Ma douce Sweven, qu'est une petite mort dans le grand ordre des choses ?

Cette femme exaspérante et insupportable me comprenait mieux que personne. Elle comprenait mes excentricités, mes bizarreries. De manière générale, le temps que nous passions ensemble était frustrant. Mais quand nous passions de bons moments ensemble, quand les murs tombaient – c'étaient les meilleurs moments de ma vie.

Emmabelle se tourna vers moi pour la première fois depuis qu'elle avait commencé à me raconter son histoire.

— Assez parlé de moi. Qu'est-ce qui t'a rendu claustrophobe, Dev ? Une vérité pour une vérité. Tu as promis de me le dire quand je gagnerais ta confiance, et je crois que j'y suis. Raconte-moi ce qu'il s'est passé.

Je lui racontai.

Passé

Quand il me poussa pour la première fois dans le monte-plats, qui faisait la taille d'une étagère de bibliothèque, j'avais quatre ans.

Comme un bébé dans le ventre de sa mère, j'avais suffisamment de place pour bouger les bras et les jambes, mais pas assez pour m'étirer.

À dix ans, mes jambes étaient trop longues et mes bras trop dégingandés pour rentrer comme il fallait.

Et à quatorze ans, c'était comme être coincé dans une boîte à sardines avec quinze autres Devon. Je pouvais à peine respirer.

Le problème, c'est que je n'arrêtais pas de grandir et que ce stupide monte-plats gardait la même taille. Un misérable petit trou.

Je ne l'avais pas toujours détesté.

Au début, quand j'étais petit garçon, j'avais même appris à l'apprécier.

Je passais mon temps à réfléchir. À ce que je voulais faire quand je serais grand (pompier). Et plus tard, aux filles qui me plaisaient, aux feintes que j'avais appris en cours d'escrime, et à comment ce serait d'être un insecte, ou un parapluie, ou une tasse à thé.

Puis tout dégénéra un jour, quand j'avais onze ans.

J'avais fait une bêtise qui avait particulièrement énervé mon père.

J'étais entré en douce dans son bureau pour voler son tisonnier et m'en étais servi comme d'une épée pour me battre contre un arbre.

C'était un tisonnier ancien qui avait plus de valeur que ma propre vie, m'avait expliqué mon père quand il m'avait surpris avec l'objet brisé en deux (l'arbre avait gagné).

Il m'avait jeté dans le monte-plats pour la soirée.

Maman et Cecilia étaient absentes, parties rendre visite à de la famille dans le Yorkshire. Je voulais les accompagner (je ne voulais jamais rester seul avec papa), mais maman avait dit que je ne pouvais pas manquer tout un week-end de cours d'escrime avec mon sabreur.

— Et puis, tu n'as pas passé assez de temps avec papa. Un moment père-fils, c'est pile ce qu'il vous faut.

Je me retrouvai donc là, dans le monte-plats, à me demander comment ce serait d'être une bouteille à la mer renfermant une lettre, ou un trottoir fissuré, ou un mug dans un café animé de Londres.

Ça aurait dû s'arrêter là.

Une nuit comme une autre dans le monte-plats, suivie d'une matinée de silence et d'allers-retours aux toilettes pour compenser le temps passé à me retenir pendant que j'étais prisonnier.

Mais ce ne fut pas ce qu'il se passa.

Parce qu'une tempête se leva ce jour-là, si forte et si terrible qu'il y eut une coupure de courant.

Mon père se réfugia dans un des cottages des domestiques, où il y avait encore l'électricité, pour y passer la nuit et certainement se distraire avec une des bonnes, comme il le faisait régulièrement quand maman n'était pas là.

Il oublia juste une chose.

Moi.

Je remarquai la fuite dans le monte-plats quand un filet d'eau se mit à couler obstinément sur mon visage, me réveillant.

J'étais recroquevillé sur moi-même, collé aux quatre murs. J'avais mal, envie de bouger, de m'étirer, de tendre le cou.

Quand je me réveillai, sous le déluge, j'avais déjà de l'eau jusqu'à la taille.

Je me mis à frapper à la porte. À pleurer, à crier, à gratter la surface en bois pour l'ouvrir.

Je me cassai les ongles et m'entaillai la peau en essayant de sortir de là.

Et le pire, c'est que je savais que je n'avais aucune chance de m'en tirer.

Ma famille n'était pas dans la maison.

Mon père m'avait laissé pour mort. Délibérément ou pas, je l'ignorais, et dans l'immédiat je m'en fichais.

Si je mourais, ils essaieraient d'avoir un autre enfant. Mon père aurait enfin le fils qu'il avait toujours voulu. Fort. Coriace. Sans peur.

J'avais de l'eau jusqu'au cou quand j'entendis des bruits sourds dans le couloir. Des bruits de pas.

À ce stade, j'étais presque ivre d'épuisement et j'avais déjà accepté mon sort. Tout ce que je voulais, c'était une mort rapide.

Mais cela me redonna espoir. Je me mis à taper, à crier et à éclabousser dans tous les sens pour attirer l'attention, buvant la tasse au passage.

— Devon ! Devon !

La voix était étouffée par l'eau. J'avais la tête immergée, mais je l'entendais quand même.

Enfin, la porte du monte-plats s'ouvrit. Des litres d'eau s'en déversèrent - et moi avec.

Je tombai comme une brique aux pieds de la personne qui m'avait sauvé. La personne sainte qui m'avait accordé la miséricorde. Je m'étranglai et gesticulai, comme un poisson hors de l'eau. Le soulagement me fit faire pipi dans ma culotte, mais je crois que cela ne se voyait pas de toute façon.

Je levai les yeux pour découvrir Louisa devant moi.

— Lou, m'étranglai-je.

Ma voix était si rauque qu'on l'entendait à peine.

— *Oh ! Devvie. Oh mon Dieu. On était censés se retrouver, tu te rappelles ? Comme tu n'es pas venu à la grange, j'ai envoyé quelqu'un te chercher. Mais le chauffeur ne voulait pas quitter la voiture, alors je lui ai demandé de m'amener ici. La porte d'entrée était verrouillée, mais tu m'avais dit où était cachée la clé de secours…*

Elle tomba à genoux et me prit dans ses bras. Sa voix planait au-dessus de ma tête comme un nuage alors que j'allais et venais entre conscience et inconscience.

— *J'ai promis de toujours être là pour toi, l'entendis-je dire. Je suis si contente de t'avoir trouvé à temps.*

On se serra fort dans les bras. Je me laissai aller contre elle, mon corps bien plus lourd que le sien, et pourtant elle supporta mon poids sans se plaindre. Des bruits de pas retentirent dans l'escalier, et l'ombre de mon père se dressa dans le couloir, sombre, grande, menaçante, imposante.

— *Qu'as-tu fait, petite idiote ? grogna-t-il, bouillonnant de colère. Il était censé mourir.*

Sweven pleurait.

Elle n'essaya même pas de le cacher, pour une fois.

Les larmes coulaient sur ses joues, certaines glissant entre ses lèvres, d'autres roulant dans son cou.

— Je n'arrive pas à croire que cet enfoiré t'ait fait subir ça. Pas étonnant que tu te sois enfui et que tu aies refusé de faire ce qu'il voulait. Bon sang. Je suis désolée. Je suis tellement désolée.

Elle tremblait de tous ses membres, se balançant d'avant en arrière.

— Tu as vu la mort en face, Devon.

— Sans sourciller.

Je pressai ses doigts contre mes lèvres, savourant le privilège de la toucher.

— Tu m'as dit ce qui avait creusé un trou dans ton cœur, et voilà pourquoi j'en ai un dans le mien. C'est pour ça que je ne me suis jamais marié. Que je n'ai pas fondé de famille. Au fond, je savais qu'avoir toutes les choses dont j'ai privé Lou était… mal. Je lui dois la vie.

— Elle a fait ce que toute personne décente aurait fait.

— Vraiment ? demandai-je, songeur. Peut-être n'ai-je pas rencontré beaucoup de personnes décentes dans ma vie.

— Ne pas vouloir être seul n'est pas un péché.

— Alors pourquoi te réserves-tu le même sort ? murmurai-je dans sa main.

Elle la retira pour faire un ange de neige sur la moquette. Faisant la moue et se retenant de trop renifler, elle avait l'air moitié fille, moitié femme.

Une belle créature enceinte coincée dans les limbes entre deux mondes.

Trop sage pour son âge et trop craintive pour tomber amoureuse.

— Regarde ce que tu as fait. Maintenant je ne peux même plus la détester comme il faut, lâcha Belle en soupirant. Elle t'a sauvé, après tout.

Elle utilisa ce faux accent *british* dont elle se servait pour cacher ses sentiments quand elle était touchée.

Je ris, roulai sur elle, embrassai son visage et léchai ses larmes salées, tout en écartant ses jambes avec mon genou et en caressant son téton avec mon pouce.

C'était tout moi, ça, de tomber amoureux de la femme la plus folle au monde.

25

Belle

Quatorze ans

Le coach Locken revient en cours quatre jours après la naissance de son fils, Stephen Locken junior. Son torse paraît plus large, son sourire, plus grand, et je ne sais pas pourquoi, mais je jurerais qu'il semble plus adulte. Sa soudaine maturité me dégoûte.

Je vais à l'entraînement. Il n'y a aucune raison de renoncer à une bonne bourse juste parce que ce type est un vrai connard. Mais s'il pense que je vais encore le laisser me brouter, il ne sait pas ce qui l'attend - certainement un coup de pied dans les couilles.

L'entraînement se déroule sans accroc, si on met de côté le fait que j'ai envie de m'évanouir et de vomir chaque fois que je sens ses yeux sur mes jambes. Je le surprends à essayer de croiser mon regard plusieurs fois, mais je détourne les yeux pour l'éviter.

Une fois l'entraînement fini, il laisse tout le monde partir et pose une main sur mon épaule comme un oncle amical.

— Penrose, viens me voir dans mon bureau.

— J'ai maths dans cinq minutes, coach. On peut discuter ici ? dis-je très fort, le dos bien droit pour montrer comme je suis grande.

Tout le monde s'arrête et nous regarde. Ross hausse un sourcil. Je me rends compte alors que j'étais dans une brume adolescente et que tout le monde dans l'équipe avait compris qu'il se passait quelque chose entre le coach et moi. J'ai l'impression que mon visage brûle de l'intérieur.

Pour la première fois, le coach a l'air perdu et un peu sonné. Il se reprend vite.

— Oui. Bien sûr. Viens, asseyons-nous sur ce banc.

Nous nous asseyons. À une distance raisonnable l'un de l'autre, mais je me sens quand même mal. J'ai envie de lui mettre un coup de poing dans la figure. Je déteste me sentir bête et j'ai l'impression qu'il a profité de moi. Je joue avec l'ourlet de mon short.

— Félicitations pour Stephen junior, dis-je. Et la Kia Rio.

La colère transparaît dans ma voix malgré moi, et vous savez quoi ? Tant pis. Je m'en tape. Il m'a menti.

— Ah, c'est donc de ça qu'il s'agit.

Il gratte sa barbe de trois jours du revers de la main, l'air fatigué, comme s'il n'avait pas dormi de la semaine.

— Tu savais que j'allais devenir papa, Emmabelle.

— Je ne savais pas que vous étiez encore ensemble.

C'est bizarre d'en parler. J'ai l'impression d'être une adulte dans une série télé. Je viens juste d'avoir mes règles, depuis trois mois, donc c'est un peu barré.

— Ce n'était pas le cas, dit-il précipitamment.

Je vois à la façon dont ses mains tressaillent qu'il a envie de me prendre dans ses bras et de réclamer mon attention, mais il ne le fait pas.

— Ça faisait trois mois que nous n'étions plus ensemble. Il a toujours été prévu que Brenda accouche à Boston. Et quand elle est revenue, une semaine avant la date du terme… eh bien, une chose en entraînant une autre, on a décidé de se donner une nouvelle chance. Pour Stephen.

— Vous avez couché avec elle ? je demande.

Je ne sais pas ce qui me prend de lui demander ça.

Il détourne le regard, la mâchoire crispée.

Un rire désabusé m'échappe.

— Évidemment que vous avez couché avec elle.

— J'étais censé faire quoi ? demande-t-il, serrant les dents. Ce n'est pas comme si ma petite copine voulait bien coucher.

Sa petite copine. *C'est ce que je suis maintenant. Je pensais que ça me plairait, mais je n'éprouve que des regrets. Comment ai-je pu être si stupide ? Pour entamer cette relation avec lui ?*

— Je ne suis pas votre petite copine. Je ne suis même pas sûre d'être votre coureuse. Mais ce qui est sûr, c'est que je me tire d'ici.

Je me lève.

— Penrose, aboie-t-il à voix basse. Assise. On n'a pas fini.

Je m'exécute, mais cette fois-ci - et c'est ça le plus génial - pas parce que je veux entendre ses excuses minables, mais parce que je suis obligée. C'est mon coach. Et maintenant, je commence à voir les similitudes entre Locken et le prof de géo pervers.

— Écoute, ce truc entre Brenda et moi… ça ne va pas durer. C'est toi que je veux. J'ai été clair, non ?

— Je ne veux pas me mettre entre vous et la mère de votre enfant.

En le disant, je prends conscience que ce n'est pas seulement parce que je me sens comme une sous-merde d'avoir fait ce que j'ai fait avec lui alors que c'est un homme marié. Mais tout ça a perdu de son éclat. Il y a quelques jours, à la cafétéria, quand j'ai tendu l'oreille pour écouter la conversation des professeurs sur sa femme et lui, j'ai compris que tout cela était une erreur monumentale.

Quel genre d'homme couche avec son élève ?

Quel genre d'homme trompe sa femme enceinte ?

Pas un homme digne, ça c'est sûr.

— Tu ne te mets en travers de rien. Je te veux. Je t'aime. Je n'ai pas arrêté de penser à toi toute la semaine.

Il y a une certaine urgence dans son ton. Je tourne mon regard vers lui mais je me lève. Cela doit paraître étrange, de loin, si quelqu'un nous voit. Le fait que je m'éloigne de lui et non l'inverse.

Sa déclaration d'amour tombe à plat.

— Je suis désolée. Je ne vous aime pas en retour.

— Je sais que si.

— Non.

En vérité, je ne sais pas ce que je ressens. Je sais seulement que je suis dépassée. Que je dois m'extirper de cette situation, et vite.

— Cette conversation n'est pas terminée, me prévient-il.

Il se lève à son tour et regarde autour de lui, comme un voleur dans la nuit avant de sortir par la fenêtre d'une maison.

Je lui tourne le dos et je m'en vais, pensant : Si, c'est terminé.

26

Belle

Cet homme allait me détruire, et je pouvais seulement le regarder faire, installée aux premières loges.

Je le sus au moment où il posa ses mains sur mon ventre.

Bébé Whitehall remua dès qu'il me toucha. J'eus l'impression que des papillons ouvraient leurs ailes dans mon ventre pour la toute première fois.

Elle savait que c'était son papa qui la touchait et elle réagissait.

Tout se passa si vite ensuite.

Les baisers.

Les suçons.

Le peau-à-peau.

Les *secrets.*

C'était comme tomber d'une falaise.

Tomber, encore et encore.

Et pourtant, ne s'agripper à rien pour empêcher ce qui était en train de se passer.

Le gouffre ne semblait pas si profond quand on ne voulait pas en sortir.

C'est pour ça que tomber amoureux était un jeu dangereux.

Cela offrait la pire chose qu'une femme comme moi pouvait avoir.

De l'*espoir.*

Le lendemain soir, je ne rentrai pas tôt après avoir fini ma paperasse au Madame Mayhem. J'étais d'une drôle d'humeur. Sur les nerfs.

Je ne voulais pas rentrer à la maison pour découvrir que Devon était encore de sortie avec Miss Chicos.

L'autre option – que Devon soit là et qu'on ait une conversation d'adultes – était tout aussi terrifiante.

Que pouvais-je lui dire ? Hier n'avait rien changé.

J'étais toujours moi et il était toujours lui. Nous avions toujours des trous dans nos cœurs.

Sa famille ne m'accepterait jamais et ferait faillite s'il n'épousait pas Louisa.

Et moi ? J'étais encore la fille qui fermait les yeux pour rêver mais voyait M. Locken à la place.

Au lieu de rentrer, je retrouvai Aisling, Sailor et Perséphone dans le manoir de cette dernière pour partager des beignets de palourdes et des bières.

Rester au soda était difficile mais nécessaire. La grossesse s'accompagnait d'un dégoût pour certaines choses : le café, la viande rouge et la plupart des poissons. Mais j'avais encore envie d'un verre de vin rouge de temps en temps.

— Alors ? Quels symptômes de grossesse tu as ? demanda Sailor avant d'avaler son verre d'un trait comme… eh bien… comme un *marin* irlandais. Quand j'attendais Rooney, mon minou a viré au violet. C'était horrible. (Elle marqua une pause.) Enfin, surtout pour Hunter. Moi, je n'étais pas en position de le regarder. Littéralement.

Persy plaqua une main contre sa bouche.

— Merci, reine du trop-d'infos.

Sailor haussa les épaules en trempant une frite dans un bol de ketchup.

— Je plaisante. Il aimait bien. Il avait l'impression de coucher avec un alien.

— Moi je me faisais pipi dessus. *Tout le temps*, raconta Aisling en toute décontraction.

Je crachai mon soda, éclaboussant mes amies. Eh ben, c'était ambiance décomplexée ce soir.

— Ambrose appuyait sur ma vessie. Au début, ça n'arrivait que quand je toussais ou que j'éternuais. Au troisième trimestre, il suffisait que je me penche pour mettre mes chaussettes et oups, je faisais pipi dans ma culotte. Je crois que j'étais la seule femme enceinte au monde à mettre des protège-slips tous les jours. Quand j'en achetais chez Walmart, la caissière me regardait bizarrement, genre « Vous savez que vous n'en avez pas besoin, hein ? » et j'avais envie de lui hurler que j'étais médecin.

— Et toi ? demandai-je en me tournant vers ma sœur parfaite, qui avait eu deux grossesses parfaites et mis au monde de beaux bébés qui avaient tout de suite fait leurs nuits.

Persy, Dieu la bénisse, était incapable d'imperfection.

Elle plissa le nez et rougit.

— Quoi ? demanda Sailor en souriant, une frite pendue au coin de la bouche comme une cigarette. Dis-nous, saloperie !

— Eh bien, commença Persy en calant une mèche de cheveux derrière son oreille avec nervosité. Ce n'était pas vraiment un symptôme mais…

On se pencha toutes vers elle autour de la table à manger, les yeux grands ouverts, mourant d'envie de savoir.

— C'est juste que, pendant les deux grossesses, j'avais tout le temps envie de baiser.

— Tu veux dire que tu avais envie de saucisse tous les jours ? demanda Sailor, ce qui fit rire Persy.

— Ouais. Je voulais que ce soit… un peu violent. Et Cillian était partagé entre satisfaire mes envies et être sûr qu'on ne faisait rien de stupide.

On hocha toutes la tête, pensives.

— À toi, glousssa Persy en me jetant une frite.

C'était comme quand nous étions ados. La facilité d'être ensemble. Je savais qu'on serait toujours là les unes pour les autres. Cela me rassurait, maintenant que mes sentiments vis-à-vis de Devon étaient tout emmêlés.

— Je crois que mon plus gros symptôme, c'est la folie, confessai-je.

Je plantai les dents dans mon épi de maïs, sachant que j'allais le regretter plus tard, quand je devrais me passer du fil dentaire pendant deux heures.

— Parce que je crois que je… commence à bien aimer Devon ? Je veux dire, pour de vrai ?

Des couverts cliquetèrent. Persy fit tomber un morceau de palourde au sol et ne bougea pas d'un pouce pour le récupérer, les yeux braqués sur moi. Sailor et Aisling se regardèrent comme si elles se demandaient s'il fallait prendre ma température pour vérifier que j'allais bien.

Persy fut la première à s'éclaircir la gorge, procédant avec prudence.

— Précise, je te prie.

Je leur racontai tout. Le testament, l'héritage et les problèmes qui venaient avec. La mère de Devon, sa sœur et le risque de faillite. Je leur parlai de ses soirées tardives avec Louisa et leur dis que je l'avais poussé dans ses bras.

Que j'avais très mal joué mes cartes.

Je leur dis tout, à part les secrets que Devon et moi avions partagés. Les trous dans nos cœurs.

Quand j'eus fini, le silence se fit autour de la table.

Sailor sembla reprendre ses esprits la première. Elle se pencha en arrière sur sa chaise, les yeux verts écarquillés, et souffla :

— Bordel.

J'enfouis mon visage entre mes mains. « Bordel » était rarement suivi de bons conseils.

Le personnel de Persy vint enlever nos assiettes, se rendant invisible. Pour la millième fois, je me demandai comment ma sœur, d'origine si modeste, avait pu s'habituer à une telle opulence.

— D'autres avis utiles ? demandai-je.

— C'est juste que tu n'as jamais montré d'intérêt pour personne avant, dit Sailor.

Elle regarda Aisling et Persy pour qu'elles lui viennent en aide, avant d'ajouter, comme les autres semblaient encore en train de digérer l'info :

— Je lui ai peut-être conseillé de ne même pas essayer avec toi et d'épouser Louisa pour éviter d'avoir le cœur brisé. Je suis désolée, Belle. Quand tu en as parlé l'autre jour, on aurait dit que ça ne te dérangeait pas le moins du monde qu'ils se marient.

J'avais envie de vomir, mais j'affichai un petit sourire.

Il fallait que je me lève et que je parte. Que j'appelle Devon, peut-être, sur le chemin. Il viendrait, même s'il était avec Louisa. Il était ce genre d'homme.

Aisling se frotta la tempe, l'air taciturne.

— Ça ne va pas. Ça ne va pas du tout. Tu sais que tu dois te battre pour lui, n'est-ce pas ?

Facile à dire pour elle. Bien qu'elle soit d'une grande douceur, Aisling était impitoyable quand il était question d'amour. Elle s'était acharnée pour conquérir son mari, dont elle était amoureuse depuis des années.

— Et gâcher la vie de sa famille ?

Je laissai ma tête tomber sur la table.

— Sa sœur et sa mère ne sont pas ton problème, affirma Sailor.

— Et puis, c'est lui qui gâchera sa vie, *et* celle de Louisa, s'il l'épouse alors qu'il est amoureux de toi, dit Persy.

Le personnel nous interrompit une nouvelle fois. Cette fois-ci, ils apportaient le dessert et le thé. Crème renversée, meringues au citron et gros morceaux de nougat.

On attendit qu'ils soient partis pour reprendre la conversation.

— Tu es folle ? sifflai-je à voix basse en plongeant ma cuillère dans la crème. Il n'est pas amoureux de moi.

— C'est trop bon, dit Aisling avec sa cuillère dans la bouche en montrant la crème renversée. Et moi qui ai le QI le plus élevé dans cette pièce, je dis qu'à mon humble avis il est amoureux de toi.

— *Super* humble, se moqua Sailor. Mais je suis d'accord. Tu dois lui laisser une chance de faire ses preuves, Belle. S'il savait ce que tu ressens, il n'accorderait aucune attention à Louisa.

— Je ne sais pas quel genre de relation ils ont.

Je pris une meringue au citron.

OK. Peut-être que j'avais *effectivement* un symptôme de grossesse qui consistait à vouloir manger tout ce qui me passait sous la main.

— C'est le moment de poser la question, dit Sailor.

Persy renchérit :

— Le truc avec les hommes, c'est qu'il faut parfois leur donner un petit coup de pouce pour qu'ils comprennent que ce qu'ils veulent et ce dont ils ont besoin peut se trouver chez une seule et même femme et qu'elle est juste sous leur nez.

— Amen, dit Aisling en levant sa tasse de thé.

Je secouai la tête.

— Je ne suis pas comme vous. Je ne suis pas capable de rendre quelqu'un heureux. Dès que je deviens vulnérable, c'est fini. Je fais un truc horrible qui le fait fuir. Je ne peux pas lui promettre tout ce que vous avez donné à vos époux respectifs. La famille, les enfants, le… vous savez, l'amour inconditionnel et tout ça.

Je compris à l'expression de mes amies et de ma sœur que je n'avais pas réussi à défendre mon point de vue avec tact et finesse.

— On ne sert qu'à ça ? À rendre nos hommes heureux ? demanda Sailor avec un sourire figé. Je suis *juste* une ancienne archère olympique et propriétaire de l'un des plus gros blogs culinaires du pays. Qu'est-ce que je sais, *moi*, de la gestion d'une entreprise ou de la vie en dehors du mariage ?

Elle était toutes ces choses. Mais elle venait d'une famille riche et s'était mariée avec un homme issu d'une famille riche, donc elle n'avait rien à prouver à personne.

— Et je suis *juste* médecin, renchérit Aisling en sirotant son thé. Pas aussi importante ni aussi influente que toi.

Perséphone, qui ne travaillait pas, fut la seule à garder le silence. Je me tournai vers elle et dis :

— Je suis désolée, ce n'est pas ce que je voulais dire.

— Ah non ? fit-elle en se laissant tomber contre le dossier de sa chaise, l'air parfaitement calme et détachée. Oh ! peut-être que je ne travaille plus à des heures de bureau, mais j'organise des galas de bienfaisance qui récolte des millions de dollars pour des enfants dans le besoin, des refuges pour femmes et des animaux maltraités. Je me sens tout à fait accomplie et je n'ai besoin de la permission de personne pour me définir comme féministe.

D'accord, peut-être n'avaient-elles pas tort.

— Une femme est une femme.

Persy posa une main sur mon épaule et je me demandai à quel moment les rôles s'étaient inversés. Elle était devenue la sœur sage et expérimentée, et moi, celle qui avait besoin de conseils.

— Une femme est un miracle. Nous sommes programmées pour accomplir tous nos rêves et nos désirs. Ne te sous-estime pas.

Quoi que Devon ait vu en toi, c'est encore là. Cherche bien, et tu trouveras, ajouta ma sœur.

Pouvais-je vraiment sauver ma relation avec Devon ?

Les Whitehall voulaient que je disparaisse. Et Louisa allait royalement m'emmerder, sans mauvais jeu de mots.

Mais à part ça, qu'est-ce qui se dressait entre Devon et moi ?

Rien. Ou plutôt, personne – à part moi-même.

Je quittai la maison de Perséphone et rentrai en voiture chez Devon, dans le même quartier de Back Bay, en mode pilotage automatique.

Pianotant sur ma jambe avec mes doigts, tout en repensant à ma conversation avec les filles, je tournai à droite sur Beacon Street, puis sur Commonwealth Avenue, avant de continuer sur Arlington Street.

Je m'arrêtai à un feu rouge, et une moto sortit de nulle part, fendant le trafic. Le motard s'arrêta entre ma voiture et la Buick devant moi, bloquant mon champ de vision. Il portait une veste en cuir noire et un casque noir qui masquait son visage.

Je poussai un cri, le pied droit en suspension au-dessus de l'accélérateur, prête à écraser cette raclure avant qu'il pointe un pistolet sur moi.

Mais ce fut autre chose qu'il sortit de la poche de son jean : un mot, qu'il plaqua sur mon pare-brise.

Le texte était imprimé en Times New Roman.

QUITTE BOSTON AVANT QUE JE TE TUE.

C'EST LE DERNIER AVERTISSEMENT.

C'était tout.

J'allais commettre un meurtre.

Je mis le point mort, attrapai le pistolet dans mon sac à main et ouvris ma portière.

L'homme au casque secoua la tête, fit rugir son moteur et partit avant que ma main puisse se refermer sur la manche de son perfecto.

J'arrachai le bout de papier de mon pare-brise, le fourrai dans ma poche et me jurai que, qui que soit cet homme, il allait souffrir.

Quand j'arrivai à l'appartement, Devon était là.

Cela devait faire un moment qu'il était rentré, puisqu'il semblait sortir de la douche, en jogging de marque et T-shirt blanc.

Je ne lui confiai pas tout de suite ce qui s'était passé.

Il avait l'air heureux et désireux de passer du temps avec moi.

Et puis, j'allais régler le problème. Hors de question que j'aille trouver la police – ils ne servaient à rien et, à voir comme ils avaient rechigné quand j'avais porté plainte, je ne comptais pas y retourner. Mais j'allais rendre visite à Sam Brennan le lendemain pour lui dire qu'il allait me proposer ses services, que ça lui plaise ou non, sinon je le dénoncerais à sa femme.

L'expérience ébranlante que je venais de vivre ne suffisait pas à me déstabiliser. D'habitude, une rencontre de ce genre était suivie d'au moins deux semaines de silence radio de la part de celui ou celle qui cherchait à m'effrayer.

— Bonjour à ma personne préférée au monde, dit Devon avec chaleur.

Cela me fit fondre en une mare d'hormones et je me penchai vers lui, mais il s'accroupit pour embrasser mon ventre à travers ma blouse rose.

— Oh. Tu parlais d'*elle*, murmurai-je.

Il se leva, se dressant de toute sa hauteur, et me décocha un clin d'œil.

— Et bonjour à la femme qui la porte.

— Donc nous sommes d'accord que c'est une fille.

Je retirai mes escarpins. C'était super, la grossesse, mais cela ne voulait pas dire que j'allais négliger mon apparence et devenir meilleure amie avec Lululemon[1] et – Dieu m'en garde – les Crocs.

— Je suis d'accord avec toi généralement, dit-il.

J'allai dans la cuisine pour me servir un grand verre d'eau que je bus à longues goulées, chassant le motard de mon esprit, déterminée à ne pas laisser cet incident gâcher ma soirée.

— Je suis contente que tu ne sois pas avec ta petite amie ce soir, dis-je.

Oups. Oubliez. Je venais de gâcher la soirée toute seule comme une grande.

Pourquoi ne pouvais-je pas simplement dire « Je suis contente que tu ne sois pas avec Louisa » comme un être humain normal ? Pauvre Devon. Même si nous devions finalement être ensemble, il allait finir par me détester.

— Je crois qu'elle se trouve en face de moi.

Euh… *Quoi ?*

Il s'avança vers moi, l'air déterminé. Mon cœur se remit à battre la chamade. Être la petite amie de quelqu'un – la petite amie de *Devon* – était une réalité que je n'avais jamais envisagée.

Mais je devais l'admettre : cette idée ne me déplaisait pas.

Il me débarrassa de mon verre et le posa sur le comptoir en marbre derrière moi avant de prendre mes mains dans les siennes. Je fus parcourue d'un frisson. C'était si agréable, si naturel. J'avais envie de quitter mon propre corps pour m'enfuir dans un endroit où je serais à l'abri de lui.

— Dis-moi qu'hier était une erreur, ordonna-t-il. Dis-moi un

1 Marque de vêtements de sport.

million de fois que ça n'aurait pas dû se produire, et je ne te croirai toujours pas.

Je déglutis, les yeux baissés. Je détestais être vulnérable, mais c'était nécessaire.

— Ce n'était pas une erreur.

— Était-ce si difficile ? demanda-t-il doucement.

— Oui.

Il éclata de rire. Une vibration grave et sexy qui venait de sa poitrine.

— Une anecdote sur un animal bizarre pour t'apaiser ? suggéra-t-il, sans lâcher mes mains.

— S'il te plaît.

— On dirait que les ornithorynques ont une bouillotte collée au visage. Tu sais, celles que nos grands-mères mettaient sous les couvertures en hiver pour se réchauffer.

Je me mis à glousser, incapable de me retenir, les épaules secouées de rire.

— En parlant de drôles de tronches, le museau du saïga ressemble à un pénis non circoncis en demi-molle.

— Qu'avez-vous contre les pénis non circoncis, mademoiselle Penrose ? Il se trouve que je suis le fier propriétaire d'un pénis de ce genre.

Il me tira à lui, et je ris de plus belle.

— Rien, monsieur Whitehall. Rien du tout.

Ses lèvres trouvèrent les miennes, et il n'y eut plus aucun espace entre nous.

Je m'agrippai à lui. Sa bouche sentait le menthol et la glace. La mienne sentait la meringue au citron, la crème renversée et les frites.

Il me déshabilla en un éclair et je fis de même, et pour la première fois depuis des années il se retrouva complètement nu devant moi, dans la cuisine.

Un autre aveu m'échappa.

— Ça fait longtemps que je rêve de te revoir comme ça.

— Depuis la première fois que je t'ai vue, il ne s'est pas écoulé un seul instant où je n'ai pas eu envie de te voir nue, Sweven.

Je fis un pas en arrière pour admirer son corps.

— Tu es beau, lui dis-je.

— Tu me brises le cœur, répondit-il.

Puis on fit l'amour, là, sur le sol de la cuisine.

Quand on eut fini, épuisés et satisfaits, il me tira jusqu'au canapé, où il me nicha entre ses bras. J'étais étalée sur lui comme une couverture.

C'était agréable.

— Tu veux regarder quelque chose ? murmura-t-il dans mes cheveux en allumant la télé.

— Comme quoi ?

— Qu'est-ce que tu aimes regarder ?

— L'argent passer de la main des clients à la mienne ou celle de mes serveurs, pour être honnête.

— Ralentis un peu, ma belle. Tu as réussi dans la vie.

— Hmm. (Je réfléchis sérieusement à sa question.) D'habitude, chez moi, quand j'ai un moment, je regarde le pire truc que la télé a à me proposer. Comme *Séduction Haute Tension*, *Le Cercle*, *Toddlers & Tiaras*. S'il y a le moindre risque que j'apprenne quoi que ce soit ou que ça me force à réfléchir, je zappe. Et toi ?

Dans mon dos, je sentis sa poitrine s'agiter sous son rire.

Tout son corps était chaud. Délicieux.

— Je regarde surtout BBC News et la chaîne sportive. Parfois *Top Gear*.

— Tu es tellement *british*.

— *Yes, ma'am.*

— Alors qu'est-ce que tu fais ici si tu aimes tant ton pays et qu'il te manque ?

Je tournai la tête vers lui. Il me regarda en plissant les yeux, jouant avec des mèches de mes cheveux.

— Je ne sais pas, dit-il en toute honnêteté, et mon cœur se serra. Maintenant que mon père est mort, j'imagine que je pourrais rentrer, si je n'avais pas un enfant à élever en Amérique.

— Alors tu comptais retourner là-bas ?

— Non.

Mais je connaissais ce non, je l'avais dit cent fois alors que je voulais dire oui.

— Dev…

— Je ne veux être nulle part ailleurs. Maintenant, regardons un truc qui te fera peut-être réfléchir un peu. Ça te paraît bien ?

— Ça me paraît affreux, dis-je.

Il rit encore.

— Bien. Montre-moi que j'en vaux la peine. Souffre un peu avec moi.

On s'accorda sur une émission à mi-chemin entre BBC News et mes téléréalités.

Un jeu télé anglais qui s'appelait *Have I Got News For You.*

C'était censé être drôle. Le public – et Devon – riait.

Mais ce n'était pour moi que le rappel qu'il n'était pas vraiment à sa place ici, avec moi. Que je lui rendrais service si je le libérais pour le laisser vivre sa vie avec Louisa.

Et puis, je ne saurais trop insister sur ce point : il était *impossible* que je ne fasse pas tout foirer.

— On continue de me suivre.

Mon aveu sortit de nulle part.

Le torse de Devon se durcit dans mon dos. Je sentis son pouls s'accélérer entre nos corps.

Je fermai les yeux et poursuivis.

— Une moto m'a coupé la route aujourd'hui et le mec a plaqué un mot sur mon pare-brise. Il disait que je devais quitter Boston. Que c'était son dernier avertissement. Le truc bizarre, c'est que… (Je pris une profonde inspiration.) Je reçois deux sortes de menaces. Soit on me menace de mort, soit on m'ordonne de partir. On dirait presque qu'il y a deux forces différentes qui veulent que je m'en aille, mais pas pour la même raison. Des personnes qui n'ont rien à voir l'une avec l'autre.

— Deux ? répéta-t-il d'une voix glaciale, soucieuse.

— Deux.

— *Putain.*

C'était un « putain » qui disait « Je sais ». Ça y ressemblait, du moins. Mais comment était-ce possible ? Comment pouvait-il savoir qui en avait après moi ?

Devon se leva et enfila son caleçon avec des gestes brusques.

— On prévient tout de suite la police.

Un rire amer me serra la gorge. Je voulais lui dire que c'était déjà fait et que ça n'avait servi à rien.

Mais le ton qu'il avait employé – si hautain, si condescendant – me rappela pourquoi les hommes, comme les enfants, étaient plus agréables à l'œil qu'à l'oreille.

— Tu ne peux pas me dire ce que je dois faire.

Je me levai et allai dans la cuisine.

Bébé Whitehall s'agita dans tous les sens dans mon ventre pour me dire qu'elle était tout aussi en colère et terrifiée que moi.

Devon lâcha un rire sardonique.

— Je peux, et je le fais. Tu vas aller porter plainte au commissariat, je t'accompagne, et tu es officiellement en congé maternité à partir de maintenant.

Ses mots allaient à l'encontre de ma règle « halte aux hommes manipulateurs ».

Je partis d'un rire perçant, reprenant mes vieilles habitudes, mes vieilles répliques, mon vieux, *très* vieux discours de femme qui ne pouvait pas oublier le passé.

— Oh ! Devon. Tu es tellement mignon quand tu crois avoir du pouvoir sur moi.

— Il n'est pas question de moi et de mon pouvoir. Ta sécurité est en jeu. Tu vas au commissariat.

La lueur dans ses yeux me déchira la poitrine. Je crus qu'il allait se mettre à pleurer – de frustration parce qu'il n'arrivait pas à m'atteindre.

C'est le bon moment pour tout arrêter.

Prends une profonde inspiration.

Dis-lui que tu es déjà allée voir la police, que ça n'a pas marché.

Peut-être que vous pouvez trouver une solution ensemble.

Puis je pensais à M. Locken, qui m'avait promis qu'il m'aiderait à décrocher une bourse à l'UCLA. Qui m'avait dit qu'il tenait à moi.

Et à mon père. Je pensais aussi à mon père.

Étrangement, c'était ce souvenir qui me blessait le plus.

— Ah oui ?

Je pris une boîte de céréales sur le plan de travail et en versai la moitié dans un bol.

— C'est ce qu'on verra.

Il tourna les talons et se dirigea vers son bureau, puis j'entendis la porte claquer.

— Je n'en peux plus d'elle ! rugit-il derrière la porte fermée.

La boîte de céréales m'échappa des mains et son contenu se déversa sur le sol.

Je plaquai mon front contre le marbre froid du plan de travail et fermai les yeux.

Presque.

Tu as presque réussi à prendre le dessus.

Mais non.

27

Belle

Quatorze ans

Papa achète une batte de base-ball pour chasser les garçons.

— C'est une bonne stratégie, dit-il en me donnant un petit coup de coude avec un clin d'œil pendant le dîner (au menu : ragoût et soda). Vous avez tellement grandi toutes les deux. Vous n'êtes plus des enfants. J'ai besoin d'une arme digne de ce nom pour chasser les garçons. Qu'est-ce que tu en dis, Persy ? Tu crois que je peux tous les avoir ?

Elle rit, ramassant une miette avec son doigt pour la mettre dans sa bouche.

— Tu peux tout faire, papa.

— Et toi, Belly-Belle ? Tu crois que ton vieux papa a encore le coup de main ?

Je pousse le ragoût de haricots verts avec ma fourchette et m'efforce de sourire.

Mon quinzième anniversaire approche, et je ne sais pas comment dire à papa que le seul « garçon » que je fréquente est un père de famille de trente ans qui est marié et ne semble pas comprendre que c'est fini entre nous.

Cela fait trois semaines que le coach est revenu au travail. Il essaie de me coincer presque tous les jours. Je l'évite comme je peux, mais c'est de plus en plus dur. Le truc, c'est que je ne peux en parler à personne. Peut-être que s'il n'était pas marié… si tout le monde ne s'extasiait pas sur son bébé, que sa femme a amené à l'école l'autre jour dans sa nouvelle voiture bleue. Elle poussait Stephen dans sa petite poussette et elle s'est arrêtée pour que tout le monde l'admire. Puis quand le coach a vu qu'elle était là, il a eu l'air confus, presque désolé, mais il a été obligé d'aller l'embrasser sur la bouche avant de l'emmener dans la salle des professeurs.

Faire des trucs avec son coach quand on est son élève, c'est déjà assez honteux, mais devenir en plus de ça une briseuse de ménage ? Non, merci.

— C'est pas demain la veille, papa, dis-je. Je n'ai pas tellement envie de sortir avec des garçons.

— Ça viendra, répond-il avec un soupir.

Maman le ressert en riant.

— Laisse-la tranquille, chéri. Elle n'est peut-être pas encore prête.

Je commence à penser que je ne le serai jamais.

Le lendemain, le coach Locken est d'humeur exécrable. Il commet des erreurs. Nous crie dessus à l'entraînement. Nous fait faire cent pompes parce qu'il dit que nous sommes en retard, alors que c'est faux.

L'entraînement est un vrai cauchemar. Mon genou me fait un mal de chien mais je n'ose pas me plaindre, parce que je ne veux pas qu'il me touche ; alors j'encaisse, même quand je peux à peine marcher à cause de la douleur.

— Penrose, viens me voir dans mon bureau dans cinq minutes, aboie-t-il à la fin.

Je fais gicler de l'eau dans ma bouche en lui lançant un regard plein de rancœur.

— Peux pas, coach. Je dois aller chercher ma petite sœur à la bibliothèque.

Ce n'est pas vraiment un mensonge, même si Persy a l'habitude de m'attendre.

— Elle attendra.

Il part vers son bureau, furieux.

Je pousse un grognement et le suis. Je dois serrer les dents pour ne pas hurler de douleur à cause de mon genou. Mes muscles sont tendus. Cela fait des semaines qu'il ne m'a pas massée. On entre dans la pièce, et il verrouille la porte.

Cette fois-ci, je n'éprouve que de la peur. Je suis sur la défensive. Mes sens sont en alerte maximale.

— Assieds-toi, ordonne-t-il.

Je m'exécute. Il s'appuie contre son bureau, bras croisés. Je détourne le regard. Je ne pleurerai pas, quoi qu'il arrive.

Il pose une main sur ma cuisse. Je lève brusquement la tête, croisant son regard.

— Arrêtez, je siffle.

— Sinon quoi ? On sait tous les deux que tu ne peux dire ce qu'on a fait à personne. Je suis un homme marié. Ce qui fait de toi une petite salope. Personne ne te croira, Emmabelle. Ce sera ta parole contre la mienne, et je travaille dans cette école depuis que je suis sorti de la fac, j'y suis apprécié et respecté. Arrête ton petit drame et accepte que les choses doivent se passer comme ça. Je vais devoir rester avec Brenda un peu plus longtemps.

— Restez avec elle pour toujours.

Je me lève d'un bond et m'efforce de ne pas grimacer quand mon genou menace de céder sous le coup de l'effort.

— Cela n'a rien à voir avec moi, j'ajoute. C'est fini.

— C'est là que tu te trompes.

Il enroule ses doigts autour de mon bras.

Je m'écarte, mais il me tire vers lui avec force. Il va me faire un bleu… et je crois qu'il s'en fiche.

La panique me serre la gorge. C'est en train de dégénérer. J'ai besoin d'une issue. Je me creuse la tête à la recherche de quelque chose à dire pour qu'il me laisse tranquille. Je lâche :

— J'ai un petit copain.

Il me regarde avec pitié, la tête penchée sur le côté.

— Je t'en prie, ne me prends pas pour un imbécile. On sait tous les deux que Ross Kendrick est gay.

— Ce n'est pas Ross ! je proteste. C'est quelqu'un d'autre. Il est à la fac. Il va vous régler votre compte si vous m'approchez encore.

— Ah oui ?

— Oui !

— Comment s'appelle-t-il ?

Mes yeux affolés parcourent l'étagère derrière son épaule. Un livre de Jeff Perkins se détache.

— Jeff, dis-je enfin, retrouvant la parole. Il s'appelle Jeff et on est amoureux. Et vous savez quoi ? Il fait du football américain et il est super costaud. Il peut vous casser la figure si vous essayez de me toucher !

Je me retourne et j'essaie de fuir avant qu'il me pose d'autres questions sur Jeff, mais il attrape l'arrière de mon sweat et me tire vers lui en m'enserrant le cou, ses lèvres trouvant le creux de mon oreille.

— Eh bien, dis à Jeff de laisser tomber, parce que tu as déjà quelqu'un.

Je ne pleure pas. Mais je n'essaie pas non plus de me dégager de son étreinte. J'ai trop peur qu'il me tue, ici et maintenant.

— Maintenant, dis-moi, Emmabelle, est-ce qu'il t'a baisée ?

Je sais que je devrais dire non. Tenter le diable n'est jamais une bonne idée. Mais c'est plus fort que moi. C'est dans ma nature de riposter.

— Ouais. Il m'a baisée. Plusieurs fois. C'était super.

Steve me libère subitement, et je me rue sur la porte. Je la déverrouille, les mains tremblantes, et je prends mes jambes à mon cou.

C'est pas passé loin. Mais même quelques heures après l'incident, je reste incapable de respirer normalement.

Parce que je sais que ça ne va pas s'arrêter là.

28

Devon

Elle n'irait pas porter plainte.

Je le savais avec plus de certitude que le fait que le soleil se lèverait demain à l'est. L'astronomie était pleine de mystères insondables.

Sweven, en revanche, était aussi prévisible qu'une montre suisse.

Même si ce soir elle envisageait d'aller porter plainte, elle se réveillerait demain matin, se rebellant contre tout principe de précaution et refusant d'avoir peur.

Je n'eus aucun scrupule à trahir sa confiance en appelant Sam dès qu'elle fut endormie, m'allumant une cigarette nécessaire sur le balcon de ma chambre avec vue sur les gratte-ciel de Boston. Je m'accoudai à la rambarde, laissant tomber ma tête dans un soupir.

— Il est 23 heures, dit Sam de son ton atone en décrochant.

— Tu es encore réveillé, dis-je sèchement.

— Tu ne le savais pas.

— Je sais tout.

— Bien vu, dit Sam gravement. Que veux-tu ?

— J'ai besoin de t'embaucher pour une mission.

Cela le laissa perplexe. J'étais le seul homme de mon cercle social à ne pas être sous contrat avec Sam et ses hommes.

Je gardais mes mains – et ma réputation professionnelle – propres.

Mais Emmabelle allait changer ça.

Elle allait changer beaucoup de choses.

J'entendis Sam tirer sur sa cigarette électronique.

— Ah, comme les puissants tombent.

— On tombe tous à un moment donné.

L'air frais faisait virevolter mes cheveux blonds, me fouettant le visage. La morsure froide sur mes joues me rappela ce que j'aurais aimé oublier. Que j'avais pleuré quelques minutes plus tôt. Ou plutôt que j'avais versé trois grosses larmes.

— Et la chute implique toujours une femme, dit Sam.

— J'ai cru seulement trébucher, l'espace d'un instant, mais non.

Il rit doucement, et je l'imaginai en train de secouer la tête en prenant une autre taffe de sa fausse cigarette.

— En quoi puis-je t'aider ? finit-il par demander.

— Quelqu'un suit Emmabelle.

— Ash m'en a touché un mot, dit Sam avec nonchalance. Tu as des suspects ?

— Un ex-employé rancunier. Une femme qui veut à tout prix m'épouser…

Je pris une profonde inspiration, un tic d'agacement me déformant la mâchoire.

— Et ma mère.

Heureusement, Sam n'était pas du genre à faire des commentaires narquois.

— Elle a essayé de me joindre, dit Sam. Emmabelle. Je n'ai pas répondu.

Je sentis mon sang bouillonner de rage.

— Pourquoi ?

— Exercice d'humilité.

Je l'entendis jeter la cigarette sur son bureau, las et frustré de ce substitut peu convaincant.

— Je voulais voir si elle se tournerait vers Ash ou toi pour demander de l'aide. Ça ne lui ferait pas de mal d'être un peu moins orgueilleuse.

— Elle ne m'a pas demandé de t'appeler. Je fais ça dans son dos. D'ailleurs, je ne veux pas que tu la contactes.

— D'accord. Je t'envoie un questionnaire par mail. Il faudra le remplir.

— J'ai besoin de l'adresse de l'ex-employé, Frank, au plus vite, dis-je.

— Tu l'auras, dit Sam avec assurance. Mais… Devon ?

— Oui ?

— Chuis pas donné.

— *Chuis* pas pauvre.

Cela me faisait mal d'utiliser une telle contraction.

— Tu le deviendras peut-être, après un ou deux mois de contrat avec moi.

— Tu n'as pas besoin de deux mois pour résoudre ce mystère. Et puis, tu m'aides à protéger la mère de mon enfant. Ça n'a pas de prix.

Je raccrochai avec un soupir de colère et regardai alentour. L'univers semblait se refermer sur moi.

C'était ainsi, quand on craignait les lieux confinés : parfois, quand ça allait mal, votre propre existence pouvait vous causer de l'hyperventilation.

Tout comme parfois, pour sauver un ange, il fallait passer un pacte avec le diable.

J'étais sur le seuil de la maison de Frank le lendemain, juste avant midi.

Frank vivait à Dorchester. Sa maison avait un porche branlant, un toit qui tombait en ruine et une porte criblée d'impacts de balles.

Rien ne souhaitait mieux la bienvenue que des trous de balles dans une porte.

Je frappai, puis m'essuyai le revers de la main sur ma veste en tweed.

Sweven ne le savait pas encore, mais dès qu'elle quitterait la maison aujourd'hui, quelle que soit l'heure, deux hommes de Sam la suivraient.

Sam ayant déniché l'adresse de Frank en une nuit, je dus admettre à contrecœur (mais seulement à moi-même) qu'il n'était pas mauvais dans son job. Même si je me réservais encore le droit de ne pas l'aimer pour la simple raison que c'était un connard.

Bien que je ne m'y connaisse pas vraiment en matière de prise de contact avec des hommes qui avaient essayé de tuer leur ancien employeur, je ressentais un étrange sentiment d'accomplissement.

Je prenais la situation à bras-le-corps. Jamais je ne m'étais considéré comme un chevalier en armure Prada, mais il y avait un début à tout.

La porte s'ouvrit en grinçant.

Une ado boutonneuse aux cheveux filasses et avec un énorme ventre de femme enceinte apparut devant moi, pieds nus, en tunique au motif camouflage et legging noir troué. Lorsqu'elle me vit, elle tressaillit et fit un pas en arrière.

— Frank est pas là.

Elle commença à me fermer la porte au nez.

Je tendis le bras pour la rouvrir, souriant.

— Comment savez-vous que c'est Frank que je cherche ?

Elle se colla au battant de la porte, me regardant avec des yeux affolés.

— Je m'suis dit qu'vous êtes un genre de grand chef de la police ou je sais pas quoi. Y a que deux types de personnes qui rendent visite à Frank : des criminels et des policiers. Et vous ressemblez pas à un criminel.

Un joli compliment.

Elle n'avait pas tort, ce qui voulait dire qu'elle avait au moins deux neurones qui se touchaient. Avec un peu de chance, elle était assez maligne pour reconnaître une occasion en or quand elle frappait à sa porte.

Comme pour confirmer ce que je soupçonnais, un grognement bruyant s'éleva de son ventre rond. Elle grimaça, passant une main sur ses racines grasses.

— C'est tout ?

Elle s'apprêtait à refermer la porte une nouvelle fois.

— Vous avez faim ?

Je baissai le menton pour essayer de croiser son regard, en vain. Qui que soit ce Frank, il lui avait bien appris à se méfier des inconnus.

Elle secoua la tête.

— Parce que je peux y remédier, dis-je gentiment.

— J'ai pas besoin de votre charité.

— Ma copine est enceinte aussi. Elle fait grandir notre enfant dans son ventre. Je n'aimerais pas ça si elle ne mangeait pas à sa faim. Pour moi, ce n'est pas de la charité. C'est une nécessité.

Elle pressa ses lèvres l'une contre l'autre. Elle était sur le point de craquer.

Elle avait faim. Tellement faim. Ses jambes étaient des cure-dents.

Le salon derrière elle semblait avoir été mis à sac par tous les squatteurs de la côte Est.

— Qui êtes-vous ? Que voulez-vous ? finit-elle par demander.

Le fait qu'elle ne me claque pas la porte au nez était un signe encourageant.

Elle savait que je pouvais l'aider, proposer un remède immédiat à sa situation.

J'avais son attention, et pour le moment cela suffisait.

— Je cherche votre petit ami. Je pense qu'il projette de faire quelque chose de mal.

— Je sais pas où il est. Ça fait une semaine qu'il est parti. Il répond même pas quand je l'appelle. Ça ne me surprend pas trop, cela dit, railla-t-elle.

— Oh ?

Je haussai un sourcil. Ne pas juger était la règle numéro un quand on essayait de soutirer des informations à quelqu'un.

— Ça arrive souvent avec Frank ? Qu'il cause des problèmes ?

— Frank adore les problèmes. Vous êtes quoi, d'abord ? Vous êtes trop bien sapé pour être flic.

— Je suis avocat.

Je fis un pas en avant pour entrer dans le couloir et je reconnus tout de suite l'odeur caractéristique mêlant marijuana, moisissure, nourriture pourrie et je-m'en-foutisme.

— Diriez-vous qu'il est capable de violence ?

— Bien sûr.

Elle haussa les épaules, et un autre grognement s'éleva de son ventre.

— Il s'est déjà battu plein de fois.

— Et de meurtre ?

— Vous êtes qui déjà ?

Elle m'étudia, les yeux plissés, reculant d'un pas. Elle ne parlerait pas sans que je l'aide un peu. Il était temps de passer aux choses sérieuses.

— Comment tu t'appelles ? demandai-je.

Les gens avaient tendance à penser que tous les avocats étaient belliqueux et agressifs. Certains – peu professionnels – l'étaient. Mais la plupart était d'humeur égale. J'achevais les gens avec ma gentillesse. Je n'avais pas besoin de faire étalage de mon pouvoir. Je l'établissais sans effort.

— Je… euh…

Elle regarda autour d'elle, comme si quelque chose – ou quelqu'un – pouvait s'opposer à l'aide que je lui proposais.

Derrière moi, des chiens attachés aboyaient dans un jardin, essayant de sauter la clôture. Un bébé pleurait au loin.

— D-Donna, bégaya-t-elle. Je m'appelle Donna.

— Tu as un patronyme, Donna ?

Je sortis mon chéquier et un stylo Montblanc de ma poche intérieure.

— Comment ça ?

Elle se balançait d'un pied sur l'autre, me regardant dans les yeux maintenant. Comme si, maintenant qu'elle avait surmonté ses réticences, elle ne pouvait plus détacher son regard de moi.

Je souris.

— Un nom de famille.

— Ah. Oui. Hammond. Donna Hammond.

— Je te fais un chèque de deux mille dollars, pour que tu t'achètes à manger, je te fais confiance là-dessus, Donna.

Je griffonnai en parlant, mon regard soutenant toujours le sien.

Elle était comme hypnotisée. Soudain, je songeai que la vie de son enfant serait bien différente de celle que nous offririons au nôtre, et cela me déprima.

Mon bébé n'aurait jamais à se demander s'il aurait à manger au prochain repas, ni à affronter un souci de santé non traité parce qu'on ne pouvait pas régler les frais médicaux.

Je détachai le chèque du talon et le lui tendis. Avant qu'elle puisse le récupérer, je levai le bras, l'empêchant de le prendre.

— Il y a une condition.

— Je le savais, souffla-t-elle en montrant les dents. Quoi ?

— Je te donne ce chèque. Sans poser de questions. *Mais* je te donnerai un chèque de dix mille dollars *et* te trouverai une place en foyer pour femmes si tu fais deux choses pour moi.

Elle jeta un regard affolé par-dessus son épaule, s'humectant les lèvres.

— D'accord. Mais avec une capote. Je veux pas de maladies.

Elle pensait que c'était ça que j'avais en tête ? Je possédais des mocassins plus vieux qu'elle, pour l'amour du ciel.

— Ce n'est pas un rapport sexuel que je te demande, Donna. Je veux que tu me donnes toutes les informations que tu possèdes sur la localisation de ton petit copain. Appelle-moi dès que tu as des nouvelles.

Je sortis une carte de visite, que je lui tendis.

— Et je veux que tu me promettes de faire tes valises et de quitter cet endroit. Je vais t'envoyer quelqu'un qui t'emmènera dans un foyer d'accueil.

— Marché conclu.

Je lui donnai le chèque. Elle le prit, les mains tremblantes, avant de relever les yeux vers moi.

— Et si je n'ai plus jamais de nouvelles de lui ? Il ne répond pas à mes appels ! Vous annulerez le chèque ?

Je secouai la tête.

— Pas si tu tiens parole et que tu le quittes pour de bon.

— Je vais le faire, affirma-t-elle. Il m'a entubée. Je ne vais pas lui pardonner ce qu'il nous a fait, au bébé et à moi.

Je remis le chéquier dans ma poche et lui adressai un sourire en coin. Même si Frank pouvait encore faire du mal à Emmabelle, sa petite amie serait bientôt à l'abri, et c'était déjà quelque chose.

Sur le chemin du bureau, j'appelai Sam. Il décrocha à la première sonnerie.

— Si c'est à propos de Frank, j'essaie encore de le localiser. Il a disparu des écrans radar.

Je serrai le poing autour du volant. Je n'aimais pas être en position de désavantage, et c'était exactement là où je me trouvais.

— Est-ce que tu t'es aussi renseigné sur Louisa et ma mère ?

— Oui, dit-il, et je l'entendis pianoter sur son clavier d'ordinateur. Et je ne peux pas encore les éliminer en tant que suspectes. Il y a beaucoup d'argent en jeu avec ce testament de malheur que tu as choisi d'ignorer, et tout est lié à des capitaux et des biens de valeur. Je comprends les motivations de ta mère.

— Et Louisa ?

— Ah, ce putain de cadeau de British Delights[1], cracha Sam. Ouais, c'est aussi une possibilité. Apparemment, sa famille est loin d'être aussi riche qu'ils le laissent entendre. J'ai sorti des relevés de leur compte en banque en Suisse. Quoi qu'ils aient chez HSBC en Angleterre, sur des comptes privés ou d'affaires, ce n'est pas suffisant pour maintenir son train de vie sur les cinq ans à venir. Je comprends pourquoi on met la pression à Butchart pour qu'elle t'épouse. Elle doit sauver sa peau et celle de ses frères. Leurs liquidités fondent à vitesse grand V.

— Eh bien, c'est un vrai merdier.

— Tu l'as dit, Nancy Drew[2].

— Comment ça a pu aller aussi loin ? me demandai-je à voix haute.

Pendant vingt ans, j'avais pris soin de ne pas m'attirer d'ennuis, et voilà qu'aujourd'hui ils me suivaient à la trace.

1 Commerçant britannique de produits alimentaires.

2 Personnage de fiction jouant un rôle de détective amateur dans des séries littéraires adaptées à la télévision.

— Alors, voyons. Tu as laissé des affaires en suspens en Angleterre, la femme avec qui tu sors est menacée et ne devrait pas rester toute seule et, pour couronner le tout, tu sembles avoir une bite en or puisque tout le monde se l'arrache.

— Ma bite ne veut qu'Emmabelle, grognai-je. C'est pas triste, ça ?

— Tragique, putain.

— Promets-moi un truc, dis-je.

— Non, répondit Sam.

Je lui demandai quand même.

— Qu'il n'arrive rien à Belle.

Le silence se fit à l'autre bout du fil. Je ralentis pour arrêter la Bentley à un feu. Il finit par répondre :

— Il n'arrivera rien à Emmabelle. Tu as ma parole.

29

Belle

Quinze ans

Finalement, je passe l'été à Boston.

Maman et papa sont déçus que je ne sois pas allée en stage d'entraînement. D'autant plus que je ne veux pas reprendre le cross l'année prochaine. Ils s'en remettront.

Perséphone et Sailor deviennent de vraies petites femmes. C'est chouette à voir, même si je n'ai jamais été aussi mal dans ma peau qu'en ce moment. Ross, qui a quinze ans maintenant, a eu son premier baiser mouillé. Avec un garçon qui s'appelle Rain et qui était en vacances en famille à Cape Cod en même temps que Ross et ses parents. Ils ont échangé leurs numéros de téléphone, mais quand Ross est rentré et qu'il l'a appelé, il s'est rendu compte qu'il manquait un chiffre. Ça fait des jours et des jours que ça le fait pleurer et rire.

Moi, j'ai décidé que ma mission serait de jouer au caméléon. J'ai commencé à porter du maquillage et à faire des tests coiffures et fringues. Je suis prête à tout essayer pour me sentir mieux dans ma peau.

La bonne nouvelle, c'est que mon genou va mieux. J'ai encore un peu mal, mais je n'ai plus envie de crever de douleur.

Je rentre à pied de chez Ross. Blague à part, il est vraiment déprimé par cette histoire avec Rain. J'aimerais pouvoir lui dire que ça pourrait être bien pire, côté premier baiser. Mais je sais qu'il va flipper si je parle du coach, et franchement ça n'a plus d'importance. C'est fini. Terminé.

Je dodeline de la tête au son de « Hate to Say I Told You So » de The Hives, essayant de me détendre. Je vais peut-être proposer à Persy et Sailor qu'on se mate un film. Qu'on se prenne un shot de sucre avec des sodas et qu'on mange du pop-corn plein de beurre.

Je passe par une petite ruelle, un raccourci pour rentrer à notre appartement, quand une voiture bleue s'arrête et me barre le passage. La couleur bleue me frappe en plein dans le ventre.

Brenda ?

J'arrache les écouteurs de mes oreilles et je me retourne pour me mettre à courir sans attendre de voir si c'est bien elle. J'entends une portière s'ouvrir et se fermer derrière moi. Mon genou me ralentit, mais je suis quand même sacrément rapide. Il faut juste que j'atteigne Main Street et ce sera bon. Elle ne peut rien me faire.

Mais soudain, je sens une main m'agripper à la gorge et me tirer en arrière dans la ruelle. Je me débats. Je sais que ce n'est pas Brenda. Brenda ne serait pas plus rapide que moi. Et elle n'aurait pas des mains si rêches.

— Bonjour, petite menteuse. Où est Jeff ? J'ai gardé un œil sur toi tout l'été, et j'ai remarqué que tu n'as jamais retrouvé un seul garçon. Même avec ton nouveau look de salope.

Sa voix me donne envie de vomir. Je rugis comme une folle en me débattant.

Il pose sa main sur ma bouche pour me faire taire. Je sens les doigts du coach dans mon dos alors qu'il défait sa ceinture. Puis il remonte ma minijupe.

Non, non, non, non.

— Allons, allons. Tu pourras aller baiser qui tu veux quand j'en aurai fini avec toi, mais je vais te péter l'hymen. Laisse-moi juste sortir un préservatif.

Une fureur nouvelle s'empare de moi quand j'entends le mot « préservatif ». J'arrive à me retourner et à lui griffer les yeux. Momentanément libre, j'appelle à l'aide. Même s'il voit flou, il se jette sur moi et me plaque au sol. Son premier coup m'atteint à la mâchoire et me réduit au silence. Je suis sous le choc mais le reste de mon corps continue à se débattre pour se libérer.

— D'accord, on oublie la capote. Petite salope.

Il me crache au visage.

Je continue à lutter, même quand je sais que j'ai perdu la guerre.

Quand tous mes soldats sont morts, que mes chevaux sont partis et que mon territoire est enflé, gorgé de sang.

Je continue à me battre quand il me brise.

Quand il me prend.

Quand il n'y a plus rien à défendre.

Je continue à me battre, parce que c'est tout ce que je sais faire pour survivre.

Présent

Le lendemain de ma dispute avec Devon, j'allai jusqu'à sa chambre à pas feutrés, pieds nus, pour m'excuser. Mais bien qu'il fût six heures et demie du matin, il n'était pas là.

Je me lavai les dents, passai une minirobe blanche qui mettait mes mollets en valeur et mangeai un toast à l'avocat. Après quoi je me rendis dans un autre commissariat que la première fois, et, gentille fille que j'étais, je déposai une nouvelle plainte, cette fois-ci auprès d'un policier qui semblait plus compétent et plus alerté par ma situation, ce qui, étrangement, me rassura.

À midi, mon planning était aussi vide que j'étais accablée par l'ennui. Je savais que Sam Brennan, que je comptais bien coincer pour exiger qu'il me prenne comme cliente, ne serait pas au Badlands avant 20 heures, ce qui me laissait pas mal de temps à tuer.

Je fis un crochet par le Madame Mayhem pour passer quelques documents en revue et vérifier que tout allait bien. Devon ne voulait pas que j'y mette les pieds, mais j'avais mon pistolet, des compétences en krav-maga, et Simon.

Cela me faisait mal de l'admettre, mais avoir un garde du corps qui prenait autant de place que l'ego d'un politicien n'était pas une si mauvaise chose.

Je me pointai dans le bureau à l'arrière de mon club, armée de mon ordinateur et d'un sourire.

— Chéri, je suis rentrée ! lançai-je à Ross.

Ses yeux sortirent de leur orbite et il se précipita vers moi, secouant la tête et le poing.

— Par les abdos de Cody Simpson ! Qu'est-ce que tu fais là ?

— Je travaille ?

— Dans ces circonstances ?

Il posa ses mains sur mon ventre – dans lequel un être humain bougeait et se retournait et faisait tout un tas de choses incroyables, surtout la nuit – et retint son souffle.

— Ouais. Tu t'attendais à ce que j'abandonne mes responsabilités et que je ne foute rien ?

— Je m'attends à ce que tu prennes soin de toi et de ton enfant !

— Je vais juste faire deux heures de tableur.

— Meuf, t'es pas comptable. Le monde ne va pas s'écrouler si tu ne vérifies pas le stock de bière belge du jour. Et désolé de te le dire, mais on s'en sort à merveille sans toi.

Simon sortit de nulle part, comme par magie, dès qu'il entendit ma voix.

Dire qu'il n'avait pas l'air ravi était l'euphémisme du siècle.

— Vous êtes là.

Simon s'arrêta sur le pas de la porte, la déception irradiant de son corps par vagues.

— Bonjour à vous aussi, Si ! dis-je avec un large sourire.

— Ça vous dérange si je bosse à côté de vous dans votre bureau ? me demanda-t-il, mais il regardait Ross, comme pour dire : « Je défonce la porte si elle refuse. »

Je le chassai avec un sourire.

— Bien sûr. Tout ce que vous voudrez pour que vous et votre coincé de patron soyez heureux.

— Le plus grand risque pour ta santé, c'est toi-même. Je suis à deux doigts de démissionner, dit Ross en se frappant le front du revers de la main avant de retourner au bar pour décharger une livraison d'alcool. Oh ! et je vais le dire à ton mec !

Je m'installai à mon bureau et ouvris mon ordinateur portable.

— Fais-toi plaisir, traître !

Ross repassa la tête par l'encadrement de la porte, me souriant comme un lunatique.

— Alors *c'est* ton mec. Meuf… je suis *trop* jaloux !

J'abattais pas mal de boulot, bookant une troupe burlesque venue de Louisiane pour l'été et négociant un contrat avec un nouveau distributeur de spiritueux, quand on frappa à ma porte.

Je fis rouler ma chaise en arrière et m'étirai.

— Dieu merci. J'ai bien besoin d'une pause. C'est peut-être le repas. Vous pensez que c'est ça, Si ?

Simon, assis non loin de moi à faire semblant de classer des documents alors qu'il n'y avait rien à classer dans mon bureau, se leva et s'épousseta le jean. Il me fit signe de rester assise et se dirigea vers la porte.

— On vous a déjà dit que vous étiez maniaque, Si ? Ça vous ferait du bien de vous détendre un peu.

Visiblement d'accord avec moi, Bébé Whitehall bougea dans mon ventre et j'y apposai mes mains un instant.

— Oui, bien vu, Bébé Whitehall. Je sais. Maman n'est pas parfaite non plus. Mais tu dois bien admettre que je frôle la perfection.

— Il y a une femme qui est là pour vous voir, annonça Simon sans plus de détails, me barrant la vue avec ses épaules de Robocop.

— Tiens, tiens, de la visite. (J'entrelaçai mes doigts.) C'est Pers ou Sailor ? Ash est au travail, donc ça ne peut pas être elle. Quoi qu'il en soit, elles n'ont pas le droit d'entrer à moins de m'avoir apporté des cadeaux qui se mangent.

— Je pense que vous ne devriez pas accepter ce rendez-vous. Ce n'est pas une visite de courtoisie.

Simon avait le visage si tendu que je crus qu'il allait exploser.

— Qui est-ce ?

— Mademoiselle Penrose…

Pourquoi insistait-il pour m'appeler Mlle Penrose alors que je l'appelais Si ? Pourquoi ne pouvait-il pas être moins coincé du cul ? Où Devon avait-il trouvé ce type ?

— Qui. Est-ce ? répétai-je.

J'en avais marre que les hommes me dictent ma conduite.

Simon prit une profonde inspiration, renversant la tête en arrière, exaspéré.

— Louisa Butchart.

— Faites-la entrer et partez.

Ma voix était glaciale.

— Mais…

— Faites ce que je vous demande, Si. Avant que je vous mette à la porte. Vous savez que j'en suis capable.

Et il savait que je le ferais sans hésiter.

On se dévisagea un instant. Poussant un soupir, il sortit de mon bureau d'un pas raide. Mais il resta à proximité – je le voyais guetter depuis le couloir.

Louisa entra, élégamment squelettique dans sa robe manteau plissée Alexander McQueen.

Elle ne m'intimidait pas. Mais cela m'énervait qu'elle se pointe à l'improviste comme une trace de pet au fond d'une culotte chaque fois que j'essayais de me la sortir de la tête.

Je lui adressai mon plus beau sourire de faux-cul.

— Louisa ! Quelle charmante surprise. Vous vous êtes perdue en vous rendant chez Chanel ?

— Oh ! Emmabelle. J'adore votre robe. Qu'est-ce que c'est, au juste ? *Baise-moi-dans-le-noir* de chez Victoria's Secret ? demanda-t-elle en perchant son cul pointu au bord d'un fauteuil.

Son sac Hermès vintage m'indiqua qu'elle était là pour parler affaires. Personne ne se trimballait avec un sac à deux cent cinquante mille dollars à moins de sous-entendre que ce qui était à l'intérieur était tout aussi impressionnant.

— Que me vaut le plaisir de votre visite ? dis-je d'une voix mielleuse, allant droit au but.

— Je pense que nous connaissons toutes les deux la réponse à cette question, alors autant s'épargner la partie où je vous prends pour une idiote et où vous me faites perdre mon temps, non ?

— Ça me va.

J'enroulai une mèche de cheveux autour de mon doigt.

— Alors, Louisa, vous vous accrochez encore à l'espoir de récupérer mon petit ami ?

J'ignorais pourquoi je choisis de l'appeler comme ça devant

elle, mais ça me paraissait sensé. Ce titre. Son poids. Et puis, Devon avait dit que j'étais sa petite amie, l'autre soir, donc je n'étais pas complètement à côté de la plaque. Même si j'étais presque sûre qu'il avait envie de me tuer en ce moment même.

— Petite amie ? pouffa-t-elle. Jamais la famille de Devvie ne vous acceptera. D'ailleurs, il n'y aura pas de famille pour vous accepter une fois que tout cela sera fini. Devon peut paraître coriace et implacable quand il est question de sa mère, mais, croyez-moi, il a passé la moitié de sa vie à satisfaire ses moindres caprices. La famille est tout. Si vous tenez à lui, vous ne le priverez pas de la sienne. Un bébé ne suffirait pas à remplacer tout ce qu'il perdrait.

Cette femme avait une sacrée paire d'ovaires – employer le mot « couilles » impliquerait que les femmes n'ont pas de courage, une idée que je rejetais en bloc. Après tout, ce n'étaient pas les hommes qui faisaient sortir un être humain gros comme une pastèque de leur entrejambe.

Je feignis d'être choquée, portant une main à la poitrine.

— Je ne savais pas que je gâchais sa vie. Je vous en prie, permettez-moi de remédier à la situation sur-le-champ en déménageant dans un pays exotique et en changeant de nom pour qu'il ne puisse jamais me retrouver.

Je prononçai ces mots – vous l'avez deviné – avec un faux accent anglais.

— Ne faites pas l'idiote. Nous savons toutes les deux que sa relation avec vous est la seule chose qui l'empêche de m'épouser, cracha Louisa avec impatience.

— Et alors ? demandai-je en bâillant. Nous sommes deux adultes consentants. Et je ne sais pas si vous avez remarqué, mais nous sommes sur le point de franchir une sacrée étape ensemble.

— *L'étape* ne représente rien dans votre situation. Vous n'allez pas vous marier. Vous ne l'aimez pas. Moi si. Il n'est rien pour vous.

Cette fois-ci, chacun de ses mots me transperça comme un tesson de verre, parce qu'ils n'étaient pas vrais.

Pourtant, je ne pouvais pas avouer mes sentiments à Devon, et encore moins à cette femme-démon.

— Où voulez-vous en venir ? demandai-je en pianotant sur mon ordinateur fermé, l'air exaspéré.

— Laissez-le partir. Dites-lui que vous ne voulez plus rien avoir à faire avec lui. Permettez-lui de revenir vers sa famille, sa sœur, moi. C'est son destin. C'est ce pour quoi il est né.

— Il est né pour prendre ses propres décisions.

— Non. Peut-être que *vous*, oui. Une roturière, sans patrimoine ni responsabilités. Devon est fait pour de grandes choses.

L'indignation me tira de mon fauteuil. Je levai les mains en l'air pour faire bonne mesure.

— Vous voulez que je l'envoie balader pour que vous puissiez l'épouser ? Donnez-moi une seule bonne raison de le faire.

— Très bien. Je vais vous en donner un million.

Louisa planta son sac sur le bureau avec un bruit sourd et en sortit un chèque prérempli.

Je dus cligner des yeux pour m'assurer que j'avais bien vu les chiffres. *Ouaip*. C'était bien ça. Un million de dollars, à l'ordre d'Emmabelle Petra Penrose.

Je fis tourner la bague à mon pouce sans toucher au chèque, qu'elle avait posé sur le bureau entre nous. Je fis glisser mes dents sur ma lèvre inférieure.

Ma rage fut remplacée par l'inquiétude et l'appréhension.

Comment connaissait-elle mon deuxième prénom ?

Depuis combien de temps cherchait-elle à me faire quitter Boston ?

Tout cela me semblait un peu trop… *familier*. Peut-être que Frank n'était pas le seul à m'envoyer des menaces.

J'essayai de considérer les choses sous un angle pragmatique. De faire ce qui était le mieux pour le bébé et moi.

Devon était un risque. J'éprouvais tout un tas de sentiments pour lui. Des sentiments que je n'aurais pas dû ressentir. S'il épousait Louisa, je n'aurais plus à me soucier de lui. Jamais plus je ne toucherais à un homme marié, mort ou vivant. Le problème serait résolu.

Et tant que nous abordions les « pour » prendre l'argent, je serais à l'abri jusqu'à la fin de mes jours. Je pourrais garder le Madame Mayhem tout en m'autorisant une implication beaucoup moins importante. Me protéger sans avoir à faire des pieds et des mains, à porter un flingue, ni à supplier Sam Brennan de répondre à mes appels.

Je pourrais placer Ross aux commandes du club, rôle dont je commençais à me lasser de toute façon – être coquine et provocante était un boulot à plein temps – et je pourrais me lancer dans un autre projet.

Peut-être monter un magasin de haute couture. Ou une boîte d'architecture d'intérieur.

Et puis il y avait les « contre ».

Et il y en avait beaucoup.

Tout d'abord, je ne voulais pas que Louisa gagne.

Elle me forçait la main et je détestais qu'on tente de m'intimider.

Ensuite, ce n'était pas juste envers Devon.

Ce n'était pas à moi de décider qui il devait ou ne devait pas épouser.

Enfin, il y avait un dernier facteur, décisif : Louisa et Ursula étaient peut-être derrière les menaces à mon encontre, et accepter le marché me permettrait de mettre mon enfant en sécurité.

Il fallait seulement que je joue le coup finement pour m'assurer que ni mon bébé ni Devon n'en pâtiraient.

Je pris le chèque et le jetai au visage de Louisa avec un sourire.

Il était temps de jouer les dures.

— Déso, pas moyen, princesse. Dev et moi avons signé un contrat. J'ai déjà accepté qu'il fasse partie de la vie du bébé et qu'il partage la garde avec moi. Je compte tenir parole.

— Oh ! Devvie, bougonna Louisa en se massant les tempes. Il a fallu que tu choisisses la pute au grand cœur…

— Je ne suis pas une pute, sifflai-je. Mais je sais reconnaître une connasse quand j'en vois une.

— Il sera impliqué dans la vie du bébé, dit-elle en repoussant le chèque vers moi. Je vous donne ma parole. Nous savons toutes les deux que je ne peux pas l'en empêcher. Mais il serait quand même marié à moi.

— Chic. Alors que me demandez-vous, au juste ?

— Larguez-le, dit calmement Louisa. Je m'occupe du reste. Mais s'il vous plaît, juste… mettez-y un terme. Je connais les femmes comme vous. Vous n'avez aucun avenir avec lui. Vous ne le prenez pas au sérieux. Vos intentions ne sont pas pures…

— Et les vôtres le sont ? l'interrompis-je.

Elle grimaça de dégoût.

— Il va perdre tout ce pour quoi sa famille a travaillé depuis des siècles.

Discuter de ça avec elle était vain. Devon me l'avait dit lui-même.

Au bout du compte, lui et moi n'étions pas bien assortis. Je ne serais jamais bien assortie avec personne.

— Je prendrai l'argent et je le quitterai, mais je refuse de l'évincer de la vie du bébé et je ne quitterai pas Boston.

Je fus stupéfaite par la haine que je me vouais à moi-même à cet instant.

Finalement, j'étais aussi détestable que ceux qui m'avaient blessée.

Les M. Locken de ce monde. Sans vertu, sans éthique, sans détermination.

— D'accord. D'accord, ça me suffit. Quand le ferez-vous ? demanda Louisa.

Apathique, je glissai le chèque dans mon sac à main. J'avais l'impression de vivre une expérience extrasensorielle. Comme si ce n'était pas moi qui étais assise en face de cette femme, là, maintenant.

C'est mieux ainsi.

Il te ferait du mal.

Comme tous les hommes à qui tu as fait confiance avant lui.

— Aujourd'hui.

— Bien. Je ferai en sorte d'être à sa disposition quand il viendra chercher du réconfort auprès de moi.

Elle se leva et tapa dans ses mains.

— Ursula sera ravie d'apprendre la nouvelle.

— Oh ! j'en suis sûre.

J'avais envie de vomir.

— Vous prenez la bonne décision, m'assura-t-elle.

Hochant lentement la tête, je montrai la porte. J'arrivais à peine à respirer, et encore moins à parler.

Louisa sortit, ferma la porte derrière elle et me laissa avec le poids de ma décision – qui allait écraser mon âme jusqu'à l'anéantir.

30

Belle

Il ne me laisserait jamais partir.

Je le savais.

En dépit de toute sa gentillesse – et Devon Whitehall était un vrai gentleman – il n'aimait pas qu'on se foute de lui. Et lui comme moi savions que je lui en faisais baver et qu'aucun de nous deux ne méritait ça.

Je décidai donc d'agir en lâche. Je lui écrivis une lettre.

Je me persuadai que ce n'était rien. Je lui parlerais face à face, le moment venu. J'avais seulement besoin de temps pour digérer tout ça. Et puis, il était préférable que je ne reste pas à Boston en ce moment, puisque je pensais être la cible de deux forces distinctes qui essayaient de me faire fuir.

Devon s'en sortirait. Comme toujours. Il était fort, touché par la grâce, l'enfant chéri. Avec son titre, son intellect affûté et son accent paresseux et hargneux, il s'en sortirait.

Merde, j'étais en train de commettre la pire erreur de ma vie, et je le faisais pour ma fille. La protéger était plus important que tout le reste.

C'était donc ça, aimer.

Avant même de la connaître. Avant même qu'elle soit née.

J'écrivis donc une lettre à Devon. Je voulais quelque chose de personnel et de pas trop succinct pour lui annoncer la nouvelle.

Après tout, il avait toujours été bon avec moi.

Il me fallut quatre heures pour produire un truc que je ne haïssais pas totalement.

Cher Devon,

Merci de ton hospitalité et d'avoir supporté mes conneries, qui, disons-le, sont insupportables pour 99,99 % de la race humaine.

Le truc, c'est que je ne crois pas que vivre ensemble nous rende service, ni à l'un ni à l'autre.

Je te rends malheureux, et tu me mets dans une situation inconfortable.

Les sentiments que tu éveilles en moi me font peur.

Quant à toi, je sais qu'hier soir tu étais à deux doigts de faire un trou dans le mur de ta chambre à coups de poing, tout ça à cause de moi.

Je sais que les choses sont un peu mouvementées, mais sache que j'ai porté plainte aujourd'hui et que la police est sur le coup. Je te promets de porter mon arme en permanence et de rester en sécurité, mais je ne peux plus continuer comme ça.

J'ai peur que, si nous continuons à entretenir une relation, le stress affecte le bébé, et je dois la faire passer avant tout. Avant toi. Avant moi.

Je suis heureuse d'entreprendre ce voyage avec toi et te demande que nous restions amis.

Cela étant dit, je vais prendre un peu de distance et essayer de me livrer à une introspection pour trouver en moi la grâce et la confiance avec lesquelles tu mérites d'être traité.

Avec amour,

Belle

P.S. : Tu devrais épouser Louisa. Elle t'aime.

31

Belle

Quinze ans

L'année scolaire commence avec une nouvelle coupe.

À ne pas confondre avec un coup.

C'était l'idée de Ross, bien sûr.

— Ça te va vraiment bien, la frange. J'adore tes cheveux. Ils ont une super tenue. Moi, je dois me lisser la frange tous les matins, ajoute-t-il d'un ton plaintif.

On a passé un marché : je nous fais une frange à tous les deux s'il accepte d'aller au cours de krav-maga avec moi. On y va trois fois par semaine. Les profs en ont marre de nos têtes. Mais je ne veux plus laisser mon destin entre les mains d'hommes que je ne connais pas.

Je guette le coach Locken dans les couloirs, dans mes salles de classe, à la cafétéria. Jamais plus je ne le laisserai me refaire ce qu'il a fait, et je me vengerai.

J'ai vu suffisamment de documentaires et assez regardé les infos pour savoir que le dénoncer à la police ne serait d'aucune utilité. Je dois me faire justice moi-même. Parce que, qu'il soit puni ou non, ma vie sera de toute façon foutue pour toujours.

Je refuse d'être cette fille qui a couché avec son coach. Qui l'a laissé lui faire des cunni pendant des mois, et puis, oups, qui a eu peur et l'a dit à maman et papa quand il a pris sa virginité. Non. Hors de question. Je suis une fille qui a un plan.

Le coach Locken garde ses distances.

Les mois passent, et je recommence presque à respirer.

Puis un samedi matin, fraîche et dispo, alors que maman est en train de faire des pancakes à la cuisine, que papa lit le journal et que Perséphone est au téléphone avec Sailor, il se passe quelque chose.

C'est étrange, parce que ce samedi a tout d'un samedi ordinaire. Banal. L'odeur des pancakes s'infiltre dans la salle de bains. Comme le rire de Pers alors qu'elle discute avec Sailor du romantisme insupportable de nos parents (Sailor est aussi, malheureusement pour elle, la fille de deux personnes qui doivent sérieusement arrêter de se tripoter en public).

Je reçois un SMS de Locken.

Je vais recommencer si tu le dis.

Sois prévenue.

Je suis prévenue.

Je vais vomir.

Mais je pense que je sais pourquoi il se sent en confiance en me disant ça - il sait que les autorités ne sont pas à la hauteur. Le conseil de l'établissement ne me croirait jamais. Ses anciens camarades de classe - des gens avec qui il boit des bières - travaillent au commissariat du coin, et notre quartier n'est pas un endroit où on va voir la police. On règle nos problèmes seuls.

Je suis sur les toilettes. J'ai l'impression d'avoir fini - je sais que ma vessie est vide, parce que ça fait quinze ans que je fais pipi tous les jours, plusieurs fois par jour - mais, pour une raison qui m'échappe, ça continue de couler. J'ai d'affreuses crampes au ventre. Comme s'il se contractait pour expulser quelque chose qui ne lui plaît pas.

Je baisse les yeux entre mes jambes et fronce les sourcils. Un flot de sang s'écoule. Je cligne des yeux, j'écarte les cuisses, et je vois un amas de... quelque chose.

Oh mon Dieu.

Oh mon Dieu.

Oh mon Dieu.

Je me penche en avant et vomis sur le carrelage. Je tremble. Non. Impossible. J'attrape une serviette pendue au-dessus de ma tête et la fourre dans ma bouche pour étouffer mes cris. Je me tords sur le sol et hurle dans la serviette.

Je pleure, encore et encore.

J'étais enceinte.

Ce salaud m'avait mise enceinte.

Évidemment.

Mais... pourquoi ai-je perdu le bébé ?

Je fais le calcul ; la grossesse a duré cinq semaines. J'avais fait une chute pendant la dernière semaine des vacances. Mais quand même. Comment ? Pourquoi ?

C'est le moment où je me rends compte que je ne suis plus moi-même.

Que peut-être je ne le serai jamais, parce que je n'ai pas eu le temps de découvrir qui j'étais.

C'est là que je me rends compte que je ne retrouverai jamais foi en l'humanité.

Que les choses ne peuvent pas être pires.

Puis elles empirent.

32

Devon

J'allais tuer quelqu'un, et ce ne serait pas Emmabelle Penrose, même si c'était elle qui méritait le plus mon courroux.

Froissant la lettre manuscrite, je la jetai dans la corbeille, pris mes clés sur l'îlot de la cuisine, et je sortis en trombe.

Je dévalai les marches quatre à quatre pour rejoindre ma Bentley, manquant de tomber à la renverse dans la précipitation.

Je passai d'abord à l'appartement dont Sweven payait encore le loyer. Le trou à rat d'où je l'avais sortie comme un chiot plein de puces.

Je frappai à la porte jusqu'à ce que mes poings soient rouges et enflés. Personne ne répondit.

— Ouvre la porte, Emmabelle. Je sais que tu es là !

Un de ses voisins sortit dans le couloir, vêtu d'un peignoir à la *Big Lebowski*, un joint pendant au coin de sa bouche.

— Tu perds ton temps, mec. Ça fait des mois qu'elle habite plus ici. Elle a emménagé avec son mec pété de thunes.

Il tira sur son joint, penchant la tête sur le côté.

— D'ailleurs, il te ressemblait vachement.

Elle n'était pas rentrée chez elle.

Ma destination suivante était la maison de Perséphone et Cillian.

J'essayai d'appeler Belle pendant tout le trajet. Elle ne répondit pas.

Pas du genre à me laisser décourager par son manque de disponibilité, je lui laissai message vocal sur message vocal tout en naviguant à travers la circulation atrocement lente de Boston à l'heure de pointe.

« Bonjour, darling, c'est ton petit ami. Celui que tu viens de larguer par lettre. Oui, celui dont tu portes l'enfant. Si tu penses qu'on ne va pas en parler, tu te trompes lourdement. Oh ! et au fait, qu'en est-il des gens qui essaient de te TUER ? Rappelle-moi. Bisous. »

Puis :

« Sweven. J'espère que ta soirée se passe mieux que la mienne. Où es-tu ? Et si c'est ta manière de me dire de façon détournée que la présence de Louisa t'incommode, puis-je te suggérer d'engager un coach de vie ou de prise de parole pour t'aider à travailler tes compétences en communication ? Rappelle-moi. »

Et enfin :

« Emmabelle Bordel Penrose. Réponds à ton putain de téléphone ! »

Les choses dégénérèrent à partir de là.

Une fois arrivé chez Persy et Cillian, je frappai si fort à la porte avec la tête de lion en bronze qu'elle se déboîta et tomba au sol. La sœur de ma petite amie (oui, c'était encore ma petite amie) m'informa à regret que Belle n'était pas là.

— Tu dis ça parce que tu la caches ou parce qu'elle n'est vraiment pas là ?

Je me tenais sur le palier, haletant comme un clébard.

— Mon épouse te dit que sa sœur n'est pas là, dit Cillian, qui était apparu derrière Perséphone et passait un bras protecteur autour de ses épaules. Es-tu en train de la traiter de menteuse ?

— Non, mais toi je te traite de connard imbitable.

Ayant perdu toute forme de bienséance ainsi que mes bonnes manières, j'avais recours à l'hostilité.

— J'ai une bonne raison de penser que quelqu'un cache quelque chose. Elles sont proches. Elles se couvrent.

— En réalité, dit Persy d'un air altier en redressant les épaules, moi aussi, j'aimerais savoir où elle est. Je m'inquiète pour elle. Emmabelle ne prend peut-être pas les menaces contre elle au sérieux, mais moi, oui.

— Appelle Sailor et Aisling, lui ordonnai-je en regagnant déjà ma voiture pour me rendre chez Sailor. Préviens-moi si tu apprends quoi que ce soit.

— Sans faute, me cria-t-elle de la porte.

Sweven n'était pas chez Sailor Fitzpatrick. Elle n'était pas non plus chez Aisling Brennan. Ni au Madame Mayhem. Elle n'était *nulle part.*

C'était comme si elle avait été aspirée par un trou noir.

J'appelai Brennan. Après tout, je le payais pour la faire suivre, en petit ami de l'année que j'étais. Comme il ne répondait pas, je décidai de passer le voir. Pour ce que je lui versais, non seulement Emmabelle aurait dû être en sécurité, mais aussi bien installée quelque part au chaud avec pédicure et trois repas complets par jour.

Faisant irruption dans la salle de poker du Badlands, je retournai une table. Sam était en train d'arranger une partie avec deux sénateurs et un magnat des affaires. Les jetons tombèrent au sol en cliquetant.

Il leva la tête.

— C'est quoi ce bordel ?

— Le bordel, c'est que tu m'as entubé. Je te paie pour suivre ma petite amie à la trace. Flash info : je t'ai engagé depuis deux secondes et je n'ai aucune idée de l'endroit où elle se trouve.

Sam me conduisit jusqu'à son bureau, remontant au pas de course un étroit couloir bondé où l'on croisa des hommes qui voulaient à tout prix nous arrêter pour nous parler. Je les chassai comme des mouches.

— Tu veux bien la fermer ? J'ai une réputation à tenir.

— Où est Emmabelle ? crachai-je.

Une fois dans son bureau, je claquai la porte puis mis la pièce à sac. Je renversai son canapé, déchirai un rideau romain et plantai mon poing dans un portrait de Troy Brennan – un crime certainement passible de mort par lapidation.

— Je n'ai pas arrêté de t'appeler. Je tombais directement sur la messagerie.

— J'étais occupé à passer de la pommade à Pince-Mi et Pince-Moi, dit sèchement Sam en sortant son téléphone pour composer un numéro. Laisse-moi me renseigner auprès de mes gars.

La bonne nouvelle, c'est qu'ils lui répondirent tout de suite.

La mauvaise nouvelle, c'est qu'ils l'avaient PERDUE.

— Comment ça, ils l'ont *perdue* ?

J'élevai la voix, et je me retrouvai à arracher l'écran Apple de son bureau pour le fracasser contre le mur.

— Elle n'est pas un simple fil de pensée. Une intrigue secondaire dans un livre. Une paire de lunettes de soleil. On ne *perd* pas une femme de trente ans.

— Elle les a bernés, expliqua Sam.

Les yeux écarquillés, la bouche légèrement entrouverte, il semblait lui aussi un peu sonné par cette nouvelle. Cela ne devait pas lui arriver souvent.

— Elle a dû comprendre qu'ils la suivaient et elle les a piégés.

— C'est une femme intelligente.

Je bouillonnai. Bon sang, pourquoi fallait-il qu'elle soit si perspicace ?

Sam se renfrogna.

— C'est toi le génie qui a refusé de lui dire que je la faisais surveiller.

C'est la première fois de toute ma carrière qu'une personne que je fais suivre réussit à échapper à mes gars.

— Merci pour l'anecdote.

Je l'attrapai par le col de sa chemise et l'attirai à moi, si près que nos nez s'écrasèrent l'un contre l'autre.

— Trouve ma petite amie d'ici ce soir ou je m'assurerais personnellement que toi et le procureur qui te couvre le cul passiez le restant de vos misérables vies au tribunal pour répondre de tous les crimes que vous avez commis ces vingt dernières années.

Je sortis de son club d'un pas raide et allai voir la seule personne encore susceptible d'avoir des informations. Louisa.

Louisa m'attendait dans un minuscule body en dentelle crème et noir, dont le corset rendait sa taille aussi inexistante que mon envie de la baiser.

— Bonjour, mon chéri. Ravie de te voir.

Elle fit un pas de côté pour me laisser entrer. Je fermai la porte derrière nous et lui lançai un regard noir indiquant clairement qu'une partie de jambes en l'air n'était pas au programme.

Que tu comprennes bien ce qui se passe, miss.

— Habille-toi.

— Avec quoi ? demanda-t-elle en battant des cils.

— Un putain de ciré si ça te chante. J'ai une gueule de styliste ?

J'attrapai ce qui ressemblait à un peignoir sur le dossier d'une chaise et le lui lançai. Elle le passa en vitesse et inspira profondément.

— Il y a un problème ?

Elle alla nous servir des verres au minibar.

— Qu'est-ce que tu as fait ?

Étonnamment, ma voix était normale. Désabusée. Professionnelle. Ne laissant pas entendre que j'allais commettre un meurtre.

— Comment ça ?

Elle s'approcha de moi avec deux verres de whisky et m'en tendis un. Je ne gratifiai ni le geste ni le verre d'une quelconque réaction.

— Qu'est-ce que tu as fait ? répétai-je.

— Devvie, arrête de te comporter bizarrement, pour l'amour du ciel.

Elle fit un pas en arrière.

Je fis un pas en avant.

Je ne savais pas du tout ce que j'étais en train de faire et je ne voulais pas le savoir.

Sweven éveillait en moi des émotions que je ne désirais pas explorer.

J'avais toujours été mesuré. Calme. Sûr de moi.

Je n'étais rien de tout ça dans l'immédiat.

— Qu'est-ce. Que. Tu. As. Fait ?

Je lui pris les deux verres des mains et les posai sur une desserte, l'acculant contre le mur. Quelques centimètres à peine nous séparaient.

L'air était chargé de menace et de violence. Elle le sentait.

Elle se recroquevilla et demanda :

— Que sais-tu ?

— J'en sais assez pour savoir que tu es impliquée.

Elle redressa le menton.

— Ce que j'ai fait n'était peut-être pas très éthique, mais ce n'était pas illégal.

— Pas illégal ?

Voilà, je lui hurlai au visage désormais. Si fort que cela faisait voler ses cheveux autour de son visage.

— Il y a des gens qui la poursuivent ! Elle est en cavale !

— Des gens qui la *poursuivent* ? répéta Louisa, l'air sincèrement surprise. Je n'ai rien fait de tel. Jamais je n'enverrais quelqu'un traquer une femme, encore moins une femme enceinte. Cela va à l'encontre de tout ce en quoi je crois.

Je lui adressai un regard blasé, l'air de dire « mais quelle sainte ». Elle haussa les sourcils, comme pour indiquer « tu peux me prendre au mot ».

Je décidai de l'éliminer de ma liste de suspects. *Pour le moment.* J'avais déjà bien assez à faire avec Frank et ma mère.

— Tu as fait quelque chose, insistai-je.

— Un petit quelque chose, répliqua-t-elle. Vraiment petit. Minuscule, franchement.

— Dis-moi ce que tu as fait.

— Devvie…

— *Tout de suite.*

— C'était l'idée de ta mère.

Elle serra les poings, l'air mal à l'aise, fuyant mon regard.

— Qu'est-ce que tu as fait ? demandai-je pour la énième fois.

— Je ne peux pas te le dire. Tu vas me détester.

— Trop tard. C'est déjà le cas. Maintenant, pour la dernière fois, avant que je te fasse regretter le jour où tu es née : que s'est-il passé entre ce matin et ce soir pour que ma petite amie décide tout à coup de me quitter ?

La pièce se vida de tout son air.

— Je l'ai payée.

C'était dit. Elle avait avoué.

Et maintenant qu'elle était lancée, Louisa poursuivit, me jetant une autre bribe d'information.

— C'est Ursula, Devvie. Elle a insisté. Elle était complètement en roue libre. Le temps passe, et elle a commencé à stresser… être écœurée par la situation, et…

Elle secoua la tête avec frénésie, tendant les mains vers moi. Je la repoussai.

— *Et ?*

— Et elle lui a fait un chèque d'un million de dollars.

— Putain de merde.

— Et Emmabelle l'a *pris*, ajouta Louisa, désespérée, ses petits poings agrippant le tissu de ma chemise. Elle a pris le chèque, Devon. Qu'est-ce que ça dit d'elle ? Elle ne t'aime pas. Elle n'a pas besoin de toi. Elle ne te voit pas. Je brûle pour toi chaque jour.

Elle dit ces mots à ma chemise, incapable de lever les yeux vers moi.

— Tu es la première et la dernière personne à laquelle je pense. Tu es toujours dans un coin de ma tête. Je t'aime comme je respire. C'est compulsif. Laisse-moi t'aimer. S'il te plaît. Accorde-moi une chance, et je serai tout ce que tu veux que je sois.

— Tu ne peux pas être tout ce que je veux que tu sois.

Je reculai. Elle vacilla un instant, puis retrouva son flegme.

— Parce que tu n'es pas la femme que j'aime.

Elle avait les yeux écarquillés et remplis de larmes. Je m'approchai de la table de la salle à manger pour prendre son téléphone, que je lui tendis.

— Maintenant, tu vas appeler ton pilote qui est en stand-by pour lui dire que tu pars ce soir. Rentre en Angleterre. Tu ne remettras plus les pieds à Boston. Pas tant que je serai en vie. Et si jamais tu reviens…

Je marquai une pause pour m'accorder un temps de réflexion. Le visage de Louisa était à présent maculé de maquillage et de larmes. Cela lui donnait presque un air comique, comme si elle était un membre perdu du groupe de metal Cradle of Filth.

Je ne prenais aucun plaisir à l'anéantir ainsi, mais je n'avais pas le choix.

— Ma chère, dis-je dans un murmure en prenant ses mains dans les miennes. Jamais je ne t'épouserai. Ni dans cette existence, ni dans la prochaine. Qu'Emmabelle fasse ou non partie de ma vie, chez moi, c'est tout ou rien. Avec elle, je veux tout. Avec toi…

Je la laissai compléter cette phrase dans sa tête avant d'ajouter :

— Si tu essaies encore de saboter ma relation avec ma petite amie – et c'est toujours ma petite amie, ne t'y trompe pas, même si elle ne le sait pas encore –, je détruirai ta famille et ton héritage. Je ferai en sorte que tout le monde à Boston sache que Byron a fait démolir une église historique pour pouvoir installer sa maîtresse à deux pas de sa maison de campagne. Le pot-de-vin qu'il a versé au député Don Dainty pour promouvoir des lois fiscales qui lui étaient favorables serait divulgué, et n'oublions pas que ton cher frère Benedict a un faible pour les mineures. Ta famille est corrompue jusqu'à l'os, et je suis prêt à dévoiler tous les méfaits qu'elle a commis au fil des années si tu ne me promets pas ici et maintenant que tu vas mettre un terme à tout ça.

Tous ces ragots m'avaient été offerts par Sam Brennan et son travail de détective. Peut-être valait-il son taux horaire, en fin de compte.

Je vis qu'elle avait saisi, cette fois.

Que cela l'impactait puissamment. Tout comme cela m'avait impacté, le jour où j'avais su que mon père ne m'aimait pas. Même si, aujourd'hui, j'avais l'impression que personne dans ma famille ne m'aimait.

Maman aussi m'avait trahi.

En apparence, rien n'avait changé. Louisa était toujours la même Louisa. Svelte et délicate, une plume pure et parfaite dans la brise. Mais ses yeux brillants se ternirent. Sa bouche se figea. La lueur dans ses iris disparut.

— Réponds-moi avec des mots, dis-je doucement en lui ouvrant la mâchoire de ma main.

Les mots lui tombèrent des lèvres comme s'ils y étaient suspendus, attendant d'être prononcés.

— Je comprends que tu n'aies plus jamais envie de me revoir, Devon.

Et à ma grande surprise, derrière ces mots, il y avait des braises, gardant la chaleur de la flamme qui venait de s'éteindre.

Elle était en colère. Arrogante.

Elle renaîtrait de ses cendres et – je le lui souhaitais – trouverait quelqu'un d'autre.

Je tournai les talons pour me rendre à l'aéroport.

J'avais un avion à prendre.

En chemin, j'appelai une nouvelle fois Emmabelle, laissant d'autres messages qui feraient la fierté de n'importe quel tueur en série.

« *Tu es folle si tu crois que j'ai renoncé à toi. Tu m'appartiens depuis l'instant où j'ai posé les yeux sur toi. Alors que tu n'étais même pas consciente de mon existence. Quand je suis venu offrir à ta sœur un accord draconien qu'elle n'aurait pas dû signer.* »

Puis :

« *Le soir où nous avons couché ensemble pour la première fois, dans le chalet de Cillian, j'ai envisagé comme jamais auparavant de renoncer à mon pacte avec moi-même de ne pas me marier. Je refuse de perdre la seule femme qui vaille la peine que je rompe ma promesse.* »

Ainsi que :

« *Bordel de merde, je t'aime.* »

Alors que je filai entre les rues, les gratte-ciel et les vies qui n'étaient pas la mienne, je songeai à ce que Louisa m'avait dit avant que je la quitte.

Il était vrai que Belle ne m'aimait pas.

Après tout, elle avait pris le chèque.

Mais je l'aimais, et peut-être que ça suffisait.

33

Belle

Quinze ans

J'approche des seize ans.

Mais c'est bien la seule chose dont je m'approche.

Ma vie est merveilleusement, affreusement ennuyeuse.

Je ne sors avec aucun garçon. Je ne fréquente personne à part ma sœur, Sailor et Ross, mais je joue la grande gueule et je dis au monde que tout va bien pour Emmabelle Penrose. Que c'est une nana invincible et insouciante.

Et parfois, les bons jours, je crois même à mes propres conneries.

En revanche, ça ne va pas fort pour le coach Locken.

Sa femme, Brenda, est de nouveau enceinte, alors que le petit Stephen n'a que, quoi, un peu plus d'un an ? Ça, en soi, ce n'est pas une mauvaise nouvelle pour les adultes.

Mais le fait qu'il ait eu une liaison avec une autre prof en est une.

Mme Parnell est ma prof remplaçante de vingt-deux ans - et sa dernière copine en date.

La confrontation devant le portail la semaine dernière était mythique. Même moi je ne tenais plus en place.

Brenda s'est garée le long du trottoir, le petit Stephen encore endormi à l'arrière. Elle a coincé Mme Parnell et lui a collé une gifle devant toute l'école. La pauvre Mme Parnell n'avait aucune chance. Elle s'est mise à pleurer. Ses sanglots sont devenus plus violents quand Brenda a crié : « Tu savais qu'il m'avait encore mise en cloque ? Tu le savais ? Et il t'a dit qu'on s'était séparés quand j'étais enceinte de Stevie ? Parce que cette sous-merde m'a envoyée chez ma mère en disant qu'il avait besoin de faire nettoyer et dératiser la maison avant l'arrivée du bébé. Il venait tous les week-ends dans le New Jersey pour me baiser. »

Waouh. Brenda n'était pas du tout la femme douce que j'avais vue sur leur photo de fiançailles. En attendant, cela me déculpabilisait un peu à propos de ce que je préparais pour le coach Locken. Je n'avais ni pardonné ni oublié. Je m'efforçais juste d'être patiente, laissant passer suffisamment de temps pour qu'on ne puisse pas me suspecter, le moment venu.

Je suis en train de rentrer à pied de l'école et je me sens un peu plus optimiste sur la vie. Déjà, Locken s'est fait virer après cette scène et il ne travaille plus dans mon établissement, ce qui est super. Ensuite, mes deux derniers cours ont été annulés, ce qui fait que je rentre plus tôt à la maison pour un après-midi raviolis frits (de chez Trader Joe's) et rediffusions du Ricki Lake Show. *Autrement dit : le paradis.*

Persy ne doit pas rentrer avant encore deux heures, papa est au travail (comme toujours, non ?) et maman a enfin accepté d'aller voir un psy pour affronter sa dépression, ce qui veut dire qu'elle est à l'autre bout de la ville et qu'elle ne rentrera pas avant ce soir.

Je déverrouille la porte de notre appartement, heureuse de savoir que le coach Locken vit un enfer, où qu'il soit. Je retire mes baskets, fais glisser mon sac à dos de mes épaules pour le laisser près de la porte, et je vais pieds nus jusqu'au salon. Je m'occuperai des raviolis dans une seconde. D'abord, il faut que je fasse pipi. Je déteste toujours autant aller aux toilettes. C'est comme si je souffrais du syndrome de stress post-traumatique. Je m'attends à refaire une fausse couche, même si je sais que je ne suis pas enceinte. Peu importe le temps qui passe… ou le fait que ma vie semble entamer une nouvelle phase… Je ne peux m'empêcher de détester Locken pour ce qu'il m'a fait. Pour ce qu'il a fait à mon corps. Dans mon esprit, c'est arrivé à cause de la façon dont il m'a prise. C'était si violent, si effréné… je suis sûre qu'il a laissé des séquelles.

Je passe devant la chambre de mes parents et remarque que la porte est entrouverte. Ce n'est pas choquant, comme cet appartement est toujours un chantier et que nous n'avons pas de politique particulière exigeant que les portes restent fermées. J'entends alors un gémissement qui me fait stopper net.

Oh merde. Ils sont là.

Ils sont là et ils sont en train de faire l'amour.

C'est pire que ce que je pensais. Leur amour ne connaît aucune limite. Pitié, achevez-moi.

J'opère un demi-tour pour retourner dans la cuisine sur la pointe des pieds et éventuellement faire pipi dans l'évier afin de ne pas avoir à écouter ça et être encore plus traumatisée, quand j'entends la voix de mon père.

— Oh ! Sophia.

Sophia ? C'est qui, Sophia, putain ?

Ma mère s'appelle Caroline.

C'est quoi ce bordel ?

Je retourne vers la porte entrouverte pour jeter un œil dans l'entrebâillement, clignant des yeux pour y voir clair.

Mon père est allongé sur le lit, et sur lui, dos à moi, se trouve une femme qui n'est pas du tout ma mère. Longs cheveux roux. Silhouette élancée. Taches de rousseur sur les épaules. Elle le chevauche.

Papa trompe maman.

Le parfait conte de fées dans lequel je croyais avoir grandi est un mensonge.

Les hommes sont tous infidèles.

Tous indignes de confiance.

Tous des connards.

Sans un bruit, je regagne la porte d'entrée et sors de l'appartement avant de monter les marches jusqu'au toit de l'immeuble.

Je ne saute pas, pas parce que je n'en ai pas envie.

Seulement parce qu'il me reste encore une vengeance à assouvir.

Et papa ? Jamais je ne lui pardonnerai.

34

Belle

J'étais suivie.

Je sus que j'étais suivie quand je regardai dans mon rétroviseur et remarquai la même berline noire quitter Boston, s'engager sur l'autoroute, et rester toujours quatre voitures derrière moi, malgré les nombreuses fois où je changeai de voie.

Ne sachant pas de qui il s'agissait – Frank ? Louisa ? La mère de Devon ? Le diable en personne ? – je décidai de lui fausser compagnie.

Aujourd'hui n'était pas un bon jour pour mourir et finir enterrée dans les bois.

Je naviguai de voie en voie pendant un moment, sentant la sueur perler sur mon front alors que j'essayais d'établir un plan d'action. Comment allais-je me débarrasser de cette voiture ?

Puis j'eus une révélation.

Je mis mon clignotant pour tourner à droite en direction d'une petite ville de la banlieue de Boston et attendis patiemment dans une file de voitures. La berline fit de même. Quand le feu passa au vert, je commis une vilaine (je veux dire, vraiment vilaine) infraction au code de la route et allai tout droit au lieu de tourner, traversant l'intersection bondée à toute vitesse. Les voitures pilèrent, on me klaxonna rageusement, mais quand je regardai derrière moi, je vis que la berline noire était loin derrière, coincée dans un bouchon de l'enfer au milieu d'un océan de véhicules.

Je conduisis, encore et encore et encore, sans savoir où j'allais atterrir.

Et en même temps, je savais déjà où j'allais.

Pour la première fois depuis mes dix-huit ans, je vivais de nouveau avec mes parents.

Je ne pouvais plus me voiler la face. Rester à Boston était suicidaire. Autant me coller un panneau *Crétine* sur le front.

Plusieurs personnes souhaitaient ma mort. Et je venais de donner mon âme au diable en escarpins.

Il était temps de faire profil bas, jusqu'à ce que je trouve un plan d'action.

Mes parents vivaient là où le sex-appeal avait cessé d'exister, un lieu plus connu sous le nom de Wellesley, dans le Massachusetts.

Quelques années plus tôt, ils avaient annoncé fièrement qu'ils avaient économisé assez d'argent pour réaliser leur rêve de toujours de devenir des retraités ennuyeux, et ils avaient quitté les quartiers sud de Boston pour acheter une maison coloniale vert sauge avec toit assorti, balancelle sous le porche et volets rouges.

Persy et moi l'appelions la Maison Pain d'Épices, mais seule l'une d'entre nous était excitée de venir ici tous les ans à Noël pour jouer à la petite famille heureuse.

— Oh ! Belly-Belle, je suis si heureuse que tu sois avec nous, même si les circonstances sont loin d'être idéales, dit maman en passant la tête par la double porte arrière, m'offrant un sourire compatissant.

Perchée au bord de la piscine dont ils étaient si fiers, je plongeai mes pieds dans l'eau et agitai les orteils.

— Je t'ai déjà dit, maman, tout va bien.

— Ça ne va pas si tu ne peux plus te payer ton appartement.

Elle sortit dans le jardin, un bol de pastèque avec un peu de féta et de menthe entre les mains.

Elle le posa à côté de moi au bord de la piscine et passa sa main sur le lycra jaune de mon maillot de bain, ses doigts s'attardant sur le renflement de mon ventre.

— Je suis venue parce que j'ai besoin d'un changement de rythme, pas parce que je ne peux plus payer mon loyer.

Je choisis un morceau de pastèque joliment taillé – bien carré et bien net – et le fourrai dans ma bouche. Il était glacial.

— Tous mes amis et leurs mères m'ont suppliée de lâcher un peu le Madame Mayhem. Ils pensent que rester debout toute la journée n'est pas bon pour le bébé.

Maman ne savait pas que des gens en avaient après moi.

Elle ne savait pas pour les lettres.

Elle ne savait pas que j'avais habité avec Devon ces dernières semaines.

Elle ne savait *rien*.

Je faisais ça pour la protéger.

C'était futile de l'inquiéter. Cruel, même.

Et il y avait une autre raison pour laquelle j'avais décidé de ne partager avec elle que le strict minimum concernant les circonstances de ma grossesse. Je doutais qu'elle comprenne.

Honnêtement, je n'étais pas tout à fait certaine de comprendre moi-même tout ce qui m'était arrivé récemment.

— Tu es sûre que tout va bien ?

Elle se mit à démêler des mèches blondes prises dans ma boucle d'oreille, comme elle le faisait quand j'étais petite.

— Ça fait deux jours que tu es là et tu ne nous as toujours pas dit exactement pourquoi.

— Je n'ai pas le droit de venir me détendre en famille ?

— Il n'y a pas un seul soir où tu n'es pas sortie depuis tes seize ans.

Eh bien, maman, je faisais tout pour oublier ma réalité à cet âge-là.

Enfin, j'étais encore une fêtarde invétérée six mois plus tôt. J'avais profité pendant quatorze ans avant que Devon débarque et me force à rester tranquille pour contempler ce que ma vie était devenue.

Je fourrai un autre morceau de pastèque entre mes lèvres, regardant les rudbeckias de maman, leurs tiges comme des cous tendus pour chercher le soleil, leurs pétales luisant sous les rayons lumineux.

— Viens avec moi au marché de producteurs. Tu pourras rencontrer tous mes nouveaux amis du bridge, proposa maman.

— Eh ben, maman, tu me vends du rêve là, plaisantai-je, les mains coincées sous mes fesses.

— Allez, Belly-Belle. Je vois bien que tu as l'esprit occupé.

— Vraiment ? demandai-je, les yeux rivés sur mes pieds. Comment ?

— Une maman, ça voit tout.

Serais-je capable de savoir ce que ressent mon enfant, sans aucun signe extérieur ? Mes entrailles me crieraient-elles que quelque chose ne va pas ? Serais-je capable de le sentir, comme la fumée d'un feu, avant que la terre sous ses pieds soit roussie ?

— Oui, dit ma mère comme si elle lisait dans mes pensées.

Elle posa une main dans mon dos. J'eus envie de me mettre en position fœtale et de pleurer sur ses genoux. Les derniers mois me rattrapèrent d'un coup, et je me sentis tout à coup épuisée.

J'avais peur de ceux qui me traquaient et j'étais en colère contre moi-même d'avoir accepté l'offre de Louisa ; mais un autre sentiment supplantait tout : Devon me manquait.

Il me manquait tellement que j'avais été incapable d'allumer mon téléphone ces deux derniers jours pour regarder s'il m'avait envoyé des messages.

Son rire rauque et élégant me manquait et la façon dont ses sourcils blonds s'agitaient quand il parlait.

Ses baisers et les rides autour de ses yeux quand il souriait avec malice, et sa manie d'appeler l'homme qui travaillait à l'épicerie d'en bas « le journaliste » comme si c'était un présentateur de la BBC et pas un type qui vendait du lait trop cher et des cigarettes.

Bref, il me manquait.

Trop pour que je retourne à Boston.

Trop pour que je puisse *respirer.*

Maman me prit dans ses bras et me serra contre elle, m'embrassant au sommet de la tête.

— Oui, tu le sauras quand quelque chose rongera ton enfant, et j'espère qu'il te dira ce qui le ronge pour que tu puisses l'aider. Moi, j'ai élevé deux filles farouchement indépendantes. Toi, plus encore que ta sœur. Tu as toujours eu un sacré caractère. Tu aidais Perséphone avant même que j'y parvienne – pour l'école, les devoirs, la vie sociale. Tu as toujours été un parent, quelque part. Tu vas être une mère incroyable, Belly-Belle, et tu vas comprendre le secret le plus déprimant de tous.

— Hmm ? demandai-je, me blottissant contre elle.

— Tu n'es jamais plus heureuse que ton enfant le moins heureux.

Elle déposa un autre baiser sur mon crâne.

— Dis-moi ce qui ne va pas, Belle.

— Je gère, maman.

Elle s'écarta de moi et me tint par les épaules, rivant son regard au mien.

— Alors gère, ma chérie. Ne fuis pas, quoi que *ce* soit. Affronte. Parce que, quoi qu'il se passe, tu n'es plus la seule personne dont tu dois te soucier.

Je posai une main sur mon ventre.

Bébé Whitehall donna un coup.

Je suis là pour toi, ma fille.

Vingt minutes après que ma mère fut partie au marché de producteurs pour retrouver ses amis du bridge (ma jeunesse se ratatinait sur elle-même rien que d'y penser), je ramassai le bol de pastèque vide et poussai la porte-moustiquaire pour rentrer. Il faisait une chaleur suffocante dans la maison depuis que la climatisation avait lâché, quelques jours plus tôt. Elle n'avait pas encore été réparée, et il y avait un énorme trou de la taille d'un tuyau de canalisation à l'arrière de la maison qui attendait qu'on le comble.

Cet endroit m'était encore étranger. Même s'il n'était pas nouveau d'un point de vue chronologique, il me faisait cette impression. Il ne s'était pas encore imprégné de ses occupants et était dénué de souvenirs, de nostalgie et de ces odeurs de maison qui vous ramènent en enfance.

Je rinçai le bol, repensant à ce que maman avait dit. Sur le fait d'affronter mes problèmes.

Ces deux derniers jours m'avaient apporté une certaine clarté.

Je ne voulais pas un million de dollars. Je voulais Devon.

Et j'en avais marre de fuir ceux qui me traquaient, quelle que soit leur identité. J'avais besoin de l'aide de Devon sur ce point.

Oui, je reconnaissais enfin que j'avais besoin d'aide. Je ne pouvais pas faire ça toute seule. Et étrangement, ce n'était pas si affreux de l'admettre. Peut-être n'étais-je plus la petite fille que M. Locken avait laissée se vider de son sang il y avait si longtemps.

La porte d'entrée s'ouvrit et se referma, et les sifflements de mon père retentirent dans la maison.

John Penrose était capable de siffler du début à la fin n'importe quelle chanson sortie entre 1967 et 2000. Et il était doué, en plus. Quand Persy et moi étions jeunes, nous jouions à deviner les chansons. Parfois je la laissais gagner. Mais pas souvent.

— Mes chéries, je suis rentré !

Il apparut dans la cuisine, grand et costaud et encore plutôt séduisant – dans le genre de Harrison Ford mais en plus ridé. Il posa des sacs en toile remplis de citrons sur le plan de travail à côté de moi, souriant jusqu'aux oreilles.

— Bonjour, ma puce.

Il m'embrassa sur le front, remonta sa ceinture sur ce qui commençait à ressembler plus à un *dad bod* qu'à des abdos de *sexy daddy*, et il ouvrit la porte du réfrigérateur pour prendre sa bière du soir.

— Où est ta mère ?

— Sortie.

Je m'appuyai contre le comptoir, me séchant les mains avec une serviette. Je ne lui précisai pas où elle était allée. Encore aujourd'hui, je gardais des informations sur ma mère pour essayer de la rendre plus mystérieuse et séduisante à ses yeux. Cet exercice n'avait pas grand intérêt. Elle était comme un livre ouvert pour lui, toujours honnête, franche et disponible.

Elle était tout ce que je ne voulais pas être. Il ne remettait jamais en doute l'amour qu'elle avait pour lui.

Papa ferma le frigo et décapsula sa Bud Light, s'installant contre le comptoir opposé.

— Quoi de neuf, ma grande ? Ça pousse bien ?

Il prit une gorgée de bière.

Affronte le problème, m'intima la voix de ma mère dans ma tête. Quand faut y aller…

— Tu as trompé maman.

Les mots me semblèrent si triviaux, si banals, que la facilité avec lesquels je les prononçai aurait pu me faire rire. Le sourire de mon père demeura intact.

— Pardon ?

— Tu as trompé maman, répétai-je, sentant soudain mon pouls palpiter dans tout mon corps – dans mon cou, mes poignets, sous mes paupières, dans mes orteils. N'essaie pas de le nier. Je t'ai vu.

— Tu m'as *vu* ?

Papa posa sa bière sur le plan de travail et croisa les bras sur sa poitrine.

— Où et quand, si je puis me permettre ? Nous n'évoluons pas tout à fait dans les mêmes cercles.

Il semblait plus amusé qu'inquiet, mais dépourvu d'animosité.

— Dans votre lit à maman et toi. Une dame aux cheveux roux foncés. Enfin, je dis une dame, mais je veux dire une pouffiasse. À Boston.

Et en un éclair, tout le sang quitta son visage.

Il était tout pâle. Livide. Il avait *peur.*

— Emmabelle, souffla-t-il. C'était…

— Il y a quinze ans, finis-je pour lui. Ouais.

— Comment… ?

— Je suis rentrée plus tôt de l'école et je t'ai surpris. Je ne t'ai rien dit parce que j'avais peur. Mais je l'ai vue sur toi. Je t'ai entendu murmurer son nom. Et je n'ai jamais oublié. Alors dis-moi, papa, comment va *Sophia* ces temps-ci ?

Sophia.

La femme que j'avais certainement croisée au supermarché, au parc et dans l'escalator chez Target. La traînée qui avait gâché le mariage de mes parents sans que ma mère le sache. Certains soirs, allongée dans mon lit, je me disais que je serais capable de la tuer. D'autres fois, je me demandais pourquoi elle était comme ça. Pourquoi elle cherchait du plaisir auprès d'un homme qui n'était pas disponible.

— Je…

Il regarda autour de lui, comme perdu tout à coup, comme si nous avions été transportés dans la pièce où cela s'était produit.

— Je ne sais pas. Ça fait des années que je n'ai plus aucun contact avec elle. *Des années.*

Il s'agrippa au comptoir derrière lui et renversa sa bière qui tomba par terre. La bouteille en verre se cassa, le liquide jaune-blanc coulant tel une rivière dorée entre nous.

— Combien d'années ? demandai-je.

— Quinze !

— Ne me mens pas, John.

— Dix. (Il ferma les yeux et déglutit.) Ça fait dix ans que je ne l'ai pas vue.

Il l'avait fréquentée jusqu'à mes vingt et un ans.

Ce n'était pas une passade. C'était une liaison. Évidemment. Il ne l'aurait pas ramenée chez nous sinon.

— Pourquoi ? demandai-je.

Je voulais savoir ce qui manquait dans sa vie. Maman était sublime, loyale et douce. Persy et moi étions de bonnes gamines. Bien sûr, nous avions des problèmes, tout le monde avait des problèmes – des problèmes d'argent, le cancer qui avait emporté la sœur de maman, ce genre de choses. Des choses de la *vie.* Des choses qu'on traversait ensemble.

— Pourquoi j'ai trompé ta mère ?

Il avait l'air perplexe.

— Oui. Je veux savoir.

Ni lui ni moi ne nettoyâmes le sol.

Il se frotta la nuque, s'écartant du meuble de cuisine pour faire les cent pas. Je le suivis du regard.

— Écoute, ce n'était pas facile à l'époque, d'accord ? Quand ta mère a quitté son travail pour s'occuper de vous deux et de ta tante Tilda, paix à son âme, je n'étais pas seulement le chef de famille, j'en étais aussi le seul pourvoyeur. Et il y avait des frais médicaux, un frigo à remplir, des bouches à nourrir, une assurance à payer et un emprunt à rembourser. Persy avait ses cours de ballet, toi, le cross. Les choses se sont accumulées, et je…

Il se tut, levant les bras d'un air désespéré.

— Je coulais. Je perdais pied. Ta mère refusait de me toucher. Je me sentais trop coupable pour oser demander. Elle voyait sa sœur s'éteindre à petit feu. J'avais l'impression d'être un employé plutôt que l'homme de la maison. Et puis Sophia est venue.

— Joli jeu de mots, marmonnai-je avec sarcasme.

Il ignora ma pique.

— Sophia et moi travaillions dans le même immeuble. Au début, on déjeunait ensemble. C'était innocent.

— Bien sûr.

Je souris, surprise de voir que j'étais aussi amère que si c'était à moi que c'était arrivé. Comme si c'était Devon.

Devon ne t'appartient pas. Devon va épouser une autre femme, certainement au cours des prochains mois. Confonds-toi en excuses et déchire le chèque en mille morceaux, ou passe à autre chose.

— Elle était en train de vivre un divorce compliqué, expliqua papa.

— Les divorces à l'amiable sont rares, lançai-je. Et le fait que tu l'aies fait dans le lit de maman. Couillu. Là aussi, c'est un jeu de mots, au passage.

— Emmabelle, dit-il doucement. Crois-le ou non, je l'ai fait parce qu'une partie de moi avait envie de se faire pincer. Pour me donner l'occasion de parler.

À contrecœur, je le laissai poursuivre, lèvres retroussées.

— J'étais là pour elle, et elle était là pour moi. Elle était abattue.

Je craquais. Ta mère et moi nous étions éloignés, jusqu'à ce que je ne me rappelle même plus ce que c'était d'être son partenaire, son amant. Mais c'était compliqué. Je l'aimais encore. Je voulais croire que je la récupérerais, un jour. Notre amour était juste en pause.

Putain mais de quoi il parlait ? L'amour n'était pas une chose qu'on pouvait mettre de côté pour y revenir plus tard. Ce n'était pas une réponse par mail qu'on pouvait programmer à l'avance.

— Ce n'est pas ce que dit la chronologie, répliquai-je avec un sourire sardonique.

Tilda était morte quand j'étais adolescente. Papa avait quitté Sophia quand j'avais plus de vingt ans.

— C'est la vie qui impose le rythme, dit-il.

Il se pencha pour ramasser les gros bouts de verre au sol, les regardant comme s'il voulait se les planter dans le cou.

— J'aimerais être aussi indulgente à l'égard de mes propres actes, marmonnai-je.

— Je ne suis pas si indulgent envers moi-même. Je me suis longtemps détesté. J'ai essayé de quitter Sophia plusieurs fois après la mort de ta tante. J'ai même réussi, parfois. Mais elle revenait toujours. Et parfois je la laissais faire, quand ça n'allait pas trop entre ta mère et moi.

— Tu es un sac à merde.

Les mots qui sortirent de ma bouche me choquèrent. Pas parce qu'ils ne s'invitaient pas de temps en temps dans mon langage (les gros mots et moi étions très bons amis) mais parce que je ne les avais jamais dirigés contre un membre de ma famille. La famille, c'était sacré. Jusqu'à aujourd'hui.

— J'en étais un, concéda-t-il. Mais, au bout de neuf ans de liaison, j'ai enfin réussi à lui échapper. J'ai démissionné. J'ai changé toutes les serrures de la maison. Je lui ai dit que, si elle s'approchait de ta mère ou qu'elle essayait de lui dire, je ferais de sa vie un enfer.

— Sympa.

Il jeta les bouts de verre dans la poubelle sous l'évier et poussa le reste avec sa chaussure.

— Si tu le savais depuis tout ce temps, pourquoi ne l'as-tu pas dit à ta mère ? demanda-t-il.

— Pourquoi, à ton avis ?

— Elle m'aurait tué.

Papa se pencha dans le cellier pour attraper une serpillère et éponger la bière au sol.

— Puis elle m'aurait quitté. Pas dans cet ordre.

Je pouffai.

— Genre.

— Quoi ?

— Maman ne t'aurait jamais quitté. C'est pour ça que je ne lui ai pas dit, crachai-je, ma voix portée par mes émotions comme par le vent.

Prenant de l'altitude, devenant une tempête.

Ce n'était pas par altruisme que je ne lui avais rien dit. Ce n'était pas parce que je voulais la protéger.

J'avais peur qu'elle reste et que je ne sois plus capable de la regarder dans les yeux.

J'avais peur d'être tellement déçue, tellement en colère contre sa décision que cela affecterait notre relation.

En doutant de sa décision, je l'avais empêchée d'en prendre une.

— Si.

Papa arrêta un instant de frotter le sol et posa son front sur le manche de la serpillère, les yeux fermés.

— Elle serait partie. Elle a été tentée de le faire indépendamment de mon infidélité.

Sa tête tomba en avant, ses épaules s'affaissèrent et… et il se mit à pleurer.

Il s'effondra au sol devant moi.

Les genoux dans la rivière de bière.

Mon père ne pleurait jamais.

Il n'avait pas pleuré quand ma tante était morte, ni quand mes grands-parents étaient décédés, ni quand il avait regardé Perséphone marcher jusqu'à l'autel, conduite par le frère du marié parce que lui s'était fait opérer de la jambe et qu'il ne pouvait pas marcher.

Il ne pleurait pas. *Nous* ne pleurions pas. Et pourtant, voilà qu'il sanglotait.

— Je suis désolé, Belly-Belle. Je suis tellement désolé. Je n'ai jamais été plus désolé de toute ma vie. Je n'imagine pas ce que ça a dû être pour toi de le découvrir de cette manière.

— C'était horrible.

Mais, étrangement, peut-être pas aussi horrible que de le voir dans cet état.

Enfin, une partie de moi le détestait encore pour l'image distordue du couple qu'il avait implantée en moi, mais il était aussi la personne qui avait pris soin de nous.

Qui m'avait acheté tout ce que je voulais – dans la limite de son budget – et m'avait aidée à rembourser mon prêt étudiant.

Il avait investi dans ma boîte quand j'avais ouvert le Madame Mayhem et, un jour, il avait envoyé un coup de poing à un type qui m'avait fait des avances pendant nos vacances à Cape Cod.

Il ne m'avait jamais enfermée dans un monte-plats, il n'avait jamais été violent ou négligent.

Il s'était planté, mais il n'avait jamais eu l'intention de *me* planter.

— Si ça peut te rassurer, après avoir quitté Sophia, je ne mangeais plus, je ne dormais plus, je ne fonctionnais même plus normalement. Puis, au bout de quelques années, je l'ai dit à ta mère.

— Attends, maman est au courant ?

Je l'attrapai par le col de sa chemise à carreaux pour le hisser à hauteur de mes yeux.

Les siens étaient rougis, bouffis de larmes.

— Mais tu as dit qu'elle t'aurait quitté si je le lui avais dit.

— Elle *m'a* quitté.

— Elle ne me l'a jamais dit.

— Est-ce qu'elle te dit tout ? demanda-t-il en m'interrogeant du regard.

Pas faux.

Il se frotta la joue du revers de la main.

— Elle m'a mis à la porte peu de temps après que tu as eu ton diplôme universitaire. À l'époque, Persy et toi n'habitiez plus à la maison. Je pense qu'elle a attendu que vous partiez parce qu'elle ne voulait pas vous traumatiser. J'ai loué un appartement à deux rues de la maison pendant huit mois, et j'ai essayé de la reconquérir.

— Bien joué, maman, marmonnai-je. J'espère qu'elle s'est fait un peu plaisir.

— Elle a eu une liaison de deux mois avec un prof de yoga du YMCA local. Quand on s'est remis ensemble, ça m'énervait tellement de passer devant que j'ai juré de nous faire déménager pour fuir ce souvenir.

— C'est pour *ça* que vous avez déménagé en banlieue ?

Il hocha la tête.

— Pourquoi t'a-t-elle repris ?

Je me rendis compte que je le tenais encore par le col, mais cela ne m'empêcha pas de serrer le tissu plus fort dans mon poing.

— Il lui est arrivé un pépin.

— Quoi ?

— Elle s'est rappelé qu'elle était amoureuse de moi, et qu'en s'éloignant, non seulement elle me punissait, mais elle se punissait aussi.

Je lâchai sa chemise et reculai, chancelante.

Mon désir d'être avec Devon m'inonda soudain. N'était-ce pas ce que j'étais en train de faire ? Nous punir tous les deux parce que je ne supportais pas l'idée d'être amoureuse ? De faire confiance à quelqu'un d'autre ?

La relation de mes parents était loin d'être parfaite. Elle avait été semée de trahisons, de mauvaises passes et d'autres personnes.

Mais. Elle. Fonctionnait.

— J'espère qu'avec le temps tu me pardonneras, dit papa. Mais au cas où tu ne me pardonnerais pas, je peux te l'assurer, Belly-Belle : je ne me le pardonnerai jamais.

J'avais besoin de temps pour réfléchir.

— Merci pour cette discussion. Je vais aller hurler dans un oreiller maintenant, annonçai-je en attrapant un sachet de bretzels au chocolat dans le placard avant de monter dans ma chambre.

Je portais encore mon maillot de bain jaune canari.

Je m'arrêtai près de l'escalier, agrippée à la rampe, et tournai la tête vers lui. Il n'avait pas bougé d'un pouce.

— Une dernière question.

— Oui ?

— Qu'est-ce qui clochait chez Sophia ? lâchai-je. Pourquoi elle était si ravagée ?

— Elle ne pouvait pas avoir d'enfants, dit-il gravement. C'est pour ça que son mari l'avait quittée. Il a épousé une autre femme trois mois plus tard et il a eu trois fils.

La pauvre Sophia avait elle aussi renoncé à l'amour.

Et au bout du compte, elle avait perdu.

Peut-être que c'était ça, la défaite : renoncer à l'amour.

35

Belle

Dix-huit ans

C'est un drôle de truc, l'obsession.

Parfois c'est fantastique.

Parfois c'est horrible.

Prenez les artistes, par exemple. Leur travail les obsède, n'est-ce pas ? Les Rolling Stones, les Beatles, Spielberg.

Ils travaillent comme des dingues pour que chaque note, chaque plan, chaque mot d'un scénario soit parfait. Il faut être obsessionnel pour ça.

Et puis il y a d'autres obsessions.

Regardez, moi, par exemple. J'ai traversé toute mon adolescence en cachant un terrible secret. Mon coach de cross m'a agressée sexuellement avant de me violer. J'ai fini par faire une fausse couche à cause du stress et du traumatisme qu'il m'a fait subir.

Voyez, cette obsession-là n'est pas si géniale.

J'ai passé ces trois dernières années à préparer ma vengeance, et ce jour est enfin arrivé.

J'ai gardé un œil sur Steve Locken au fil des ans.

Il a déménagé de Boston pour Rhode Island afin de repartir de zéro. Brenda l'a quitté peu de temps après avoir donné naissance à leur deuxième fils, Marshall. Elle est retournée dans le New Jersey et est aujourd'hui mariée à un certain Pete. Ils ont une fille ensemble. Elle semble heureuse. Ou aussi heureuse qu'elle peut l'être après ce que son ex lui a fait subir.

Je sais que Locken ne voit pas souvent ses fils. Qu'il travaille dans une petite école de Rhode Island et qu'il sort avec une fille qui s'appelle Yamima.

Et je sais qu'il abuse encore de jeunes filles.

C'est ce que les obsédés font. Ils creusent encore et encore. Jusqu'à s'arracher les ongles.

Je fouine. Je surveille les réseaux sociaux de certaines filles de son équipe.

Elles parlent de lui.

Elles partagent des photos de lui.

Elles ont des groupes secrets sur lui.

L'une d'elles s'est même vantée de l'avoir branlé un jour après une réunion d'école, en plein jour, tellement ils avaient envie l'un de l'autre.

Autrement dit : j'ai la conscience tranquille. Steve Locken ne mérite pas de vivre.

C'est là que ça se complique. Je n'ai jamais tué personne. Mais cela fait trois ans que je suis des cours de krav-maga trois fois par semaine, et je vais m'entraîner avec le Glock de mon père dans les bois, où je tire sur des canettes posées sur des rondins de bois. Le Massachusetts a des lois strictes sur les armes à feu, mais mon père travaillait dans la police avant d'avoir un emploi de bureau.

Je suis en route pour Rhode Island, le Glock dans mon sac à main.

C'est une belle journée d'été. Il ne reste plus que quelques jours avant mon départ pour l'université. Je sais que Yamima, la copine de Steve, a quitté la ville pour assister à une conférence. Elle est agente immobilière et, à la conférence, elle partagera une chambre avec son collègue Brad, qui est assez stupide pour le dire sur son profil Facebook.

On récolte ce qu'on sème.

Steve est seul chez lui. Il boit deux bières tous les soirs devant la chaîne sportive. Je l'ai observé de près tout l'été, cachée dans les buissons autour de sa maison de style Craftsman joliment rénovée. Mes parents pensent que je fais des heures sup dans un resto de burgers afin de mettre de l'argent de côté pour la fac.

Steve n'a installé aucune caméra chez lui. Un jour, je l'ai entendu dire à Yamima que tous ces dispositifs de sécurité sont connectés à Internet et qu'il ne veut pas que n'importe qui puisse récupérer les images de ce qu'il se passe chez lui.

Il se lève tous les jours à 5 h 45 et il quitte la maison à 6 heures pour aller courir douze kilomètres.

Aujourd'hui, quand il sort, j'en profite pour entrer. Dès qu'il a sorti la voiture pour se rendre à la piste où il court, je me glisse sous la porte de garage en train de se refermer. J'ouvre toutes les bouteilles de Corona Premium qui se trouvent dans le frigo du garage et y verse du zolpidem et un peu de mort-aux-rats avant de les refermer avec un encapsuleur que j'ai emporté pour qu'elles soient comme neuves, puis je les agite.

Quand je reviens dans le quartier de Steve, il est presque minuit.

Je fais le tour de la maison, me frayant un chemin entre les épais buissons autour de sa piscine. Je le vois à travers la baie vitrée de son salon, inconscient, à cause de la bière et des cachetons. Je crochète la serrure, mes gants et ma cagoule intacts, en le surveillant du coin de l'œil au cas où il se réveillerait.

Il ne se réveille pas.

J'ouvre la porte et me dirige droit sur lui. Il est affalé sur son canapé bordeaux, devant la rediffusion d'un match de football américain. Je retire un de mes gants et place mon index sous son nez. Je sens le souffle lourd de sa respiration.

Pas encore mort. Dommage.

Je ne vais pas me servir du pistolet si je n'y suis pas obligée. C'est trop salissant, et je ne veux pas m'attirer d'ennuis. Je vais faire passer ça pour un accident.

Steve a toujours dit qu'une mauvaise attitude était comme un pneu crevé. On ne peut pas aller très loin à moins d'en changer. Alors je fais la grande fille, je tourne la question dans tous les sens et j'établis un plan.

Je m'accroupis et je soulève sa tête. Elle est lourde et dure entre mes mains. Évidemment, j'ai envie de faire comme dans les films. D'attacher Steve à une chaise et de lui jeter notre passé à la figure. De lui cracher au visage et de le frapper. De le faire pleurer, supplier, qu'il se pisse dessus, tout en paradant sur des talons de douze centimètres.

Mais je ne peux pas me permettre de me faire choper. Pas alors que j'essaie de reprendre ma vie en main. Peut-être que je ne pardonnerai jamais aux hommes d'être des hommes - c'est trop tard pour ça. Je ne me marierai jamais, je ne tomberai jamais amoureuse, je ne donnerai jamais plus sa chance à un porteur de pénis - mais je peux encore avancer.

Sa tête dans mes mains, je place son corps dans une position avachie et calcule ce que ça donnerait s'il tombait accidentellement sur la petite table en verre devant lui. Pendant plusieurs minutes, je déplace son corps çà et là sur le canapé et je fais légèrement glisser la table basse pour être sûre que sa tête heurtera un coin pointu.

Puis je me place derrière le sofa, j'attrape Steve par les épaules et je pousse son corps vers l'avant avec force. Sa tête se fracasse contre le coin de la table basse.

Le verre explose.

Il y a du sang partout.

Tellement de sang.

Il ne bouge toujours pas, pas même un tressaillement, et je me dis qu'il était tellement dans les vapes qu'il ne s'est pas rendu compte qu'il mourait. Mon cœur se serre de déception mais, même s'il ignore qu'il a payé pour ce qu'il a fait, au moins il ne pourra plus jamais le faire subir à personne.

— Adieu, connard. J'espère que Satan va s'occuper de toi.

Je ressors, passant inaperçue, et rentre à Boston.

Vers ma nouvelle vie.

Vers la nouvelle moi.

36

Devon

— Monsieur Whitehall, votre voiture vous attend.

Je me glissai à l'arrière du véhicule tape-à-l'œil et continuai d'aboyer sur Sam Brennan, que j'appelais depuis l'autre côté de l'Atlantique.

— Tu m'as chaudement recommandé Simon.

J'étais conscient de paraître un, accusateur ; deux, tranchant ; trois, parfaitement timbré.

— Il est nul, point. Où était-il quand Belle s'est fait attaquer ? Quand elle était suivie ?

J'avais l'impression d'être une mère poule essayant de convaincre un professeur que c'était sa Mary-Sue qui aurait dû remporter le prix de la meilleure élève cette année. Ma transformation totale d'homme oisif et pragmatique en épave illogique et pleurnicharde ne m'échappait pas.

Le jeune chauffeur s'installa au volant de la Rolls Royce Phantom. Maman adorait la sortir quand elle pensait qu'il y avait des paparazzis dans les parages. Elle devait penser qu'ils me cherchaient. Elle croyait que je venais lui annoncer mes fiançailles. Elle ne se doutait pas que j'avais l'intention de lui passer un sacré savon et de lui annoncer une mauvaise nouvelle.

— Il était là où il était censé être, répliqua Sam. Au Madame Mayhem, le seul lieu qu'il était autorisé à couvrir selon ton contrat. Tu voulais qu'il la *traque* ?

Oui.

— Non, lâchai-je, retirant une poussière invisible de sous mon ongle.

Le chauffeur quitta l'aéroport d'Heathrow pour se glisser dans l'infernale circulation londonienne. J'aimais ma capitale, mais il fallait bien le dire : tout ce qui se trouvait à l'est d'Hammersmith aurait dû être retiré de l'enceinte de Londres et offert à Slough.

— Comme par hasard il était absent chaque fois qu'elle a eu un problème.

— Il faisait du classement pour trouver des excuses et rester près d'elle, putain ! C'est un ancien agent de la CIA hautement qualifié.

À l'autre bout du fil, le poing de Sam s'écrasa sur un objet, qui explosa.

J'écartai le portable de mon oreille, renfrogné. J'avais décidé depuis peu (et par « depuis peu », je voulais dire au cours des dix dernières minutes) que je n'étais plus un fumeur. Il n'y avait aucune raison de se soumettre à une habitude si nocive. Mon enfant méritait mieux qu'un risque de développer de l'asthme et une maison qui sentait le club de strip-tease.

— Quoi qu'il en soit, dis-je froidement, je veux savoir où elle est en ce moment. Qu'ont trouvé tes hommes pour moi ? J'espère pour toi que ça vaut le coup.

— Elle est chez ses parents.

— Et… ?

— Et elle est en sécurité.

— Elle déteste son père, marmonnai-je, chose qu'il n'était pas censé savoir.

J'étais inquiet. Pas que Belle soit malheureuse de cette situation – elle méritait de souffrir un peu après ce qu'elle m'avait fait subir – mais pour la sécurité de son père.

— Un complexe avec son papa, hein ? fit Sam en riant. J'aurais pas deviné.

— Va te faire voir.

— Toi-même, *mate*, répliqua-t-il avec un accent australien malheureux mais étrangement juste.

— Mauvaise nationalité, crétin. Qu'ils ne la perdent plus de vue, cette fois, l'avertis-je. Des têtes vont tomber si ça se reproduit.

— Quelles têtes ?

— La tienne, pour commencer.

— C'est une menace ? demanda-t-il.

— Non, dis-je calmement. C'est une promesse. Boston te craint peut-être, Brennan, mais pas moi. Protège ma nana ou tu affronteras mon courroux.

Il y eut un moment de silence ; Sam devait hésiter entre déclarer la guerre ou simplement battre en retraite.

— Écoute, finit-il par dire, il semblerait qu'elle ne sorte pas très souvent de la maison. Je crois que faire surveiller le pavillon est excessif, à ce stade. Contre-productif, presque. Parce que, en l'état, seules quelques personnes savent où elle se trouve. Si elle est sous surveillance, cela pourrait attirer davantage l'attention.

Cette information me surprit. Belle était toujours en recherche de sensations fortes et capable d'organiser une orgie publique au Vatican. Et je doutais que la maison de ses parents offre beaucoup de distractions. Mais peu importait : c'était une bonne nouvelle.

Je m'occuperais d'elle dès mon retour à Boston, dans les vingt-quatre prochaines heures.

— D'accord. Pas de surveillance.

— Alléluia.

— C'était un enfer de faire affaire avec toi.

Il me raccrocha au nez. *Connard.*

Je me laissai aller contre le siège en cuir et me tapotai le genou en m'imprégnant de Londres qui défilait de l'autre côté de ma vitre. Sa grisaille tenace, sa vétusté après avoir bravé des guerres, des épidémies, des incendies, le terrorisme, et même Boris Johnson comme maire (ce n'est pas une déclaration politique ; je trouvais simplement cet homme trop excentrique pour être autre chose qu'un clown).

Je songeai à l'état dans lequel j'avais laissé Louisa à Londres. La gorge nouée, les yeux rougis et l'air abattu. Je ne la verrais plus jamais, ne m'excuserais plus jamais, ne m'expliquerais plus jamais auprès d'elle – et j'étais en paix avec l'idée de ne plus me haïr pour une décision que j'avais prise quand j'avais dix-huit ans.

Je n'étais pas juste avec elle.

Mais mon père n'avait jamais été juste avec *moi.*

J'avais passé toute ma vie d'adulte à essayer de me punir pour ce que j'avais fait à Louisa en me privant de tout. Il était temps de lâcher prise.

Montrez-moi quelqu'un qui n'a jamais rien fait de mal et je vous montrerai un menteur.

— Monsieur…

Le jeune homme au volant croisa mon regard dans le rétroviseur. Je le regardai, l'air interrogateur.

— Puis-je vous poser une question ?

Il avait un accent cockney, vieille école. Le genre que je n'avais entendu que dans les films.

— Allez-y.

— Comment c'est, Boston, par rapport à chez nous ?

Je songeai à la météo – plus agréable.

Au métro – celui de Boston n'était pas aussi fiable que celui de Londres.

Aux gens – Bostoniens et Londoniens étaient aussi fiers et impétueux et ne se laissaient pas marcher sur les pieds.

Culturellement, Londres était supérieure.

Culinairement, Boston était meilleure.

Mais au bout du compte, rien de tout cela ne comptait.

— Boston, c'est chez moi, m'entendis-je dire. Mais Londres sera toujours ma maîtresse.

Ce fut à cet instant précis que je pris conscience que, chez moi, c'était auprès d'Emmabelle Penrose, et que j'étais amoureux de cette femme exaspérante, horripilante et affreusement imprévisible. Que Sweven avait été plus qu'une conquête, un jeu, une chose que je voulais parce que je savais que je ne pouvais pas l'avoir. Elle était le summum. L'objectif final. L'élue.

Et même si elle ne savait pas tout ça.

Il fallait qu'elle sache que je l'aimais.

Il fallait que je le lui dise.

J'imagine qu'on pouvait qualifier ma visite à ma mère de visite surprise, pas parce qu'elle ne savait pas que je venais – elle était prévenue – mais parce que je lui avais indiqué à tort que je comptais m'arrêter en chemin pour rendre visite à un vieil ami dans le Surrey.

Quiconque me connaissait savait que je n'avais gardé contact avec personne de mon ancienne vie. Maman me connaissant mal, elle avait gobé l'histoire.

Pire encore, je n'étais plus certain de la connaître si bien, *elle*.

Mais j'étais sur le point d'avoir un aperçu de sa vraie personnalité.

J'allais arriver à l'improviste et voir comment se passaient les choses quand ils ne se donnaient pas en spectacle pour moi.

J'ouvris l'immense double porte en grand. Deux domestiques affolés apparurent, essayant de m'empêcher de pénétrer dans le manoir.

— S'il vous plaît, monsieur ! Elle ne vous attend pas !

— Monsieur Whitehall, je vous en supplie !

— Je suis chez moi, je fais ce que je veux.

J'entrai, mes mocassins claquant sur le sol en marbre doré tandis que je me dirigeais vers le grand salon. Les poutres au-dessus de ma tête se refermèrent sur moi comme des arbres dans la forêt.

— Devon ! s'écria ma mère en se levant d'un bond de la banquette victorienne datant du XIXe siècle où elle était assise, une flûte de champagne à la main.

Je m'arrêtai sur le seuil, observant la scène.

S'affairant autour d'elle, des domestiques étaient en train de retirer un Rembrandt et des meubles de valeur de la pièce, un par un, pour lui donner une apparence dépouillée et chiche. Cecilia était assise au piano à queue, et non seulement elle n'avait pas du tout l'air suicidaire, mais elle semblait prête à commettre elle-même un meurtre si on menaçait de mordre sur son temps de loisir. Elle portait une robe Prada – de la dernière collection – et à côté d'elle se tenait le soi-disant fléau de son existence, Drew, qui semblait ravi de jouer avec les mèches de cheveux blonds de sa femme avant que je fasse irruption.

— *Devon ?* répétai-je avec une expression moqueuse.

J'avançai vers ma mère, qui posa son verre de champagne et chassa les domestiques, les poussant vers le couloir pour couvrir sa mascarade. Elle voulait que je pense que la maison était vide, qu'elle tombait en ruine. Qu'ils étaient à deux doigts du frigo vide tant ils étaient pauvres.

— Qu'est-il arrivé à *Devvie ?*

Quand le dernier domestique eut disparu, maman se jeta à mon cou, me serrant contre elle dans un sanglot.

— C'est si bon de te voir. On ne t'attendait pas avant ce soir. Ton ami dans le Surrey va bien ?

— Mon ami dans le Surrey n'existe pas, donc difficile à dire.

Je me détachai d'elle et allai me servir une bonne dose de brandy sur le chariot-bar.

— Ce n'est pas ce que tu crois.

Ce fut au tour de Cece de se lever pour se précipiter vers moi, toute rouge. Elle tordit le tissu de sa robe entre ses poings.

— Enfin, si, un peu, en quelque sorte, mais on ne voulait pas que tu penses qu'on ne peine pas vraiment. On avait juste besoin de te pousser un peu dans la bonne direction.

Je renversai le brandy dans ma gorge et pointai mon verre vide en direction de ma sœur.

— Es-tu suicidaire ? demandai-je de but en blanc.

Elle grimaça.

— Je… euh… non.

— L'as-tu jamais été ?

Elle ne savait plus où se mettre.

— J'ai eu des moments de déprime…

— Bienvenue dans la vie. C'est un gros merdier. Mais ce n'est pas ce que je t'ai demandé.

— Non, finit-elle par admettre.

Je me concentrai ensuite sur son mari, qui se levait du tabouret du piano pour s'approcher de nous d'un pas hésitant, vêtu d'un pyjama en soie. C'étaient là les personnes pour qui je m'inquiétais depuis vingt ans. Celles à qui j'avais envoyé des chèques et des lettres. Les personnes pour qui je me torturais l'esprit.

— Drew, je peux vous appeler Drew ? demandai-je avec un sourire charmeur.

— Eh bien, je…

— Oubliez. C'était de la politesse. Je vais vous appeler comme je veux, putain. Êtes-vous correct avec ma sœur, ducon ?

— Je-je crois.

Il se balança d'un pied sur l'autre en regardant autour de lui, mal à l'aise, comme s'il passait un examen pour lequel il n'avait pas révisé.

— Avez-vous déjà travaillé ?

— J'ai été consultant pour une association à but non lucratif, après la fac.

— Connaissiez-vous quelqu'un au sein du conseil d'administration ?

Il grimaça.

— Mon père, ça compte ?

Je sais pas, est-ce que la reine d'Angleterre est anglaise ?

— Avez-vous un problème de santé qui vous empêche de travailler ?

— J'ai très mal au ventre quand je suis stressé.

— Très bien. Travaillez pour gagner un salaire, et vous n'aurez aucune raison d'être stressé.

Puis je me tournai vers ma mère. À son expression troublée, je sus qu'elle avait compris qu'il n'y aurait ni bonne nouvelle, ni confettis, ni repérages de lieux de réception dans un avenir proche.

— Vous n'êtes pas dans le pétrin, dis-je.

— Ce sera le cas, si tu n'épouses pas Louisa.

— Vends les objets de valeur que tu possèdes.

— Les trésors de famille ? fit-elle, offusquée.

— Les trésors familiaux sont censés être les relations, les rires et le soutien que l'on s'apporte. Pas les tableaux et les statues. Je te suggère de commencer à chercher un métier qui rapporte, ou au moins de te renseigner pour savoir si tu pourrais toucher le chômage, parce qu'il est hors de question que j'épouse une autre femme qu'Emmabelle Penrose.

J'étais prêt à dégainer, prêt à en découdre avec elle parce qu'elle avait envoyé des émissaires pour menacer Sweven. J'avais déduit qu'il était impossible que ma mère ne soit pas à l'origine de certains incidents dont Sweven avait été victime.

— Je t'en prie, je refuse d'entendre son nom ! s'exclama ma mère en secouant la tête, les deux mains plaquées sur ses oreilles. Cette femme a tout gâché. *Tout.*

— C'est pour ça que tu as envoyé des gens à ses trousses ?

Je m'appuyai contre le mur, une main dans la poche.

Elle plaqua une main sur sa poitrine.

— Je te demande pardon ?

— Tu m'as bien entendu.

Je soutins son regard et elle soutint le mien, sans ciller. Puis, sans cesser de me dévisager, elle dit :

— Cece, Drew, sortez.

Ils déguerpirent comme des rats quittant le navire. Je penchai la tête sur le côté, étudiant la femme qui m'avait mis au monde et qui avait cessé de se soucier de moi quand elle avait compris que je ne modèlerais pas ma vie pour coller à ses propres rêves. À quel moment n'étais-je devenu qu'un pion pour elle ? Dès l'adolescence ? Pendant mes années universitaires ? Une fois adulte ?

— Qui as-tu engagé ? demandai-je d'un ton glacial.

— Descends de tes grands chevaux, Devvie.

Elle tenta de le prendre à la rigolade, attrapant le verre de champagne sur le plateau à côté d'elle.

— Ça ne s'est pas passé comme ça.

— Ça s'est passé comment, alors ?

— Je… eh bien… Je suppose que j'ai effectivement embauché quelqu'un. Il s'appelle Rick. Il a dit qu'il recouvrait des créances, ce genre de choses. Il a quelques hommes à Boston qui lui rendent des petits services. Je voulais seulement lui faire peur, pas lui faire du mal, Dieu m'en garde. Elle porte mon petit-enfant, tu sais. C'est important pour moi !

Son premier petit-enfant lui importait autant que m'importait la préservation des sauterelles au Turkménistan.

— Appelle-le tout de suite. Je veux lui dire deux mots.

— Il refuse de me parler.

Elle leva les deux mains en l'air et se dirigea vers la banquette sur laquelle je l'avais trouvée assise quelques minutes plus tôt. Elle sortit une fine cigarette de son sac et l'alluma.

— Il ne prend plus mes appels. J'ai tout essayé. La dernière fois que nous nous sommes parlé, il a dit que quelqu'un d'autre s'en était mêlé. Un nom irlandais. Il a dit qu'il ne voulait pas avoir à faire à ce type. Je n'ai plus de nouvelles depuis.

Sam Brennan.

— Il est toujours sur le coup ? demandai-je.

— Non.

— Donne-moi son contact, au cas où.

Je transmettrais l'information à Sam et ferais en sorte que Rick sache que, s'il s'approchait encore d'Emmabelle, il repartirait dans un sac mortuaire.

Maman leva les yeux au ciel, coinçant sa cigarette entre ses lèvres pour griffonner quelque chose sur un bloc-notes. Elle déchira le papier et me le tendit.

— Voilà. T'es content ?

— Non. Il la suivait, c'est ça ?

— Il a envoyé des gens la suivre plusieurs fois. Elle s'en est prise à l'un d'eux de manière un peu rustre, pour être honnête.

— Et il a envoyé des lettres ?

Maman fronça les sourcils et tira sur sa cigarette, avant de croiser les bras sur sa poitrine.

— Non. Je ne lui ai pas demandé de faire ça, et je doute qu'il ait pris une telle liberté.

Cela voulait dire que quelqu'un d'autre en avait après Sweven, comme je l'avais soupçonné.

Une deuxième personne.

Frank.

Il fallait que je conclue et que je rentre à la maison.

— Quand Rick a-t-il commencé à la faire suivre ?

Je voulais savoir quand tout cela avait commencé. Maman m'adressa un regard coupable.

— Eh bien…

— Eh bien ?

— Avant qu'elle tombe enceinte, avoua maman, vaincue. Après la mort de ton père, j'ai engagé Rick pour voir s'il y avait le moindre obstacle qui pourrait t'empêcher d'épouser Louisa. Il m'a dit que tu courais après cette Penrose. Alors on a essayé de la faire sortir de ta vie.

— Classe.

— Va-t-on discuter de ce qui va nous arriver, à ta sœur et à moi, maintenant que tu as décidé de nous laisser tomber ? Parce que cette histoire avec Emmabelle n'était pas injustifiée. Tu dois comprendre mon point de vue. Tu t'apprêtes à tirer un trait sur la fortune familiale juste pour tenir tête à ton père.

— Non, je vais tirer un trait sur la fortune familiale parce qu'elle s'accompagne d'une condition que personne ne devrait accepter. Et parce que j'en aime une autre et que je refuse de sacrifier mon propre bonheur pour que Cece et toi puissiez conduire de belles voitures et partir en vacances aux Maldives tous les mois.

— Devon, sois raisonnable !

Elle écrasa sa cigarette et se rua vers moi, de la fumée s'échappant encore de ses lèvres. Elle essayait à la fois l'amour vache et les supplications, ce qui donnait lieu à une discussion des plus étranges.

— Tu fais partir tout un patrimoine en fumée ! Il ne te restera plus que ton titre.

— Je me moque aussi du titre.

— Comment oses-tu ! s'écria-t-elle en me martelant la poitrine de ses poings. Tu es irrationnel et vindicatif.

— J'ai essayé d'être raisonnable. Mais il est impossible de raisonner avec toi. Débrouille-toi toute seule, Ursula. Si tu veux de l'argent, va le gagner, ou mieux encore, trouve-toi un pauvre couillon prêt à t'épouser. Et à ce propos, je te préviens : si tu essaies encore de faire du mal à la mère de mon enfant, ce sera fini pour toi. Littéralement. Je mettrai fin à ta vie telle que tu la connais. Passe le message à Cece et Drew. Oh ! et transmets-leur toute mon affection, aussi, ajoutai-je, n'oubliant pas mes bonnes manières.

— Tu ne peux pas nous faire ça.

Elle tomba à genoux, m'agrippant les chevilles. Et ce fut le début des grandes eaux. Je baissai les yeux vers elle avec un mélange d'agacement et de dégoût.

— S'il te plaît, Devon. S'il te plaît. Épouse Louisa puis divorce. Juste quelque temps… Je… je… je ne survivrai pas !

Je secouai la jambe pour me débarrasser d'elle.

— Si c'est le cas, ce ne sera pas mon problème.

— Tu sais…

Elle leva la tête, les yeux brillants de rage et de désespoir. Ils étaient si grands, si fous, que je crus qu'ils allaient lui sortirent de la tête.

— Je le savais. Le jour où il t'a enfermé dans le monte-plats et où il a coupé l'électricité pour que les pompes ne fonctionnent plus… nous étions tous les deux dans le coup.

Un frisson de révulsion me parcourut.

Ma mère savait que mon père avait essayé de me tuer, et elle était dans le coup.

Notre relation telle que je la connaissais était un mensonge. Elle n'avait jamais tenu à moi. Elle avait simplement attendu son heure parce qu'elle savait que mon père mourrait un jour et qu'elle voulait être dans mes petits papiers quand elle me demanderait d'épouser Louisa.

Je lui adressai un sourire froid et m'écartai d'elle.

— Considère que le testament est inexécuté. Tu es pauvre désormais, mère. Même si, en réalité, tu l'as toujours été. Au bout du compte, l'argent n'est rien quand on n'a aucune intégrité. Ne t'embarrasse plus de m'appeler, autant nous éviter cette peine. De toute façon, je ne décrocherai plus.

37

Belle

J'avais eu l'impression d'être un oiseau rare. Une explosion de couleurs, de talons hauts et de bijoux extravagants, alors que je tirais ma valise en faux crocodile derrière moi jusqu'au pavillon de banlieue de mes parents. J'avais senti les regards des voisins me chauffer la nuque à travers leurs stores romains et leurs persiennes.

J'étais sûre qu'il y avait des tas de choses à faire dans les banlieues de Boston pour une ex-fêtarde trentenaire.

Malheureusement, je ne savais pas quoi.

De toute façon, cela n'avait pas d'importance. Ce n'est pas comme si je pouvais danser sur un *rooftop* pour évacuer mes malheurs, boire pour oublier (quelle rabat-joie, Bébé Whitehall), ou m'offrir une petite virée shopping qui se finirait comme toute bonne virée shopping : à manger des croquettes au fromage de chez Wetzel's Pretzels en essayant de jongler avec cent cinquante sacs dont les poignées me cisailleraient les avant-bras.

Wellesley n'était pas connu pour ses centres commerciaux et ses monuments historiques.

Ni pour quoi que ce soit d'autre, d'ailleurs, si ce n'est sa proximité avec Boston.

Mais ce qui me déprimait le plus était que je n'avais même pas *envie* de sniffer des rails de coke avec des rock stars dans des toilettes publiques, ou de chanter « Like A Virgin » dans un bar karaoké pendant que mes amies étaient mortes de rire parce que j'étais loin de l'être, vierge. Je voulais des trucs nuls et bizarres. Comme me lover contre Devon sur son putain de canapé à dix-huit mille dollars (évidemment que je l'avais cherché sur Google shopping. Quoi, vous me prenez pour une amatrice ?).

J'avais envie de regarder ses documentaires chiants qui duraient quatre heures sur les sacs en plastique renouvelable et les limaces tueuses.

J'étais recroquevillée sur le lit de la chambre d'ami quand mon père frappa à la porte. Maman était sortie – elle faisait désormais partie du comité des Dames qui déjeunent. L'ironie, bien sûr, était que ces dames ne déjeunaient pas du tout. Elles picoraient des salades sans sauce et parlaient de sujets graves, comme les régimes Dukan ou Zone.

Papa devait certainement venir s'assurer que nous étions encore en bons termes.

L'étions-nous ?

— Belly-Belle, chantonna-t-il. Je vais à la pêche. Et si tu venais avec ton vieux papa ? Un peu d'air frais et un bon thé glacé ne peuvent pas faire de mal.

— Sans moi, murmurai-je dans mon oreiller.

— Oh ! allez, ma grande.

J'admirai sa capacité à faire comme s'il ne s'était rien passé la veille tout en me léchant les bottes *à cause* de ce qui s'était passé la veille.

— Je suis occupée aujourd'hui.

— Tu n'as pas l'air occupée.

— Tu ne sais rien de ma vie, papa.

— Je sais tout de ta vie, Belly-Belle. Je sais pour ton club, tes rencards, tes amis, tes peurs. Je sais, par exemple, que tu es malheureuse là tout de suite, et ça ne peut pas être seulement à cause de moi. Tu as passé ta vie à faire comme si ce n'était pas arrivé. Quelque chose te ronge. Laisse-moi t'aider.

Le truc, c'est qu'il ne pouvait pas m'aider.

Personne ne pouvait aider la cause perdue qu'était Emmabelle Penrose.

La harpie pour qui le sexe ne comptait pas tant que ça en fin de compte, contrairement à l'intimité. Je voulais savoir ce que c'était d'appartenir à quelqu'un. Mais pas à n'importe qui. À un débauché diabolique aux yeux bleus.

— Pff, tu peux pas me laisser tranquille, grognai-je.

Mais je me forçai à me lever et traînai des pieds jusqu'à ma valise. J'enfilai un short en jean en me dandinant et laissai la braguette ouverte à cause de Bébé Whitehall, puis je passai un haut blanc à froufrous. Sapée comme ça, je n'allais rien pêcher d'autre que des compliments sur mes jambes de rêve, mais tant pis.

Le trajet jusqu'au lac Waban se fit dans le silence, ponctué par quelques questions de papa sur Devon, le travail et Persy. Je répondis avec l'enthousiasme – et autant de vitalité – d'une femme dans le couloir de la mort. Une fois sur place, il loua un bateau, y chargea tout son matériel de pêche et rama jusqu'au milieu du lac.

Sur le bateau, je me plaignis de mon congé maternité anticipé. Papa me répondit que le travail détournait de la vie et pas l'inverse, et que je n'avais pas le sens des priorités. On aurait dit une citation écorchée de John Lennon, mais il faisait tellement d'efforts que je ne pouvais pas rouspéter.

— Et puis, il faut qu'on rencontre ce Devon.

Il mit sa casquette à l'envers pour essayer de me faire rire, en vain.

— Pourquoi ? demandai-je en plissant le nez. On n'est pas ensemble.

— Vous le serez.

Papa fit tourner le moulinet en tirant sur sa canne à pêche pendant que quelque chose se débattait dans l'eau, essayant de s'échapper.

Je soupirai et le regardai sortir le poisson – une pauvre bête aux écailles argentées. Papa attrapa un couteau et trancha la gorge de l'animal, laissant le sang couler dans l'eau. Le poisson arrêta de s'agiter, succombant à son destin. Papa l'enveloppa dans un emballage plastique et le jeta dans un bac rempli de glace.

— Comment tu sais ? demandai-je.

Il haussa les sourcils.

— Pêcher ?

— Non, que Devon et moi on finira ensemble.

Je gigotai dans le bateau, mal à l'aise.

— Oh. Je le sais, c'est tout.

— Ce n'est pas une réponse.

— Bien sûr que si, ma chérie.

Il me sourit affectueusement puis me tendit le couteau et des lingettes désinfectantes pour le nettoyer.

— Et c'est une bonne réponse, en plus de ça.

Au bout d'une heure de pêche environ, on croisa un des nouveaux amis de papa. Ou plutôt, on le *percuta*. Nos bateaux entrèrent en collision alors qu'il dérivait vers nous sans le vouloir. Papa tendit les bras vers moi pour que je ne glisse pas ou que je ne me fasse pas mal. Puis il se mit à rire, et ses yeux s'animèrent.

— Salut, Bryan.

— John ! Je me doutais que je te verrais ici.

— Il fait trop beau pour s'en priver. Tu connais ma fille ?

La fierté dans la voix de papa était tangible, et je fus saisie d'un petit frisson de joie.

— Je ne crois pas. M'dame, dit Bryan en abaissant son chapeau de paille.

Il y eut des présentations, suivies de trente minutes de discussion sur la pêche. Je bâillai et regardai autour de nous. Je comprenais qu'on puisse aimer la nature et sa tranquillité. Personnellement, je ne pourrais pas vivre dans un endroit où l'air ne serait pas pollué et où l'activité criminelle ne serait pas un minimum incontrôlable.

Je décidai de rallumer enfin mon téléphone pour voir si j'avais des messages. Cela faisait plusieurs jours que je ne l'avais pas fait, même si je me servais du téléphone fixe de mes parents pour appeler Persy, Ash et Sailor.

Je parcourais mon téléphone quand un message s'afficha à l'écran. Il avait été envoyé seulement vingt minutes plus tôt.

Devon : Où es-tu ?

Il était temps de prendre le taureau par les cornes. Enfin, le Devon par les cornes.

Belle : En train de pêcher.

Devon : De PÊCHER ?

Belle : Oui.

Devon : C'est un code ou quoi ?

Belle : Tu as l'esprit mal placé.

Devon : Eh, on se demande à qui je le dois.

Devon : Tu as des comptes à rendre, jeune fille.

Belle : Pff. Dis-moi encore que je suis jeune. Quelqu'un vient de m'appeler m'dame.

Devon : Dis-moi qui c'est. Je m'occupe de lui.

Devon : Où est-ce que tu es en train de pêcher ?

Je levai les yeux de l'écran et regardai autour de moi. Ça suffisait comme réponse, « au milieu de nulle part » ?

Belle : Ça n'a pas d'importance. Je vais venir te voir. Il faut qu'on parle.

Je voulais lui dire que j'avais commis une terrible erreur, que j'étais désolée, que j'étais une idiote (il y avait de grandes chances pour que je le dise *deux fois*), que j'avais accepté – puis aussitôt brûlé – le chèque que Louisa m'avait donné, et je lui demanderais s'il voulait bien encore de moi, *pleasepleaseplease*.

J'avais retenu la leçon. Papa m'avait blessée, et M. Locken m'avait détruite, mais apparemment il y avait encore un cœur qui battait sous toutes ces couches de protection. Et ce cœur lui appartenait.

Devon : Ne viens pas.

Belle : … ?

Il ne répondit pas.

Ne viens pas.

Aucune explication, rien.

Donc *évidemment* que j'allais y aller.

Rien que pour l'emmerder. L'enfoiré. J'allais même y aller tout de suite. Enfin, peut-être que j'enfilerais d'abord une tenue plus présentable qu'un minishort en jean que je n'arrivais pas à boutonner et un T-shirt qui semblait dire : *j'ai passé ces derniers jours avec mes meilleurs amis, Easy Cheese et « Danse avec les Stars ».*

— Papa, il faut que j'y aille.

Son ami et lui eurent une conversation courte mais intense uniquement avec leurs sourcils, visiblement surpris qu'on puisse vouloir faire *autre chose* qu'attendre sans rien faire au milieu d'une étendue d'eau que des poissons veuillent bien mordre à l'hameçon.

— D'accord, ma chérie. Laisse-moi remballer tout ça.

— Non, je vais y aller toute seule.

— Tu es sûre ? demanda-t-il.

Il était inutile qu'il vienne avec moi. J'allais me changer et filer direct à Boston pour exiger de Devon Whitehall qu'il me laisse revenir dans sa vie et qu'il m'aime.

— Sûre et certaine.

— D'accord. Tu peux prendre la voiture. Bryan me ramènera à la maison.

— Super. Quel chic type.

Pas super chic, puisqu'il m'avait appelée « m'dame », mais pas le pire non plus, certainement.

Papa rama jusqu'au rivage, m'installa au volant et m'embrassa dans les cheveux.

— Fais attention à toi, ma grande.

Je filai en direction de la maison de mes parents. En route, je me répétai que tout irait bien. Je me rendrais directement chez Devon et je garderais mon pistolet sur moi en permanence. Je serais en sécurité et je proposerais peut-être qu'on déménage dans un endroit où la moitié de la population n'essayait pas de me tuer.

Arrivée chez mes parents, je fermai la porte à double tour et jetai mon sac sur une table d'appoint dans l'entrée. Je montai dans la chambre en commençant à me déshabiller dans l'escalier, ayant déjà décidé que j'allais porter la minirobe vert émeraude qui faisait ressortir mes yeux – et mes seins.

J'avançai sur le palier, pieds nus, et m'arrêtai en arrivant sur le seuil de la chambre.

Quelqu'un était assis au bord du lit.

Je fis un bond en arrière, résistant à l'envie de crier et donc d'attirer son attention.

Frank.

Tournant les talons, je courus vers l'escalier pour retourner chercher le pistolet dans mon sac. Mais il m'attrapa par les épaules et me tira en arrière. Mes pieds étaient dans les airs, mon dos plaqué contre son torse. Il enroula son bras autour de mon cou en prise d'étranglement et serra, me privant d'oxygène. Je plantai mes doigts dans son bras, le griffant pour qu'il me lâche. J'essayai de crier, mais ma bouche ne fut capable de produire qu'un faible sifflement.

Bébé Whitehall, pensai-je, affolée. *Je dois sauver mon bébé.*

Mettant mes entraînements de krav-maga à profit, je tendis les mains derrière moi pour essayer de saisir son bras opposé, mais il fut plus rapide et m'attrapa les poignets, qu'il immobilisa dans mon dos.

— Je crois pas, non. Tu as gâché ma vie. Il est grand temps que je gâche la tienne.

Je sentis son souffle dans mon cou. Il puait le tabac et le soda. J'essayai de planter mes dents dans son bras, mais il s'écarta promptement, réajustant sa prise autour de mon cou d'un bras et passant l'autre sous mon ventre.

— Tut-tut, fit-il, ses dents effleurant mon oreille. Ne me pousse pas à faire quelque chose que je vais regretter.

Puis je le sentis.

Le métal froid et tranchant qui effleurait le bas de mon ventre.

Je me figeai telle une statue. Fermai les yeux, peinant à respirer.

Il allait me faire une césarienne prématurée si je ne faisais pas ce qu'il disait.

Bébé Whitehall remua dans mon ventre, réveillée et consciente de l'agitation.

Je suis désolée, Bébé Whitehall. Je suis tellement, tellement désolée.

— Tu vas être une gentille fille ?

Le souffle de Frank glissa sur mon cou.

Je hochai la tête, le goût amer de la bile explosant dans ma bouche. Maman ne devait pas rentrer avant encore deux heures, et papa pouvait passer la journée entière au lac. Persy ne passerait pas sans nous avoir prévenus.

C'était officiel : j'étais foutue, royalement foutue.

— Je préfère ça.

Frank me poussa en avant, me faisant tomber de la première marche de l'escalier. Nous descendîmes en silence. J'avais tellement peur que mes genoux s'entrechoquaient. En bas, il me fit asseoir sur le canapé devant la cheminée, attrapa un rouleau de gros scotch coincé à l'arrière de son jean, et il m'attacha les poignets et les pieds pour m'immobiliser. Il m'arracha ensuite mon T-shirt, le tissu me cisaillant la peau, laissant des marques rouges. Je me retrouvai en culotte et soutien-gorge.

— Bouge pas.

Il agita son doigt sous mon nez puis fit le tour de la maison pour barricader les portes. Il n'eut qu'à pousser des chaises contre la porte d'entrée et celle de derrière. Papa avait une mentalité martiale et avait arrangé la maison pour qu'elle soit à l'épreuve d'une guerre mondiale.

Je savais qu'il n'y avait aucun moyen de rentrer ni de sortir sans l'éliminer d'abord lui.

Frank mit les clés que j'avais utilisées pour verrouiller la porte dans sa poche et il s'approcha d'une des fenêtres pour y passer ses doigts.

— Triple vitrage.

Il siffla et haussa les sourcils en m'adressant un hochement de tête approbateur.

— Joli, John Penrose. Ça coûte la peau du cul ces trucs-là.

Il connaissait le nom de mon père. Ce salaud devait savoir beaucoup de choses sur ma vie puisqu'il avait découvert que j'étais ici.

Je regardai autour de moi. Il allait falloir se montrer créative. Ma seule issue était le conduit d'aération. Il était assez large pour moi, mais je devrais arracher la grille, ce qui était mission impossible puisque j'étais pieds et poings liés.

Les yeux de Frank suivirent mon regard jusqu'à la bouche d'aération. Il éclata de rire.

— N'y pense même pas. Maintenant, discutons un peu.

Il se laissa tomber dans le fauteuil installé face au canapé. À en croire les sachets de Doritos et les canettes de soda écrasées qui jonchaient la table basse, il avait fait comme chez lui avant mon arrivée.

Au moins, je savais maintenant qui faisait de ma vie un enfer depuis des mois.

J'attendais que Jésus vienne m'annoncer « Ton heure n'est pas venue, mon enfant », parce que tous les autres indicateurs semblaient pointer vers ma mort prématurée – et tragique.

Pff. Se faire trucider par un ancien employé aigri, c'était la honte, comme mort.

— Comment puis-je t'aider, Frank ? demandai-je sur un ton professionnel, pas chose aisée vu les circonstances.

Bébé Whitehall s'agitait dans tous les sens dans mon ventre, et je songeai, avec un mélange de désolation et d'exaltation, que je ne voulais pas que ça s'arrête. Les mouvements. Les coups. Et ce qui viendrait après. Pour la première fois de ma vie, j'avais une raison de me battre.

Deux raisons.

Il y avait Devon aussi. Et cela avait beau me terrifier de l'admettre, il n'était pas comme les hommes qui m'avaient déçue. J'avais vendu mon âme au diable le jour où je m'étais vengé de Locken. Pour le plaisir de prendre une vie, j'avais renoncé à ma jeunesse, ma joie, mon innocence. Sans elles, impossible pour moi de m'attacher à un homme. Mais Devon Whitehall n'était pas juste un homme. Il était bien plus.

— Tu peux commencer par me dire ce que je t'ai fait ! cracha Frank en attrapant le couteau avec lequel il m'avait menacée pour le pointer sur moi. Pourquoi tu m'as viré alors que j'avais une nana enceinte à la maison ? Les frais médicaux de ma mère… tu sais, elle est morte deux semaines avant que tu me vires. J'ai pris une semaine de congé. Tu n'as même pas envoyé de carte de condoléances. Rien.

Je fermai les yeux en grimaçant et repensai à cette période. Quand je ne travaillais pas, je faisais la fête. *Salement.* Il y avait eu un enchaînement de soirées, puis de galas de bienfaisance, puis un week-end entre filles à Cabo avant que Persy et Aisling accouchent. Je comptais sur Ross pour être le papa et la maman du Madame Mayhem et je me souciais peu de ce qu'il se passait dans la vie des autres. J'étais occupée à me distraire parce que c'était comme ça que je faisais face quand des souvenirs de M. Locken et de ce que j'avais fait remontaient à la surface. Je me foutais de tout et de tout le monde à part moi-même.

Pire – je ne me rappelai même pas avoir su que la mère de Frank était décédée.

— Toutes mes condoléances.

J'essayai de paraître calme, mais mes mots se bousculèrent.

— Sincèrement. Mais, Frank, je ne savais pas pour ta mère, ni ta petite amie. Encore moins pour ta dette. J'ai au moins trente employés dans la boîte. Tout ce que je savais, c'est que tu avais tripoté et harcelé une des danseuses.

— C'est ce qu'elle a dit.

Il jeta le couteau sur la petite table entre nous. La lame heurta le verre, qui se brisa avec fracas.

— Tu es allée raconter à tous les journalistes que j'avais essayé de la violer. Impossible de retrouver du boulot derrière. Pas même en intérim. Pas même pour faire la plonge ! Tu m'as humilié !

Je ravalai un cri.

Bébé Whitehall remuait toujours, comme des doigts sur le clavier d'un piano allant de gauche à droite, puis de droite à gauche.

— Frank, je t'ai *vu*, insistai-je, exaspérée. Tu avais une main sur ses fesses et l'autre fourrée entre ses jambes.

Je me rappelai leurs réactions respectives quand je les avais surpris. Elle était en larmes. Lui, choqué.

— Je ne la harcelais pas.

Frank se leva d'un bond, attrapa une canette de soda et la jeta contre le mur. Du liquide orange s'y étala comme une toile abstraite, gouttant sur le sol. Je voulais croire qu'un des voisins entendrait le vacarme et appellerait à l'aide, mais je savais que les maisons étaient trop éloignées les unes des autres pour ça. Foutue banlieue de classe moyenne.

— On avait une liaison. Christine et moi, on avait une liaison. J'étais en train de la doigter quand tu nous as surpris, et elle a eu peur, parce qu'elle savait que tu es une patronne à qui on la fait pas et parce que ça se savait dans le club que ma copine était enceinte. Elle ne voulait pas passer pour une salope ou une briseuse de ménage, même si, pour info, elle était les deux, alors elle a inventé cette histoire de harcèlement !

Je n'appréciais pas sa description de Christine, même si je ne cautionnais pas son comportement. Ils étaient deux dans cette affaire, et personne n'avait forcé ce connard à avoir une liaison avec elle.

Mais bien sûr, ce n'était pas vraiment le moment de lui dire ses quatre vérités.

— J'ignorais tout ça, dis-je d'une petite voix que je détestais.

— Ouais, eh bah, c'est parce que tu n'en as jamais rien eu à foutre d'autre chose que de ton club, tes soirées, tes fringues, et tes coups d'un soir. C'est Christine qui est venue me trouver. Elle savait que j'avais accès au planning de Ross. Je le traficotais, je donnais des meilleurs horaires à Christine quand il avait le dos tourné.

Il récupéra son couteau dans l'océan de verre brisé au milieu du salon et l'essuya sur son jean.

Inconfortable, je gigotai sur le canapé. Le scotch me mordait les poignets et j'avais envie de m'étirer les jambes.

— Écoute, Frank, je suis désolée si…

— J'ai pas fini ! me hurla-t-il au visage.

Il avait les joues rouges, et la folie dansait dans ses yeux.

— J'ai tout perdu. Ma copine l'a appris, évidemment. Je m'étais fait virer très publiquement, après tout, et plus personne ne voulait m'engager. Chaque fois qu'on quittait la maison, il y avait un journaliste ou un photographe qui traînait dans le coin, parce que tout le monde aime les histoires catastrophes du mec avec une nana enceinte qui a harcelé une danseuse burlesque et qui s'est fait mettre à la porte pour ça. Ma copine ne m'a pas quitté, mais elle refusait de lâcher l'affaire. Christine, la connasse, a quitté le show burlesque et a déménagé à Cincinnati pour épouser un vieux débris. Il va avoir une sacrée surprise quand il comprendra que le bébé qu'elle lui cuisine est à moi. Et moi ? Je suis devenu accro au fentanyl. Parce que, putain, pourquoi pas ?

Il partit d'un rire terne.

Eh beh.

— Si tu me l'avais dit…

— T'aurais rien fait, aboya-t-il – et il n'avait certainement pas tort. Tu détestes les hommes. Tout le monde le sait. Tout le monde !

J'avais envie de vomir. Tout ce temps, j'avais été responsable des conditions de vie de sa petite amie. Je revis son visage, dans le magasin pour bébé. Elle avait l'air si angoissée.

En parlant, Frank se mit à donner des coups de pied dans des objets, manifestement déterminé à infliger le plus de dommages possibles sur moi et ce qui m'appartenait.

— Les choses se sont gâtées à la maison. Au bout d'un moment, j'ai fini par me tirer. Comme mon père l'avait fait avant ma naissance. Je pouvais plus gérer. Et maintenant il y a ce cycle. Que tu as créé. Mon fils va venir au monde sans rien alors que ton gosse aura tout. Et pourquoi ? Parce que t'as un joli visage ? Un petit cul ferme ? Parce que ta sœur a épousé un type riche et que maintenant vous vous pavanez comme des millionnaires à longueur de journée ?

Je savais où il voulait en venir, et ça ne me plaisait pas. Pas du tout.

— C'est toi qui t'en es pris à moi. Mais… c'était qui ce type qui est venu au Madame Mayhem pour me menacer ?

— Mon beau-père, dit Frank en haussant les épaules. Il m'a rendu un sacré service. Un mec sympa, hein ?

— Et l'homme au Boston Common ?

Il fronça les sourcils.

— Au parc ? J'ai envoyé personne là-bas.

J'avais la tête qui tournait. Ils étaient plusieurs à me traquer. Mais Frank était lancé, et pas vraiment d'humeur à répondre à mes questions.

— Bref, je suis ici pour te dire que, si mon bébé n'a pas d'avenir, puisque je ne peux pas lui en offrir un…

Sa lame trouva mon cœur, avant de descendre le long de ma peau tandis qu'il s'accroupissait devant moi.

— Alors le tien n'en aura pas non plus.

— Frank, s'il te plaît…

Le couteau s'arrêta sur mon ventre.

Il sourit, puis il plongea la lame dans ma peau.

Au même moment, un des murs du salon s'effondra.

Devon

Quand j'arrivai à la maison de banlieue des parents de Belle, le pick-up de son père était garé devant. Bien que ce ne soit pas nécessairement dans mes plans d'essayer de charmer M. Penrose en lui expliquant que ma mère avait envoyé des gens menacer sa fille et que j'avais potentiellement prévu d'en épouser une autre à un moment donné, j'allais devoir l'affronter. Après avoir mis fin à tout ce bazar et dit à Belle qu'on se mariait cette semaine, bien sûr.

Je m'approchai de la porte, déterminé, et levai le poing pour frapper, quand j'entendis du vacarme à l'intérieur. On aurait dit du verre qui se brisait. Je m'approchai d'une fenêtre pour regarder à l'intérieur.

Belle était assise sur le canapé, presque entièrement nue et attachée, tandis qu'un homme ressemblant à Frank (je n'avais jamais vu l'homme en question, mais encore une fois, je pouvais compter sur mon pouvoir de déduction) se dressait au-dessus d'un amas de bris de verre, un couteau à ses pieds. Je pressai mes mains contre le carreau et hurlai, mais ils ne m'entendaient pas. Le verre était trop épais, cela se voyait à son épaisseur et à l'image floue que j'avais du salon.

Je me précipitai vers la porte et essayai de crocheter la serrure, mais *bordel*, elle ne cédait pas. Il fallait dire qu'elle était sacrément coriace. C'était une de ces portes en acier que Cillian avait fait installer chez lui quand Astor était né. Impossible à défoncer, même avec les quadriceps de The Rock.

Affolé, je fis le tour de la maison pour trouver un moyen d'entrer. Je penchai la tête en arrière pour voir si les fenêtres de l'étage étaient ouvertes, ou à simple vitrage. Mais non.

Après une rapide inspection, je compris que le seul point d'entrée était le système de ventilation. Il n'y avait qu'un seul problème : les espaces confinés et moi n'étions pas en très bons termes.

Les yeux rivés sur le trou d'évacuation percé dans le flanc de la maison, je me rappelai que je n'avais pas le choix. Soit je mourais dans un espace encore plus restreint que le monte-plats, soit Belle… *Bordel*, je n'osais même pas penser à ce qui pourrait lui arriver.

Je sortis mon téléphone de ma poche pour appeler les secours et je leur expliquai la situation, leur communiquai l'adresse, puis je m'accroupis dans le trou et rampai.

Ce n'était pas le genre de conduit d'aération que l'on voit dans les films, labyrinthe en métal carré interminable dans lequel on pouvait ramper à son aise. C'était un tuyau cylindrique et flexible à la surface irrégulière qui ne supportait mon poids que parce qu'il était coincé entre des briques. Je devais ramper sur les coudes et les genoux comme dans un entraînement militaire, ramassant poussière, moisissures, terre et mites avec mon costume Cucinelli, qui vira du bleu marine au gris.

J'avais de la poussière dans la gorge, et tous mes muscles étaient crispés, tremblants. Jamais je n'aurais cru me mettre un jour dans une telle position. Mais il le fallait. Je devais la sauver. Pour soulager un peu la douleur, je fermai les yeux et continuai d'avancer. Je tombais parfois dans une impasse, et je devais me déplacer à gauche, à droite, en bas, en haut, jusqu'à trouver le virage qui me mènerait de l'autre côté.

Tu ne vas pas mourir.

Tu ne vas pas mourir.

Tu ne vas pas mourir.

Je continuai à progresser, plus vite, j'avais des crampes aux jambes et les bras meurtris. Au bout de quelques mètres, j'entendis à nouveau des voix. Ce n'est qu'alors que j'osai rouvrir les paupières. La sueur et la poussière me piquaient les yeux. Je n'étais plus qu'à quelques dizaines de centimètres du ventilateur de l'air conditionné.

Une voix s'éleva en dessous.

— Si tu me l'avais dit…, tenta Emmabelle, d'une voix pleine de courage, de force, et de tout ce qu'elle était que j'aimais tant.

— T'aurais rien fait, rugit-il.

J'avançai encore, me tortillant comme un ver jusqu'à l'ouverture du conduit d'aération.

— Bref, je suis ici pour te dire que si mon bébé n'a pas d'avenir – parce que je ne peux pas lui en offrir un, le tien n'en aura pas non plus.

Alors qu'il disait ces mots, je donnai un coup dans la grille d'aération pour l'ouvrir et tombai à travers, emportant la moitié du mur avec moi.

Je me redressai, malgré la douleur vive qui irradiait dans ma jambe gauche, signe qu'elle était vraisemblablement cassée.

Frank se retourna et je profitai de l'élément de surprise pour me jeter sur lui de tout mon poids, essayant de saisir le couteau. Malheureusement, il avait l'avantage de ne pas avoir eu à ramper jusque-là quelques secondes plutôt. Il planta le couteau dans mon épaule, puis le tourna. Je poussai un grognement, plantant mes doigts dans ses yeux. Je ne savais pas ce que je faisais. Je savais seulement que je ne mourrais pas avant de savoir qu'Emmabelle était en sécurité.

Du coin de l'œil, je la vis sauter maladroitement jusqu'à la cuisine à pieds joints, encore pieds et poings liés. Un filet de sang coulait sous son nombril, disparaissant dans sa culotte. Mon esprit s'emballa. Si quelque chose arrivait au bébé... à *mon* bébé...

— Ahhh !

Frank criait, et il finit par lâcher le couteau – qui, au passage, était encore enfoncé dans mon épaule – en agitant les bras en l'air comme un forcené.

— Mes yeux ! Mes yeux !

Une mare de sang chaud se formait à nos pieds. Je savais que c'était le mien. Je ne tiendrais plus très longtemps. Je me concentrai, essayant de lui arracher un œil, ce qui n'était pas aussi facile qu'on pouvait le penser, puisque ses orbites n'étaient que de l'os et que je devais les briser pour l'énucléer.

— Arrête ! hurla Frank. Arrête !

Mais ce fut lui qui arrêta.

Plus précisément, il s'écroula sur moi, ce qui enfonça la lame encore plus profondément dans mon épaule.

Il avait un couteau à steak planté dans le dos. Emmabelle se dressait au-dessus de lui, le souffle court.

Maintenant. C'était le moment parfait pour succomber à l'inconscience.

Je ne résistai pas.

38

Devon

Je me réveillai dans un lit d'hôpital.

J'avais mal partout.

À part à l'épaule, que je ne sentais plus rien du tout. Je baissai les yeux pour la regarder, perplexe, et vis qu'elle était bandée et que mon bras était en écharpe.

Mes yeux parcoururent la pièce, qui semblait infinie, couverte du sol au plafond de placards en chêne clair et d'équipement médical.

Cillian se tenait devant une fenêtre donnant sur le parking, parlant au téléphone à voix basse. Hunter était assis dans un fauteuil à côté de lui, en train de taper à l'ordinateur, et j'entendais la voix de Sam dans le couloir.

Mes amis étaient là.

Contrairement à ma famille, naturellement.

Mais ce qui m'inquiétait vraiment, c'était Sweven.

— Emmabelle.

Ce fut le premier mot qui quitta mes lèvres.

Cillian se retourna, son emblématique regard glacial glissant sur moi comme une stalactite.

— Elle va bien, m'assura-t-il. Perséphone a enfin réussi à l'arracher de ton chevet pour qu'elle se fasse examiner. Les médecins la gardent en observation.

— J'ai besoin de la voir.

— Elle est trois chambres plus loin, dit Hunter en levant le nez de son ordinateur.

Je le regardai droit dans les yeux et répétai :

— J'ai *besoin* de la voir.

— D'accord, d'accord. Une cinglée avec des complexes paternels irrésolus, ça vient, murmura Hunter en posant son ordinateur sur la table avant de quitter la pièce en vitesse.

Je fermai les yeux, laissant retomber ma tête sur l'oreiller.

— C'est tout ce que mon assurance américaine peut me payer, bordel ? Il ne manque plus qu'une coupe à fruits et on se croirait dans une cuisine des années 1990.

— Estime-toi heureux de ne pas être entre les quatre planches d'un cercueil, railla Cillian.

La porte s'ouvrit et Sam entra. Je n'avais jamais été fou de joie de le voir, mais là j'étais carrément déçu. Je m'attendais à voir Belle.

Il referma la porte derrière lui, son téléphone à la main.

— Tu seras certainement ravi de savoir que tu n'as plus besoin de mes services. De ceux de Simon non plus. Frank est mort – grâce à la détraquée dont tu es amoureux –, et on s'est occupé de l'homme que ta mère a engagé, Rick Lawhon.

Je savais que c'était un code pour dire qu'il mangeait les pissenlits par la racine. Brennan était un tueur très prolifique. Si nous avions un jour un problème de surpopulation aux États-Unis, j'étais persuadé qu'il serait l'homme de la situation.

— J'ai besoin de la voir.

Je décidai de me répéter jusqu'à ce que Belle se tienne devant moi, saine et sauve et joyeusement enceinte. Pourtant, je n'arrivais pas à me résoudre à leur demander si le bébé allait bien. Cette question semblait trop intime et j'avais peur de me mettre à chialer, quelle que soit la réponse.

— Perséphone l'amène dans sa chaise roulante en ce moment même, dit Sam.

En chaise roulante ?

— Attention, laissez passer, pépia Persy de l'autre côté de la porte.

Cillian se précipita pour lui ouvrir et elle entra, poussant Sweven à l'intérieur.

Emmabelle avait l'air épuisée, dans sa blouse d'hôpital bleu clair. Elle avait les mains posées sur ses genoux. Je ne voyais pas son ventre sous cet angle.

Perséphone plaça la chaise roulante au bord de mon lit d'hôpital.

Je déglutis. Tout en moi brûlait.

— Sortez tous. J'ai besoin de parler à Belle.

Ils s'exécutèrent.

Belle me dévisagea un moment, clignant lentement des yeux, comme si j'étais un parfait inconnu.

Bon sang, pourvu qu'elle ne soit pas amnésique. Je venais de commettre un acte héroïque, possiblement le *seul* de ma vie – passée, présente, future – et je voulais qu'elle le sache pour qu'on arrête les conneries.

— Le bébé..., commençai-je, puis je me tus.

Quelque part, j'avais peur de savoir. Chez ses parents, j'avais vu du sang sur son ventre avant de perdre connaissance.

Elle se pencha en avant pour poser sa main froide et moite sur la mienne, brûlante.

— Elle va bien.

Je hochai gravement la tête en serrant la mâchoire pour retenir mes larmes, profondément soulagé.

— Bien. Et toi ? Comment te sens-tu ? demandai-je.

— Je vais bien aussi.

— Charmant.

Silence. J'essayai de faire bouger mes doigts pour poser ma main sur la sienne. Mais tout mon bras et mon épaule restaient immobiles.

— Suis-je paralysé ? demandai-je sur le ton de la conversation.

— Non. (Elle sourit, les yeux brillants.) Mais tu es sous anti-inflammatoires, mec.

— Merveilleux.

On éclata de rire.

— Tu as rampé dans un conduit d'aération pour moi, s'étrangla Belle. Alors que tu es claustrophobe.

Enfin, on reconnaissait ma grandeur.

Je haussai mon épaule valide.

— Tu étais en danger. La question ne se posait pas.

Cela la fit fondre en larmes. Elle enfouit sa tête dans le drap à côté de mes jambes, le corps secoué de sanglots.

— Je suis tellement désolée, Devon. J'ai vraiment merdé, hein ?

— Oh ! allons, *darling*. Bien sûr que non.

Je fis un effort pour bouger la main – j'y arrivai cette fois-ci – et lui caressai les cheveux.

Pour info, elle *avait* merdé, mais je la jouais gentleman.

Je m'éclaircis la gorge.

— Et puis, à quoi fais-tu référence au juste, quand tu dis que tu as merdé ?

Elle leva la tête, essuyant ses larmes du revers de sa manche en reniflant.

— J'ai accepté un chèque de Louisa, hoqueta-t-elle.

— Je sais, dis-je en lui caressant la joue. Elle me l'a dit.

— Puis je t'ai quitté sans aucune explication.

— Oui. En effet. J'étais là, tu te rappelles ?

Je souris. Elle marqua une pause. Pencha la tête. Fronça les sourcils.

— Devon, pourquoi tu n'es pas en colère contre moi ? demanda-t-elle. Tu n'as pas à accepter ce genre de comportement. Tu es un paillasson ou quoi ?

— Un paillasson, non, répondis-je, amusé, mais je suis amoureux d'une femme qui a subi plusieurs traumatismes quand elle était jeune. L'amour t'a si souvent déçue. Tu ne t'en es jamais cachée. C'est moi qui te poussais hors de ta zone de confort.

— Ma zone de confort était naze.

Elle haussa un sourcil, retrouvant de sa superbe. Je me retins de rire, penchant la tête sur l'oreiller pour l'étudier.

— Je sais, Sweven.

— Je pensais que tu ne m'appellerais plus jamais comme ça.

Ses yeux se remplirent de larmes.

— Pourquoi ? demandai-je, riant pour de bon cette fois.

— Parce que je t'ai dit d'épouser une autre femme.

— Je ne sais pas comment te le dire mais… (J'entrelaçai mes doigts aux siens.) Je ne suivrai pas à la lettre tout ce que tu me diras de faire.

Il y eut un silence contemplatif, pendant lequel nous prîmes tous deux conscience que nous avions de la chance d'être ici, dans cette pièce, en vie.

— J'ai brûlé le chèque, dit-elle en reniflant.

— Je sais.

Je n'avais pas douté une seconde qu'elle finirait par refuser cet argent, même si elle avait été tentée de le prendre. C'est pour ça que j'avais continué à me battre pour elle, même quand tout semblait perdu.

— Pourquoi es-tu en fauteuil roulant ?

— Règlement de l'hôpital.

— Pourquoi ne t'es-tu pas servi du pistolet ? demandai-je soudain.

Elle tressaillit. Cela nous ramena tous les deux à cette scène, quand Frank l'avait attaquée.

— J'avais trop peur de te tuer par accident. Je ne voulais prendre aucun risque.

— C'est la chose la plus romantique que tu m'aies jamais dite.

— Et puis…

Elle prit une profonde inspiration, fermant les yeux.

— Je n'ai pas les mains tout à fait propres de ce côté-là.

Elle rouvrit les yeux. Elle avait l'air différente, tout à coup. Complexe, puissante, dangereuse. Une valkyrie. Je jure qu'elle faisait une tête de plus que moi à cet instant.

— Je connais les conséquences et les complexités qu'on doit affronter quand on prend une vie. Je ne voulais pas le faire à moins d'y être vraiment obligée.

Elle se hissa sur le lit, se lovant contre moi, son ventre rond et dur collé à mon flanc. Ma queue se dressa aussitôt. Belle passa ses bras autour de moi en prenant garde à ne pas toucher mon épaule, et elle approcha sa bouche de mon oreille.

— Devon Whitehall, tu es l'homme le plus beau, le plus drôle, le plus intelligent, le plus spirituel, le plus bourge de la planète, et je suis follement amoureuse de toi. Je le suis depuis que nos chemins se sont croisés. Et ça me fait mal de l'admettre, mais je crois qu'aucun homme ne t'arrive à la cheville, et c'est pourquoi j'ai décidé de ne plus résister.

— J'espère bien, dis-je en tournant la tête pour l'embrasser tendrement. Sweven.

— Non, dit-elle.

Je m'écartai, perplexe.

— Tu ne sais pas ce que je m'apprête à te demander, lâchai-je.

— Si, je le sais, et la réponse est non. Je veux te le demander, moi. Mais je veux le faire comme il faut. Avec un genou à terre.

— Tu peux faire des choses bien plus intéressantes à genoux, ma belle. Laisse-moi ce petit plaisir.

— Même pas en rêve, BG.

Elle se pencha pour m'embrasser sur le nez avant de le mordre affectueusement.

— Mais je t'aime.

— Moi aussi, je t'aime.

— Devon…

Elle hésita. *Oh non*. Je ne pouvais plus rien encaisser.

— Oui, mon amour ?

— Je peux te dire quelque chose ?

— Bien sûr.

— Frank n'est pas la seule personne que j'ai tuée dans ma vie. Je veux simplement jouer franc jeu, avant qu'on passe à la suite.

Merde. Eh bien, s'il fallait se débarrasser d'un corps, on le ferait. Personnellement, je n'aimais pas trop qu'on tue des gens, quelle qu'en soit la raison, mais pour Belle… enfin, je veux dire, que pouvais-je faire ?

— Je m'en occuperai, dis-je.

Elle me regarda curieusement puis éclata de rire. Qu'y avait-il de si drôle ?

— Non, non, dit-elle. Ce n'est pas récent. C'est arrivé il y a longtemps. C'était celui qui m'a violée.

— Ton père ? demandai-je, confus.

Elle eut l'air troublé.

— Mon père ? Il ne m'a pas violée.

— J'ai trouvé que vous aviez une relation étrange.

— Ouais. Je lui en voulais parce qu'il a trompé ma mère.

— Oh ! dis-je, faute de mieux. Alors, parle-moi de l'autre.

Elle me raconta.

M. Locken, sa jeunesse, le viol, la fausse couche, sa vengeance.

À la fin, je la pris dans mes bras et l'embrassai avec une telle férocité que je crus que nous allions nous embraser.

— Alors tu m'aimes encore ? demanda-t-elle timidement.

— « Aimer » est un mot bien faible pour décrire ce que je ressens pour toi, Sweven.

— Merci de m'avoir fait perdre l'appétit. Tu devrais lancer ton propre régime, lança Sailor en entrant dans la pièce, suivie de Perséphone, Aisling et leurs maris respectifs.

Soudain, la pièce fut remplie de gens qui avaient répondu présent pour moi. C'est là que je compris que *j'avais* une famille. Nous n'étions pas liés par le sang, voilà tout.

— Alors comme ça, vous allez vous marier tous les deux ? demanda Sam en passant son bras autour des épaules d'Aisling.

— Pas tout de suite, il faut d'abord que je lui fasse ma demande, dit Belle.

Elle posa sa tête sur mon épaule, et cela me fit un mal de chien de l'enfer, mais bien sûr, je ne dis rien.

— Regardez-moi ça. Pas encore mariés et elle porte déjà la culotte, railla Hunter en agitant son pouce vers nous en riant.

— Connaissant Devon, il va trouver un moyen de la lui enlever.

Cillian sourit – et pendant une fraction de seconde, il eut presque l'air humain.

Tout le monde éclata de rire.

C'était l'essence même de la famille.

Deux semaines plus tard, j'atterrissais en Angleterre.

Mais avec Belle, cette fois.

Elle était au tout début du troisième trimestre, et pouvait encore voyager – selon le Dr Bjorn, en tout cas.

— Je ne sais pas ce qui est pire entre la constipation et les brûlures d'estomac, poétisa l'amour de ma vie en se glissant dans la Range Rover qui nous attendait à Heathrow.

Cette fois-ci, j'avais choisi de conduire moi-même. Je préférais vaquer à mes affaires sans courir le risque d'être repéré par les tabloïds.

— Je vais demander à Joanne de prendre un rendez-vous chez le Dr Bjorn pour notre retour.

Je l'embrassai sur la tempe et démarrai la voiture.

— Merci.

— Tu as des envies ? Il y a quelque chose qui te ferait plaisir ?

Je manœuvrai la Range Rover jusqu'à la file de deux kilomètres qui quittait l'aéroport.

— Est-ce que les podcasts criminels et du charbon ça compte ?

— *Sweven.*

— On se détend, dit-elle en bâillant, ramassant ses mèches blondes en chignon haut. Pas d'envies bizarres. À part de cul.

J'étais ravi de me plier à ses envies de ce côté-là.

Belle avait réemménagé chez moi dès que nous étions sortis de l'hôpital et, cette fois-ci, plus de petits jeux entre nous. Pas de harceleurs fous, non plus, une amélioration fort appréciable. Malheureusement, elle ne me facilitait toujours pas les choses. Deux semaines s'étaient écoulées depuis que j'avais failli la demander en mariage à l'hôpital, et elle ne m'avait toujours pas fait sa demande. Je m'efforçai de respecter ses valeurs féministes – et peut-être avais-je aussi un peu peur qu'elle m'arrache les bonbons si je lui reposais la question.

— Oh ! Tu pourrais demander à Joanne de demander au Dr Bjorn si c'est normal que j'aie les chevilles épaisses comme des bombonnes à eau ?

Je voyais bien que Belle était d'humeur à se plaindre du fait que Bébé Whitehall avait pris son corps pour un motel, quand Londres lui accrocha le regard. Elle retint sa respiration, et ses pupilles se dilatèrent, avalant ses iris azur.

— Putain de merde, Dev. On se croirait dans Harry Potter.

Je considérai les entassements de HLM miteux qui nous entouraient.

— Je vais demander à Joanne de te prendre rendez-vous chez l'ophtalmologiste, tant qu'elle y est.

— Tais-toi. C'est joli.

— Je vais t'en donner du joli quand on sera sortis du cabinet de mon avocat à Knightsbridge.

— En fait, dit-elle en se tournant vers moi, tout sourires, je vais aller faire une virée shopping en solo. Faut que je sois efficace si je veux faire tous mes achats.

— Ça ne prendra que quelques heures, dis-je, renfrogné.

Bien que Rick et Frank ne constituent plus une menace, j'avais encore peur qu'Emmabelle soit prise pour cible. Louisa était là quelque part, amère de ne pas avoir mené sa mission à bien.

— Même si *j'adorerais* écouter deux vieux croulants répartir des millions de livres entre des œuvres de bienfaisance – elle battit des cils avec emphase comme si c'était un rêve devenu réalité – je crois que je vais passer mon tour.

J'allais retrouver Harry Tindall pour céder mon héritage aux organisations caritatives de mon choix. Si la richesse Whitehall était dilapidée, je voulais qu'elle profite à des associations qui me tenaient à cœur.

— Il n'y a personne pour te surveiller.

Elle arqua un sourcil.

— Bonjour. Ravie de vous rencontrer. Belle. Ça fait trente ans que je me débrouille toute seule. Et je suis *encore en vie.*

— À peine.

— Je vais faire du shopping.

— Je ne rampe plus dans des conduits d'aération pour toi, l'avertis-je.

Mais je savais que j'allais céder.

— Quoi ? Même pas dans un monte-plats ?

Puis, avant que je puisse répondre, elle tapota son ventre et dit :

— Ne t'inquiète pas, Bébé Whitehall. Une fois débarrassées de ce petit vieux, on va se goinfrer d'énergie fossile et de séries policières.

Je la laissai partir.

Certain, cette fois-ci, qu'elle reviendrait.

Le rendez-vous avec Harry Tindall s'éternisa pendant trois heures et demie.

Je consultai régulièrement mon téléphone pour m'assurer qu'Emmabelle allait bien. Et par « régulièrement », je veux dire, bien évidemment, toutes les quinze secondes.

Le rendez-vous fut productif dans le sens où je m'assurai que la richesse Whitehall serait versée à la Croix-Rouge britannique et au Macmillan Cancer Support. Si cela n'avait tenu qu'à Edwin Whitehall, l'argent aurait profité à des associations de chasse, à des labos faisant des tests sur des animaux et autres organisations terroristes. Cet homme avait moins de cœur qu'une méduse et je ne doutais pas de sa capacité à aggraver la condition humaine, même depuis la tombe.

— Ça sent bon la réduction d'impôt tout ça, roucoula Tindall en faisant une pile bien nette des trois tonnes de documents posés sur son bureau. J'espère que votre expert-comptable aux States saura comment en tirer le meilleur profit.

Je me levai.

— Je ne fais pas ça pour l'argent.

— Je sais, dit-il en guise d'excuses. Et c'est rafraîchissant.

Je me dirigeai vers la porte, impatient de retrouver Emmabelle.

— Devon, attendez.

Tindall se leva et s'approcha de la porte d'un pas hésitant, comme s'il s'apprêtait à dire une chose qu'il n'aurait pas dû dire.

Je m'arrêtai sur le seuil et scrutai son visage. Je savais que ma façon de gérer le testament ne devait nullement l'impressionner, et franchement je m'en fichais royalement.

Il frisa sa moustache en guidon de vélo entre ses doigts, geste de méchant qui me fit réprimer un rire.

— Je voulais simplement vous dire que, en fin de compte, vous avez extrêmement bien tourné, vu votre… *enfance*. Ou son absence, à dire vrai. Edwin était un ami, mais c'était un homme dur.

— L'euphémisme du siècle. (Je lui donnai une petite tape sur l'épaule.) Mais j'apprécie.

— Non, vraiment, insista-t-il en attrapant la poignée de la porte, se plantant devant moi, me barrant ainsi le passage. Pour ce que ça vaut, je suis content que vous n'ayez pas cédé à la pression. Les Butchart sont des gens… excentriques. Je ne lierais pas mon destin au leur.

— On aurait pu penser que vous souhaitiez que Louisa et moi ayons le mariage de la décennie.

En tant qu'ami de mon père, s'entendait.

— On aurait tort, dit Tindall en baissant la tête avec modestie. Vous êtes marquis désormais, Devon. Vous n'avez besoin de personne pour faire valoir votre titre.

— En réalité, dis-je, je n'ai pas besoin du titre non plus.

Je souris et sortis de son bureau, sentant déjà mes poumons se remplir d'air frais, et d'autre chose.

Une chose que je n'avais jamais ressentie.

La liberté.

J'eau beau répéter que j'aurais préféré avoir une liaison avec un robot de cuisine, Emmabelle insista pour rendre visite à ma mère à Whitehall Court Castle avant de quitter le Royaume-Uni.

— Je suis la dernière personne qu'elle a envie de voir, grognai-je, tout en roulant en direction du Kent en mode automatique.

Je jetai un coup d'œil à Emmabelle. Elle était entourée d'une montagne de sacs Harrods verts et blancs.

— En réalité, c'est *toi*, la dernière personne qu'elle a envie de voir, dis-je en riant. Tu es le rappel de tout ce qui a foiré dans son plan. Si tu t'attends à ce qu'elle te prenne dans ses bras et t'organise une *baby-shower*, prépare-toi à être déçue.

Sweven leva les yeux au ciel et vérifia son rouge à lèvres écarlate dans le miroir de courtoisie.

— Ta mère peut aller se faire voir. Je veux voir où tu as grandi.

— Même si je déteste cet endroit ?

— *Surtout* pour ça.

Nous arrivâmes juste avant que l'obscurité s'installe. Les collines vertes du Kent apparurent. Je repérai le château au loin. Il me parut plus sombre que dans mes souvenirs, se repliant sur lui-même comme une violette en train de se refermer.

Comme s'il savait que j'avais tourné le dos à mon nom – et qu'il refusait de me le pardonner.

— Punaise, mec. À côté de toi, les Fitzpatrick passent pour les connards du bout de la rue qui peuvent se payer des vacances à l'étranger et une piscine creusée, dit Belle en riant. Ça, c'est riche-riche. Genre « maman je peux avoir une tiare au petit déjeuner ».

— Aurais-je dû faire étalage de ma richesse ? demandai-je en coulant un regard vers elle.

— Tu plaisantes ?

Elle jeta ses bras autour de mon cou et m'embrassa sur la joue. Des sacs Harrods chutèrent entre nous, symbole d'amour débordant.

— Devon le moyennement riche me foutait la trouille. Tu sais à quel point j'aurais été intimidée si j'avais su que tu employais des essuyeurs de trou de balle et des gens dont le job est de souffler sur ton thé pour le refroidir ?

Je perdis le fil de la conversation. De quoi parlait-elle ?

Je garai la voiture devant la grille, arrêtai le moteur et sortis. Sweven fit le tour de la voiture pour me rejoindre.

Techniquement, c'était encore mon domaine. Quelques semaines plus tôt, je projetais de le léguer à ma mère. À présent, elle avait aussi perdu ce privilège. Au risque de paraître mesquin, je n'avais pas apprécié qu'elle envoie un homme de main pour pourchasser ma petite amie. La nouvelle donne, c'était que maman, Cecilia et Drew devaient avoir dégagé d'ici la fin du mois. Où ça, je ne le savais pas et je ne voulais pas le savoir.

Je pris la main de Belle et je remarquai les camions. Il y en avait trois, stationnés devant l'entrée, coffres ouverts. Des jeunes en combinaisons se criaient des choses en polonais en fourrant des meubles à l'arrière.

— Devon ? appela la voix de ma sœur depuis les bois.

Je me tournai pour la voir sortir de l'épais rideau d'arbres, soulevant ses jupons d'une main.

— C'est bien toi ?

Elle se précipita vers moi. Mon cœur se serra. Pendant l'espace d'une seconde, je retrouvai la Cece de mon enfance. Celle que je tirais par les pieds pour essuyer le sol en faisant comme si ses cheveux blonds étaient un balai pendant qu'elle se tordait de rire. À qui je faisais des prouts sur le ventre, avant de lui dire d'arrêter de péter. À qui j'avais appris à claquer des doigts et à siffler « Patience » des Guns N' Roses – et pas seulement le refrain.

— Cecilia. Je te présente ma compagne, Emmabelle.

Cecilia s'arrêta net, jaugeant Belle de la tête aux pieds. Je vis

Sweven à travers son regard. Une femme sublime qui s'était faite seule, habillée comme pour faire la couverture de *Vogue*.

— Bonjour.

Cecilia sourit, tendant prudemment la main à Belle. Belle la saisit pour tirer Cecilia contre elle et la serrer dans ses bras.

— Vous êtes magnifique, lâcha Cecilia après avoir réussi à se soustraire à l'étreinte de Belle.

— Merci ! Et vous… tenez un bâton sauteur ?

Belle fit une moue, les yeux écarquillés.

Cecilia éclata de rire, et je me rendis compte qu'en effet elle avait un bâton sauteur à la main. Je m'animai aussitôt.

— On faisait des courses de bâtons sauteurs, dans la forêt pour que ce soit plus difficile, expliquai-je à Belle. Je gagnais à chaque fois.

— À. Chaque. Fois, pesta Cecilia en me donnant un petit coup dans le bras. Même après qu'il est parti à l'internat et que je m'entraînais tous les jours. Dès qu'il revenait, il me faisait mordre la poussière. Je voulais le faire une dernière fois, avant que… enfin…

Cecilia se tourna vers moi pour me sourire. Il y avait sur son visage une certaine tristesse, mais ni colère ni rancune.

— Vous déménagez déjà ? demandai-je.

Elle hocha la tête.

— Maman ne peut pas se permettre de rester ici. Ça coûte trop cher. Il est inutile de repousser l'inévitable. Elle va à Londres chez une amie.

— Et Drew et toi ?

Cece chassa une mèche trempée de sueur de son front.

— Drew a trouvé du travail ! Tu y crois ?

— Non, dis-je platement, et Cece éclata de rire.

— Et si ! Il part du bas de l'échelle. Assistant administratif pour une banque privée à Canary Wharf. Tu l'imagines, à servir des cafés et aller chercher des vêtements au pressing ?

Je ne l'imaginais pas, mais j'étais content qu'il se rende utile.

— Je me suis inscrite à l'université. Je crois que je vais devenir vétérinaire, ajouta-t-elle avec un sourire timide.

— Je paierai, proposai-je.

Après tout, Cece n'avait pas pris part aux plans de maman et Louisa concernant Belle.

— Merci, dit-elle en posant une main sur mon bras avant de le serrer. Mais une petite dette étudiante n'a jamais tué personne, et il est grand temps que je me débrouille seule, tu ne crois pas ?

Maman choisit cet instant pour faire sa grande entrée dans cette scène étrange, sortant de la maison les bras chargés d'un carton rempli de babioles.

— Cecilia ? Qu'est-ce que c'est que toute cette agitation ? Je…

Belle se tourna vers elle. Dès que leurs regards se croisèrent, deux choses m'apparurent clairement.

1. Chacune savait parfaitement qui était l'autre.

2. S'il devait y avoir un meurtre, je parierais sur Sweven sans considérer cela comme un investissement risqué.

— Oh.

Ma mère posa le carton et porta une main à sa bouche comme si nous étions tout nus dans son allée.

Elle fut incapable de quitter le ventre d'Emmabelle des yeux, qui, en retour, le caressa d'un geste protecteur, comme si la femme en face d'elle allait essayer de lui arracher le bébé si elle ne faisait pas attention. Il y avait encore sur son ventre une petite cicatrice héritée du drame qui s'était joué avec Frank, mais Belle m'avait dit qu'elle l'aimait encore plus maintenant. L'histoire de sa grossesse. Qui disait notre enfant rare et précieux.

— Belle voulait voir l'endroit où j'ai grandi avant de partir. Je me suis occupé du testament aujourd'hui. C'est fini.

Je passai un bras autour des épaules de ma petite amie.

Ma mère avait toujours les yeux rivés sur le ventre de Belle, remplis d'une violente nostalgie.

— J'espère que ça vous plaît, lâcha Ursula.

Elle avança vers le ventre – et la femme auquel il était attaché, reconnaissant enfin sa présence.

— Il est à votre disposition. Nous déménageons. Vous n'arrivez pas à un moment opportun. Désolée de ne pas pouvoir vous proposer quelque chose à boire ou à manger. Mes cuisines sont vides.

— C'est nul quand *toutes* les cuisines sont vides. J'en laisse toujours, genre, trois bien remplies. Juste au cas où.

Emmabelle lui offrit un sourire félin, fit apparaître une sucette de derrière son oreille – comme une cigarette – et la déballa avant de la mettre dans sa bouche.

C'était une petite farceuse. Un arc-en-ciel inattendu dans un ciel morne et gris. Une femme à multiples facettes et multiples casquettes.

Ma mère l'avala des yeux, fascinée.

— Les Américaines sont-elles toutes sarcastiques ?

— Non, m'dame. Seulement les meilleures.

— Votre accent est si… *paresseux*.

— Vous devriez voir mes séances d'entraînement.

Belle suça sa sucette et regarda autour d'elle comme si elle se demandait ce qu'elle allait faire de cet endroit.

— Oh ! et votre accent donne l'impression que vous êtes née pour gronder les petits enfants qui ont osé demander un autre bol de porridge.

Je ricanai.

— Il paraît que vous êtes stripteaseuse, rétorqua maman en levant le menton.

Mais il n'y avait aucune provocation dans sa voix ou sa posture. Seulement de la fascination.

Je fis un pas en avant, prêt à la rembarrer.

Belle posa une main sur la mienne.

— Je ne suis pas stripteaseuse, mais j'en connais quelques-unes, et je peux vous dire qu'elles n'ont jamais payé leurs factures en retard. Souvent, elles font ça pour payer leurs études ou se faire un peu d'argent rapide. C'est généreux en pourboires. Ne critiquez pas avant d'avoir essayé.

Ma mère hocha la tête. Elle était impressionnée malgré elle.

— Vous êtes différente de ce que j'imaginais.

— Vous n'auriez jamais dû en douter. Votre fils a très bon goût.

Maman se tourna vers moi.

— Je ne la déteste pas, Devvie, dit-elle avec résignation.

— J'aimerais pouvoir dire de même à votre sujet, madame Whitehall.

La voix de Belle attira de nouveau l'attention de ma mère, et elles se défièrent du regard.

— Mais vous avez fait du mal à l'amour de ma vie et nous avons des affaires à régler.

— Elles le seront, dit maman avec un bref hochement de tête, avant de s'avancer presque timidement vers nous. D'abord, puis-je toucher votre ventre ? Il est tellement rond. Et à vous regarder tous les deux, je sais que cet enfant sera magnifique.

— Vous pouvez me peloter, madame W., mais ça ne veut pas dire que je vous raye de ma liste noire, lâcha Sweven.

Bon sang, que j'aimais cette femme.

Ma mère posa ses mains sur le ventre de Belle et lui sourit.

— Elle donne des coups, dit-elle.

— Comment sais-tu que c'est une fille ? demandai-je.

— Une femme sait.

Elle s'écarta en nous adressant un sourire énigmatique.

Il n'y avait plus rien à dire. Ce n'était pas une réconciliation ni une branche d'olivier. C'étaient des adieux dignes mais définitifs. Des adieux qui avaient vingt ans de retard.

Ma mère prit mes mains dans les siennes, et je la laissai faire. Une dernière fois.

— Je veux juste que tu saches que je t'aime, Devon. À ma manière détournée.

Je la crus.

Mais parfois, un peu d'amour ne suffisait pas.

39

Devon

— Comment ça se fait que la plupart des compagnies aériennes n'ont plus de sièges de première classe ? fit Emmabelle, boudeuse, sur le vol retour ce soir-là.

Elle mâchonnait des fruits secs pendant que je lisais le *Wall Street Journal* en sirotant mon virgin bloody mary, probablement la seule chose vierge que j'aie jamais consommée. J'aurais pris du whisky, si Belle n'avait pas été le genre de femme à insister pour que je la soutienne en ne buvant pas d'alcool.

— Il n'y avait presque pas de différence entre la première et la business. Ajoute à ça que les sièges de business rentrent par définition dans la catégorie des frais professionnels, et tu comprendras pourquoi la plupart des compagnies aériennes ne s'embêtent plus. Pourquoi poses-tu la question ? demandai-je en me tournant vers elle.

Elle remua inconfortablement sur son fauteuil en regardant autour d'elle.

— Il n'y a pas assez de place pour les jambes.

Je tapotai mes cuisses et pliai le journal pour le caler sous mon bras.

— Pose tes pieds sur mes genoux. Problème résolu.

— Non, pas pour ça. Oh merde. Je veux dire… laisse tomber, pesta-t-elle en se frottant le front.

— Continue, je te prie. J'adore quand tu me susurres des mots doux.

Mais elle n'en fit rien. Elle attendit que nous soyons pile à mi-chemin entre le Royaume-Uni et les États-Unis. Sous nos pieds, il n'y avait rien d'autre que la vaste étendue de l'océan Atlantique. Tout ce qui nous maintenait dans les airs était un petit tube de métal et la foi. Et soudain, je compris l'analogie qu'elle voulait faire.

Que le mariage, c'était prendre et donner.

Faire des concessions et se retrouver à mi-chemin.

— Bon. Ne me déteste pas si je foire tout. Ou si je n'arrive pas à me relever. Ce bébé fait déconner mon centre de gravité.

Belle sortit une petite boîte carrée en velours de son sac et se leva, avant de mettre un genou à terre en grognant.

Je me redressai sur mon siège, plus attentif que jamais.

Tous les passagers de la classe business tournèrent leurs regards ensommeillés vers nous.

— Devon Whitehall, tu es de loin l'homme le plus incroyable que j'aie jamais rencontré. Je suis amoureuse de toi depuis la première fois où nos regards se sont croisés. Je veux vieillir avec toi, être avec toi envers et contre tout, porter ton nom de famille. Je sais que j'ai été… pas facile ces derniers mois, mais je te promets que je ne suis plus la même. S'il te plaît, me ferais-tu l'honneur de devenir mon époux ?

— Oui.

Il y avait tant d'autres choses à dire.

Mais pour l'instant, ce seul mot semblait tout résumer.

Les passagers applaudirent. Une femme prit une photo avec son téléphone. Mais cela m'était bien égal qu'on finisse en couverture d'un tabloïd.

— Oh ! Dev, souffla Belle en se couvrant la bouche des deux mains, les yeux remplis de larmes. C'est génial. Maintenant, tu veux bien m'aider à me relever ?

Épilogue

Belle

— Tu savais que, quand les poissons-pêcheurs s'accouplent, ils se fondent l'un dans l'autre et partagent leurs corps pour toujours ? Quand le mâle trouve une femelle qui veut bien de lui, il la mord et fusionne avec elle. Il perd ses yeux et une partie de ses organes internes et ils partagent leur système sanguin.

Devon me caresse la main avec tendresse, installé dans un fauteuil près de mon lit d'hôpital.

— Waouh, dis-je sèchement en retenant mon souffle pour contrer la douleur. Ça me rappelle quelque chose.

Je me tourne vers l'infirmière « Je fais semblant de pas être là », qui nous adresse un grand sourire comme si elle venait d'accoucher et raccroche mon dossier au pied de mon lit.

— Je viens d'avoir une autre contraction et elle était foooorte. Si forte que j'ai cru que mon ventre allait s'ouvrir en deux.

— Le Dr Bjorn sera là quand ? demande Devon, passant à l'action. Ma femme souffre.

— Votre femme n'est pas la première à accoucher, dit gentiment l'infirmière « mérite des baffes ».

Elle vient retaper mes oreillers.

— Deux médecins différents sont venus vérifier votre état et ils ont dit que tout allait bien. Le Dr Bjorn est ralenti par la circulation. Il sera là dans quelques minutes. Vous pouvez encore demander la péridurale, me dit-elle en haussant les épaules.

— Vous plaisantez ? Je veux que cette enfant sache à quel point j'ai souffert pour elle, histoire de pouvoir le lui ressortir toute sa vie.

Ça la fait rire.

Je ne sais pas pourquoi.

Je ne plaisante pas.

— Chérie, tout va bien. Tu as encore le temps, me rassure Devon en écartant les cheveux de mon visage.

C'est beau et romantique, mais je suis sur le point d'expulser un être humain de quatre kilos de mon vagin sans être shootée aux médocs. Je chasse sa main.

— Va me chercher le Dr Bjorn.

— Vos désirs sont des ordres, madame Whitehall.

Il sort de la chambre sans se faire prier, et je reste avec l'infirmière « Me regarde comme si j'étais folle ».

Devon et moi nous sommes mariés peu de temps après notre retour d'Angleterre. C'était une petite cérémonie intime au Madame Mayhem. Les demoiselles d'honneur portaient des dessous et des porte-jarretelles rouges et elles n'avaient pas le droit de protester. C'était mon mariage, c'était moi qui décidais. Sam Brennan a failli tout casser quand il a vu sa femme m'accompagner jusqu'à l'autel en petite tenue.

Tout est parfait entre nous. Presque trop parfait. Parfois, je me réveille le matin et je me dis : *C'est aujourd'hui le jour où je fais tout foirer et où je l'abandonne.* Ou, plus souvent : *C'est aujourd'hui le jour où il me quitte.* Où il comprend enfin que je suis trop ravagée, trop brisée, ou trop, tout court.

Mais étrangement, rien de tout cela ne s'est produit, et je finis toujours mes journées de la même manière : allongée sur mon époux, à partager nos histoires et nos expériences de la journée, à regarder la télé, à rire, et à nous découvrir toujours un peu plus.

Je sais qu'un jour j'arrêterai d'avoir peur qu'il me fasse du mal, lui aussi. Ce jour ne sera peut-être pas aujourd'hui, ni même demain, mais il viendra.

Après tout, Devon Whitehall est l'homme qui m'a appris la leçon de vie la plus importante : on peut toujours croire.

— Je t'ai trouvé un médecin, dit Devon en déboulant dans la chambre, tout essoufflé. Un médecin que tu connais, en plus.

Je m'agite sur mon lit d'hôpital et aboie :

— C'est le Dr Bjorn ? C'est moi, ou ce bébé est déjà à moitié sorti ?

Il se passe quelque chose entre mes jambes, mais pour des raisons évidentes je ne peux pas me pencher pour regarder.

— Mieux, dit Devon, et Aisling apparaît devant moi.

Mon visage se décompose.

— Je veux pas que cette pétasse voie mon vagin !

Mais elle est déjà devant l'évier ; elle se lave les mains et enfile des gants en plastique.

— J'ai vu pire.

— Oh ! ce n'est pas ce que je veux dire. Il est magnifique. C'est juste que je ne suis pas sûre d'être prête à passer à ce stade de notre relation.

Mais une autre contraction arrive. Je crie, et Devon et Aisling se précipitent vers moi. Devon essuie la sueur sur mon front avec tendresse et dit d'un air peiné :

— Sweven, je suis désolé de t'avoir mise dans cette position.

— Tu m'as mise dans vingt-sept positions différentes. C'est pour ça qu'on est là.

— Tu ne veux toujours pas de mon aide ? demande Aisling. Parce que je peux t'appeler un autre médecin.

— Le Dr Lynne est là, intervient l'infirmière « On t'a rien demandé ».

Je ne connais pas le Dr Lynne. Et il est évident que le Dr Bjorn est trop occupé à braver la circulation bostonienne.

— D'accord ! dis-je en levant les bras en l'air. Mais fais-moi sortir ce bébé de là, Ash !

Devon me prend la main, Aisling se met au travail, et vingt minutes plus tard – au moment où le Dr Bjorn entre dans la chambre en se confondant en excuses – Nicola Zara Constance Whitehall vient au monde (et avant que vous posiez la question : *évidemment* que j'ai ajouté Constance pour que tout le monde sache que c'est une noble).

Je n'exagère pas quand je dis que mon bébé est le plus beau que j'aie jamais vu. Avec sa peau toute lisse, ses yeux brillants et ses lèvres roses. Elle est fragile, innocente et parfaite. Je veux la protéger de tout ce qui pourrait lui faire du mal. Je sais que ce n'est pas possible, mais pour le moment, au moins, ça l'est. Et tout ce que je peux faire pour plus tard, quand elle grandira, c'est essayer de l'élever pour qu'elle devienne aussi forte que sa mère.

— Mon Dieu, c'est le portrait craché de sa mère.

Devon m'embrasse, puis il embrasse Nicola et donne une étreinte à Aisling.

Avec mon magnifique bébé dans les bras, mes amies et ma famille qui attendent dehors, je sais une chose. Je ne peux pas dire que tout ira bien.

Parce que tout est déjà parfait.

Devon
Six mois plus tard

Je fais don de Whitehall Court Castle à l'English Heritage Foundation. Le bâtiment devient un musée. Quelque part – très loin tout au fond de moi – je suis un peu triste de renoncer au titre de marquis. De ne pas vivre en Angleterre pour que Nicola hérite d'un titre de noblesse. Mais autrement, je suis heureux d'avoir quitté cet endroit que je n'ai jamais considéré comme mon foyer.

Nicola grandit vite. En ce moment, elle arbore une touffe de boucles blanches qui ressemble à des nouilles chinoises. Elle essaie de planter ses gencives dans tout ce qu'elle trouve et elle est parfaitement adorable.

Emmabelle a repris le travail il y a un mois. Elle a nommé Ross directeur officiel du Madame Mayhem et elle se concentre sur son dernier projet en date, une association pour les personnes qui ont subi des agressions sexuelles. Elle y propose des consultations psy et de l'aide pour trouver du travail et se remettre sur pied.

Sa nouvelle secrétaire – la personne qui remplace Simon et fait tout le classement et le travail administratif – n'est autre que Donna Hammond, l'ex-petite amie de Frank. Elle a un petit garçon désormais. Il s'appelle Thomas et parfois, quand Nicola et lui sont dans la même pièce, ils se regardent avec de grands yeux, l'air de dire « Attends, toi aussi tu es un tout petit être humain » ?

Je suis en train d'aller chercher mon épouse chez ses parents. Nicola fait la sieste à l'arrière de la Bentley. Je trouve mon beau-père en train d'arroser les plantes sous le porche et baisse la vitre côté passager.

— Salut, John, vous pouvez dire à Belle que je suis là ?

Il se redresse, sourit et hoche la tête. Jetant le tuyau sur la pelouse, il entre dans la maison et en ressort avec ma femme, bras dessus bras dessous. Il la guide jusqu'à la voiture, lui ouvre la portière passager, l'embrasse sur la tempe, puis fait un pas en arrière.

— Soyez prudents sur la route, dit-il avant de jeter un coup d'œil à Nicola à l'arrière avec un sourire aux lèvres. Elle grandit tellement vite.

— N'est-ce pas, murmure Belle.

— Je t'aime, Belly-Belle.

— Moi aussi, papa.

Nous roulons vers l'aéroport. Pendant tout le trajet, j'ai l'estomac noué.

— Ça va bien se passer, m'assure Belle en me caressant la cuisse.

— Je sais. C'est juste que ça fait longtemps.

— Elle est ta famille, fait remarquer ma femme.

Je le sais aussi.

Une fois à l'aéroport et Nicola installée dans le porte-bébé de Belle, ma femme se dirige machinalement vers l'escalier menant au hall des arrivées depuis le parking.

— Non, dis-je en serrant sa main. Prenons l'ascenseur.

Elle tourne la tête, surprise.

— Tu es sûr ?

— Sûr et certain, *darling*.

Nous attendons à la porte de débarquement et, même si j'ai tourné la page du scandale familial, je suis sur des charbons ardents. Le monte-plats a été scellé peu de temps après que j'ai repris le domaine. Cela a un peu calmé mes angoisses de claustrophobie, mais pas entièrement.

Quand Cecilia m'a appelé pour demander si elle pouvait venir rencontrer la petite Nicola, j'ai dit oui. Après tout, elle n'est ni ma mère ni mon père. Elle n'a jamais essayé de me tuer. Quand j'ai demandé à Belle si je devais proposer de payer le billet d'avion et la chambre d'hôtel de ma sœur, elle a répondu : « Absolument pas. Laisse-la te montrer qu'elle a changé. »

Et elle a changé. Cecilia a payé l'intégralité de son voyage avec l'argent qu'elle gagne grâce à son travail à la bibliothèque près de l'université où elle étudie. C'est une nouvelle femme.

Quand je vois ma sœur émerger des portes du terminal, je me précipite vers elle, le cœur plus léger. Elle est toujours la même, mais son sourire est différent. Sincère. Insouciant.

Nous nous retrouvons à mi-chemin, nous serrons fort l'un contre l'autre, et elle pleure contre mon épaule. Je la laisse faire. Je sais qu'elle éprouve la même chose que moi. Elle se sent orpheline. En fin de compte, Ursula lui a tourné le dos à elle aussi.

— Merci de me donner une seconde chance, murmure-t-elle contre mon épaule.

Je sens dans mon dos la main de mon épouse, qui est venue me soutenir, m'enlace, et fais en sorte que j'aie toujours mon équilibre.

— Venez, souffle Emmabelle. Allons créer de nouveaux souvenirs de famille.

Et c'est ce que nous faisons.

Remerciements

Le problème avec les adieux, c'est qu'on n'est jamais vraiment prêts à les faire. La série des *Boston Belles* a été un bonheur, dans le sens où les relations entre les personnages ont coulé de source. Dès que je les ai mises en présence les unes des autres, elles se sont imbriquées à la perfection et se sont entendues à merveille. C'était un soulagement, mais aussi une inquiétude : comment dire au revoir à des gens qui font presque partie de votre famille ?

Ce sont peut-être des personnages de fiction, mais les personnes qui m'ont aidée à leur donner vie sont bien réelles, elles. Elles sont bourrées de talent, travaillent dur et méritent qu'on les applaudisse.

Tout d'abord, je voudrais remercier Tijuana Turner, mon assistante, lectrice-alpha, mamanager, et bien plus encore. Et merci aux femmes qui nous entourent et qui m'apportent leur soutien inconditionnel et leur amour incandescent : Ratula Roy, Vanessa Villegas, Yamina Kirky, Marta Bor et Sarah Plocher.

À ma graphiste, Letitia Hasser, qui fait toujours mouche, et à Stacey Blake, maquettiste, qui répand sa poudre magique sur tout ce qu'elle touche – merci.

À mes éditeurs : Cate Hogan, Mara White, Max Dobson et Sarah Plocher. Je n'aurais jamais pu le faire sans vous. (Et je pense à vous tous. C'est un travail d'équipe.)

À mon agente, Kimberley Brower. Merci d'être bien plus qu'une simple agente. J'espère que tu sais à quel point tu es appréciée.

J'aimerais remercier les blogueuses et lectrices qui soutiennent cette série et qui croient en moi. Vous êtes les meilleures et je ne peux pas imaginer ma vie sans vous.

Enfin, si vous pouviez prendre quelques secondes pour laisser un petit commentaire honnête sur votre lecture, j'apprécierais énormément.

Prenez soin de vous et restez à l'affût. C'est la fin, mais c'est aussi le début d'une toute nouvelle série.

L.J. Shen, xoxo

Découvrez la nouvelle série de L.J. Shen :
Boston Belles

Également disponibles

Harper Collins POCHE

Composé et édité par HarperCollins France.

Achevé d'imprimer en mars 2023.

FIRMIN-DIDOT

à Mesnil-sur-l'Estrée (Eure)

Dépôt légal : avril 2023.

Pour limiter l'empreinte environnementale de ses livres, HarperCollins France s'engage à n'utiliser que du papier fabriqué à partir de bois provenant de forêts gérées durablement et de manière responsable.

Imprimé en France